KB195245

버진 수어사이드

The Virgin Suicides

세계문학전집 458

버진 수어사이드

The Virgin Suicides

제프리 유제니디스

이화연 옮김

민음사

일러두기

1 이 책은 Jeffrey Eugenides, *The Virgin Suicides*(Picador Paper, Twenty-Fifth Anniversary Edition, 2018)을 저본으로 번역하였다.

2 본문의 각주는 모두 옮긴이 주이다.

차례

거스와 완다에게

1장

그날 아침은 리즈번가(家)에 남은 마지막 딸이 자살할 차례였다. 이번엔 메리였고, 터리즈처럼 수면제를 삼켰다. 집에 도착한 두 구급 요원은 이젠 칼이 들어 있는 서랍이며 가스 오븐, 밧줄을 맬 만한 지하실의 들보가 어디 있는지 누가 말해 주지 않아도 훤히 알고 있었다. 구급차에서 내린 두 사람은 전과 다름없이, 우리가 보기에는 갑갑할 정도로 느리게 움직였는데, 뚱보 요원은 그러고도 숨이 턱에 차서 이렇게 쏘아붙였다. "이놈들아, 이건 텔레비전 드라마가 아니야. 원래 이 정도 속도로 움직이는 거라고." 그는 무거운 인공호흡기와 제세동기(除細動器)를 들고 기괴하게 자라난 덤불과 화산이 분출하는 듯한 잔디밭을 지나갔는데, 그곳은 십삼 개월 전 사건이 시작될 때만 해도 깔끔하게 정리되어 있던 곳이었다.

시작은 열세 살밖에 안 된 막내 서실리아가 했다. 그 애는 스토아철학자처럼 목욕을 하다 손목을 그었다. 사람들이 분홍빛 물에 둥둥 떠 있는 그 애를 발견했을 때, 노란 두 눈은 뭔가에 홀린 사람 같았고 조그만 몸에서는 성숙한 여인의 체취가 물씬 풍겼다. 그 모습이 어찌나 평온해 보였던지 구급 요원들은 최면에라도 걸린 듯 한 걸음도 더 내디딜 수 없었다. 하지만 바로 다음 순간 리즈번 부인이 비명을 지르며 뛰어드는 바람에 방 안은 현실로 되돌아왔다. 욕실 매트 위에는 피가 고여 있었고, 변기 안에서는 리즈번 씨의 면도칼이 아른거리고 있었다. 따뜻한 물 속에 있으면 출혈이 더 심해지기 때문에 구급 요원들은 서실리아를 물에서 끌어내 팔에 지혈대를 댔다. 젖은 머리카락이 등 위로 흘러내렸고 손발은 이미 파래져 있었다. 그 애는 아무 말도 하지 않았지만, 막 봉긋해지기 시작한 젖가슴 위에 모은 두 손을 벌리자 코팅된 성모마리아 그림이 모습을 드러냈다.

때는 6월, 하루살이의 계절이었다. 해마다 그맘때면 우리 동네는 얼마 살지도 못하는 그 구질구질한 벌레들로 뒤덮인다. 놈들은 지저분한 호수의 물풀에서 구름처럼 일어나 시커멓게 창문을 뒤덮고, 자동차와 가로등에 옷을 입히는가 하면, 부둣가에 다닥다닥 달라붙고, 돛배의 밧줄을 화려하게 장식한다. 날아다니는 갈색 너께. 언제 어디서나 똑같다. 길 아래쪽에 사는 시어 부인은 서실리아가 자살을 기도하기 전날 그 애를 보았다고 우리에게 말해 주었다. 그 애는 늘 입고 다니던, 아랫단을 뜯어낸 낡은 웨딩드레스 차림으로 길가에 서서 하루살이로 거의 포장이 되다시피 한 선더버드 자동차를 쳐다보고 있었다. "얘, 빗자루를 가져오는 게 낫겠다." 시어 부인이 이렇게 충고하자 서실리아는 심령술사 같은 눈빛으로 도리어 그녀를 꼼짝 못하게 만들었다. "얘들은 죽었어요. 고작 이십사 시간밖에 못 사니까요. 알에서 깨어나 번식하고, 그러고 나면 죽는 거예요. 뭘 먹을 필요도 없죠." 이렇게 대꾸하고 나서 서실리아는 거품처럼 부글거리는 벌레들 속으로 손을 푹 찔러넣더니 'C. L.'이라고 자기 이름의 머리글자를 썼다.

너무 오래전 일이라 쉽진 않았지만 우리는 시간 순서대로 사진을 정리하려고 애썼다. 몇 장은 흐릿했지만 그럭저럭 알아볼 수 있었다. 증거물 1호는 서실리아가 자살 기도를 하기 바로 얼마 전에 리즈번가의 집을 찍은 사진이다. 그걸 찍은 카미나 단젤로 양은 대가족이 살기에는 너무 좁아져 버린 집을 팔기 위해 리즈번 씨가 고용한 부동산 중개업자였다. 사진 속 집은 아직 지붕의 슬레이트가 장장이 떨어지지도 않았고, 현관이 덤불에 가리지도 않았으며, 유리창 여기저기에 테이프가 붙어 있지도 않았다. 아늑한 전원주택이라고 하기에 손색이 없다. 오른쪽 위의 2층 창문에는 리즈번 부인이 메리 리즈번이라고 가르쳐 준 흐릿한 얼룩이 있다. "그 애는 자기 머리털이 힘이 없다며 열심히 빗어서 부풀리곤 했지." 훗날 리즈번 부인은 이승에서의 짧은 생애 동안 딸이 어땠는지를 회상하며 이렇게 말했다. 사진 속 메리는 드라이어로 머리를 말리고 있다. 얼핏 보면 꼭 머리에 불이 붙은 것 같지만, 사실 그것은 빛의 장난일 뿐이다. 그날은 6월 13일, 바깥 기온 28도의 화창한 날이었다.

* * *

이만하면 됐다 싶을 정도로 출혈이 잦아들자 구급 요원들은 서실리아를 들것에 실어 진입로에 세워 둔 구급차로 옮겼다. 그 애는 황후의 가마에 올라탄 꼬마 클레오파트라처럼 보였다. 콧수염이 와이어트 어프[1] 같은 키 크고 호리호리한 요원 — 리즈번가의 불상사를 통해 알게 되어 나중엔 우리가 '보안관'이라고 불렀던 — 이 먼저 나오고 뒤이어 뚱보 요원이 들것의 반대쪽 끝을 잡고 나타났는데, 뚱보는 개똥이라도 밟을까 봐 그러는지 경찰에서 배급받은 자기 신발을 뚫어져라 쳐다보면서 조심스레 발을 내디뎠다. 나중에 알고 보니 혈압계를 살피느라 그런 것이었다. 그들은 그렇게 뒤뚱거리고 땀을 뻘뻘 흘리면서, 덜덜거리며 점멸등을 깜박이고 있는 구급차 쪽으로 갔다. 뚱보가 외따로 서 있던 크로케[2] 주문(柱門)에 발이 걸렸다. 화가 난 그는 발길질로 복수를 했고, 주문은 흙을 흩뿌리며 튀어 오르더니 핑 소리와 함께 진입로에 떨어졌다. 그러는 동안 리즈번 부인은 서실리아의 플란넬 잠옷을 질질 끌며 현관으로 뛰쳐나와 시간도 멈춰 버릴 만큼 기나긴 통곡을 해 댔다. 헐벗은 나무들 아래, 노출 과다라도 된 듯 눈

---

1) Wyatt Berry Stapp Earp(1848~1929). 미국 서부 개척 시대의 유명한 보안관. 영화 「OK목장의 결투」(1957), 「와이어트 어프」(1994) 등의 소재가 되기도 했다.
2) 나무망치로 공을 쳐서 잔디밭에 박아 놓은 작은 주문들을 통과시키는 경기이다.

부신 잔디 위에서 그들 네 사람은 정지된 한 폭의 그림이 되었다. 두 노예가 신전에 제물을 바치고(구급차에 들것을 싣고), 여사제가 횃불을 휘두르고(플란넬 잠옷을 흔들고), 정신이 혼미해진 처녀는 이 세상 것이 아닌 듯한 웃음을 핏기 없는 입술에 머금은 채 팔꿈치에 의지해 상체를 일으키고 있는 그림 말이다.

리즈번 부인은 구급차에 몸을 실었지만, 리즈번 씨는 스테이션왜건으로 제한 속도를 지키며 그 뒤를 따랐다. 리즈번 자매들 중 둘은 집에 없었다. 터리즈는 피츠버그에서 열리는 과학 박람회에 갔고, 보니는 (손이 너무 작아서) 피아노를, (턱이 아프다고) 바이올린을, (손끝에서 피가 난다고) 기타를, (윗입술이 붓는다고) 트럼펫을 그만둔 뒤로 플루트를 배우겠다고 음악 캠프에 가 있었다. 메리와 럭스는 길 건너편 제섭 씨네 집에서 발성 수업을 받다가 사이렌 소리를 듣고 집으로 달려왔다. 욕실 앞에 모여 선 사람들을 비집고 들어간 그들 자매는 팔이 피범벅이 된 채 실오라기 하나 걸치고 있지 않은 서실리아의 모습을 보고 그들의 부모와 똑같이 충격을 받았다. 밖으로 나온 그들은 토요일마다 잔디를 깎는 부치라는 건장한 사내 녀석이 깜박하는 바람에 위로 자라 버린 잔디 위에서 서로를 끌어안았다. 길 건너편에서는 공원 관리과에서 나온 한 트럭의 남자들이 죽어 가는 느릅나무들을 돌보고 있었다. 구급차의 사이렌이 날카롭게 울려 퍼지자 식물학자와 그 밑의 인부들은 일제히 살충제 펌프질을 멈추고 그쪽을 쳐다보았다. 구급차가 가 버리자 그들은 다시 살충제를 뿌리기 시작했다. 증거물 1호의 맨 앞에서도 보이는 늠름한 느릅나무는 그 후 네덜란드느릅나무좀이 퍼뜨린 곰팡이에 감염되어 결국 베이고 말았다.

구급 요원들은 서실리아를 커슈벌가(街)와 모미가(街)의 교차로에 있는 본 서쿠어 병원으로 데려갔다. 응급실에서 서실리아는 사람들이 자신의 목숨을 구하기 위해 응급처치하는 모습을 섬뜩할 정도로 초연하게 지켜보았다. 노란 눈동자를 깜박이지도 않았고, 팔에 주삿바늘을 꽂을 때 움찔하지도 않았다. 아몬슨 박사가 그 애의 손목에 난 상처를 꿰맸다. 수혈을 한 지 오 분도 안 되어, 그는 서실리아가 위기를 넘겼다고 단언했다. 박사가 그 애의 턱 밑을 톡톡 치며 말했다.

"아가, 여기서 뭐 하는 게냐? 너는 아직 사는 게 얼마나 끔찍해질 수 있는지 알 만한 나이도 아니잖니."

그제야 서실리아는 유일한 유언이라고 할 만한 말을 내뱉었다. 이미 고비를 넘긴 그 시점엔 필요가 없었지만 말이다.

"분명한 건요, 선생님은 열세 살 소녀가 돼 본 적이 없다는 거예요."

* * *

리즈번 사매들은 열세 살(서실리아), 열네 살(럭스), 열다섯 살(보니), 열여섯 살(메리), 그리고 열일곱 살(터리즈)이었다. 그 애들은 키가 작았고, 청바지를 입으면 엉덩이가 볼록 튀어나왔으며, 동그스름한 뺨을 보면 둥그런 등의 감촉도 그만치 보드라울 것 같았다. 지나가다 그 애들을 한 번씩 훔쳐볼 때면, 마치 우리가 그동안 베일 쓴 여자들만 봐 온 것처럼 그 애들이 정숙하지 못하게 맨얼굴을 드러내고 있는 것만 같았다. 어떻게 해서 리즈번 부부가 그렇게 예쁜 애들을 낳았는지는 아무도 이해할 수 없었다. 리즈번 씨는 고등학교에서 수학을 가르쳤는데, 늘 비쩍 마른 소년이 허옇게 센 자기 머리를 보고 충격을 받은 듯한 표정을 짓고 다녔다. 또 목소리 톤이 높아서, 나중에 럭스가 공포의 자살극으로 병원에 실려 가던 날 그가 어떻게 울었는지 조 라슨이 얘기해 주었을 때 우리는 계집애 같은 그의 울음소리를 쉽게 상상할 수 있었다.

우리는 리즈번 부인과 마주칠 때면 소싯적에 예뻤던 흔적이나마 찾아보려고 공연히 그녀의 얼굴을 뚫어져라 들여다보곤 했다. 그러나 뒤룩뒤룩 살진 팔뚝과 인정사정없이 잘라 낸 철심 같은 머리카락, 도서관 사서 같은 안경은 매번 우리를 좌절시켰다. 그녀를 맞닥뜨리기는 좀체 쉬운 일이 아니었는데, 어쩌다 마주친다 해도 해 뜨기 전에 옷을 갖춰 입고 나와 이슬 젖은 우유병을 휙 채 갈 때나 온 가족이 나무판을 덧댄 스테이션왜건을 타고 호숫가의 성 바울 성당에 가는 일요일에나 잠깐 볼 수 있을 뿐이었다. 그런 날 아침이면 리즈번 부인은 여왕처럼 냉랭하게 굴었다. 고급 핸드백을 움켜쥐고는 차에 오르기 전에 행여 화장이라도 했나 딸들의 얼굴을 하나하나 살피는가 하면, 가슴이 덜 파인 윗도리를 입으라며 럭스를 집에 다시 들여보내는 일도 적지 않았다. 우리 중에 성당에 다니는 녀석은 없었으므로 그들을 관찰할 시간은 충분했다. 음화 사진처럼 무채색인 부모와 달리 집에서 만든 갖가지 레이스와 주름 장식이 달린 옷을 차려입은 눈부신 다섯 딸의 토실토실한 얼굴은 막 피어난 꽃봉오리 같았다.

사내 녀석 중에서는 오직 한 명만이 그 집에 들어가는 것을 허락받은 적이 있었다. 리즈번 씨가 교실에 움직이는 태양계 모형을 설치할 때 도와준 보답으로 피터 시슨을 저녁 식사에 초대한 것이다. 피터 말에 의하면 여자애들이 식탁 밑으로 사방에서 발길질을 해 대는 통에 딱히 누구 짓이었는지 알 수 없었다고 했다. 그들은 열에 들뜬 파란 눈으로 시슨을 빤히 쳐다보면서 지나치게 많은 치아를 드러내며 웃었는데, 그것이 그 자매들에게서 찾아낼 수 있는 유일한 흠이었다. 피터 시슨에게 은밀한 눈길이나 발길질을 보내지 않은 것은 보니뿐이었다. 보니는 식사 기도를 하고는 신앙심 깊은 열다섯 살 소녀답게 조용히 음식을 먹었다. 식사를 마친 피터 시슨이 화장실 좀 써도 되느냐고 물었을 때 아래층 화장실에서는 터리즈와 메리가 시시덕대고 있었으므로, 하는 수 없이 그 집 딸들이 쓰는 위층 화장실로 가야 했다. 피터는 우리에게 구겨진 팬티로 가득한 침실들이며 하도 꼭 끌어안아 납작해진 봉제 인형들, 브래지어가 걸려 있는 십자가, 하늘하늘한 천을 드리운 침대들이 있는 어두침침한 방들, 그리고 그 비좁은 공간에서 함께 여인으로 성장해 가는 다섯 명의 여자애들에게서 풍기는 체취 따위에 대한 얘기들을 늘어놓았다. 피터는 소리를 감추려고 수돗물을 틀어 놓은 채 화장실을 뒤지다가 세면대 아래에서 양말 속에 들어 있는 메리 리즈번의 비밀 화장품 주머니를 찾아냈다. 그 안에는 여러 개의 붉은 립스틱 튜브, 완벽한 피부를 완성하는 데 필요한 볼연지와 메이크업 베이스가 들어 있었다. 제모용 왁스가 있는 걸로 보아, 메리에게는 우리가 미처 발견하지 못한 콧수염이 있었음을 알 수 있었다. 하지만 사실 그게 누구의 화장품이었는지는 그로부터 이 주 후 메리 리즈번이 피터가 말해 준 색과 일치하는 진홍색 입술을 하고 부두에 서 있는 걸 보기 전까진 알지 못했다.

피터는 탈취제며 향수며 각질을 벗겨 내는 때수건 등을 줄줄 읊어 댔는데, 우리는 질 세정제가 없다는 사실에 놀랐다. 왜냐하면 우리는 여자애들이 밤마다 양치질하듯 뒷물을 한다고 생각하고 있었기 때문이다. 그러나 실망도 잠깐, 바로 다음 순간 시슨은 우리의 상상을 한참 뛰어넘는 한 가지 발견을 말해 주었다. 쓰레기통 속에 리즈번 자매들 중 누군가에게서 방금 나온 더러워진 탐폰 하나가 있었던 것이다. 시슨은 그걸 꼭 우리에게 가져다주고 싶었다면서, 그것이 역겹기는커녕 현대미술품이나 뭐 그런 것처럼 아름다웠으며 우리도 꼭 한번 봤어야 했다고 말했다. 또 벽장 속에 탐폰이 열두 상자나 있더라는 얘기도 덧붙였다. 그런데 그때 럭스가 화장실 안에서 죽기라도 했냐며 문을 두드리는 바람에, 그는 튀어 오르듯 벌떡 일어나 문을 열어 주었다. 식사 때 핀으로 틀어 올려져 있던 럭스의 머리가 그때는 어깨 위로 흘러 내려와 있었다. 그녀는 화장실로 들어오지 않고 제자리에 선 채 시슨의 눈을 뚫어져라 들여다보았다. 그러곤 하이에나 같은 소리를 내며 웃더니 그를 밀치고 들어오며 말했다. "화장실 전세 냈어? 필요한 게 있단 말이야." 럭스는 벽장 앞으로 다가가 잠시 걸음을 멈추고는 등 뒤로 손깍지를 꼈다. "미안하지만 자리 좀 비켜 줄래?" 이 말에 피터 시슨은 얼굴을 붉히며 잽싸게 충계를 뛰어 내려와 리즈번 부부에게 감사하다고 말한 뒤, 바로 그 순간 럭스 리즈번의 다리 사이에서 피가 나고 있다는 말을 우리에게 해 주기 위해 부리나케 달려왔다. 그동안 하루살이들은 하늘을 시커멓게 물들였고, 가로등에는 불이 들어왔다.

* * *

폴 발디노는 피터 시슨의 이야기를 듣고 나서 자기는 리즈번 씨네 집에 들어가서 시슨이 본 것보다 훨씬 더 기막힌 것을 보고 오겠노라고 큰소리를 쳤다. "난 그 계집애들이 샤워하는 걸 볼 거야." 폴 발디노는 열네 살밖에 안 됐지만, 벌써부터 아버지인 '상어' 새미 발디노나 현관 계단 옆에 두 개의 돌 사자 상이 있는 발디노 저택을 들락거리는 사내들처럼 조직폭력배다운 뱃심이 있었고 살인 청부업자 같은 인상을 풍겼다. 녀석은 손톱에 매니큐어를 칠하고 화장수 냄새를 풍기며 도시의 약탈자 같은 걸음걸이로 거리를 어슬렁거렸다. 우리는 그 녀석도 무서웠고, 녀석의 덩치 좋은 얼뜨기 사촌 리코 마놀로와 빈스 푸질리도 무서웠다. 녀석의 집이 하루가 멀다 하고 신문에 오르내리기 때문이기도 했고, 이탈리아에서 직수입한 월계수 나무를 둘러 심은 저택 앞 원형 진입로를 검은색 방탄 리무진들이 미끄러지듯 소리 없이 지나가기 때문이기도 했지만, 그것 말고도 폴의 시커먼 눈 밑과 매머드처럼 거대한 엉덩이, 그리고 야구를 할 때조차 절대로 벗지 않는, 광이 날 정도로 잘 닦인 까만 구두 때문이기도 했다. 그전에도 폴은 들어가서는 안 되는 곳에 몰래 들어간 적이 있었고, 녀석이 가져온 정보가 늘 믿을 만한 것은 아니었지만, 우리는 녀석의 용감한 정찰이 주었던 크나큰 감명을 아직도 잊지 못하고 있었다. 6학년 때 여자애들이 대강당에 특별 영화를 보러 가던 날, 강당 안의 낡은 투표소에 숨어들어 엿보고 돌아온 것도 바로 폴 발디노였다. 우리는 운동장에서 돌멩이를 툭툭 차면서 그를 기다렸다. 마침내 폴이 이쑤시개를 잘근잘근 씹으면서 손에 낀 금반지로 장난을 치며 나타났을 때, 우리는 기대감으로 숨이 막힐 지경이었다.

"난 그 영화 봤다. 무슨 내용인지도 알지. 내 말 잘 들어 봐. 계집애들은 열두 살쯤 되면……." 폴이 우리 쪽으로 몸을 기울였다. "……젖꼭지에서 피가 난대."

우리도 머리가 커서 알 만큼은 알게 된 후에도 폴 발디노는 여전히 두려움과 존경의 대상이었다. 무소 같은 엉덩이는 전보다 훨씬 더 거대해졌고, 눈 밑의 시커먼 그늘도 담뱃재와 진흙을 합쳐 놓은 듯한 어두운 색깔로 변해서 죽음과 더욱 친숙해 보였다. 그때가 아마 도주용 땅굴에 관한 소문이 파다해지던 무렵이었을 것이다. 몇 해 전 어느 날 아침, 똑같이 생긴 하얀 저먼셰퍼드 두 마리가 지키는, 뾰족뾰족한 쇠창살로 이루어진 발디노네 집 담장 안쪽에 인부들의 모습이 나타났다. 그들은 사다리 위에 방수포를 덮어 일하는 모습을 숨겼고, 사흘 뒤 방수포를 걷어 냈을 때는 잔디밭 한가운데에 인조 나무 그루터기가 서 있었다. 나무껍질처럼 칠을 한 그 시멘트 그루터기는 가짜로 만든 옹이구멍과 뭉툭하게 잘린 두 팔로 하늘을 향해 열렬히 뻗고 있는 모습까지 완벽했다. 전기톱으로 그루터기 가운데를 파내어 만든 브이 자 모양 홈에는 금속 그릴도 걸려 있었다.

폴 발디노는 그것이 바비큐라고 했고, 우리도 그 말을 믿었다. 그런데 시간이 흐르면서 아무도 그걸 사용하지 않는다는 사실을 알게 되었다. 신문에서는 그 바비큐의 설치비만 5만 달러에 이른다고 보도했지만 햄버거나 핫도그 하나 거기서 굽는 일이 없었다. 얼마 안 가 그 그루터기가 사실은 도주용 땅굴이고 그걸 따라가면 '상어' 새미가 고속 모터보트를 숨겨 놓은 강변의 은신처가 나오며, 땅 파는 것을 감추려고 인부들이 방수포를 씌워 놓은 것이라는 소문이 돌기 시작했다. 그런데 그 소문이 돌고 서너 달 뒤부터 폴 발디노가 홍수 방지용 배수로를 통해 이 집 저 집의 지하실에 출현하기 시작했다. 잿빛 먼지를 뒤집어쓰고 어디서 많이 맡던 똥 냄새를 풍기면서 체이스 뷰얼의 집에 불쑥 나타나는가 하면, 대니 진의 지하 창고로 비집고 올라왔을 때는 손전등과 야구방망이, 죽은 쥐 두 마리를 담은 자루를 들고 있었다. 마지막으로 톰 파힘네 집에서는 보일러를 탕 탕 탕 세 번 울리면서 나타났다.

발디노는 매번 자기 집 아래 홍수 방지용 배수로 안을 왔다 갔다 하다가 길을 잃은 거라고 해명했다. 하지만 우리는 녀석이 아버지의 도주용 땅굴 안에서 놀다가 그렇게 된 거라고 의심하기 시작했다. 리즈번 자매들이 목욕하는 걸 보고 오겠노라고 큰소리를 쳤을 때에도 그가 다른 집에 들어갈 때와 같은 방법을 이용할 거라고 믿었다. 폴 발디노는 경찰에서 한 시간 넘게 조사를 받았지만, 우리는 여전히 그날 정확히 무슨 일이 일어났는지 알지 못한다. 경찰한테 한 얘기라고 해 봤자 우리한테 한 얘기와 다를 바 없었기 때문이다. 폴은 자기 집 지하실 아래 하수구 배관으로 기어들어가서 한 번에 몇십 센티미터씩 걷기 시작했다고 말했다. 어마어마하게 큰 파이프며 인부들이 버린 커피 컵과 담배꽁초들, 벌거벗은 여자들을 동굴 벽화처럼 그려 놓은 목탄화에 대해서도 자세히 묘사했다. 또 어느 쪽 터널로 갈지 골라잡은 경위라든가, 다른 집 아래를 지날 때 그 집에서 만드는 음식 냄새를 어떻게 맡을 수 있었는지도 이야기했다. 그러다 폴은 마침내 리즈번 씨 집 지하실의 하수구 창살을 뚫고 올라가게 되었다. 몸에 묻은 먼지를 털고 나서 1층에 누가 있나 살펴보았지만 집에는 아무도 없었다. 방방이 돌아다니면서 큰 소리로 불러 보기도 했다. 그리고 층계를 따라 2층으로 올라갔을 때, 복도 끝에서 나는 물소리를 듣고 욕실 문으로 다가갔다. 녀석은 자기가 틀림없이 노크를 했다고 주장했다. 그러곤 자신이 어떻게 욕실 안에 발을 들여놓았고, 어떻게 벌거벗은 서실리아의 양쪽 손목에서 피가 흐르고 있는 걸 보게 되었는지, 또 어떻게 충격을 가라앉히고 아래층으로 뛰어 내려가 경찰에 신고부터 하게 되었는지 이야기해 주었다. 평소 녀석의 아버지가 그런 경우엔 신고부터 하라고 늘 가르쳤던 것이다.

* * *

코팅된 그림을 맨 처음 발견한 것은 물론 구급 요원들이었다. 그 경황없는 와중에 뚱보 요원이 주머니에 챙겨 넣었고, 병원에 도착하고 나서야 리즈번 부부에게 그걸 줘야 한다는 사실을 떠올렸다. 그때는 서실리아가 고비를 넘긴 뒤여서, 리즈번 부부는 한시름 놓긴 했지만 여전히 어떻게 된 영문인지 모르는 채 대기실에 앉아 있었다. 리즈번 씨는 딸의 목숨을 구해 줘서 고맙다고 뚱보에게 말했다. 그러다 그림을 뒤집었고, 다음과 같이 인쇄된 문구를 보게 되었다.

성모마리아께서 무너져 가는 세상에 평화의 말씀을 전하기 위해 우리 도시에 임하셨다. 루르드[3]와 파티마[4]에서처럼 성모마리아께서는 바로 당신과 같은 사람들에게 모습을 보이신 것이다. 자세한 사항은 555-MARY[5]로 문의 바람.

리즈번 씨는 그 구절을 세 번이나 읽었다. 그러고는 실망한 음성으로 말했다.

---

3) 프랑스 남서부의 순례 도시. 한 소녀가 이 근방의 동굴에서 수차례 성모마리아의 환영을 목격한 후, 이 동굴에서 나오는 지하 샘물에 기적적인 치유 효과가 있다는 사실이 알려졌다.
4) 포르투갈의 마을 이름. 세 명의 양치기 소년에게 나타난 성모마리아의 환영이 여러 가지 기적을 예언하고 평화의 메시지가 담긴 경고를 남겼다.
5) 성모마리아(Virgin Mary)를 뜻한다.

"세례도, 견진성사도 다 해 주었는데 이제 와서 이따위 헛소리를 믿다니."

그날의 시련을 겪는 동안 그가 내뱉은 험한 말이라곤 그게 전부였다. 리즈번 부인은 그림을 한 손으로 구겨 버렸다.(하지만 그 그림은 살아남았고, 지금 우리에게 그 사본이 있다.)

지역 신문에는 이 자살 미수 사건이 실리지 않았다. 편집장 보비 씨가 1면의 여자청년연맹 꽃 전시회 기사와 그 뒷면의 방긋 웃고 있는 신부(新婦)들 사진 사이에 그처럼 우울한 내용은 어울리지 않는다고 생각했기 때문이다. 그날 신문에 실릴 만한 기사라고는 공동묘지 인부들의 파업 소식(시체가 쌓여 갔지만 해결의 실마리는 보이지 않았다.)이 전부였는데 그것도 4면의 소년야구리그 득점표 밑에 실린 게 고작이었다.

집에 돌아온 뒤 리즈번 부부는 딸들과 함께 두문불출하고 들어앉아 그 사건에 대해 한마디도 하지 않았다. 시어 부인이 다그쳤을 때 딱 한 번, 그것도 마치 딸이 넘어지다 우연히 베이기라도 한 것처럼 리즈번 부인이 "서실리아의 사고"를 언급했을 뿐이다. 그렇지만 피에는 이력이 난 폴 발디노가 정확하면서도 객관적으로 자기가 본 그대로를 우리에게 설명해 준 터라 서실리아가 자해했다는 데는 의심의 여지가 없었다.

벅 부인은 면도칼이 변기 안에 빠진 게 이상하다고 했다. "욕조에서 손목을 그었다면 그냥 옆에다 두지 않았겠어?" 그러고 보니 서실리아가 손목을 그은 시점이 목욕물에 들어간 뒤였는지, 아니면 핏자국이 있던 욕실 매트 위에 서 있을 때였는지 의문이 남았다. 폴 발디노는 자신 있게 말했다. "변기 위

에서 했어. 그러고 나서 욕조에 들어간 거야. 사방으로 튄 핏
자국을 보면 알지."

서실리아는 일주일 동안 감시 대상이었다. 병원 기록에 따
르면, 서실리아가 왼손잡이여서 오른쪽 손목의 동맥은 완전히
끊어졌지만 왼쪽 손목의 상처는 그만큼 깊지 않아 동맥의 아
랫부분은 온전했다. 그녀는 양쪽 손목을 스물네 바늘씩 꿰매
야 했다.

서실리아는 돌아올 때도 여전히 웨딩드레스 차림이었다. 여
동생이 본 서쿠어 병원에 간호사로 있는 패츠 부인의 말에 따
르면, 서실리아가 환자복은 입지 않겠다며 웨딩드레스를 갖다
달라고 했고 정신과 의사인 호니커 박사가 환자의 기분을 맞
춰 주는 것이 좋겠다고 했다는 것이다. 그녀는 폭풍이 몰아치
던 날 집에 돌아왔다. 첫 번째 천둥이 울렸을 때 우리는 길 바
로 건너편의 조 라슨네 집에 있었다. 아래층에서 조의 어머니
가 창문을 전부 닫으라고 소리를 질러서 우리는 창가로 달려
갔다. 바깥 공기는 흡사 진공 상태처럼 적막했다. 어디선가 불
어온 한 줄기 바람에 종이봉투가 움직이다가 붕 떠올라 빙글
빙글 돌더니 나직한 나뭇가지에 걸렸다. 순간 쏴 하고 폭우가
쏟아지면서 숨 막히는 정적이 깨졌고 하늘은 시커메졌으며,
리즈번 씨네 스테이션왜건은 어둠을 틈타 집으로 돌아왔다.

우리는 어서 와서 보라고 조의 어머니를 불렀다. 눈 깜짝할
사이에 아줌마의 잰걸음이 층계 카펫을 밟고 올라오는 소리
가 들렸고, 어느 틈에 아줌마가 우리 곁에 와 있었다. 화요일
이라 아줌마한테서 가구 광택제 냄새가 났다. 리즈번 부인이

한 발로 자동차 문을 밀어서 연 다음 비를 맞지 않으려고 머리 위에 핸드백을 올리고 차에서 내리는 모습을 우리는 함께 지켜보았다. 그녀는 몸을 수그리고 인상을 쓰면서 뒷문을 열었다. 비가 퍼부었다. 리즈번 부인의 머리카락이 얼굴 위로 흘러내렸다. 마침내 서실리아의 작은 머리가 빗속에 흐릿하게 나타났다. 붕대 감은 두 팔을 양쪽 팔걸이로 목에 건 탓에 그 애는 헤엄치듯 부자연스럽게 팔다리를 움직였다. 다리에 제대로 힘이 들어가는 데도 꽤 시간이 걸렸다. 마침내 완전히 차에서 내리자 서실리아는 천으로 만든 날개처럼 양쪽 팔을 들어 올렸고, 리즈번 부인이 그 애의 왼쪽 팔꿈치를 잡고 부축해서 집 안으로 데리고 들어갔다. 그때쯤엔 비가 있는 대로 퍼붓기 시작해서 길 건너편이 보이지 않게 되었다.

그 후 서실리아는 심심찮게 모습을 드러냈다. 현관 앞 층계에 앉아 덤불에서 빨간 열매를 따 먹거나 그 즙으로 손바닥을 붉게 물들이기도 했다. 늘 웨딩드레스 차림이었고, 맨발은 언제나 더러웠다. 오후가 되어 태양이 앞뜰을 환히 비출 때면 보도의 갈라진 틈으로 개미들이 모여드는 걸 들여다보거나 무성하게 자란 잔디 위에 누워 흘러가는 구름을 올려다보곤 했다. 곁에는 늘 언니들 중 하나가 있었다. 터리즈는 현관 층계에 과학 책들을 갖다 놓고 먼 우주를 찍은 사진을 들여다보다가 서실리아가 뜰 끄트머리까지 가면 어김없이 고개를 들어 쳐다보곤 했다. 럭스는 서실리아가 작대기로 자기 다리에 아랍식 문양을 끼적거리는 동안 비치 타월을 깔고 누워 선탠을 했다. 때로는 서실리아가 자기를 감시하는 언니에게 말을 걸고 목을 끌어안으며 귀에다 뭐라고 속삭이기도 했다.

서실리아가 왜 죽으려고 했는지에 대해 사람들은 저마다 자기만의 가설을 가지고 있었다. 뷰얼 부인은 부모의 책임이라고 했다. "그 애는 죽을 생각이 없었어. 그저 그 집에서 나오고 싶었던 거지." 시어 부인이 덧붙였다. "겉보기에만 그럴듯한 가족한테서 빠져나오고 싶었던 거야." 서실리아가 퇴원하던 날, 두 부인은 가엾은 생각에 번트 케이크[6]를 가져다주었지만 리즈번 부인은 아무런 변고도 없었던 것처럼 행동했다. 우리는 뷰얼 부인이 굉장히 나이가 많고 엄청나게 뚱뚱한 데다 크리스천 사이언스[7] 교도인 남편과 여전히 각방을 쓴다는 사실을 알게 되었다. 대낮인데도 그녀는 진주가 박힌 묘안석 선글라스를 쓰고 침대에 기대앉아, 자기 말로는 물밖에 안 들었다는 기다란 유리잔에 든 얼음을 달그락거리고 있었다. 하지만 그녀에게선 오후의 께느른함 혹은 멜로드라마 같은 낯선 냄새가 풍겼다. "릴리하고 내가 케이크를 건네주자마자 그 여자는 딸들을 위층으로 올려 보냈어. 우리가 '아직 따뜻한데 한 조각씩 먹지요.'라고 말했는데도 케이크를 냉장고에 넣어 버리더라고. 그것도 우리가 보는 앞에서 말이야." 시어 부인은 달리 기억했다. "이런 말 하긴 싫지만 조운은 몇 년째 술독에 빠져 있잖아. 사실 리즈번 부인은 아주 상냥하게 우리한테 고맙다고 했어. 이상한 점은 하나도 없었지. 진짜로 그 애가 넘어져

---

6) 가운데가 뚫린 둥그런 고리 모양의 케이크이다.
7) 1879년 미국인 메리 베이커 에디가 세운 교단으로, 기독교를 바탕으로 하지만 중심 교리는 신앙으로 질병을 치유할 수 있다는 믿음이다.

서 다친 게 아닐까 싶을 정도였다니까. 우리는 리즈번 부인을 따라 일광욕실로 가서 케이크를 한 조각씩 먹었어. 중간에 조운이 갑자기 없어졌는데, 아마 한잔하려고 집으로 간 거겠지. 놀랄 일도 아니야."

우리는 복도 반대쪽 끝으로 내려가 아내의 방에서 뚝 떨어진, 스포츠를 테마로 꾸민 방에 있는 뷰얼 씨를 만났다. 선반에는 이혼한 뒤로 그가 줄곧 사랑해 온 전처의 사진이 놓여 있었다. 우리를 맞으려고 책상에서 일어섰을 때 그는 믿음으로도 완치되지 못한 어깨 때문에 구부정한 모습이었다. "그건 엉망진창인 이 사회에서 흔해 빠진 일이지. 그 사람들은 하느님과 진정한 관계를 맺지 못해서 그래." 우리가 코팅된 성모마리아 그림 얘기를 해 주자 그는 "예수님 그림을 가지고 있었어야지."라고 말했다. 주름살과 제멋대로 난 흰 눈썹 사이에서 우리는 아주 오래전 우리에게 축구공 패스하는 법을 가르쳐 주던 잘생긴 얼굴을 알아볼 수 있었다. 뷰얼 씨는 2차 세계 대전 당시 비행기 조종사였다. 그는 미얀마 상공에서 격추를 당한 뒤 부하들을 이끌고 정글 속을 160킬로미터나 걸어서 살아나왔다. 그 뒤로는 어떤 종류의 약도, 심지어 아스피린도 먹지 않았다. 어느 겨울 스키를 타다 어깨뼈가 부러졌을 때에도 기나긴 설득 끝에 엑스레이 하나 찍은 게 고작이었다. 그 후로 그는 우리가 태클을 걸려고 하면 몸을 움츠렸고, 낙엽을 긁어모을 때도 한 손만 썼으며, 일요일 아침마다 팬케이크를 뒤집는 묘기도 보여 주지 않았다. 하지만 그것 말고는 달라진 게 없었고, 우리가 함부로 하느님의 이름을 입에 올리면 그러지 말라고 상냥하게 타이르곤 했다. 침실에서 보니 아저씨의 어깨는 녹아내리기라도 한 것처럼 우아한 곱사등이 되어 있었다. 그는 이렇게 말했다. "그 집 딸들을 생각하면 안됐어. 인생을 그렇게 허비하다니."

가장 많은 지지를 받은 가설은 도미닉 팔라촐로 때문이라는 설이었다. 이탈리아에서 이민 온 도미닉은 가족이 뉴멕시코주에 자리 잡을 때까지 친척 집에 얹혀살고 있었다. 우리 동네에서 선글라스를 끼고 다닌 건 녀석이 처음이었는데, 이곳에 도착한 지 일주일도 안 되어 사랑에 빠지고 말았다. 그 대상은 서실리아가 아니라 다이애나 포터, 그러니까 담쟁이로 뒤덮인 호숫가 집에 사는, 얼굴이 말상이긴 하지만 예쁘장하고 머리가 밤색인 여자애였다. 안타깝게도 다이애나는 코트에서 맹렬히 테니스를 칠 때나 달콤한 땀을 흘리며 수영장 옆의 긴 의자에 누워 있을 때 울타리 뒤에서 도미닉이 자신을 훔쳐보는 것을 알아채지 못했다. 도미닉 팔라촐로는 영어를 몇 마디밖에 못했기 때문에 우리 패거리가 야구나 버스 통학 같은 대화를 할 때는 끼어들지 않았다. 하지만 이따금 선글라스에 하늘이 잘 반사되도록 고개를 뒤로 젖히며 이렇게 말하곤 했다. "난 그 애를 사랑해." 그럴 때마다 도미닉은 마치 진주라도 토해 내듯 스스로도 깜짝 놀랄 정도로 심각하게 말했다. 6월 초가 되어 다이애나 포터가 방학을 보내러 스위스로 떠나 버리자 도미닉은 상처를 받았다. "빌어먹을 성모마리아." 그는 낙담했다. "빌어먹을 하느님." 자기가 얼마나 절망했는지, 또 자신의 사랑이 얼마나 진실한지 보여 주기 위해 도미닉은 친척 집 지붕 위로 올라가 뛰어내렸다.

우리는 그를 지켜보았다. 서실리아 리즈번이 자기 집 앞뜰에서 그를 쳐다보고 있는 장면도 지켜보았다. 도미닉 팔라촐로는 올백 머리에 꼭 끼는 바지를 입고 부츠를 신은 채 집 안으로 들어갔다. 그가 통유리로 된 아래층 창 뒤로 지나가는 것이 보였다. 위층 창문에 모습을 드러냈을 때 그는 목에 실크 스카프를 두르고 있었다. 그리고 창턱으로 기어 올라가서는 획 하고 몸을 솟구쳐 평평한 지붕 위로 올라갔다. 높은 곳에 있는 도미닉은 우리가 상상했던 유럽인처럼 허약하고 신경질적이고 어딘가 아픈 사람 같아 보였다. 그는 다이빙 선수처럼 지붕 끝에 발가락 부분을 대고 "난 그 애를 사랑해."라고 중얼거리더니 창문 앞으로 뛰어내렸고, 자기가 생각했던 대로 마당 덤불 속에 안착했다.

도미닉은 다치지 않았다. 자신의 사랑을 증명해 보인 그는 벌떡 일어나 길을 걸어 내려갔다. 어떤 이들은 서실리아 리즈번이 그 사건을 자기 식으로 발전시킨 거라고 주장했다. 서실리아의 학교 친구 에이미 슈래프는 서실리아가 졸업을 앞둔 마지막 일주일 동안 도미닉 얘기밖에 안 했다고 말했다. 시험공부 대신 서실리아는 백과사전에서 이탈리아에 관련된 항목만 찾으며 자습 시간을 보냈다. 또 "차오"[8]라고 인사를 하는가 하면, 호숫가의 성 바울 성당에 몰래 들어가 이마에 성수를 뿌리기도 했다. 학교 식당에서는 수백 명분의 음식에서 나오

---

8) 이탈리아어로 '안녕'을 뜻하는 인사말이다.

는 뜨거운 김 때문에 후덥지근한 날에도 언제나 미트볼 스파게티를 주문했다. 도미닉 팔라촐로가 먹는 음식을 먹으면 조금이라도 더 그에게 가까워질 수 있는 것처럼 말이다. 그 짝사랑이 절정에 달했을 때 서실리아는 십자가를 샀다. 피터 시슨이 보았던, 브래지어가 걸려 있던 십자가가 바로 그것이다.

이 가설을 지지하는 사람들은 하나같이 한 가지 중요한 사실을 지적했다. 서실리아가 자살 기도를 하기 바로 전주에 도미닉 팔라촐로가 뉴멕시코의 가족에게 불려 갔다는 것이다. 지금보다 스위스에서 더 멀리 떨어진 뉴멕시코로 가게 된 도미닉은 수도 없이 하느님에게 욕을 퍼부어 댔고, 바로 그 순간 다이애나 포터는 한여름의 스위스에서 나무들 아래를 거닐며 장차 카펫 세탁소 주인으로서 도미닉이 물려받게 될 세상으로부터 점점 더 멀어져 가고 있었다. 에이미 슈래프가 말하길, 서실리아가 욕조 안에서 손목을 그은 이유는 인생이 견디기 힘들어졌을 때 고대 로마인들이 그렇게 했기 때문이라고 했다. 그렇게 하면 도미닉이 선인장 사이로 난 고속도로를 달리다가 그 소식을 들었을 때, 자기를 정말로 사랑한 사람은 서실리아였다는 사실을 깨달으리라고 생각했다는 것이다.

병원 기록은 대부분 정신과 의사의 소견으로 채워져 있다. 호니커 박사는 서실리아와 면담한 후, 그녀의 자살 기도가 청소년기의 억눌린 성적 충동에서 비롯된 공격적 행위였다는 진단을 내렸다. 서로 전혀 다른 잉크 자국 세 개를 보고 그녀는 한결같이 "바나나."라고 대답했다. 하지만 "감옥 창살", "늪", "아프로,"[9] "핵전쟁 후의 지구"란 대답도 했다. 왜 죽으려 했느냐고 묻자 그냥 "실수였어요."라고 대답할 뿐 아무리 캐물어도 입을 꾹 다물었다. 호니커 박사는 "상처는 심각하지만 환자가 진심으로 생을 끝내려 한 것 같지는 않다. 그 행동은 구조 신호였다."라고 썼다. 그는 리즈번 부부를 만나 집안의 규율을 좀 느슨하게 해 주라고 충고했다. 그는 "획일화된 학교의 틀에서 벗어나 또래 남자 아이들과 어울릴 수 있는 사교적인 배출구"가 있으면 서실리아에게 도움이 될 것이며, "열세 살의 서실리아에겐 친구들과의 유대를 위해서도 그 또래 소녀들이 좋아하는 화장을 하도록 허락해야 한다. 공유된 관습을 따라 하는 것은 정체성을 찾아 나가는 데 반드시 필요한 단계이기 때문이다."라고 말했다.

그때부터 리즈번가는 바뀌기 시작했다. 럭스는 서실리아를 돌보지 않는 날에도 거의 매일같이 수영복을 입고 타월 위에 누워 선탠을 했다. 칼갈이 아저씨는 그 모습을 보려고 칼 가는 모습을 구경시켜 준다며 괜히 럭스 앞에서 십오 분씩 칼을 갈아 대곤 했다. 현관문은 딸들이 쉴 새 없이 들락날락하는 탓에 늘 열려 있었다. 한번은 우리가 제프 몰드럼의 집 앞에서 캐치볼을 하고 있는데, 제프네 거실에서 보니까 여자애들이 로큰롤에 맞춰 춤을 추고 있었다. 그 애들은 매우 진지하게 춤추는 법을 배우고 있었다. 여자애들은 재미로 같이 춤추며 노는구나 하고 희한해하는데, 제프 몰드럼이 계속 창을 두드리면서 키스하는 소리를 흉내 내는 바람에 결국 여자애들

---

9) 펌을 해서 크고 둥그렇게 부풀린 흑인 특유의 머리 모양이다.

은 커튼을 내려 버렸다. 커튼이 다 내려지기 전에 우리는 엉덩이 부분에 하트가 수놓인 나팔 청바지를 입고 뒤쪽 책장 근처에 서 있는 메리 리즈번의 모습을 보았다.

그것 말고도 기적에 가까운 변화는 또 있었다. 리즈번 씨네 잔디를 깎는 부치가 이젠 안뜰 수도꼭지에서 물을 마시는 대신 집 안에 들어와도 좋다는 허락을 받은 것이다. 땀투성이에 셔츠도 안 입고 문신까지 한 부치는 리즈번 자매들이 숨 쉬고 생활하는 부엌으로 곧장 걸어 들어갔다. 하지만 우리는 그의 근육과 가난이 무서워서, 한 번도 그에게 뭘 보았냐고 물어보지 못했다.

우리는 리즈번 부부가 이런 관대한 조처들에 관해 서로 합의한 줄 알았다. 그러나 훗날 우리와 만났을 때 리즈번 씨가 말하길, 그의 아내는 정신과 의사의 의견에 절대 동의하지 않았다고 했다. "잠시 양보를 한 거지." 그는 그 무렵 이혼을 하고 원룸아파트에서 혼자 살고 있었는데, 바닥에는 목각을 하느라 어질러진 톱밥 부스러기들이, 선반에는 나무를 깎아 만든 새와 개구리 들이 가득했다. 리즈번 씨는 딸들이 춤을 못 추게 하면 가슴 근육도 납작하고 혈색도 나쁜 남편감이나 데려오게 될 텐데 아내가 왜 그렇게 엄격하게 구는지 오랫동안 의구심을 품었다고 말했다. 또 비좁은 곳에 갇혀 있는 딸들한테서 풍기는 냄새 때문에 그는 점점 더 괴로워졌다. 때로는 동물원 새장 속에서 사는 것처럼 느껴질 때도 있었다. 눈 닿는 데마다 머리털이 북슬북슬한 빗과 머리핀이 굴러다녔고, 그렇게 많은 여자들이 집 안을 왔다 갔다 하다 보니 딸들은 아버지가 남자란 사실도 잊고 아버지 앞에서 아무렇지 않게 자신들의 월경 주기에 대해 얘기를 나누었다는 것이다. 이번에 처음으로 생리를 한 서실리아 역시 네 명의 언니들과 똑같은 날짜에 생리를 시작했다. 매달 그 닷새 동안 리즈번 씨는 죽을 맛이었다. 오리들에게 모이를 주듯 아스피린을 나눠 줘야 했고, 텔레비전에서 개 한 마리가 죽었다고 말도 못하게 울어 대는 딸들을 한꺼번에 달래 주어야 했기 때문이다. 리즈번 씨는 딸들이 '생리 기간' 중에는 연극적인 여성스러움을 과시하기도 했다고 말했다. 리즈번 자매들은 나른한 모습의 배우와도 같은 몸짓으로 계단을 내려와서는 한쪽 눈을 찡긋하며 이렇게 말하곤 했다. "사촌 허비가 다니러 왔어." 어떤 때는 밤에 탐폰을, 한 상자도 아닌 네댓 상자씩이나 사 오라는 딸들에게 등을 떠밀려 나갈 때도 있었는데, 그럴 때면 아직 수염도 제대로 나지 않은 어린 점원들이 그를 보고 히죽히죽 웃곤 했다. 리즈번 씨는 딸들을 사랑했고 딸들은 그에게 소중한 존재였지만, 그는 아들 생각이 간절했다.

서실리아가 집에 돌아온 지 이 주가 되었을 때 리즈번 씨가 아내를 설득해 딸들의 짧은 생애에서 처음이자 마지막으로 파티를 열어 주게 한 것도 실은 그런 이유에서였다. 우리 모두는 받는 사람의 이름이 매직펜으로 적혀 있는 풍선과 두꺼운 색지로 손수 만든 초대장을 받았다. 욕실에 얽힌 상상 속에서만 방문할 수 있었던 집에 정식으로 초대받았다는 사실을 믿을 수 없어서, 우리는 서로의 초대장을 일일이 확인하다시피 했다. 리즈번 자매들이 우리의 이름을 알고 있고, 그 섬세한 입술로 한 음 한 음 우리의 이름을 발음했고, 그 이름들이 그 애들의 인생에서 얼마간의 의미를 지닌다는 사실에 가슴이 떨렸다. 그들은 철자를 틀리지 않게 적고, 전화번호부나 나무에 박힌 금속 문패에서 우리의 주소를 확인하느라 고생했을 터였다.

파티 날 밤이 다가오자 우리는 그 집에서 무슨 장식이나 준비를 하는 기미라도 있나 유심히 지켜보았지만 아무런 기척도 없었다. 노란 벽돌은 여전히 성당에서 운영하는 고아원 같은 분위기를 자아냈고 잔디밭에는 적막감이 감돌았다. 커튼이 들썩이는 일도, 2미터짜리 대형 샌드위치나 감자 칩 상자를 실은 트럭이 나타나는 일도 없었다.

드디어 그날 밤이 되었다. 푸른색 재킷에 카키색 바지를 입고 핀으로 고정하는 넥타이를 맨 채, 우리는 수없이 지나다녔던 리즈번 씨네 집 앞의 보도를 따라 걸어갔다. 하지만 이번에는 방향을 틀어 양옆에 붉은 제라늄 화분들이 놓여 있는 현관 계단을 올라가 초인종을 눌렀다. 리더 행세를 하던 피터 시슨은 짐짓 따분한 표정까지 지으며 거듭 이렇게 말했다. "기다려. 이제 곧 너희도 보게 될 테니까." 문이 열렸다. 저만치 위의 어둠 속에서 리즈번 부인의 얼굴이 나타났다. 그녀는 들어오라고 말했고, 우리는 서로 밀치면서 현관으로 들어갔다. 입구에 깔려 있는 손뜨개 깔개에 발을 디딘 순간 우리는 피터 시슨이 한 말이 모두 엉터리였음을 알았다. 그 집은 지나친 여성스러움 때문에 머리가 어지럽기는커녕 말끔하고 무미건조했으며 묵은 팝콘 냄새가 희미하게 났다. '이 가정을 축복하소서.'라고 수놓인 액자가 아치 위에 걸려 있었고, 오른쪽 라디에이터 위 선반에 놓인, 청동을 입힌 다섯 켤레의 아기 신발은 얌전하기만 했던 딸들의 유년 시절을 간직하고 있었다. 식당은 온통 식민지 시대풍 가구로만 꾸며져 있었고, 한쪽 벽에는 초기 이주자들이 칠면조 털을 뽑고 있는 그림이 걸려 있었다. 거실에는 오렌지색 카펫과 밤색 비닐 소파가 있었다. 리즈번 씨가 앉는 레이지보이 안락의자 옆 작은 탁자에는 뱃머리에 가슴이 풍만한 인어가 그려진 미완성 범선 모형이 삭구도 없이 덩그러니 놓여 있었다.

우리는 파티 장소인 지하실로 안내되었다. 가장자리가 금속으로 된 층계는 가팔랐는데, 한 걸음씩 내려갈 때마다 아래의 불빛이 점차 환해지는 것이 마치 끓어오르는 지구의 핵 속으로 걸어 들어가는 것만 같았다. 마지막 계단에 이르렀을 때는 눈이 멀 지경이었다. 머리 위에서는 형광등이 지잉 소리를 냈고, 탁자용 램프에서는 불꽃처럼 일렁이는 빛이 뿜어져 나왔다. 초록색과 빨간색 바둑판무늬가 있는 리놀륨 장판은 버클 장식이 달린 우리의 구두 아래에서 불타올랐고, 카드놀이용 탁자 위에 놓인 펀치 그릇에서는 용암이 솟아 나오고 있었다. 나무판자를 덧댄 벽이 희부옇게 빛나는 가운데 처음 몇 초 동안 리즈번 자매들은 천사들이 무리 지은 양 한 조각 광채로밖에 보이지 않았다. 그렇지만 우리는 이내 조명에 익숙해졌고 새로운 사실을 깨달았다. 리즈번 자매들이 다 제각각이라는 사실이었다. 똑같은 금발과 오동통한 뺨을 가진 다섯 명의 복제 인간 대신 서로 다른 다섯 명의 소녀가 있었고, 개성에 따라 얼굴도 표정도 달라 보이기 시작했다. 자신을 보나벤처라고 소개한 보니는 얼굴이 누르스름하고 수녀처럼 코가 뾰족하다는 것도 금방 알 수 있었다. 그 애의 눈에는 눈물이 맺혀 있었고 키도 다른 애들보다 30센티미터는 더 컸는데, 그래서 훗날 밧줄에 매달릴 그녀의 목은 유난히 길어 보였다. 다른 애들보다 얼굴이 묵직하고 암소 같은 뺨과 눈을 가진 터리즈 리즈번은 우리에게 인사하려고 서투른 동작으로 앞으로 걸어 나왔다. 메리 리즈번은 다른 자매들보다 머리색이 비교적 진했고 '과부 이마'[10]를 갖고 있었다. 입술 위에 솜털이 난 것으로 보아 엄마한테 제모용 왁스를 뺏긴 모양이었다. 우리가 상상하던 리즈번 자매들의 이미지와 꼭 맞아떨어진 건 럭스 리즈번밖에 없었다. 럭스는 기운이 넘치고 장난기가 번득였다. 꼭 끼는 옷을 입은 그녀는 우리와 악수를 하겠다고 앞으로 걸어 나오더니 한 손가락으로 우리의 손바닥을 몰래 간질이면서 묘하게 쉰 소리로 깔깔 웃어 댔다. 서실리아는 언제나처럼 아랫단을 뜯어낸 웨딩드레스를 입고 있었다. 그 드레스는 1920년대풍 구제품이었다. 서실리아에게 헐렁하기만 한 가슴 부분에는 반짝이 장식이 달려 있었고, 서실리아가 그랬는지 중고 옷가게 주인이 그랬는지 아랫단을 들쭉날쭉하게 잘라 버린 탓에 드레스 길이가 서실리아의 까진 무릎 위까지밖에 오지 않았다. 그녀는 포대 자루 같은 드레스를 뒤집어쓴 채 자신의 펀치 잔을 뚫어져라 들여다보면서 등받이 없는 의자에 앉아 있

___

10) 이마에 머리카락이 브이 자 모양으로 나 있으면 과부가 된다는 미신에서 나온 말이다.

었다. 입술에 빨간 크레용을 칠하고 있어서 머리가 어떻게 된 창녀처럼 보였지만, 서실리아는 다른 사람은 안중에도 없다는 듯이 행동했다.

우리는 알아서 서실리아를 슬슬 피했다. 붕대는 풀었지만 서실리아는 손목의 흉터를 가리기 위해 주렁주렁 팔찌를 차고 있었다. 언니들이 아무도 팔찌를 하지 않은 걸로 보아, 아마 자기들 팔찌를 서실리아에게 몰아 준 모양이었다. 팔찌가 흘러내리지 않도록 안쪽에는 스카치테이프가 붙어 있었다. 웨딩드레스에는 당근과 근대 스튜 같은 병원 음식을 흘린 자국이 군데군데 보였다. 우리는 각자 펀치를 든 채 방 한쪽에 서 있었고, 리즈번 자매들은 반대편에 서 있었다.

우리는 이런 정식 파티에는 한 번도 와 본 적이 없었다. 우리가 아는 파티란 부모님이 멀리 가고 안 계실 때 형들이 여는 파티, 그러니까 컴컴한 방이 울리도록 몸을 흔들어 대거나, 음악에 맞춰 토하거나, 얼음을 채운 욕조 속에 맥주 통을 묻어 놓거나, 복도에서 난동을 부리거나, 거실의 조각상을 깨뜨리는 파티가 전부였다. 그런데 그날의 파티는 완전히 달랐다. 리즈번 부인이 국자로 펀치 잔을 계속 채워 주는 동안 우리는 터리즈와 메리가 도미노 게임을 하는 것을 쳐다보았다. 방 건너편에는 리즈번 씨의 공구 세트가 전시되고 있었다. 그는 톱니바퀴를 손바닥 위에서 돌려 보였고, 길고 뾰족한 관은 쑤시개, 접합제가 잔뜩 묻은 건 긁개, 끝이 갈라진 건 끌이라고 가르쳐 주었다. 공구 이야기를 할 때 리즈번 씨는 목소리를 낮췄는데, 눈은 우리가 아닌 공구들을 보고 있었고 손가락은 공구의 긴 날을 쓰다듬거나 엄지의 말랑말랑한 부분으로 날이 얼마나 날카로운지 시험하는 데 열중해 있었다. 그의 이마에 있는 세로 주름이 더욱 깊어졌고, 메마른 얼굴에서 오직 입술만이 물기를 머금고 있었다.

그동안 서실리아는 내내 의자에 앉아 있었다.

바보 조가 나타나자 우리는 반가웠다. 그는 자기 엄마 팔에 매달려 도착했는데, 무릎 길이의 헐렁한 반바지에 파란 야구 모자를 쓰고 보통 때처럼 다운증후군 특유의 얼굴로 배시시 웃고 있었다. 조는 빨간 리본으로 초대장을 손목에 매달고 있었다. 그것은 리즈번 자매들이 우리와 마찬가지로 그의 이름도 적어 보냈다는 걸 뜻했다. 조는 비정상적으로 큰 턱과 헤벌쭉한 입으로 웅얼거리면서, 조그맣고 쭉 째진 눈과 형들이 면도해 줘서 매끈해진 뺨으로 그곳에 나타났다. 바보 조가 정확히 몇 살인지는 아무도 몰랐지만, 기억할 수 없을 만큼 오래전부터 조에게는 수염이 있었다. 그의 형들이 양동이를 들고 현관 앞에 나와 조를 면도해 줄 때마다 조더러 가만있으라고 소리를 지르면서 실수로 멱을 따더라도 자기네 잘못이 아니라고 하면, 조는 하얗게 질려서 꼼짝도 하지 않았다. 우리는 지진아들이 오래 살지 못하고 다른 사람들보다 빨리 늙는다는 사실을 알고 있었다. 조의 야구 모자 아래로 흰머리가 살짝살짝 엿보이는 것도 바로 그 증거였다. 어렸을 때 우리는 십 대가 될 때쯤엔 바보 조가 죽을 거라고 생각했는데, 우리가 그 나이가 된 지금도 조는 여전히 어린애였다.

이제 우리는 리즈번 자매들에게 조에 대한 모든 것을 가르처 줄 수 있었다. 그의 턱을 긁으면 귀가 어떻게 움직이는지, 동전 던지기를 할 때 조는 항상 "앞"이라고 말하고 절대로 "뒤"라고는 하지 않는데 그 이유는 너무 어렵기 때문이라는 것, 우리가 "조, '뒤'라고 해 봐."라고 일러 줘도 그는 늘 자기가 이겼던 것만 생각하고 "앞!"을 외치지만 그가 이겼던 건 사실 우리가 눈감아 줬기 때문이라는 것 등을 말이다. 우리는 조가 늘 부르는, 유진 씨가 가르쳐 준 노래를 시켰다. "오, 삼보 왕고의 원숭이들은 꼬리가 없다네, 오, 삼보 왕고의 원숭이들은 꼬리가 없다네, 오, 원숭이들에겐 꼬리가 없어, 고래가 끊어 먹었지." 우리도 박수를 쳤고, 리즈번 자매들도 박수를 쳤다. 럭스는 박수를 치다가 바보 조에게 기댔는데, 정작 조 본인은 그 사실을 기뻐하기엔 너무 아둔했다.

파티 분위기가 막 무르익으려 할 때 서실리아가 슬그머니 의자에서 내려오더니 자기 엄마에게 다가갔다. 그녀는 왼쪽 손목의 팔찌를 만지작거리면서 나가도 되느냐고 물었다. 그 애가 말하는 걸 들은 건 그때가 처음이자 마지막이었는데, 목소리가 나이에 비해 너무 성숙해서 깜짝 놀랐다. 무엇보다 그 목소리는 늙고 피곤한 사람의 것처럼 들렸다. 서실리아는 계속 팔찌를 잡아당겼고 결국 리즈번 부인은 "정 그러고 싶다면 그러럼, 서실리아. 하지만 너한테 파티를 열어 주려고 이 고생을 한 거잖니."라고 말했다.

서실리아가 계속 팔찌를 잡아당기는 바람에 스카치테이프가 떨어졌다. 그러자 그녀는 그 자리에 서서 꼼짝도 하지 않았다. 리즈번 부인이 말했다. "좋아, 그럼 올라가. 너 빼고 우리끼

리 재미있게 놀 테니까." 허락을 받자마자 서실리아는 층계를
향해 다가갔다. 자기가 뭘 하는지 의식하지 않고 바닥을 향해
고개를 수그린 채. 해바라기 같은 눈동자는 우리가 영원히 이
해할 수 없을 인생의 막다른 지점에 못 박혀 있었다. 층계를
올라가 부엌에 이르자 서실리아는 문을 닫고 위층 복도를 따
라 계속 걸어갔다. 머리 위를 지나가는 그녀의 발소리가 들렸
다. 2층 계단을 올라가는 소리가 중간쯤까지 들리더니 갑자기
소리가 멈췄다. 그리고 삼십 초 뒤 그 애의 몸이 집 주위를 따
라 둘러쳐진 울타리 위로 퍽 하고 떨어지는 소리가 들렸다. 처
음에 바람 소리가 나고 그다음에 빠르게 떨어지는 소리가 들
렸던 것은 나중에 생각해 보니 웨딩드레스가 바람에 부풀어
올라서 그랬던 거였다. 한순간이었다. 사람의 몸은 순식간에
떨어진다. 요는 이렇다. 물리적 실체로서의 특성만을 놓고 보
았을 때, 사람의 몸뚱어리는 바위와 같은 속도로 떨어진다. 떨
어지는 동안 그녀의 뇌가 계속해서 번득였는지, 자기가 저지
른 짓을 후회했는지, 자신을 향해 다가오는 울타리의 뾰족한
쇠창살을 제대로 쳐다볼 시간이 있었는지는 중요하지 않았다.
중요한 것은 서실리아가 더 이상 어디에도 존재하지 않는다는
사실이었다. 획 하는 바람 소리에 뒤이어 들린 쿵 소리에 우
리는 깜짝 놀랐다. 수박이 쪼개지는 듯한 소리. 그 순간 사람
들은 하나같이 숨을 죽이고 꼼짝도 하지 않았다. 오케스트라
의 연주에 귀를 기울이듯 잘 들으려고 고개를 한쪽으로 기울
이고는 있었지만, 그때까지 아무것도 실감하지 못하고 있었다.
순간 리즈번 부인이 마치 주위에 아무도 없는 것처럼 말했다.

"오, 하느님 맙소사."

리즈번 씨가 위층으로 뛰어 올라갔다. 리즈번 부인은 층계 꼭대기까지 뛰어가서 난간을 붙잡고 서 있었다. 우리는 층계 참에 있었기 때문에 그녀의 윤곽이 잘 보였다. 굵은 다리, 기울어진 넓적한 등짝, 공포로 굳어 버린 커다란 머리통, 앞으로 툭 튀어나와 하얗게 빛나고 있는 안경. 리즈번 부인이 층계 전체를 막고 있다시피 해서 우리는 그 옆을 빠져나갈 수가 없어서, 리즈번 자매들이 지나가고 난 후에야 간신히 비집고 나올 수 있었다. 부엌에 가서 보니 창문 너머로 리즈번 씨가 덤불 옆에 서 있는 것이 보였다. 우리가 현관문 밖으로 나갔을 때, 그는 서실리아의 목과 무릎 아래를 손으로 받치고 있었다. 그는 딸의 왼쪽 가슴을 관통한 창살에서 딸을 빼내려 하고 있었다. 창살은 불가해한 그 심장을 지나 등골뼈를 뭉개지지 않게 둘로 나누고, 등으로 나와서 드레스를 찢은 다음 다시 공기와 만나고 있었다. 몸이 너무 빨리 지나가는 바람에 창살에는 피 한 방울 묻어 있지 않았다. 어찌나 완벽하게 깨끗했던지 장대 위에서 균형을 잡고 있는 체조 선수처럼 보일 지경이었다. 펄럭이는 웨딩드레스가 서커스적인 효과를 더해 주었다. 리즈번 씨는 계속해서 조심스레 딸을 들어 올리려고 했지만 아무것도 모르는 우리가 보기에도 그것은 부질없는 짓이었고, 서실리아가 비록 눈을 뜨고 있고 낚싯줄에 걸린 물고기처럼 연방 입을 움직이고는 있어도 그것은 단지 신경 작용일 뿐, 이 세상에서 탈출하려던 그녀의 두 번째 시도가 성공을 거두었음을 알 수 있었다.

2장

서실리아가 왜 자살하려 했는지는 지난번에도 알 수 없었지만 이번엔 더 오리무중이었다. 관례에 따라 경찰이 조사한 일기장도 보상받지 못한 사랑 때문이라는 가설을 확인해 주지는 못했다. 성무일도서[11]나 중세 시대 성경처럼 보이도록 색색 가지 매직펜으로 화려하게 꾸민 조그만 박엽지 일기장 속에서 도미닉 팔라촐로는 딱 한 번 언급되었을 뿐이다. 일기장은 아기자기한 그림들로 가득했다. 십 대 소녀다운 그림체의 천사들이 페이지 윗부분의 여백에서 풀쩍 뛰어내리거나 빽빽

---

11) 중세에 유행했던 개인 기도서. 여기에서처럼 고유명사로 쓰였을 땐 『베리 공작의 귀중한 성무일과』를 의미한다. 플랑드르의 화가 림뷔르흐 형제가 만든 이 책은 고딕 양식의 사본채식(寫本彩飾)이 절정에 달한 작품으로 꼽힌다.

하게 붙어 있는 문단들 사이에서 날개를 비비고 있었다. 또 금 발 머리 아가씨들이 바다색 눈물을 책 가운데를 향해 뚝뚝 떨어뜨리는가 하면, 포도색 고래들이 멸종 위기 동물 목록에 새로 추가된 동물들에 관한 (풀로 붙여 놓은) 신문 기사 주위로 피를 뿜어 댔다. 부활절 일기 옆 여백에서는 막 알을 깨고 나온 아기 병아리 여섯 마리가 삐악삐악 울고 있었다. 서실리아는 갖가지 색깔과 소용돌이 장식, 캔디랜드[12]의 사다리와 줄무늬가 있는 클로버 들로 모든 지면을 가득 채우다시피 했지만, 도미닉에 관한 내용은 "팔라촐로가 오늘 그 부잣집 날라리 포터 때문에 지붕에서 뛰어내렸다. 어쩜 그렇게 멍청할 수가 있지?"라고 적은 게 다였다.

이번에도 역시 구급 요원들이 왔다. 지난번 그 두 사람이라는 걸 알아보는 데는 시간이 좀 걸렸다. 무섭기도 하고 조심스럽기도 해서, 우리는 길 맞은편에 세워 둔 라슨 씨의 올즈모빌 자동차로 가서 보닛 위에 걸터앉았다. 리즈번 씨 댁을 빠져나오면서 한마디라도 말을 한 녀석은 밸런타인 스타마로스키뿐이었다. 녀석은 잔디밭 너머로 이렇게 외쳤다. "리즈번 선생님 그리고 사모님, 오늘 파티 감사합니다." 리즈번 씨는 서실리아를 위로 빼내려는 듯 혹은 흐느끼는 듯 등을 움찔거리면서 여전히 허리까지 빠지는 덤불 속에 서 있었다. 현관에 서 있던 리즈번 부인은 딸들이 그 광경을 못 보도록 집 쪽으로 돌려세

---

12) 어린이용 보드 게임. 출발점에서 결승점까지 이어져 있는 구불구불한 길이 작은 칸들로 나뉘어 있고, 각각의 칸은 남색을 제외한 여섯 가지 무지개 색으로 채워져 있다. '캔디랜드의 사다리'란 이 길을 가리키는 것이다.

왔다. 가 봤자 헛일이란 것을 알기라도 하는 것처럼 구급차가 점멸등도 사이렌도 켜지 않은 채 시속 24킬로미터의 느린 속도로 골목 어귀에 모습을 드러냈을 때, 오후 8시 15분에 맞춰져 있던 마당의 스프링클러가 물줄기를 뿜어 대기 시작했다. 콧수염을 기른 말라깽이 요원이 먼저 내렸고 뚱보가 그 뒤를 따랐다. 두 사람은 환자를 살펴보지도 않고 들것부터 꺼냈는데, 나중에 그쪽 방면의 전문가에게 들은 바에 의하면 그것은 일의 순서를 무시한 실수였다. 우리는 누가 구급차를 불렀는지, 또 구급 요원들이 어떻게 그날만큼은 자신들이 장의사에 불과하다는 사실을 알고 있었는지 알지 못했다. 톰 파힘은 터리즈가 안에 들어가서 전화를 걸었다고 했지만, 나머지 녀석들은 리즈번 자매들이 구급차가 도착할 때까지 내내 현관에서 꼼짝 않고 있었던 걸로 기억했다. 지금 무슨 일이 일어나고 있는지 아는 사람은 우리 외엔 아무도 없는 것 같았다. 쌍둥이처럼 똑같이 생긴 잔디밭들은 텅 비어 있었다. 어딘가에서 누군가 바비큐를 굽는 듯한 냄새도 풍겨 왔다. 조 라슨네 집 뒤에서 셔틀콕이 끝도 없이 오가는 소리가 들리는 것으로 보아 세계 최고의 선수 둘이 배드민턴을 치고 있는 모양이었다.

구급 요원들은 서실리아를 살펴보기 위해 리즈번 씨를 옆으로 비켜서게 했다. 맥박은 없었지만 어쨌든 그들은 서실리아를 구하기 위한 조치를 취하기 시작했다. 뚱보가 쇠창살을 톱질하는 동안 말라깽이는 서실리아를 받아 들 준비를 했다. 왜냐면 관통된 채 그대로 두는 것보다 뾰족한 쇠창살 끝으로 서실리아를 빼는 편이 더 위험했기 때문이다. 쇠창살이 뚝 하고 부러지자 말라깽이는 툭 떨어진 서실리아의 몸무게 때문에 뒤로 휘청했다. 그는 다시 중심을 잡은 뒤 들것 위에 서실리아를 내려놓았다. 구급 요원들이 서실리아를 데려갈 때, 톱에 잘려 나간 창살 끝에서는 찢어진 옷자락이 깃발처럼 펄럭이고 있었다.

9시가 다 된 시각이었다. 우리는 차려입은 옷을 벗어 놓고 다음엔 또 무슨 일이 벌어지는지 보려고 체이스 뷰얼네 집 지붕 위에 모였다. 하늘 끝에 닿을 듯 무성하게 자라난 나무들 너머로 갑작스럽게 숲이 끝나고 도시가 시작되는 경계선이 보였다. 멀리 아스라한 공장들을 배경으로 해가 뉘엿뉘엿 넘어가는 가운데, 띄엄띄엄 보이는 근처 빈민가 유리창들은 스모그로 흐릿해진 석양빛을 반사하고 있었다. 높은 지붕의 타르를 칠한 지붕널 위에 웅크리고 앉아 양손으로 턱을 괴고 있으니 평소에는 들을 수 없었던 소리들이 들려왔다. 거꾸로 돌아가는 테이프처럼 알아들을 수 없었던 도시의 소음들이 차츰 희미하게나마 분간되기 시작했다. 비명과 고함 소리, 줄에 매인 개가 짖어 대는 소리, 자동차 경적 소리, 뭔지 모를 게임을 끈질기게 하며 숫자를 외쳐 대는 여자애들의 목소리. 우리가 한 번도 가 본 적 없는 가난한 도시의 소리들이 아무 뜻도 없이 뒤죽박죽 섞여서 바람에 실려 왔다. 그러곤 어둠이 밀려왔다. 멀리 움직이는 자동차 불빛들이 보였고, 가까이에서는 집집마다 노란 불이 하나둘 켜지면서 텔레비전 주위에 둘러앉은 가족이 보였다. 한 명씩 한 명씩, 우리도 모두 집으로 돌아갔다.

* * *

   우리 동네에서는 지금껏 장례식이 한 번도 없었다. 적어도 우리가 태어난 뒤로는 그랬다. 죽음이란 대부분 우리가 아직 존재하지도 않던 2차 세계 대전 당시, 흑백사진 속 아버지들 — 정글 속 임시 활주로에 서 있는 아버지, 여드름과 문신이 있는 아버지, 머리맡에 여자 연예인 사진을 걸어 둔 아버지, 우리의 어머니가 될 아가씨들에게 연애편지를 쓰는 아버지, 말라리아모기가 날아다니는 공기 속에서 K 레이션[13]과 외로움과 들끓는 분비샘으로부터 영감을 받은 (집에 돌아온 순간 완전히 멈춰 버린) 시적 몽상에 빠져 있는 아버지 — 이 믿을 수 없을 만큼 비쩍 마른 젊은이들이던 시절 일어난 일이었다. 이제 그 아버지들은 배가 불룩 나오고, 긴긴 세월 바지를 입은 탓에 정강이 털이 하나도 남아 있지 않은 중년 아저씨가 되었지만, 죽음은 여전히 먼 훗날 이야기였다. 영어를 한마디도 못하는 이민자로, 개조한 남의 집 다락방에서 근근이 살았던 그들의 부모 세대 역시 최고의 의료 혜택을 받은 덕분에 어쩌면 다음 세기까지 살지도 몰랐다. 누구의 할아버지도, 누구의 할머니도, 누구의 부모님도 돌아가신 적이 없었고, 오직 개 몇 마리만이 죽었을 뿐이다. 톰 버크네 비글[14] 머핀이 풍선껌을 씹다가 질식해 죽었고, 그해 여름 개 나이로 치면 아직

---

13) 2차 세계 대전 당시 미군들에게 배급되었던 하루치 휴대 식량이다.
14) 토끼 사냥 등에 쓰이는, 다리가 짧고 귀가 늘어진 작은 사냥개이다.

강아지에 불과한 서실리아 리즈번이 그다음이었던 것이다.

서실리아가 죽은 날은 묘지 인부들의 파업이 육 주째로 접어든 때였다. 우리 중 대부분은 묘지에 가 본 적도 없었기 때문에 인부들의 파업이나 불만의 원인에 대해 그다지 관심을 갖지 않았다. 간혹 빈민가에서 총소리가 들려와도 아버지들은 자동차가 역화하는 소리일 뿐이라고 우기곤 했다. 그러다 보니 우리 도시의 시신 매장이 전면 중단되었다는 기사가 신문에 실렸을 때에도, 우리와 무슨 상관이 있으리라고는 생각하지 못했다. 얌전한 딸들만 잔뜩 키우고 있었던, 사십 대밖에 안 된 리즈번 부부 역시 그 딸들이 일제히 자살하기 전까지는 묘지 파업에 신경도 쓰지 않았다.

장례식은 계속 있었지만 마지막 단계인 매장은 생략되었다. 수레에 실려 운반된 관들은 파여 있지도 않은 묏자리 옆에 내려졌고, 성직자들은 추도사를 낭독했다. 조객들이 한차례 눈물을 흘린 다음, 관은 협상안이 타결될 때까지 다시 차가운 시체 안치소로 돌려보내졌다. 덕분에 화장의 인기가 높아졌다. 그러나 리즈번 부인이 화장은 이단이라며 반대하는 데다 예수가 재림하는 날 죽은 자의 육신이 되살아나리라는 성경 구절까지 들먹이는 형편이어서, 서실리아의 화장은 턱도 없는 얘기였다.

우리 시 외곽에 있는 유일한 묘지는 오랜 세월 동안 루터 교에서 감리교를 거쳐 가톨릭에 이르는 다양한 종파의 손을 거쳐 온 황량한 벌판이었다. 그곳에는 모피 사냥꾼이던 프랑스계 캐나다인 세 명과 크롭이라는 빵 장수 일가와 루트 비어[15] 비슷한 음료를 개발했던 J. B. 밀뱅크가 잠들어 있었다. 기울어진 묘비들과 붉은 자갈이 깔린 유(U) 자 모양의 진입로, 살진 시체들의 영양분을 먹고 무성하게 자라난 나무들이 있는 이 묘지는 마지막 사망자가 있었던 시절에 이미 꽉 차 버린 터였다. 그 결과 장의사 앨턴 씨는 리즈번 씨를 태우고 다른 마땅한 곳을 찾아 돌아다녀야 했다.

앨턴 씨는 그때 일을 똑똑히 기억했다. 묘지 파업 때 일들이 쉽사리 잊히지 않는 것들이기도 했지만, 그는 다른 이유도 있었음을 털어놓았다. "자살한 경우나 어린아이는 그때가 처음이었지. 뻔한 애도의 말을 건넬 수는 없지 않나. 솔직히 말하면 진땀깨나 뺐다네." 웨스트사이드 팔레스타인인 구역에서 조용한 묘지를 찾아냈지만, 리즈번 씨는 무에진[16]이 알아들을 수 없는 말로 사람들에게 기도하라고 외치는 게 싫었다. 게다가 그 동네 사람들이 지금도 이슬람 율법에 따라 욕조 속에서 염소를 잡는다는[17] 얘기를 들은 적도 있는 터였다. "여긴 안 되겠어요." 리즈번 씨가 말했다. "여긴 안 돼요." 다음으로 둘러본 조그마한 가톨릭 묘지는 처음엔 흠잡을 데가 없어

---

15) 북아메리카에서 흔히 마시는 음료. 여러 가지 나무뿌리 즙에 육두구, 아니스 등의 향료와 당밀을 넣고 발효시켜 만든다. 맥주와 흡사한 거품을 내지만 알코올은 거의 들어 있지 않다.

16) 하루 다섯 번 사원의 탑 위에서 이슬람교의 기도 시각임을 외치는 사람이다.

17) 이슬람교에서는 짐승을 도축할 때 "알라신의 이름으로"라고 외치고 단번에 목을 베어 죽인 다음 피가 모두 빠질 때까지 거꾸로 매달아 놓는데, 이러한 도축 방식을 '할랄'이라고 한다.

보였다. 그러나 묘지 뒤에 3킬로미터나 되는 땅을 고르게 갈아놓은 것을 보고 리즈번 씨는 핵폭탄을 맞은 히로시마 사진들이 떠올랐다. "거긴 원래 폴란드인 마을이었다네." 앨턴 씨가 말했다. "제너럴모터스에서 대규모 자동차 공장을 지으려고 폴란드인 2만 5000명이 사는 땅을 사들인 거야. 스물네 블록을 철거했을 때 돈이 바닥나 버렸지. 결국 잡석과 잡초투성이가 되고 말았어. 담벼락 너머를 보면 사실 적막하기는 했지." 마침내 두 사람은 두 개의 고속도로 사이에 위치한, 어느 종파에도 속하지 않는 공동묘지에 이르렀고, 그곳에서 서실리아 리즈번은 매장을 제외한 모든 장례 의식을 가톨릭식으로 치렀다. 공식적인 성당 기록에 서실리아의 사망 원인은 "사고사"로 기록되었고, 그것은 일 년 뒤 그녀의 언니들이 죽었을 때도 마찬가지였다. 이에 대해 우리가 의문을 제기하자 무디 신부님은 이렇게 대답했다. "어물쩍 넘어가려 했던 건 아니다. 그 애가 실수로 떨어진 게 아니라고 어떻게 장담하지?" 우리가 수면제와 목을 매단 줄 등을 근거로 들었을 때도 신부님은 이렇게 말했다. "대죄(大罪)로서 자살은 의도의 문제야. 그 애들이 정말로 하려던 게 뭔지 누가 알 수 있겠니?"

우리의 부모님들은 비극에 전염되지 않도록 우리를 집에 남겨 둔 채 거의 모두 장례식에 참석했다. 그들은 한결같이 그처럼 썰렁한 묘지는 처음 봤다고 입을 모아 말했다. 묘비도, 석물도 없이 덩그러니 화강암 석판만 땅에 박혀 있고 해외 참전 용사들의 묘에는 비를 맞아 너덜거리는 비닐 성조기와 꽃이 시든 철사 화환밖에 없었다. 처음에는 시위대 때문에 영구

차가 정문을 통과하는 데 애를 먹었지만, 고인의 나이를 알고 나자 그들도 길을 터 주며 격앙된 현수막을 내려 주기까지 했다. 묘지 안은 태업의 흔적이 역력했다. 몇몇 무덤들 주변에는 흙더미가 쌓여 있었다. 누군가를 매장하는 도중에 노조에서 호출이라도 온 것처럼, 굴착기는 잔디에 삽을 처박은 채 멈춰 있었다. 가족이 묘지 관리인들 대신 사랑하는 이의 마지막 안식처를 돌보려 애쓴 안쓰러운 흔적도 보였다. 비료를 너무 많이 줘서 잔디가 노랗게 말라 죽은 곳이 있는가 하면, 물을 너무 많이 줘서 늪지대로 변해 버린 곳도 있었다. 물을 퍼 나르느라 생긴(스프링클러는 인부들에 의해 고장 나 있었다.) 깊은 발자국이 무덤에서 무덤으로 이어져 있어서 밤마다 시체들이 돌아다니기라도 하는 것처럼 보였다.

잔디는 거의 칠 주째 깎지 않은 상태였다. 상여꾼들이 관을 옮기는 동안 조문객들은 발목까지 잔디에 파묻힌 채 서 있었다. 십 대 사망률이 낮은 탓에 중간 사이즈의 관은 거의 생산되지 않았다. 케이크 상자보다 약간 큰 유아용 관이 소량 생산될 뿐이었다. 그다음 사이즈는 서실리아에겐 지나치게 큰 성인용 관이었다. 장례식장에서 관 뚜껑을 열었을 때 사람들의 눈에 보인 것은 새틴 베개와 주름을 잔뜩 잡은 뚜껑 안쪽의 장식이 전부였다. 터너 부인은 "잠깐 동안이었지만, 정말 관이 비어 있는 줄 알았다니까."라고 말했다. 하지만 바로 다음 순간이면 하얀 새틴에 파묻힌 창백한 피부와 머리카락, 39킬로그램의 가냘픈 자태가 착시로 인한 환영처럼 배경으로부터 떠올랐다. 웨딩드레스는 리즈번 부인이 내버렸기 때문에, 그 애는 레이스 칼라가 달린 베이지 원피스 차림이었다. 그것은 서실리아가 생전에는 절대 입지 않으려 했던, 할머니의 크리스마스 선물이었다. 관 뚜껑을 위쪽 반만 열었는데도, 서실리아의 얼굴과 어깨뿐 아니라 손톱을 물어뜯은 양손과 꺼칠꺼칠한 팔꿈치, 엉덩이에서 두 갈래로 똑같이 뻗어 나온 다리와 무릎이 다 드러났다.

관 가까이 가는 것은 가족에게만 허락되었다. 아이들이 먼저 나왔는데, 하나같이 무표정하고 멍한 모습이었다. 나중에 사람들은 그때 그 표정에서 알아차렸어야 했다고 말들을 했다. "동생한테 윙크를 하는 것 같더라고." 캐러더스 부인이 말했다. "목 놓아 우는 게 당연한 자리에서 걔들이 어떻게 했어? 관에 다가가서 한번 쓱 들여다보고는 그냥 지나가 버렸잖아. 왜 눈치를 못 챘을까?" 장례식에 참석한 유일한 아이였던 커트 밴 오스돌은, 그 광경을 감상해 줄 우리만 곁에 있었다면, 신부님을 비롯한 다른 모든 사람 앞에서 자신의 불길한 예감을 자신 있게 밝혔을 거라고 떠벌렸다. 딸들이 모두 자리로 돌아오고 나자, 리즈번 부인은 남편 팔에 의지한 채 비틀거리며 열 걸음 내디뎌서는, 태어나서 처음이자 마지막으로 연지를 바른 서실리아의 얼굴 위로 힘없이 고개를 숙였다. "애 손톱 좀 봐." 버튼 씨는 리즈번 부인이 이렇게 말한 것으로 기억했다. "손톱 좀 어떻게 해 줄 수 없었나?"

그러자 리즈번 씨가 대답했다. "다시 자랄 거야, 여보. 손톱은 계속 자라잖아. 이젠 서실리아가 물어뜯을 수도 없고."

* * *

　신기하게도, 우리는 서실리아가 죽은 후에도 살아 있을 때와 다름없이 그 애에 대해 점점 더 많은 것을 알아 나갔다. 그 애는 말도 없고 친구도 없는 아이였지만, 모두가 그 애에 대한 나름의 생생한 기억을 가지고 있었다. 우리 중에는 서실리아가 아기였을 때 리즈번 부인이 핸드백을 가지러 집에 갔다 오는 오 분 동안 서실리아를 안고 있어 본 녀석도 있었고, 놀이터에서 그 애랑 흙장난을 하다 삽 때문에 싸워 본 녀석도 있었으며, 쇠사슬 울타리 사이로 기괴하게 자라난 뽕나무 뒤에서 그 애에게 자기 아랫도리를 보여 준 녀석도 있었다. 우리는 그 애와 함께 천연두 예방주사 맞는 줄에 서서 기다려 보기도 했고, 소아마비 백신이 들어 있는 각설탕을 혀 밑에 넣고 녹여 먹기도 했다. 또 그 애에게 줄넘기하는 법과 뱀 쫓는 법을 가르쳐 주거나 상처에 앉은 딱지를 떼지 말라고 몇 번이나 말해 주기도 했고, 스리 마일 공원의 식수대 물은 절대 마시면 안 된다고 일러 주기도 했다. 그리고 서실리아를 좋아하면서도 그 애가 특이한 아이라는 걸 알기 때문에 혼자만의 비밀로 간직한 녀석들도 있었다.

　서실리아의 방 — 우리가 마침내 루시 브록으로부터 얻어 낸 상세한 묘사에 따르면 — 은 그 애의 성격에 대한 우리의 추리가 옳았음을 확인해 주었다. 천장에 달린 12성좌 모빌 외에도, 서실리아의 향 냄새와 머리 냄새가 아직도 남아 있는 베개 밑에서 루시 브록이 타로 카드 한 벌과 굉장한 자수정 컬

렉션을 찾아낸 것이다. 루시는 ── 우리가 그러라고 했기 때문에 ── 혹시 침대 시트가 세탁되었나 꼼꼼히 살펴보았지만 그렇지 않았다고 했다. 그 방은 사건 현장으로서 그대로 보존되어 있었고, 서실리아가 뛰어내린 창문 또한 여전히 열려 있었다. 루시는 서랍장 맨 위 서랍에서 집에서 염색한 검은색 팬티 일곱 장을, 옷장 속에서는 깨끗한 운동화 두 켤레를 발견했다. 하지만 이러한 발견이 우리에겐 하나도 놀랍지 않았다. 서실리아가 속도를 내려고 자전거를 서서 탈 때마다 치마 속이 보였기 때문에 검은색 팬티에 대해선 오래전부터 알고 있었고, 그 애가 뒷문 앞 계단에 앉아 칫솔과 물비누를 가지고 운동화를 빠는 모습도 자주 목격되곤 했기 때문이다.

서실리아의 일기는 그 애가 자살하기 일 년 반 전부터 시작된다. 일기장에 그려진 그림 대부분이 밝은 분위기였는데도, 많은 사람들은 화려하게 꾸며진 그 페이지들에 마치 해독할 수 없는 절망을 의미하는 상형문자라도 담겨 있는 것처럼 굴었다. 일기장은 자물쇠로 잠겨 있었는데, 배관공 조수 스킵 오테가한테서 그 일기장을 얻어 낸 데이비드 바커가 말하길, 스킵이 일기장을 발견한 것은 안방 욕실 변기 옆이었으며 리즈번 부부가 이미 읽고 있었던 듯 자물쇠를 억지로 연 흔적이 있었다고 했다. 만물박사 팀 와이너는 자기가 그 일기를 분석하겠다고 고집을 피웠다. 그래서 우리는 녀석의 부모님이 아들을 위해 만들어 준, 초록색 탁상용 스탠드와 지구본과 금테 두른 백과사전이 있는 녀석의 서재로 일기장을 가져갔다. "정서 불안이야." 필체를 분석 중이던 팀이 말했다. "아이(i) 위에 찍힌 점을 봐. 어디를 봐도 마찬가지라고." 그러곤 약골다운 창백한 피부 밑의 파란 정맥이 보일 정도로 몸을 앞으로 수그리며 이렇게 덧붙였다. "이번 사건의 주인공은 기본적으로 몽상가라고 볼 수 있어. 현실과 동떨어진 사람이지. 창문에서 뛰어내릴 때 아마 자기가 하늘을 날 줄 알았을 거야."

일기의 어떤 부분들은 지금도 생생하게 기억난다. 체이스 뷰얼네 다락방으로 자리를 옮긴 후엔 소리 내어 읽어 보기도 했고, 일기장을 서로 돌려 보면서 한 줄 한 줄 손가락으로 짚어 가며 떨리는 마음으로 우리 이름을 찾아보기도 했다. 하지만 일기를 읽어 가면서, 비록 서실리아가 언제나 모든 사람을 뚫어져라 쳐다보긴 했지만 실은 우리 중 그 누구에 대해서도 생각하고 있지 않았음을 점차 깨달았다. 심지어 그녀 자신에 대해서조차 말이다. 서실리아의 일기는 자아 정체성의 발달 과정을 거의 그리고 있지 않다는 점에서 청소년기에 관한 희귀한 자료이다. 일반적으로 나타나는 불안감이나 슬픔, 짝사랑이나 몽상 같은 것들은 증거물 어디에서도 보이지 않는다. 대신 서실리아는 언니들과 자신을 각각의 독립체로 묘사하고 있는데, 대부분의 경우 어느 언니에 대해 적고 있는지 알아내기 어려웠다. 또 그녀의 이상한 문장들을 읽다 보면, 열 개의 다리와 다섯 개의 머리를 가진 신화 속 생물이 침대에 누워 과자를 먹거나 지나치게 다정한 친척 아주머니들의 방문에 곤혹스러워하는 모습이 떠오르곤 했다. 일기 속엔 리즈번 자매들이 자살한 이유보다 그들이 어떻게 지냈는지에 관한 이야기가 훨씬 더 많았다. 우리는 그 애들이 무슨 음식을 먹었고

("2월 13일 월요일, 오늘은 냉동 피자를 먹었다……."), 무슨 옷을 입었고, 무슨 색을 가장 좋아했다는 식의 얘기에 물릴 지경이 되었다. 리즈번 자매들은 우유를 넣고 끓인 옥수수 통조림을 싫어했다. 그리고 메리는 정글짐에서 놀다 이가 부러지는 바람에 의치를 했다.(이 대목에서 케빈 헤드가 "내 말이 맞았잖아."라고 말했다.) 그렇게 우리는 리즈번 자매들의 삶에 대해 알게 되었고, 우리가 경험하지 않은 시간에 대한 기억을 공유하게 되었으며, 럭스가 배 밖으로 몸을 구부리고 난생처음 고래를 쓰다듬으며 "고래한테서 이렇게 지독한 냄새가 나는 줄 몰랐어."라고 말할 때 터리즈가 "고래수염에 낀 해초가 썩는 냄새야."라고 대꾸하는 영상을 각자의 마음속에 간직했다. 수년 전 캠핑을 하다 그 애들이 올려다봤던, 별이 빛나는 밤하늘과 뒤뜰에서 앞뜰로, 다시 뒤뜰로 왔다 갔다 하던 여름날의 지루함과 그 애들이 "하수구 냄새"라고 불렀던, 비 오는 밤이면 변기를 통해 올라오던 정체불명의 냄새에도 익숙해졌다. 또 웃통 벗은 남자애를 봤을 때 기분이 어땠는지, 그 후 왜 럭스가 자신의 모든 삼공 바인더와 브래지어와 팬티에 보라색 매직펜으로 케빈의 이름을 써 놓았는지도 알게 되었다. 어느 날 집에 돌아와 리즈번 부인이 그 모든 물건들을 표백제에 담가 '케빈'이란 이름이 모두 지워졌음을 발견했을 때 럭스가 얼마나 화가 났을지도 이해할 수 있었다. 매서운 겨울바람이 치마 속으로 파고드는 고통과 교실에서 내내 무릎을 붙이고 앉아 있어야 하는 고충, 남자애들이 야구를 하는 동안 줄넘기나 해야 한다는 사실이 얼마나 따분하고 화나는 일인지도 알게 됐다. 성숙

해 보이는 것이 그들에게 왜 그렇게 중요한지, 왜 서로를 칭찬하지 않으면 안 된다고 느끼는지는 도무지 이해할 수 없었지만, 때때로 한 녀석이 그 일기를 꽤 한참 동안 큰 소리로 읽을 때면 우리는 서로를 끌어안거나 상대방이 얼마나 예쁜지 얘기해 주고 싶은 충동과 맞서 싸워야 했다. 우리는 소녀로 살아가야 한다는 사실이 주는 구속감, 그것이 어떻게 그들의 마음을 적극적이면서도 몽상적으로 만드는지, 또 서로 어울리는 색깔을 구분해 내는 방법은 어떻게 터득하는지도 알게 되었다. 리즈번 자매들은 우리의 쌍둥이였고, 똑같은 가죽을 덮어쓴 동물들처럼 우리와 같이 존재했다. 우리는 그들에 대해 아무것도 몰랐지만, 그 애들은 우리에 대한 모든 것을 알고 있었다. 마침내 우리는 리즈번 자매들이 실은 소녀의 탈을 쓴 여인들이라는 것, 그들이 사랑도, 심지어 죽음까지도 이해한다는 것, 그리고 우리가 할 일은 그저 그들의 마음을 사로잡을 만한 소란을 피우는 것뿐이란 사실을 깨달았다.

일기가 진행되어 갈수록, 서실리아는 언니들 이야기를 비롯해 사실상 모든 종류의 개인적인 서술에서 멀어지기 시작하고, 일인칭 단수가 거의 등장하지 않게 된다. 그 효과는 영화가 끝날 때 카메라가 인물들로부터 멀어지면서 그들의 집, 거리, 도시, 나라, 마지막엔 지구를 일련의 디졸브[18]를 통해 보여 주기, 즉 그 모든 것이 점점 작아지다가 결국에는 화면에

---

18) 앞 화면이 서서히 사라지는 것과 동시에 다음 화면이 서서히 나타남으로써 두 화면이 겹쳐 보이게 하는 화면 전환 기법이다.

서 사라지게 만드는 것과 비슷하다. 서실리아의 조숙한 문장은 오염된 강물을 따라 카누를 저으며 눈물 흘리는 인디언이 등장하는 광고나 야간 전투의 전사자 수처럼 사적이지 않은 주제로 돌아선다. 일기의 마지막 3분의 1에서는 화자의 기분이 둘 사이에서 왔다 갔다 하는 것을 볼 수 있다. 낭만적인 구절에서 서실리아는 느릅나무들의 죽음을 슬퍼한다. 그러나 그 앞의 냉소적인 구절에서는 나무들이 전혀 병들지 않았으며, 벌목 작업이 "모든 것을 천편일률적으로 만들려는" 음모라고 주장하고 있다. 이런저런 음모론 ── 군수 업체 일루미나티가 배후에 있다는 식의 ── 이 군데군데 보이지만, 슬쩍 시늉만 하는 것이 실은 화학 오염 물질들의 이름이 너무 많고 알아먹을 수 없기 때문인 것 같았다. 그러곤 비난 일색에서 숨도 안 돌리고 다시 시적인 몽상으로 옮아간다. 우리가 보기에, 여름에 대한 미완성 시 중에서 대구를 이루는 다음 두 행은 꽤 훌륭하다.

    폐와 같은 나무들은 공기를 끌어당기고
    심술궂은 언니는 내 머리를 잡아당긴다

    날짜는 6월 26일로 적혀 있다. 그러니까 그 애가 앞뜰 잔디 위에 누워 있곤 하던, 병원에서 퇴원한 지 사흘째 되던 날이다.

* * *

마지막 날 서실리아의 마음이 어떤 상태였는지에 대해서는 거의 알려진 바가 없다. 리즈번 씨에 따르면 서실리아가 그날 파티를 즐거워했던 것 같다. 파티 준비가 잘되어 가나 보려고 아래층으로 내려갔을 때, 그는 서실리아가 의자 위에 서서 빨간색과 파란색 리본으로 천장에 풍선을 매달고 있는 것을 보았다. "난 내려오라고 했어. 의사가 팔을 머리 위로 들면 안 된다고 했거든. 상처 꿰맨 것 때문에 말이야." 서실리아는 아버지가 시키는 대로 했다. 그러곤 자기 방 바닥 깔개 위에 누워 별자리 모빌을 올려다보거나 통신 판매로 산 괴상한 켈트족 음반을 들으며 시간을 보냈다. "어떤 소프라노가 줄창 늪이니 죽은 장미에 대해 노래하는 음악이었지." 리즈번 씨는 자신이 젊었을 때 듣던 밝은 곡들에 비해 음악이 너무 우울한 데 놀랐지만, 복도를 걸어 내려오면서 그것이 럭스의 울부짖는 록 음악이나 터리즈의 아마추어 무선통신에서 흘러나오는, 인내심의 한계를 뛰어넘는 쇳소리보다 더 나쁠 것도 없음을 깨달았다.

오후 2시부터 서실리아는 욕조에 들어가 있었다. 그 애가 장시간 목욕을 즐기는 건 드문 일이 아니었지만, 지난번 사건 이후 리즈번 부부는 위험을 무릅쓸 생각이 없었다. "욕실 문을 조금 열어 놓으라고 했지." 리즈번 부인이 말했다. "물론 서실리아는 싫어했어. 게다가 그 애한텐 새로운 무기가 있었다고. 정신과 의사가 이제 서실리아도 사생활을 존중받을 나이

가 되었다고 했거든." 오후 내내 리즈번 씨는 욕실 앞을 지나
갈 핑계를 계속 만들어 냈다. "첨벙 소리가 날 때까지 기다리
다가 지나가곤 했지. 물론 욕실에 있던 날카로운 물건은 모두
치워 버렸지만."

4시 30분이 되자, 리즈번 부인은 서실리아를 살피고 오라고
럭스를 올려 보냈다. 아래층에 다시 내려왔을 때, 럭스는 아
무렇지도 않은 듯이 다시 내려왔고 동생이 몇 시간 후 저지를
일에 대해 뭔가 아는 기미는 전혀 보이지 않았다. "아무 일도
없어요." 럭스가 말했다. "목욕 소금 냄새 때문에 숨이 막힐 지
경이던데요 뭘."

5시 30분에 서실리아는 욕실에서 나와 파티복으로 갈아
입었다. 리즈번 부인은 서실리아가 언니들의 방(보니는 메리와,
터리즈는 럭스와 방을 함께 썼다.) 사이를 왔다 갔다 하는 소리
를 들었다. 그녀의 팔찌가 달그락거리는 소리는 리즈번 부부
를 안심시켜 주었다. 짐승 목에 달린 방울 소리처럼 서실리아
가 지금 어디 있는지를 알려 주었기 때문이다. 우리가 도착하
기 몇 시간 전부터, 리즈번 씨는 서실리아가 이 구두 저 구두
를 신어 보느라 간간이 층계를 오르내릴 때마다 팔찌 소리를
들었다.

나중에 여러 차례에 걸쳐 이런저런 기회에 들은 얘기에 따
르면, 리즈번 부부는 그날 파티를 하는 동안 서실리아의 행동
에서 이상한 점을 발견하지 못했다고 한다. "그 애는 원래 누
구하고 있든 항상 조용했거든." 리즈번 부인이 말했다. 그리고
자신들의 사교 생활이 그리 활발하지 못했던 탓에, 그들 부부

64

는 파티가 성공적이었던 걸로 기억했다. 사실 리즈번 부인은 서실리아가 자리를 뜨겠다고 했을 때 깜짝 놀라기까지 했다. "난 그 애가 재미있어하는 줄 알았거든." 이때까지도 다른 딸들은 앞으로 무슨 일이 일어날지 전혀 모르는 것처럼 행동했다. 톰 파힘은 메리가 페니스 양품점에서 본 어떤 점퍼를 사고 싶다고 말했던 것을 기억한다. 터리즈와 팀 와이너는 아이비리그 대학 입시와 관련해 불안한 마음을 나누고 있었다.

나중에 밝혀진 단서들을 보면, 서실리아는 우리가 기억하는 것처럼 곧장 자기 방으로 올라가진 않았다. 일례로 그녀는 파티장을 떠나 위층으로 가기 전에 여유롭게 배 주스 한 잔을 마셨다.(엄마의 가르침을 무시하고 주스 캔에 구멍을 하나만 뚫은 다음 싱크대 위에 올려놓고 갔다.) 주스를 마시기 전 혹은 마신 후 서실리아는 뒷문으로 갔다. "난 걔를 어디 여행이라도 보내는 줄 알았지. 여행 가방을 들고 있었거든." 피천버거 부인이 말했다.

여행 가방은 발견되지 않았다. 피천버거 부인의 증언은 이중 초점 안경이 일으킨 착시 현상 아니면 '짐'이 중요한 역할을 하는 추후 자살들에 대한 예언으로밖에 설명할 수 없다. 진실이 무엇이건 간에, 피천버거 부인이 서실리아가 뒷문을 닫는 모습을 본 직후 그 애는 층계를 걸어 올라갔고, 아래층에 있던 우리는 그 소리를 똑똑히 들었다. 아직 바깥이 환했는데도 서실리아는 침실의 불을 켰다. 길 건너편에 사는 뷰얼 씨는 그 애가 창문을 여는 것을 보았다. "내가 손을 흔들었는데 날 보지 못하더구나." 바로 그때, 다른 방에 있던 그의 아내가 신음 소리를 냈다. 그래서 뷰얼 씨는 구급차가 다녀갈 때까지 서실리아의 소식을 듣지 못했다. "우리 집은 우리 집대로 문제가 있었으니까." 서실리아가 창밖의 축축하고 폭신한 분홍빛 공기 속으로 머리를 내밀던 그 순간에, 그는 병든 아내를 보살피러 갔던 것이다.

3장

리즈번가의 조화는 일반적인 경우보다 늦게 도착했다. 죽음의 성격 때문에 많은 이들이 장례식장에 꽃을 보내지 않기로 했고, 대부분의 사람들은 이 비극을 조용히 넘겨야 할지 아니면 자연사인 것처럼 행동해야 할지 몰라 꽃 주문을 미뤄둔 것이다. 하지만 결국은 모두가 흰 장미 화환이나 난초 꽃다발, 모란꽃 등 뭔가를 보냈다. 꽃 가게 배달원인 피터 루미스는 꽃들이 리즈번 씨네 거실을 가득 메웠더라고 했다. 꽃다발이 의자 위를 다 차지하고도 모자라 바닥에까지 흩어져 있었다. "심지어 꽃병에 꽂지도 않았더라고." 피터 루미스가 말했다. 대부분의 사람들은 "고인의 명복을 빕니다."나 "삼가 조의를 표합니다." 같은 문구가 적힌 흔해 빠진 카드를 골랐지만 각종 경조사에 몇 자 적어 보내는 데 익숙한 좀 더 와스프[19]적인 사람들은 자기만의 문구를 생각해 내느라 머리를 쥐어짰다. 비어즈 부인은 우리가 곧잘 서로에게 속삭여 주곤 하던 휘트먼의 시를 인용했다. "모든 만물은 계속 뻗어 나갈 뿐 무너져 내리는 것은 없다. 죽는다는 것은 사람들의 생각과 달리 더 행복한 것이다."[20] 체이스 뷰얼은 리즈번 씨네 현관문 밑에 자기 엄마의 카드를 밀어 넣으면서 슬쩍 내용을 훔쳐보았다. 거기엔 이렇게 쓰여 있었다. "두 분이 지금 어떤 심정이실지 모르겠습니다. 감히 이해하는 척도 하지 않겠습니다."

용기를 내어 직접 찾아간 사람들도 있었다. 허치 씨와 피터스 씨는 각자 리즈번 씨 집을 방문했지만 두 사람의 얘기는 별반 다르지 않았다. 리즈번 씨가 문을 열어 주더니 가슴 아픈 화제를 끄집어내기도 전에 야구 경기가 중계되고 있는 텔레비전 앞에 앉히더라고 했다. "그러곤 계속 구원투수 얘기만 해 대는 거야." 허치 씨가 말했다. "망할, 내가 대학 때 투수로 날렸잖나. 핵심 사항 몇 가지는 내가 정정해 줘야 했다고. 뭣보다도 그 친구는 밀러를 트레이드해야 된다고 우기더라고. 우리 팀에서 쓸 만한 마무리 투수는 밀러밖에 없는데 말이야. 나중엔 내가 그 집에 왜 갔는지를 잊어버렸지 뭐야." 피터스 씨는 이렇게 말했다. "그 친구 반쯤 정신이 나가 있었어. 텔레비전 색상을 계속 높여서 그라운드가 완전 파란색으로 나오

---

19) 미국 사회의 지배 계급을 구성하는 앵글로색슨계 백인 신교도를 가리킨다.
20) 미국 시인 월트 휘트먼(Walt Whitman, 1819~1892)의 『풀잎』(1855)에 수록된 「나 자신의 노래 6」의 마지막 두 행이다.

게 하더라고. 그러곤 다시 자리에 앉아. 그랬다간 또 벌떡 일어나는 거야. 그때 그 집 딸 하나가 — 너희는 누가 누군지 구분이 가냐? — 맥주를 가져오더군. 나한테 건네주기도 전에 가로채서 꿀꺽꿀꺽 다 마셔 버렸지."

두 사람 모두 자살에 대해선 입도 뻥끗하지 못했다. "난 말하려고 했다, 정말로." 허치 씨가 말했다. "화제를 그쪽으로 못 돌렸을 뿐이야."

무디 신부님은 두 사람보다 조금 더 끈질겼다. 리즈번 씨는 다른 사람들에게 그랬듯, 신부님이 집 안에 들어서자마자 야구 경기가 방송 중인 텔레비전 앞에 앉게 했다. 몇 분이 지나자 큐 신호라도 받은 것처럼 메리가 맥주를 내왔다. 하지만 무디 신부님은 거기에 현혹되지 않았다. 2회 경기가 진행 중일 때 신부님이 입을 열었다. "사모님을 내려오시게 하는 게 어떻겠습니까? 잠깐 얘기 좀 나눌까 하는데요."

리즈번 씨가 더욱더 화면 쪽으로 몸을 구부렸다.

"지금은 아무도 안 만나려고 할 겁니다. 몸이 좋지 않아서요."

"저라면 만난다고 하실 겁니다." 무디 신부님이 말했다.

신부님이 자리에서 일어섰다. 그때 리즈번 씨가 손가락 두 개를 세워 보였다. 그의 눈에는 눈물이 그렁그렁했다. "신부님." 그가 말했다. "병살타네요, 신부님."

당시 성당 복사였던 파올로 코넬리는 무디 신부님이 성가대 지휘자인 프레드 심슨에게 자신이 어떻게 "그 이상한 — 하느님, 이렇게 말하는 절 용서하옵소서. 하지만 신께서 그를 그렇게 만드셨다네 — 사내" 곁을 떠나 층계를 걸어 올라갔는지 얘기하는 것을 우연히 들었다. 훗날 일어난 일들에 비하면 아무것도 아니었지만, 이미 그 집 곳곳에선 부정한 일이 일어날 징조가 보이고 있었다. 계단에는 먼지 덩어리가 굴러다녔고, 층계 꼭대기에는 누군가 슬픔에 목이 메어 반쯤 먹다 놓고 간 샌드위치가 있었다. 리즈번 부인이 더 이상 빨래를 하지 않을 뿐 아니라 세제조차 사다 놓지 않아서, 아이들은 욕조에서 손빨래를 하는 데 익숙해져 있었다. 욕실을 지나갈 때, 무디 신부님은 셔츠며 바지며 속옷가지 들이 샤워 커튼 위에 걸쳐져 있는 것을 볼 수 있었다. "사실 꽤 경쾌한 소리였어. 꼭 빗소리 같았거든." 수증기와 함께 재스민 비누 냄새가(몇 주 뒤에 우리는 제이콥슨스의 화장품 담당 아가씨에게 우리가 냄새를 맡아볼 수 있도록 재스민 비누를 갖다 놔 줄 것을 부탁했다.) 바닥으로부터 피어 올라왔다. 무디 신부님은 리즈번 자매들이 쓰는 두 방 모두로 통하게 되어 있는 수증기 동굴 속으로 들어가기가 멋쩍어 욕실 밖에 멈춰 섰다. 만약 그가 성직자가 아니어서 욕실 안을 들여다보았다면, 리즈번 자매들이 공공연히 볼일을 보던 왕좌처럼 생긴 변기와 한 명이 머리에 세트를 마는 동안 두 명은 느긋하게 앉아 쉴 수 있도록 베개를 가득 채워 소파처럼 사용하곤 하던 욕조를 볼 수 있었을 것이다. 또 유리잔과 콜라 캔이 잔뜩 쌓여 있는 라디에이터와 벽에 고정된, 재떨이 대용의 조개껍질 모양 비눗갑도 보았을 것이다. 열두 살 때부터 럭스는 몇 시간씩 화장실에 앉아 담배를 피우곤 했는데, 담배 연기는 창밖으로 내뿜거나 젖은 수건 속에 뿜은 다음 수건을 밖에 널어 두곤 했다. 하지만 무디 신부님은 이런 것들을 전혀 보지 못했다. 그저 열대 기후 같은 후덥지근한 공기를 헤치고 지나갔을 뿐이다. 그의 등 뒤로 작은 먼지들과 어떤 집이건 한 발짝 들여놓는 순간 바로 알게 되는 그 집 특유의 냄새 — 우리는 체이스 뷰얼네 집에선 가죽 냄새, 조 라슨네선 마요네즈 냄새, 리즈번 씨네서는 묵은 팝콘 냄새가 난다고 생각했는데, 자살 사건이 있은 후 그 집에 다녀온 무디 신부님은 "장례식장 냄새와 청소 도구함 냄새를 섞어 놓은 것 같은 냄새였다. 그 많은 꽃에, 그 많은 먼지까지 있었으니."라고 말했다 — 를 순환시키는 서늘한 바람이 느껴졌다. 그는 재스민 향의 수증기 속으로 되돌아가고 싶었다. 그런데 그가 욕실 타일 위에 방울졌다 흘러내리면서 리즈번 자매들의 발자국을 지우는 빗방울 소리에 귀 기울이며 서 있을 때, 어디선가 목소리가 들렸다. 그는 황급히 복도를 한 바퀴 돌며 리즈번 부인을 소리쳐 불렀지만 아무런 대답이 없었다. 층계로 되돌아와 막 내려가려는 순간, 빠끔히 열린 문틈으로 리즈번 자매들이 보였다.

"그때만 해도 그 애들은 서실리아의 실수를 따라 할 생각이 없었어. 모든 게 처음부터 계획돼 있었는데 우리가 대처를 잘못했다고 사람들이 생각하는 건 알아. 하지만 사실은 그 애들도 나만큼이나 큰 충격을 받았던 거란다." 무디 신부님은 살며시 욕실 문을 두드리고는 들어가도 되느냐고 물었다. "아이들은 넷 다 바닥에 앉아 있었어. 첫눈에도 울고 있었다는 걸 알 수 있었지. 일종의 잠옷 파티[21] 같은 걸 하고 있었던 것 같아. 사방에 베개가 널려 있었거든. 이런 말 하고 싶진 않다만,

그때도 그런 생각을 한 데 대해 스스로 나무랐던 기억이 난다만, 분명한 사실 한 가지는 그 애들이 꽤 오랫동안 목욕을 안 한 상태였다는 거다."

우리가 서실리아의 죽음이나 그 아이들이 겪은 슬픔에 대해 얘기를 나눴느냐고 묻자, 신부님은 아니라고 대답했다. "몇 번 그 얘길 꺼내려고 했지만 도무지 얘기하려 들지 않더구나. 억지로 할 수 없는 일이란 걸 그 후 알게 됐지. 때가 돼서 마음이 저절로 움직여야 하는 거야." 그때 그 애들의 감정 상태가 어땠는지 한마디로 요약해 달라는 부탁에 신부님은 이렇게 말했다. "부서지기 직전까지 두들겨 맞은 것 같았어."

* * *

장례식 후 처음 며칠 동안, 리즈번 자매들에 대한 우리의 관심은 커져만 갔다. 눈밑이 푸르스름하게 붓는다거나, 어떤 때 씩씩한 걸음을 멈추고 사는 게 못마땅한 듯 눈을 깔고 고개를 휘젓는 걸 보면 그 고요하고도 신비한 괴로움에 그들이 한층 더 사랑스러웠다. 슬픔은 그들을 방황하게 만들었다. 분수들이 찌질하게 물을 뿜고 핫도그들이 열 전구 아래 꿰어 있는, 불 켜진 이스트랜드 쇼핑몰을 그 애들이 정처 없이 걷고 있더라는 얘기가 들렸다. 이따금 블라우스나 원피스를 만지작

---

21) 어린이나 청소년 들이 한집에 모여 잠옷 차림으로 밤새워 노는 것을 말한다.

거리기도 했지만 아무것도 사진 않았다. 우디 클라보는 럭스 리즈번이 허드슨스 상점 앞에서 오토바이 폭주족에게 말을 거는 모습을 보았다. 한 녀석이 태워 주겠다고 하자, 럭스는 15킬로미터도 더 떨어진 자기 집 쪽을 한 번 쳐다보더니 순순히 응했다. 럭스가 녀석의 허리를 감싸 안았고, 녀석은 오토바이에 시동을 걸었다. 나중에 럭스 혼자 신발을 손에 든 채 집을 향해 걷고 있는 모습이 목격되었다.

우리는 카일 크리거네 집 지하실 자투리 양탄자 위에 누워 어떻게 하면 리즈번 자매들을 위로해 줄 수 있을까 상념에 잠기곤 했다. 몇몇 녀석은 함께 잔디밭에 누워 있어 주거나 기타를 치면서 노래를 불러 주고 싶어 했다. 폴 발디노는 그 애들이 선탠을 할 수 있도록 메트로 비치[22]에 데려가 주고 싶어 했다. 크리스천 사이언스 교도인 아버지에게 점점 더 물들어 가던 체이스 뷰얼은 그 애들에게 필요한 것은 "보다 높은 존재의 도움"뿐이라고 잘라 말했다. 그 말이 무슨 뜻이냐고 묻자 녀석은 어깨를 으쓱하며 "아무것도 아냐."라고 대답했다. 그럼에도 불구하고 리즈번 자매들이 길거리를 지나갈 때면 나무 옆에 쪼그리고 앉아 두 눈을 감은 채 입술을 오물거리고 있는 녀석의 모습을 종종 볼 수 있었다.

하지만 모두가 그 아이들을 걱정한 것은 아니다. 서실리아의 장례를 채 치르기도 전에 어떤 이들은 그 애가 뛰어내린 울타리가 얼마나 위험한지에 대해서만 이야기했다. "언젠간 일

---

22) 미시간주 남동쪽에 위치한 세인트클레어 호반의 공원이다.

어날 사고였어." 보험회사에 다니는 프랭크 씨의 말이었다. "그런 걸 보장해 주는 보험은 없다고."

"우리 아이들이 거기 떨어질 수도 있었다고요." 일요 미사후 다과 시간에 자레티 부인은 이렇게 주장했다. 얼마 뒤 일군의 아버지들이 수고비도 안 받고 그 울타리를 파내기 시작했다. 알고 보니 울타리가 박혀 있는 땅은 베이츠 씨의 소유였다. 변호사인 벅 씨가 울타리 철거 문제에 대해 베이츠 씨와 협상을 했지만, 리즈번 씨에게는 한마디 상의도 하지 않았다. 리즈번 가족이 당연히 고마워할 거라고 생각한 것이다.

우리는 그때까지 작업용 장화를 신고 흙 속에서 낑낑대며 신형 전지가위를 휘두르는 아버지들의 모습을 거의 본 적이 없었다. 그들은 이오섬[23]에 깃발을 게양하는 해병들처럼 몸을 수그린 채 울타리와 씨름했다. 우리가 기억하는 한 그 일은 우리 동네에서 공동으로 주최한 가장 큰 행사였다. 변호사, 의사, 은행가 들이 팔과 팔이 엉킨 채 도랑 속에 서서 옴짝달싹 못하는 동안, 어머니들은 시원한 오렌지에이드를 내왔다. 우리의 20세기도 한순간이나마 고귀함을 되찾았다. 전선 위의 참새들도 우리를 쳐다보는 것만 같았다. 지나가는 자동차 한 대 없었다. 도시의 매연은 사내들을 망치로 두드려 만든 백랍 조각상처럼 보이게 만들었다. 하지만 오후가 다 지나가도록 그들은 울타리를 뽑아내지 못했다. 그때 허치 씨가 구급 요원들이

---

23) 태평양 전쟁(1941~1945) 당시 전략적 요충지였던 일본의 조그만 화산섬으로, 양측 모두 엄청난 사상자를 낸 후 미군에 의해 점령되었다.

한 것처럼 창살을 쇠톱으로 잘라 내자는 의견을 내놓았다. 모두들 돌아가면서 톱질을 하기 시작했지만, 책상에서 펜대나 굴리던 사람들이라 금세 나가떨어지고 말았다. 마침내 그들은 터커 아저씨의 사륜 구동 SUV 브롱코와 울타리를 밧줄로 연결했다. 터커 아저씨가 무면허라는 사실에 신경 쓰는 사람은 아무도 없었다.(운전면허 심사관들은 언제나 터커 아저씨한테서 술 냄새를 맡을 수 있었다. 테스트가 있기 사흘 전부터 술을 입에 대지 않았을 때에도, 아저씨의 땀구멍에서는 술 냄새가 풍겨 나왔다.) 아버지들이 "밟아!"라고 외치고, 터커 아저씨가 액셀러레이터를 끝까지 밟았지만, 울타리는 꿈쩍도 하지 않았다. 오후가 저물 무렵에야 포기한 그들은 철거업자를 부르기 위해 돈을 걷었다. 한 시간 뒤 한 남자가 견인차를 끌고 나타나더니, 갈고리를 울타리에 걸고 버튼을 누르자 거대한 윈치가 돌아가기 시작했고, 지축을 울리는 굉음과 함께 무시무시한 울타리가 스르르 뽑혀 나왔다. 앤서니 터키스가 "저기 피가 있어."라고 말했다. 우리는 사건 당시에는 없었던 피가 뒤늦게 나타났나 싶어 눈을 씻고 살펴보았다. 세 번째 창살에 피가 있었다는 녀석들도 있었고 네 번째 창살에 피가 있었다는 녀석들도 있었지만, 그것은 폴이 죽었다는 증거들로 가득한 「애비 로드」 앨범[24]의 커버에서 피 묻은 삽을 찾아낼 수 없는 것처럼 있을 수 없는 일이었다.

---

24) 1969년에 발표된 더 비틀스의 앨범으로, 커버 사진 속에서 네 명의 멤버 중 폴 매카트니만 맨발이라는 이유 등을 들어 '폴 매카트니 사망설'이 한동안 떠돌았다.

리즈번 씨 가족 중 울타리 철거를 거들러 나온 사람은 아무도 없었다. 하지만 가끔씩 창가에서 그들의 얼굴이 언뜻언뜻 보이곤 했다. 견인차가 울타리를 끌어내자마자 리즈번 씨가 옆문으로 나와 정원에 널브러져 있던 고무호스를 말기 시작했다. 하지만 울타리가 있던 쪽으로는 가지 않았다. 그는 한손을 들어 친근한 인사를 보내고는 안으로 들어가 버렸다. 철거업자는 울타리를 분해해서 자기 차에 묶은 다음 베이츠 씨의 땅에 — 따로 돈까지 받고도 — 세상에서 가장 형편없는 잔디를 깔아 놓았다. 우리는 부모님들이 그걸 묵인하는 걸 보고 깜짝 놀랐다. 잔디 문제는 평상시 같으면 경찰을 부를 정도로 심각한 일이었기 때문이다. 하지만 베이츠 씨는 고함을 지르거나 자동차 번호를 받아 적으려 하지 않았고, 우리가 주공진회에 출품했던 튤립에 폭죽을 터뜨렸을 때 눈물까지 흘렸던 베이츠 부인 역시 아무 말도 하지 않았다. 그들도 말이 없었고, 우리 부모님들도 말이 없었다. 우리는 어른들이 얼마나 옛날 사람들인지, 정신적 충격과 우울함과 전쟁 같은 것에 얼마나 길들어 있는지 알게 되었다. 그들이 우리에게 물려준 이 세상은 그들이 생각하는 이상향이 아니고, 그들이 아무리 열심히 잔디를 돌보고 잡초를 뽑아 댄다 한들 사실 잔디 따위에는 털끝만큼의 관심도 없다는 사실 또한 깨달았다.

견인차가 떠나고 난 후, 아버지들은 다시 한번 울타리가 뽑히고 남은 빈 구덩이 주위에 모여 서서 꿈틀대는 지렁이와 숟가락 들, 그리고 폴 리틀이 인디언의 화살촉이 틀림없다고 맹세한 돌멩이를 들여다보았다. 그들은 한 일도 없으면서 눈썹에 맺힌 땀을 훔치며 삽자루에 기대어 있었다. 마치 호수나 공기가 갑자기 깨끗해지기라도 한 듯, 혹은 지구 반대편의 폭탄이 제거되기라도 한 것처럼 모두들 기분이 한결 좋아진 걸 느꼈다. 그들이 우리를 보호하기 위해 할 수 있는 일은 별로 없었지만, 최소한 울타리는 이제 사라지고 없었다. 베이츠 씨는 잔디밭이 참혹한 상태인데도 불구하고 테두리를 정리했고, 나이 많은 독일인 부부가 포도 나무 정자에 디저트 와인을 마시러 나타났다. 그들은 언제나처럼 알프스 모자를 쓰고 있었는데, 오늘 헤센 씨의 모자에 달려 있는 작은 깃털은 초록색이었다. 줄에 매어 놓은 슈나우저가 연방 코를 킁킁댔다. 노부부의 머리 위에서 포도송이가 툭툭 터졌다. 물을 뿌리는 헤센 부인의 굽은 등이 장미 덤불 사이로 사라지나 싶더니 곧 다시 위로 솟아올랐다.

어느 순간 하늘을 올려다보았을 때, 하루살이가 모두 죽어 없어졌음을 알았다. 대기는 더 이상 갈색이 아닌 푸른색이었다. 우리는 빗자루를 가져다가 기둥과 창문과 전선에 붙어 있는 벌레들을 쓸어 냈다. 생명주실 같은 날개를 가진 수천 마리의 벌레 시체 위에 또다시 수천 마리의 벌레 시체를 포개어 자루에 쑤셔 담았다. 만물박사 팀 와이너는 하루살이의 꼬리가 바닷가재의 꼬리와 비슷하게 생겼다는 점을 지적했다. "물론 이쪽이 더 작긴 하지만 기본 형태는 똑같아. 바닷가재도 곤충과 같이 절지동물 문으로 분류되거든. 말하자면 벌레인 셈이지. 하루살이란 결국 하늘을 나는 바닷가재다, 이 말씀이야."

그해에 우리가 뭐에 씌었던 것인지, 우리의 삶을 뒤덮고 있는 죽은 벌레의 더께를 왜 그렇게 질색을 했는지는 아무도 모른다. 하지만 수영장 수면 위에 카펫처럼 깔려 있고, 우편함 안을 가득 채우고, 성조기의 별들을 지워 버리는 그 벌레들이 어느 날 갑자기 견딜 수 없어졌다. 그래서 울타리 파내기의 단체 행동은 협동 비질과 자루 나르기와 안뜰 물청소로 이어졌다. 스무 개의 빗자루가 사방에서 박자에 맞춰 움직이면 하루살이의 창백한 유령들이 석탄재처럼 벽에서 우수수 떨어져 내렸다. 우리는 이 조그만 마법사들의 얼굴을 찬찬히 뜯어보며 비린내가 날 때까지 손가락으로 비벼 대곤 했다. 태워 보려고도 했지만 불이 붙지 않았다.(그래서 하루살이는 다른 어떤 것보다 쓸모없는 것처럼 생각되었다.) 우리는 덤불을 두들기고, 깔개를 털고, 자동차 와이퍼를 전속력으로 작동시켰다. 그것들이 수챗구멍에는 어찌나 단단하게 들러붙었던지 막대기로 쑤셔서 내려 보내야 했다. 하수구 위로 몸을 수그리고 있으면 도시 밑을 흘러가는 강물 소리가 들려왔다. 우리는 돌멩이를 떨어뜨린 다음 풍덩 소리가 들리나 귀를 기울이곤 했다.

일은 우리들 집만으로 끝나지 않았다. 우리들 집의 담벼락이 깨끗해지고 나자, 뷰얼 씨가 체이스에게 리즈번 씨네 집의 벌레들도 청소해 주라고 시켰던 것이다. 종교적 믿음 때문에 뷰얼 씨는 종종 하지 않아도 될 일까지 하곤 했다. 가령 옆집인 헤센 씨네 뜰을 3미터가량 갈퀴질해 준다거나 그 집 앞에 쌓인 눈을 치우고 소금까지 뿌려 놓는다거나 하는 식이었다. 그러니 그가 아들에게 옆집도 아닌 길 건너 사는 리즈번 씨네 집을 청소하라고 시킨 것은 하나도 이상한 일이 아니었다.

리즈번 씨한테는 딸들밖에 없었기 때문에 언젠가 벼락을 맞아 부러진 나뭇가지를 치울 때에도 어른 아이 할 것 없이 동네 남자들 모두가 도우러 갔다. 그래서 체이스가 빗자루를 연대 깃발처럼 머리 위로 쳐들고 리즈번 씨네로 갔을 때에도 뭐라고 하는 사람은 아무도 없었다. 오히려 크리거 씨도 카일에게 가서 거들라고 시키고 허치 씨도 랠프를 보내는 바람에, 결국 우리 모두 리즈번 씨네 담벼락에 달라붙어 비로 쓸고 벌레 시체를 긁어내는 신세가 되었다. 그 집은 유난히 벌레가 많아 다른 집들보다 벽이 3센티미터는 더 두꺼운 것 같았다. 폴 발디노는 이런 수수께끼를 냈다. "비린내가 나고 특이한 맛이 나는데 생선은 아닌 게 뭐게?"

리즈번 씨네 창가에 다다르자, 리즈번 자매들에 대한 설명할 수 없는 감정이 또다시 가슴속에서 용솟음쳐 올라왔다. 우리가 벌레들을 털어 내고 있을 때, 크래프트 마카로니 치즈 상자를 들고 부엌에 서 있는 메리 리즈번의 모습이 눈에 들어왔다. 그걸 뜯을까 말까 망설이는 듯했다. 그녀는 뒷면의 조리법을 읽은 다음 상자를 뒤집어 진짜처럼 생생하게 나온 마카로니 사진을 잠시 들여다보더니 상자를 다시 싱크대 위에 내려놓았다. 창문에 얼굴을 바싹 붙이고 있던 앤서니 터키스는 "쟨 뭘 좀 먹어야겠다."라고 말했다. 메리가 상자를 다시 집어 들었다. 우리는 기대에 부풀어 계속 바라보았다. 하지만 다음 순간 메리는 돌아서서 사라져 버렸다.

날이 점점 어두워졌다. 길 아래쪽에서는 하나둘 불이 들어왔지만 리즈번 씨 집은 예외였다. 안이 더 잘 보이기는커녕 되레 입을 헤벌리고 있는 우리의 얼굴만 유리창에 비쳐 보이기 시작했다. 이제 겨우 9시였지만, 모든 것이 사람들 얘기가 사실이었음을 확인해 주었다. 사람들 말에 따르면, 서실리아가 자살한 뒤 리즈번 가족은 잠으로 모든 걸 잊을 수 있는 밤이 오기만을 기다린다고 했다. 보니가 켜 놓은 봉헌 초 세 자루가 2층 침실 창가에서 붉게 일렁이고 있지 않았다면, 그 집은 밤의 그림자 속에 잠겨 버렸을 것이다. 우리가 뒤돌아선 순간, 곤충들이 울음소리를 내며 각자 숨어 있던 곳에서 나와 움직이기 시작했다. 모두들 그것이 귀뚜라미 소리라고 말했지만, 살충제를 뿌린 나무 덤불이나 탄산가스를 뿌린 잔디밭에서는 귀뚜라미를 볼 수 없었으므로, 귀뚜라미가 어떻게 생겼는지 아는 녀석은 하나도 없었다. 그저 울음소리만 들려올 뿐이었다. 우리 부모님들은 귀뚜라미와 더 친숙했다. 분명 그들에겐 귀뚤귀뚤 소리가 기계 음으로 들리지는 않았을 것이다. 귀뚜라미 소리는 사방에서 들려왔다. 그것은 늘 머리 바로 위나 바로 밑에서 들리는 것 같았고, 곤충의 세계가 우리보다 더 많은 감각을 느끼는 것 같다는 생각을 갖게 했다. 우리가 귀뚜라미 소리에 귀 기울이며 적막 속에 도취되어 서 있을 때, 리즈번 씨가 옆문으로 나오더니 우리에게 고맙다고 말했다. 그의 머리는 평소보다 더 희어 보였지만, 슬픔도 그의 새된 목소리를 바꿔 주진 못했다. 한쪽 무릎에 톱밥이 묻은 작업복을 입은 채, 그가 "호스는 얼마든지 갖다 쓰려무나."라고 말했다. 그때 굿 유머 아이스크림 트럭이 지나갔다. 리즈번 씨는 아이스크림 트럭의 벨 소리에 뭔가가 생각난 듯 미소를 — 지은 것인지 움찔한 것인지는 확실치 않았다 — 짓고는 다시 안으로 들어갔다.

몇몇 의문점이 남아 있긴 했지만, 어쨌든 우리가 조금이나마 리즈번 씨를 이해하게 된 것은 훨씬 나중의 일이다. 그는 다시 집 안에 들어서다가 식당에서 나오는 중이던 터리즈와 마주쳤다. 터리즈는 입에 과자 — 색색 가지 엠앤엠스 초콜릿 — 를 한가득 털어 넣고 있었지만, 아버지를 보자마자 행동을 멈췄다. 그녀는 씹지도 않은 초콜릿 덩어리를 그대로 꿀꺽 삼켰다. 터리즈의 볼록 튀어나온 이마가 바깥에서 흘러 들어온 빛을 받아 빛났다. 큐피드를 닮은 그녀의 입술은 살이 오른 뺨과 턱 때문에 아버지가 기억하던 모습보다 한층 더 붉고 조그맣고 예뻐 보였다. 속눈썹에는 방금 눈을 감고 풀을 바른 것처럼 눈곱이 뭉쳐 있었다. 순간 리즈번 씨는 딸아이가 생전 처음 보는 사람인 듯한, 딸들 모두가 한집에 모여 사는 이방인인 듯한 느낌을 받았다. 그래서 그는 첫인사를 하기 위해 딸을 향해 손을 내밀었다. 그러곤 양손을 잠시 딸의 어깨 위에 얹었다가 힘없이 옆으로 떨어뜨렸다. 터리즈는 앞으로 흘러내린 머리카락을 뒤로 쓸어 넘기더니 살짝 웃어 보이고는 천천히 계단을 올라갔다.

리즈번 씨는 평소와 다름없이 집을 한 바퀴 돌며 현관문은 잠겨 있는지(열려 있었다.), 차고 불은 꺼져 있는지(꺼져 있었다.), 가스 불이 켜져 있지는 않은지(켜져 있지 않았다.) 확인했다. 그러다 1층 욕실 불을 끄려고 하는데, 세면대 안에 카일 크리거의 치아 교정기가 있는 것이 눈에 띄었다. 파티 때 케이크를 먹으려고 뺐다가 놔두고 간 것이었다. 리즈번 씨는 교정기를 흐르는 물에 씻으면서 카일의 입천장에 꼭 맞춘 분홍색 인공 구개, 견고한 탑처럼 늘어선 치아를 빙 둘러싸는 플라스틱 요철, 부분별로 가해지는 힘을 달리하기 위해 중요한 지점을 구부려 놓은(펜치에 눌린 자국도 보였다.) 둥그런 철사를 자세히 들여다보았다. 교정기를 지퍼 백에 넣은 다음 크리거 씨에게 전화를 걸어 그 비싼 치열교정 장치를 잘 보관하고 있다고 말하는 것이 부모이자 이웃 된 도리라는 것은 잘 알고 있었다. 이러한 — 간단하고, 인간적이고, 양심적이고, 관대한 — 행동들은 삶을 지탱해 주는 수단이다. 며칠 전만 해도 그는 그렇게 할 수 있었을 것이다. 하지만 리즈번 씨는 교정기를 집어 변기 속에 떨어뜨리고 물을 내렸다. 교정기는 급류에 떠밀려 이리저리 부딪치다 사기 변기의 구멍 속으로 사라졌다. 그러나 수면이 내려가면서 물살의 힘이 약해지자 교정기는 의기양양하게, 조롱하듯 다시 물 위로 떠올랐다. 수조에 물이 차기를 기다렸다 다시 한번 물을 내려 보았지만 결과는 똑같았다. 소년의 입을 본뜬 그 물체는 하얀 경사 부분에 꽉 끼어 있었다.

그때 뒤에서 뭔가가 힐끗 보였다. "누군가를 봤다고 생각했는데, 돌아보니 아무도 없더군." 복도를 지나 현관 앞으로 와서 계단을 올라갈 때까지 아무것도 보이지 않았다. 2층 딸들 방문 앞에 가서 귀를 기울여 보았지만 메리가 잠결에 콜록거리는 소리와 럭스가 라디오를 조그맣게 틀어 놓고 노래를 따라 부르는 소리만 들릴 뿐이었다. 그는 딸들의 욕실로 들어갔다. 창문을 통해 들어온 달빛이 거울의 일부를 비추었다. 거울은 온통 손자국으로 뒤덮여 지저분했지만 얼굴이 비치는 부분만은 작은 동그라미 모양으로 깨끗하게 닦여 있었다. 거울 위 벽에는 보니가 테이프로 붙여 놓은 하얀 색종이 비둘기가 있었다. 리즈번 씨가 찡그린 표정을 지으며 입술을 벌리자 썩어서 푸르죽죽하게 변하기 시작한 왼쪽 송곳니가 깨끗한 동그라미 안에 비쳤다. 딸들의 방으로 통하는 문은 둘 다 완전히 닫혀 있지 않았다. 숨소리와 웅얼거리는 소리가 들려왔다. 그는 그 소리가 딸들의 기분이 어떤지, 어떻게 하면 딸들을 달래 줄 수 있는지 가르쳐 주기라도 할 것처럼 열심히 귀를 기울였다. 럭스가 라디오를 끄자 모든 게 조용해졌다. "들어갈 수가 없었네." 훗날 리즈번 씨는 우리에게 이렇게 털어놓았다. "무슨 말을 해야 좋을지 모르겠더라고." 모든 걸 잊을 수 있는 잠을 청하기 위해 욕실에서 나오던 순간에, 그는 서실리아의 유령을 보았다. 관 속에서 입고 있던 레이스 달린 베이지 원피스는 벗어 버렸는지, 그녀는 또다시 웨딩드레스를 입은 채 자기 방에 서 있었다. "창문은 그때도 열려 있었네." 리즈번 씨가 말했다. "아무도 그걸 닫을 생각을 하지 못했던 것 같아. 그때 너무도 명백한 사실을 깨달았지. 내가 그 창문을 닫지 않는 한 그 애는 언제까지고 그리로 뛰어내릴 거라는 걸."

본인 말에 따르면, 리즈번 씨는 서실리아를 소리쳐 부르지는 않았다. 딸애의 유령을 만나서 왜 자살했냐고 묻거나, 용서를 구하거나, 야단을 치고 싶은 생각은 없었다. 그는 앞으로 내달려, 유령을 지나쳐서, 창문을 닫았다. 그때 유령이 돌아섰다. 자세히 보니, 그것은 이불을 둘러쓴 보니였다. "걱정 마세요." 그녀가 나직이 말했다. "사람들이 울타리를 없앴잖아요."

*　*　*

호니커 박사가 취리히에서 대학원을 다니던 시절 완성한 필
체를 보여 주는 메모에 의하면, 박사가 두 번째 상담을 받으러
오라고 했는데도 리즈번 부부는 병원에 가지 않았다. 그 대신,
그해 여름이 끝날 때까지 우리가 관찰한 바에 따르면, 리즈번
부인이 다시 집안의 주도권을 잡았고 리즈번 씨는 안개 속으
로 사라졌다. 그 후 만난 리즈번 씨는 볼 때마다 화목하지 못
한 자신의 가정이 부끄러운 듯한 얼굴을 하고 있었다. 새 학기
준비 기간이었던 8월 말에는 몰래 빠져나오듯 뒷문으로 집을
나서기 시작했다. 그의 차는 차고 안에서 그르렁대다가 차고
문이 올라가면 한쪽 다리가 없는 짐승처럼 기우뚱한 자세로
뭉그적대며 밖으로 나왔다. 앞 유리를 통해 운전대를 잡고 있
는 리즈번 씨의 얼굴을 볼 수 있었는데, 머리는 늘 젖어 있었
고 가끔 얼굴에 면도 크림이 묻어 있을 때도 있었다. 차가 진
입로에서 내려설 때마다 배기관이 땅에 닿아 불꽃이 튀는데
도 그는 늘 무표정했다. 리즈번 씨는 6시면 집에 돌아왔다. 그
가 진입로를 올라가면 차고 문이 그를 집어삼키기 위해 부들
부들 떨면서 입을 벌렸다. 그러고 나면 다음 날 아침 와당탕
하는 배기관 소리가 그의 출근을 알릴 때까지 그를 볼 수 없
었다.

리즈번 자매들과 간접적으로나마 접촉할 수 있었던 건 딱

한 번, 8월 말에 있었다. 메리가 예약도 없이 베커 박사님의 병원에 나타났던 것이다. 세월이 흐른 뒤, 우리는 수십 개의 치아 본이 유리 장식장 안에서 기분 나쁘게 웃으며 우리를 내려다보는 가운데 박사님과 얘기를 나눴다. 각각의 치아 본에는 석고 반죽을 삼키도록 강요당했던 불쌍한 아이들의 이름이 적혀 있었다. 그 광경은 중세 시대 고문과도 같았던 우리 자신의 치열 교정 과정을 떠오르게 했다. 박사님이 뭐라고 한참 말을 한 다음에야 우리는 비로소 그의 말에 귀를 기울일 수 있었는데, 그가 망치로 우리의 어금니에 금속 쐐기를 박아 넣었을 때와 고무줄로 우리의 윗니와 아랫니를 서로 묶어 버렸을 때의 느낌이 다시 한번 떠올랐기 때문이다. 우리의 혀는 교정기를 안으로 밀어 넣느라 생긴 골의 흉터를 찾아냈다. 십오 년이 지났는데도 그 갈라진 틈에서는 들쩍지근한 피 맛이 나는 것만 같았다. 하지만 베커 박사님은 쉬지 않고 이야기하는 중이었다. "메리는 부모님과 함께 오지 않아서 기억이 나. 그런 아이는 처음이었거든. 내가 뭣 때문에 왔느냐고 물었더니, 그 애는 두 손가락으로 윗입술을 밀어 올렸지. 그러곤 '얼마예요?'라고 묻더구나. 자기 부모한테 그만한 돈이 없을까 봐 걱정이 됐던 모양이야."

박사님은 메리 리즈번에게 치료비 견적을 알려 주지 않았다. "네가 엄마를 모시고 오거든 그때 얘기하자꾸나." 사실 그 일은 대대적인 공사가 될 뻔했다. 메리도 다른 리즈번 자매들처럼 보통 사람보다 송곳니가 두 개 더 있어 보였기 때문이다. 실망한 메리가 환자용 의자에 누워 버리자 은색 관에서 쪼르

록 물이 흘러나와 컵 속에 떨어졌다. "그 애를 그렇게 두고 나올 수밖에 없었어." 베커 박사님이 말했다. "기다리는 애들이 다섯 명이나 더 있었거든. 나중에 간호사가 하는 말이, 그 애가 우는 소리를 들었다더구나."

새학년이 시작되기 전까지는 리즈번 자매들이 함께 있는 모습을 볼 수 없었다. 서늘한 날씨가 인디언 여름[25]에 대한 기대를 한풀 꺾이게 했던 9월 7일, 메리와 보니, 럭스와 터리즈는 아무 일도 없었던 것처럼 학교에 등교했다. 그들은 여전히 넷이 꼭 붙어 다녔지만 우리는 다시 한번 그들 사이의 차이점들을 새로 발견할 수 있었다. 그래서 우리는 뚫어지게 관찰하기만 한다면 그들의 진정한 느낌, 진정한 모습을 알아낼 것 같은 기분이 들었다. 그 애들은 리즈번 부인이 새 교복을 사 주지 않은 탓에 작년 교복을 그대로 입고 있었다. 단정한 디자인의 교복 치마가 너무 꽉 끼어서(여러 사건들이 있었다고 해서 아이들이 발육을 멈춘 건 아니었다.) 굉장히 불편해 보였다. 메리는 액세서리로 모양을 냈다. 나무를 깎아 만든 체리 팔찌와 스카프의 색깔을 밝은 선홍색으로 맞춘 것이다. 럭스의 체크무늬 치마는 이제 너무 짧아져서 무릎 위 3센티미터까지 맨살이 고스란히 드러났다. 보니는 구불구불한 장식이 달린 천막 같은 걸 뒤집어쓰고 있었다. 터리즈는 꼭 연구실 가운 같은 하얀 원피스를 입고 있었다. 그 애들은 그런 복장을 하고서도

---

25) 미국의 중부와 동부에서 10월 말이나 11월에 계절에 맞지 않게 건조하고 온난한 날씨가 나타나는 기간을 말한다.

한 줄로 품위 있게 강당에 들어섰고, 그 순간 장내는 찬물을 끼얹은 듯 조용해졌다. 보니는 학교 잔디밭에서 철 지난 민들레를 꺾어 만든 소박한 꽃다발을 들고 있었다. 그녀는 럭스가 버터를 좋아하는지 확인해 보려고 럭스의 턱 밑에 꽃다발을 갖다 댔다.[26] 충격적인 일을 겪은 지 얼마 안 된 흔적은 찾아볼 수 없었다. 단지 자리에 앉을 때 서실리아를 위해 남겨 둔 것처럼 접의자 하나를 비워 두었을 뿐이다.

그 애들은 하루도 결석하지 않았고, 리즈번 씨도 하루도 결근하지 않고 전과 다름없이 열성을 다해 가르쳤다. 늘 그래 왔듯 학생들이 질문에 답하지 못하면 목을 조르는 시늉을 했고, 뿌연 분필 가루 구름 속에서 등식을 휘갈겨 썼다. 그러나 점심시간에는 교사 휴게실로 가는 대신 구내식당에서 사과와 코티지치즈[27]를 사가지고 자기 교실 책상에 와서 먹기 시작했다. 이상한 행동은 그뿐만이 아니었다. 이를테면 과학관 안을 걸어가다 지오데식 돔[28]에 매달려 있는 접난과 대화를 나누는 모습이 목격되었다. 또 첫 주가 지나고부터는 혈당 수치 때문이라며 회전의자에 앉아 칠판 앞까지 미끄러져 갔다 미

---

26) 서양에는 노란색 미나리아재비 꽃을 누군가의 턱 밑에 갖다 댔을 때 턱에 노란빛이 반사되어 보이면 그 사람은 버터를 좋아하는 것이라는 속설이 있다.
27) 숙성시키지 않은 희고 부드러운 치즈로 신맛이 나며, 샐러드나 치즈 케이크 등을 만드는 데 사용된다.
28) 경량의 직선 구조재를 측지선을 따라 연결하여 만든 돔형 구조물. 미국의 건축가 리처드 버크민스터 풀러(Richard Buckminster Fuller, 1895~1983)가 개발했으며, 지면에 직접 세울 수 있는 유일한 대형 돔이다.

끄러져 왔다 하면서 한 번도 일어서지 않은 채로 수업을 했다. 축구부 코치로 활동하는 방과 후에는 골대 뒤에 서서 심드렁하게 점수를 외치거나, 연습이 끝난 후 횟가루가 뿌려진 운동장을 어슬렁거리며 더러운 캔버스 자루에 축구공을 주워 담곤 했다.

리즈번 씨는 버스로 통학하는 늦잠꾸러기 딸들보다 한 시간 일찍 혼자 차를 몰고 출근했다. 학교에 도착하면 중앙 현관으로 들어가서 갑옷(우리 학교 운동부 이름이 '나이츠'[29]였다.) 앞을 지나, 수많은 구멍이 뚫려 있는 천장 패널(조 힐 콘리가 수업 중에 세어 본 바에 의하면, 각 칸마다 예순여섯 개의 구멍이 있다고 했다.)에 태양계의 아홉 행성을 매달아 놓은 자기 교실로 직행했다. 행성들은 거의 눈에 보이지 않는 하얀 실로 궤도에 고정되어 있었고, 날마다 공전과 자전을 했다. 우주 전체가, 천문학 도표를 참조해 가며 연필깎이 옆의 크랭크를 돌리는 리즈번 씨의 통제 아래 움직였다. 행성들 밑에는 검은색과 흰색의 삼각형들과 오렌지색 나선 모형들, 뾰족한 부분을 뗐다 붙였다 할 수 있는 파란색 원뿔들이 매달려 있었다. 리즈번 씨는 자신의 책상 위에 정답을 영구히 보존할 수 있도록 스카치테이프로 붙인 소마 정육면체[30]를 전시하듯 갖다 두었다. 칠

---

29) '기사들'이라는 뜻이다.
30) 덴마크의 수학자 피에트 헤인(Piet Hein, 1905~1996)이 발견한, 스물일곱 개의 작은 정육면체로 이루어진 3×3×3 정육면체는 서너 개의 작은 정육면체를 조합해 만든 일곱 개의 조각으로 나눌 수 있다는 원리를 이용하여, 이 일곱 개의 조각을 배열하는 방법을 알아내는 퍼즐이다.

판 옆에는 다섯 개의 분필을 나란히 엮은 철사가 있었는데, 남성 합창단 활동을 할 때 쉽게 오선지를 그리기 위한 것이었다. 교직 생활을 한 지 워낙 오래되다 보니 그의 방에는 싱크대까지 갖춰져 있었다.

한편 리즈번 자매들은 날씬하고 바지런한 교장 선생님 사모님이 매년 봄에 돌보는 수선화가 잠자는 화단을 지나 옆문을 통해 학교에 들어갔다. 그들은 각자의 사물함으로 흩어졌다가 쉬는 시간이면 주스를 마시러 구내식당으로 다시 모였다. 줄리 프리먼은 한때 메리 리즈번과 단짝이었지만 서실리아가 자살한 뒤로는 서로 말 한마디 하지 않게 되었다. "괜찮은 애였지만, 어떻게 대해야 할지 모르겠더라고. 그 애한텐 뭐랄까, 좀 뜨악한 면이 있었거든. 게다가 그때쯤부터 난 토드랑 사귀기 시작해서 말이야." 리즈번 자매들은 책을 가슴에 끌어안고 우리에겐 보이지 않는 허공의 한 지점을 응시하면서 차분하게 복도를 걸어 다녔다. 그들은 저승 세계에 가서 죽은 사람을 만나고 (티머먼 박사님의 지독한 암내를 맡았을 때 우리가 직접 경험한 것처럼) 속으로 울면서 돌아온 아이네아스[31] 같았다.

그 애들이 무슨 생각을 했고, 어떤 감정을 느꼈는지 그 누가 알았겠는가? 럭스는 바보처럼 낄낄 웃어 댔고, 보니는 코르덴 치마 주머니 깊숙이 넣어 둔 묵주를 만지작거렸으며, 메

---

31) 트로이의 장군으로 헥토르 왕자의 사촌이다. 베르길리우스의 서사시 『아이네이스』에 따르면, 아이네아스는 그리스군에게 함락당한 트로이를 빠져나와 죽은 아내의 계시에 따라 테베레강 유역에 로마의 모태가 되는 라비니움을 건설했다.

리는 대통령 영부인 같아 보이는 옷을 입었고, 터리즈는 복도에서도 보안경을 쓰고 다녔다. 하지만 그들은 우리로부터, 다른 여자애들로부터, 그들의 아버지로부터 멀어져 갔다. 어느 날 우리는 그 애들이 가랑비 내리는 중정에 서서 도넛 한 개를 나눠 먹으며 고개를 하늘로 향한 채 서서히 젖어 가고 있는 모습을 보았다.

* * *

우리는 일상적인 대화에 각자 문장을 하나씩 덧붙이는 방식으로 리즈번 자매들과 단편적인 대화를 나눴다. 마이크 오리요가 1번 타자였다. 녀석의 사물함이 메리 바로 옆이어서, 하루는 사물함 문짝 너머를 슬쩍 넘겨다보며 이렇게 끼어들었다. "요즘 어떻게 지내니?" 메리가 머리칼이 전부 다 앞으로 쏟아질 정도로 고개를 숙이고 있어서 자기 말을 들었나 못 들었나 긴가민가하고 있는데, 다음과 같이 웅얼거리는 소리가 들렸다. "뭐 그럭저럭." 그러곤 마이크와 눈도 마주치지 않은 채 사물함 문을 쾅 닫더니 책을 들고 자리를 떴다. 그녀는 몇 걸음 가다 걸음을 멈추더니 치마 뒤를 아래로 조금 잡아당겼다.

다음 날 마이크는 메리가 나타나길 기다렸고, 그 애가 사물함을 열 때 새로운 문장을 덧붙여서 말했다. "난 마이크라고 해." 이번에는 메리가 머리카락 사이로 분명하게 대답했다. "네가 누군지는 알고 있어. 학교라고는 평생 여기밖에 안 다녔으니까." 마이크 오리요는 무슨 말이든 더 하고 싶었지만, 메리가 고개를 돌려 자기를 정면으로 쳐다보자 꿀 먹은 벙어리가 되고 말았다. 녀석은 공연히 입만 뻐끔거리면서 그녀를 멀뚱멀뚱 쳐다보고 있었다. 그러자 메리가 말했다. "나한테 말 걸려고 애쓰지 않아도 돼."

다른 녀석들은 그보다 성공적이었다. 방과 후 남기[32] 대장인 칩 윌러드는 쏟아지는 햇빛 속에 앉아 있는—그날은 아직 온기가 남아 있던 그해의 마지막 날들 중 하루였다—럭스에게 걸어갔다. 우리가 2층 천창을 통해 지켜보는 가운데, 녀석은 그 애 옆에 앉았다. 럭스는 체크무늬 교복 치마에 무릎까지 오는 하얀 양말을 신고 있었다. 그녀의 톱사이더 구두는 새것 같아 보였다. 윌러드가 다가오기 전까지, 럭스는 멍하니 앉아 신발을 흙에 문대고 있었다. 그러다 두 다리를 쭉 뻗더니 두 손으로 등 뒤를 받치고는 가을의 마지막 햇살을 향해 고개를 들었다. 윌러드가 그 햇빛 속으로 들어서면서 말을 걸었다. 럭스는 두 다리를 모아 한쪽 무릎을 긁적긁적하더니 다시 다리를 쫙 뻗었다. 윌러드는 부드러운 흙 위에 자신의 거대한 몸뚱이를 안착시켰다. 그러곤 씨익 웃으면서 럭스 쪽으로 몸을 기울였다. 우리가 들은 내용 중에 재치 있는 말은 단 한마디도 없었지만, 녀석은 럭스를 웃게 만들었다. 윌러드는 자기가 뭘 하고 있는지 정확히 아는 것 같았다. 우리는 녀석이 지하실이나 야외 경기장 관람석 밑에서 비행소년 짓을 하고 다니며 터득한 지식에 놀랄 수밖에 없었다. 윌러드가 럭스의

---

32) 가벼운 학교 처벌의 일종이다.

머리 위에 대고 낙엽을 부스러뜨렸다. 등으로 부스러기가 우수수 떨어지자 럭스가 녀석을 때렸다. 우리가 아는 그다음 일은 둘이 함께 학교 뒤를 거닐다가 테니스 코트 밖으로 나가서 일렬로 늘어선 느릅나무 아래를 지나, 그 뒤편의 고급 주택 단지에 딸려 있는 사유지의 경계를 표시한 높은 울타리까지 걸어갔다는 것이다.

윌러드만이 아니었다. 폴 워너메이커, 커트 사일스, 피터 맥과이어, 톰 셀러스, 짐 체슬로스키도 잠깐이지만 럭스와 사귀었다. 리즈번 부부가 딸들에게 데이트를 허락하지 않는다는 것, 특히 리즈번 부인이 춤이나 댄스파티나 일반적으로 십 대 아이들에게 허용되는, 뒷자리에서 서로 톡탁거리기 같은 것을 허락하지 않는다는 것은 잘 알려진 사실이었다. 그래서 럭스의 짧은 연애는 모두 은밀하기 짝이 없었다. 대개는 아무도 없는 자습실에서 싹트기 시작해, 식수대로 가는 길에 꽃피고, 강당 위 관제실 안의 불편하기 짝이 없는 연극용 조명과 전선들 사이에서 절정에 이르렀다. 녀석들은 공식적으로 허락된 심부름을 가는 길에, 예를 들면 리즈번 부인이 바깥의 차 속에서 기다리는 동안 약국 안에서 만난다든가 하는 식으로 럭스를 만났다. 그중에는 리즈번 부인이 은행 안에서 줄을 서서 기다리던 십오 분 동안 그녀의 스테이션왜건 안에서 만난 대담한 연애도 있었다. 그러나 럭스와 어울렸던 녀석들은 하나같이 멍청하고, 막돼먹고, 집에서 두들겨 맞거나 하는 녀석들이었기 때문에 믿을 만한 소식통이 아니었다. 우리가 뭐라고 물어보건, 녀석들은 "아코디언은 괜찮던데. 자, 내가 말해 주지."라거나 "무슨 일이 있었는지 알고 싶어? 그럼 내 손가락 냄새를 맡아 보라고." 같은 추잡스러운 말로 응수했다. 럭스가 학교 운동장의 으슥한 곳이나 덤불 뒤에서 녀석들을 만나고 다닌 건 오직 그녀의 정서 불안을 보여 줄 뿐이었다. 럭스가 서실리아 얘기는 하지 않더냐고 우리가 물을 때마다 녀석들은, 여러분도 이 말이 무슨 뜻인지 짐작하겠지만, 정확히 '대화'라고 할 만한 것은 나누지 않았다고 했다.

당시 럭스와 사귀었던 녀석들 중 믿을 만했던 건 트립 폰테인뿐이었지만, 녀석은 자기 체면을 지키느라 그 후로도 오랫동안 우리에게 한마디도 해 주지 않았다. 트립 폰테인은 일련의 자살 사건이 있기 겨우 십팔 개월 전에, 뚱보 꼬마에서 여자애들과 아줌마들의 총아로 거듭났다. 우리는 심해어 이빨처럼 생긴 녀석의 뻐드렁니가 벌어진 입술 사이로 삐져나와 있던 땅꼬마 시절부터 트립을 알고 지내 온 터라, 녀석의 변화를 알아채는 데 남들보다 오랜 시간이 걸렸다. 게다가 우리의 아버지와 형, 늙어 꼬부라진 숙부 들이 사내 녀석한테 외모는 그리 중요하지 않다고 누누이 말하곤 했기 때문에, 혹시 우리 중에서 잘생긴 녀석이 나타나지는 않나 경계하지도 않았고 우리가 아는 모든 여자애들과 그 애들의 엄마들까지 트립 폰테인과 사랑에 빠지기 전까지는 정말로 외모 따윈 그리 중요치 않다고 믿었다. 그들의 욕망은 수백 송이의 데이지 꽃이 태양이 움직이는 쪽을 향해 고개를 돌리는 것처럼 조용하면서도 강렬했다. 우리는 처음엔 그렇게 많은 쪽지가 트립의 사물함 틈새로 집어넣어진 줄도 몰랐고, 그렇게 많은 열성 팬이 복도 반대편 끝에 있는 트립을 향해 숨 막힐 정도로 뜨거운 바람을 불어 보내는 줄도 몰랐다. 하지만 모범생 여자애들까지도 트립이 가까이 갈 때마다 얼굴을 붉히며 웃음이 새어 나오는 걸 막으려고 땋은 머리를 잡아당기는 것을 보고는, 그제야 비로소 아버지, 형, 숙부 들의 말이 모두 거짓이었고 성적이 좋다는 이유로 우리를 사랑해 줄 사람은 아무도 없다는 사실을 깨달았다. 훗날 얼마 남지 않은 전처의 저금으로 머무르고 있던 사막의 조그마한 알코올중독 재활 센터에서, 트립 폰테인은 처음 가슴 털이 나기 시작하던 무렵 활화산처럼 뜨겁게 타오르던 열정에 대한 회상에 잠겼다. 그 시작은 아카풀코[33] 여행에서 녀석의 아버지와 아버지의 남자친구가 트립을 호텔 정원에 혼자 내버려 둔 채 해변으로 산책을 나갔을 때였다. (증거물 7호는 그 여행에서 찍은 스냅사진으로, 구릿빛으로 그을린 폰테인 씨와 애인 도널드가 야자수로 만든 몬테수마[34] 옥좌인 양 호텔 중정에 있는 간이 의자에 허벅지와 허벅지를 맞대고 끼어 앉아 있는 모습이 담겨 있다.) 트립은 미성년자 전용 바에서 얼마 전 막 이혼한 지나 디샌더를 만났고, 그녀는 트립에게 난생처음 피냐 콜라다[35]를 사 주었다. 언제나 신사다웠던 트립 폰테인은 여행에서 돌아왔을 때 지나 디샌더에 관한 얘기 중에

33) 멕시코의 유명한 바닷가 휴양지이다.
34) 몬테수마 2세(Montezuma, 1466?~1520). 15~16세기에 현재 멕시코 땅에 있었던 아스텍 제국의 마지막 황제. 스페인의 정복자 코르테스에게 목숨을 잃었다.
35) 코코넛 크림, 파인애플 주스, 럼주를 섞어 만든 칵테일이다.

서 지극히 점잖은 부분만을 우리에게 들려주었다. 예를 들어 그녀가 라스베이거스에서 딜러로 일하고 있어서 블랙잭[36]에서 이기는 방법을 가르쳐 주었다거나, 시를 쓰다가 스위스 아미 나이프[37]로 코코넛을 뚫어 먹더라는 얘기 말이다. 오랜 세월이 흐른 후에야, 더 이상 자신의 기사도로는 이제 쉰 줄에 접어들었을 여자를 지켜 줄 수 없어진 듯 황폐한 눈빛으로 사막을 바라보면서, 트립은 지나 디샌더가 자신의 '첫 잠자리 상대'였음을 고백했다.

이 사실은 많은 것을 설명해 주었다. 그녀가 준 하얀 조가비 목걸이를 트립이 왜 절대로 벗지 않았는지, 모터보트가 끄는 연을 타고 아카풀코만 상공을 날고 있는 남자의 모습이 담긴 관광 포스터가 왜 그의 침대 머리맡에 붙어 있었는지, 그리고 자살 사건이 일어나기 전해에 그의 옷 입는 스타일이 왜 학생다운 셔츠와 바지에서 서부 해안 스타일로 바뀌었는지도 알 수 있었다. 자개단추와 장식적인 주머니 덮개, 어깨선을 따라 박은 스티치가 있는 셔츠 등 모든 것이 6박 7일간의 패키지 여행을 하는 동안 지나가 보여 준 지갑 속 사진에서 그녀와 팔짱을 끼고 있던 라스베이거스 사나이와 비슷해 보이기 위해 선택된 소품들이었다. 당시 서른일곱 살이던 지나 디샌더는 몸에 딱 달라붙는 스피도 수영복을 입은 통통한 트립

---

36) 가지고 있는 카드 점수의 합이 21인 사람, 21이 없을 경우에는 21 미만의 가장 큰 숫자인 사람이 이기는 카드놀이이다.
37) 칼, 코르크스크루, 드라이버, 가위, 깡통 따개 등 여러 가지 도구가 들어 있는 다용도 주머니칼이다.

의 몸매 속에서 아직 겉으로 드러나지 않은 남자로서의 매력을 간파했다. 그리고 그와 함께 보낸 멕시코에서의 일주일 동안 그를 한 사람의 남자로 탈바꿈시켜 놓았다. 지나 디샌더의 호텔 방에서 술을 탄 파인애플 주스에 취한 채, 시트를 벗겨낸 침대 가운데서 전광석화 같은 속도로 카드를 돌리는 지나를 바라보던 트립에게 무슨 일이 있었는지 우린 그저 상상만 할 수 있을 뿐이다. 트립은 자기도 남자랍시고, 자그마한 콘크리트 발코니로 통하는 미닫이문이 문틀에서 빠진 걸 고치려고 했다. 화장대와 침대 협탁 위는 간밤에 있었던 파티의 잔해들 ─ 빈 유리잔, 열대풍 칵테일 스틱, 깨끗이 씻은 오렌지 껍질 ─ 로 지저분했다. 방학 동안 그을린 피부 때문에 트립은 자기 집 수영장에서 유영하던 여름이 끝나 갈 때의 모습과 흡사해 보였을 것이고, 그의 젖꼭지는 마치 흑설탕을 듬뿍 찍은 분홍색 체리 같았을 것이다. 지나 디샌더의 살짝 주름진 불그레한 피부는 단풍처럼 더욱더 붉게 타올랐다. 하트 에이스.[38] 클로버 10. 21점이네. 네가 이겼어. 그녀는 트립의 머리를 한번 쓰다듬고는 다시 패를 돌리기 시작했다. 그는 우리가 모든 걸 이해할 수 있는 어른이 된 먼 훗날에도 자세한 얘기는 해 주지 않았다. 그러나 우리는 그것을 자애로운 어머니가 치러 준 멋진 성년식으로 여겼고, 비록 영원히 비밀로 남긴 했지만 그날 밤 트립이 연인의 칭호를 부여받았을 거라고 생각했다. 그

---

38) 블랙잭에서 에이스는 카드를 가지고 있는 사람의 마음에 따라 1점 혹은 11점으로 계산할 수 있다.

가 여행에서 돌아왔을 때 우리는 전에 없이 깊어진 그의 목소리가 우리보다 머리 하나 높은 곳에서 울리는 걸 들었고, 이유도 모르면서 청바지를 입은 그의 엉덩이가 빵빵하다는 사실을 알아챘고, 그에게서 풍기는 화장수 냄새를 맡았으며, 치즈처럼 누르튀튀한 우리의 피부와 그의 피부를 비교해 보았다. 녀석에게서 풍기는 머스크 향과 야자유를 바른 듯이 매끈한 얼굴, 아직도 그의 눈썹에서 반짝이고 있는 황금빛 모래알들은 여자애들을 한 사람 한 사람씩, 나중에는 떼거리로 한꺼번에 기절하게 만들었지만 우리에겐 별다른 영향을 끼치지 않았다.

그는 열 명의 서로 다른 주인을 가진 입술 자국들(각 입술들의 주름은 지문처럼 독특한 모양이기에)로 장식된 편지들을 받았다. 그와 함께 침대에서 벼락공부를 하려고 찾아오는 여자애들 때문에 시험 공부도 포기했다. 그는 겨우 욕조 크기 정도밖에 안 되는 수영장에 띄운 에어 매트리스 위에 누워 선탠을 하며 시간을 보냈다. 여자애들이 트립을 사랑하기로 결정한 것은 옳은 선택이었다. 그만이 유일하게 입을 다물 줄 아는 녀석이었기 때문이다. 트립 폰테인은 카사노바보다 더 위대한 세계 최고의 연인들과 유혹자들의 신중함을 가지고 태어났다. 그들은 카사노바처럼 열두 권이나 되는 회고록을 남기지도 않았고, 역사에 이름을 길이 남기지도 않았으니까. 미식축구 연습을 할 때건 탈의실에서 벌거벗고 있을 때건, 트립은 그의 사물함 속에 들어 있던 은박지로 정성스레 싼 파이 조각이나, 그의 차 안테나에 묶여 있던 머리 끈이나, 운동화 코 부분에 땀으로 얼룩진 "현재 스코어는 러브 대 러브.[39] 이제 네가 서브할 차례야, 트립."이라는 메모를 적어 그의 차 백미러에 신발끈 하나로 매달아 놓은 테니스화에 대해서도 입을 다물었다.

학교 복도는 그의 이름을 속삭이는 소리로 왕왕 울리기 시작했다. 우리는 그를 '트립스터' 혹은 '파운틴헤드'[40]라고 불렀지만 여자애들의 대화는 언제나 트립으로 시작해서 트립으로 끝났다. 그가 '최고의 미남', '최고의 멋쟁이', '최고의 신사'에 이어 '최고의 운동선수'로까지 뽑혔을 때(질투심 때문에 우리 중 아무도 녀석을 뽑지 않았고, 녀석의 교우 관계가 그리 넓지 않았음에도)에야 비로소 우리는 여자애들이 얼마나 그에게 빠져 있는지를 알게 되었다. 심지어 우리의 어머니들까지도, 그의 기름진 긴 머리에도 불구하고, 걸핏하면 트립이 잘생겼다는 얘기를 하면서 녀석을 저녁 식사에 초대할 생각만 했다. 오래지 않아 그는 합성 섬유 침대보로 이루어진 자신의 궁전에서 공물을 받는 파샤[41]처럼 살게 되었다. 엄마 지갑에서 슬쩍한 푼돈, 마약, 졸업 반지, 파라핀지에 싼 쌀 과자, 아질산아밀,[42] 발포성 백포도주, 네덜란드 치즈, 가끔은 이상하게 생긴 해

---

39) 테니스에서는 0점을 러브라고 한다.
40) 트립스터는 트립의 이름과 사람을 뜻하는 접미사 '-ster'를 결합한 조어이고, 파운틴헤드는 트립의 성인 폰테인이 프랑스어에서는 분수를 뜻하는 데서 착안하여 분수를 의미하는 영어 단어 'fountain'에 사람을 뜻하는 명사 'head'를 결합한 것이다.
41) 오스만제국과 북아프리카에서 고위 문관이나 무관에게 붙인 칭호이다.
42) 록 쏘는 냄새가 나는 황색 액체로, 본래는 협심증 치료제이나 마약 대용으로 쓰이기도 한다.

시[43] 덩어리도 있었다. 여자애들은 각주까지 달아 타자로 친 학기 말 과제물이나 각 과목을 한 페이지로 요약한 '요점 정리'를 가져오기도 했다. 트립은 그렇게 받은 선물을 모아 '세계 최고의 마리화나들'이라는 자신만의 박물관을 만들었다. 마리화나를 종류별로 빈 양념 통에 넣은 다음 책꽂이에 순서대로 진열했는데, 양쪽 끝에 '블루 하와이언'과 '파나마 레드'를 놓고 그 사이에 많은 갈색 종류들을 놓았다. 그중에는 색깔과 냄새가 진짜 카펫 같은 것도 있었다. 우리는 트립 폰테인네 집에 찾아오는 여자들에 대해 별로 아는 바가 없었다. 우리가 아는 거라곤 그들이 각자 자기 차를 몰고 와서, 하나같이 트렁크에서 뭔가를 꺼낸다는 사실뿐이었다. 그들은 귀고리를 주렁주렁 달고, 머리끝을 탈색하고, 발목을 끈으로 묶는 코르크 굽 구두를 신는 타입의 여자들이었다. 그들은 화려한 무늬가 프린트된 행주로 덮은 샐러드 볼을 들고는 미소 띤 얼굴로 껌을 씹으며 오 다리로 잔디밭을 가로질러 걸어갔다. 2층에 가서는 침대 시트로 입가를 닦아 주며 트립에게 숟가락으로 음식을 떠먹이다가 샐러드 볼을 바닥에 집어던지고는 그의 품 안에서 녹아내리곤 했다. 이따금 폰테인 씨가 도널드의 방을 들락날락하느라 그 앞을 지나가는 일도 있었지만, 자신의 행실도 떳떳지 못했기 때문에 아들의 방 문틈에서 새어 나오는 수상한 소리에 대해 캐묻지 않았다. 두 사람은 부자지간이면서도 룸메이트처럼 살았다. 아주 비슷한 목욕 가운을 입고

---

43) 다진 소고기, 양파, 감자를 마구 으깨어 버무린 음식이다.

맞닥뜨리거나 커피를 다 먹은 사람이 누구냐고 욕을 해대기도 했지만, 오후가 되면 이 지상에서 작은 열정의 대상을 찾아 헤매는 동지가 되어 서로 부딪치며 수영장에 함께 떠 있곤 했다.

그들은 우리 시 전체를 통틀어 가장 멋진 구릿빛 피부를 가진 부자였다. 매일같이 땡볕에서 일하는 이탈리아인 건설 인부들도 그들의 마호가니 빛 피부를 따라가진 못했다. 저물녘에 본 폰테인 씨와 트립의 피부는 거의 푸르스름해 보이다시피 해서, 수건으로 터번을 만들어 쓴다면 영락없이 쌍둥이 크리슈나[44]였다. 지면 위로 약간 솟아 있는 작고 동그란 그들의 수영장은 뒤뜰 울타리와 딱 붙어 있어서, 가끔 물이 넘칠 때면 옆집 개가 물벼락을 맞기도 했다. 베이비오일 통에 한번 빠졌다 나온 것 같은 폰테인 씨와 트립은 미국 북부의 흐리멍덩한 하늘이 코스타 델 솔[45]의 하늘이라도 되는 양, 등받이와 음료수 받침까지 있는 에어 매트리스에 앉아 물 위를 떠다녔다. 우리는 두 사람의 피부색이 구두약 색깔처럼 단계별로 변해 가는 것을 지켜보았다. 폰테인 씨는 머리를 밝은색으로 염색한 게 아닌가 의심스러울 정도였고, 두 사람의 치아는 쳐다보기에 눈이 부실 정도로 새하얬다. 파티에 가면 눈빛이 이글거리는 여자애들이 단지 우리가 트립을 안다는 이유만으로 우리를 붙들곤 했는데, 나중에는 그들도 우리만큼이나 사랑

---

44) 인도에서 가장 사랑받는 신 중 하나로, 힌두교 최고신인 비슈누 신의 여덟 번째 화현으로 간주되기도 한다.
45) '태양의 해안'이란 뜻으로, 스페인 남부의 바닷가 휴양지를 일컫는다.

의 손길에 굶주려 있음을 알 수 있었다. 어느 날 밤 마크 피터스가 자기 차를 향해 걸어가는데, 누군가 자기 다리를 붙잡는 게 느껴졌다. 아래를 내려다보니 새러 시드가 트립에게 홀딱 반한 나머지 다리에 힘이 빠져서 걸을 수가 없다고 고백하는 것이었다. 마크는 충격에 빠진 것 같았던 새러의 눈빛을 아직도 생생하게 기억한다. 가슴 크기로 유명한 그 덩치 좋고 튼튼한 여자애가 갑자기 앉은뱅이라도 된 것처럼 축축한 잔디 위에 힘없이 쓰러진 것이다.

트립과 럭스가 어떻게 처음 만났고 무슨 얘기를 주고받았는지, 둘 다 서로를 좋아했는지 아는 사람은 아무도 없었다. 트립은 세월이 흐른 뒤에도 그 긴 전성기 동안 사랑을 나눈 418명의 소녀와 여인 들에게 한 맹세를 지키기 위해 말을 아꼈다. 단지 이렇게 말했을 뿐이다. "난 한 번도 그 애를 잊어본 적이 없어. 단 한 번도." 우리가 사막에서 그를 만났을 때, 부들부들 떨리는 눈 밑은 병자처럼 누렇게 떠서 피부가 겹겹이 처져 있었지만 두 눈만큼은 한창 푸르렀던 그 시절을 똑바로 바라보고 있었다. 우리가 계속 설득한 데다 회복 중인 약물 중독자들이 으레 쉬지 않고 떠들어 대고 싶어하는 덕분에, 우리는 겨우 두 사람의 사랑 이야기를 꿰맞출 수 있었다.

그것은 어느 날 트립 폰테인이 엉뚱한 역사 수업에 들어가면서 시작되었다. 5교시 자습 시간에 트립은 늘 그랬듯이, 당뇨병을 앓고 있는 피터 페트로비치가 인슐린 주사를 맞는 것만큼이나 규칙적으로 마리화나를 피우기 위해 자기 차로 갔다. 페트로비치는 하루에 세 번 양호실에 가서 겁 많은 마약

중독자처럼 자기 팔에 직접 피하 주사를 놓았다. 하지만 주사를 맞은 후에는 인슐린이 평범한 사람을 천재로 만들어 주는 묘약이라도 되는 것처럼 강당에 있는 전문가용 피아노를 놀라우리만큼 훌륭하게 연주했다. 트립 폰테인 역시 하루 세 번, 주사 시간마다 뻑뻑 소리를 내는 페트로비치의 손목시계를 차고 있기라도 한 것처럼 10시 15분, 12시 15분, 3시 15분이 되면 자기 차로 갔다. 그의 트랜스암 스포츠카는 항상 주차장 맨 끝 칸에, 다가오는 선생님이 있으면 단박에 알아차릴 수 있도록 학교 쪽을 바라보게 세워져 있었다. 이 자동차는 기울어진 보닛과 미끈한 지붕, 급격한 곡선을 그리며 아래로 떨어지는 뒷부분 덕분에 공기역학적 형태를 띤 풍뎅이처럼 보였다. 연식이 오래돼서 번쩍번쩍하던 외장의 빛이 바래자 트립은 경주용 차 특유의 검은 줄무늬를 다시 그리고 무기처럼 뾰족뾰족한 장식이 달린 휠 캡에 광을 냈다. 차 내부를 보면, 우선 운전석 가죽 시트에 독특한 땀자국이 있었다. 폰테인 씨가 길이 막힐 때마다 머리를 기대던 자리였는데 헤어스프레이 속 화학 물질이 갈색 가죽을 밝은 자주색으로 변색시킨 것이었다. 그 무렵에는 트립의 머스크 향수와 마리화나 냄새가 더 많이 배어 있긴 했지만, 폰테인 씨의 방향제 '부츠와 안장'의 냄새도 희미하게 남아 있었다. 경주용 차는 문이 밀폐되어 있어서 밖으로 새어 나가지 못한 연기를 계속해서 들이마시게 되므로 다른 어떤 곳에서보다 더 취할 수 있다고 트립은 말하곤 했다. 쉬는 시간, 점심시간, 자습 시간만 되면 그는 어김없이 차로 어슬렁어슬렁 걸어가 마리화나 연기 속에 몸을 담갔다. 십오 분 후 문을 열었을 때는 굴뚝에서 나오는 것 같은 짙은 연기가 쏟아져 나와, 트립이 엔진을 점검하고 보닛에 광을 내는(그것이 그가 주차장을 찾는 표면상의 이유였다.) 동안 항상 틀어 놓곤 하던 음악 — 대개는 핑크 플로이드 아니면 예스[46] 였다 — 에 맞춰 공중을 맴돌다가 흩어져 갔다. 트립은 차 문을 닫은 뒤 옷에 밴 냄새를 빼기 위해 학교 뒤쪽으로 걸어갔다. 그곳에 있는 기념수(1918년도 졸업생 새뮤얼 O. 헤이스팅스를 기념하여 심은)의 옹이구멍 안에는 그가 숨겨 둔 여분의 박하사탕 한 통이 있었다. 여자애들은 교실 창문에서 거부할 수 없는 매력을 지닌 그가 인디언처럼 책상다리를 하고 홀로 나무 밑에 앉아 있는 모습을 쳐다보았다. 그들은 트립이 일어서기도 전부터 녀석의 양쪽 엉덩이에 흙이 묻은 모습을 그릴 수 있었다. 왜냐하면 트립 폰테인이 허리를 쭉 펴고 일어서서 애비에이터 선글라스[47]의 안경테를 한번 만져 주고, 고개를 뒤로 휙 젖히면서 갈색 가죽 재킷 가슴 주머니의 지퍼를 닫은 다음 부츠를 신은 거대한 발로 성큼성큼 내딛기 시작하는 것까지 늘 똑같았기 때문이다. 그는 일렬로 늘어선 느릅나무를 지나 잔디밭을 가로지르고 담쟁이 화단 옆을 지나친 다음 학교 뒷문으로 들어왔다.

---

46) 핑크 플로이드와 예스는 1970년대에 전성기를 구가했던 영국 출신의 프로그레시브 록 밴드들이다.
47) 미국의 레이밴사(社)에서 생산하는, 둥글고 큰 렌즈가 얼굴에 거의 밀착되는 선글라스. 눈으로 들어오는 모든 방향의 빛을 차단해 주어서 조종사들에게 인기가 높았다.

트립만큼 매사에 무관심하고 초연한 녀석은 없었다. 우리가 아직 교과서나 달달 외우고 성적에 전전긍긍하고 있을 때, 녀석은 그런 것 따윈 일찌감치 졸업하고 인생의 다음 단계로 넘어간 듯한, 진짜 세상 한가운데에 손을 뻗치고 있는 듯한 분위기를 풍겼다. 우리는 녀석이 아무리 꼬박꼬박 사물함에서 책을 챙겨 온다 한들 그것은 소품에 불과하다는 것, 그의 운명은 학구적인 길보다는 자본주의를 향해 뻗어 있다는 것을 알고 있었다. 마약을 거래하는 것만 봐도 이미 뻔했으니까. 그러나 그가 영원히 잊지 못할 그날, 단풍이 물들기 시작하던 9월의 어느 오후, 트립 폰테인은 복도 저쪽 끝에서 자신을 향해 걸어오고 있는 우드하우스 교장 선생님을 보게 되었다. 트립은 약에 취해 있을 때 선생님들과 마주치는 것에 익숙했고, 자신은 한 번도 당황해 본 적이 없다고 우리에게 말했다. 그런데 왜 그날따라 칠부바지에 샛노란 양말을 신은 교장 선생님의 모습에 자신의 맥박이 빨라지고 목 뒤로 식은땀이 흘렀는지 그는 설명하지 못했다. 어쨌건 트립은 지극히 자연스러운 동작으로 가장 가까운 교실 안으로 피신했다.

트립은 자리에 앉을 때 누구의 얼굴도 보지 못했다. 선생님도, 학생들의 얼굴도 전혀 눈에 들어오지 않았고 오직 교실 안을 비추는 평화로운 빛, 창밖의 가을 단풍으로부터 비쳐 들어온 오렌지색 빛만 눈에 들어올 뿐이었다. 교실은 그가 들이마시고 있는 공기만큼 가벼운, 꿀처럼 달짝지근한 액체로 가득 차 있는 것 같았다. 시간의 흐름이 서서히 느려졌고, 그의 왼쪽 귀 속에서는 마치 수화기를 갖다 댄 것처럼 선명한 우주의 옴[48) 소리가 들리기 시작했다. 우리가 그의 피 속에 남아 있던 THC[49] 성분 때문에 그랬던 게 아니냐고 하자 트립은 손가락 하나를 위로 세웠는데, 우리와 얘기하는 내내 손을 떨지 않았던 건 그때 한 번뿐이었다. "약 했을 때 느낌이야 내가 잘 알지. 하지만 그땐 뭔가가 달랐어." 오렌지색 빛 속에서 학생들의 머리는 소리 없이 물결치는 말미잘 같았고, 교실 안의 적막함은 마치 바다 밑에 온 것 같은 느낌을 주었다. "모든 순간은 영원해." 그가 의자에 앉았을 때 앞자리 여자애가 아무 이유 없이 뒤돌아 자신을 쳐다보던 상황을 설명하면서 트립은 이렇게 말했다. 그의 눈에는 여자애의 눈밖에 보이지 않았으므로, 그 애가 예뻤는지 어땠는지는 기억하지 못했다. 얼굴의 나머지 부분 — 촉촉한 입술과 황금색 귀밑머리, 분홍 콧구멍 속이 비쳐 보일 듯한 코 — 이 흐릿하게 각인되는 동안, 두 개의 푸른 눈동자는 그를 파도에 태운 다음 그대로 정지시켜 버렸다. "그 애는 회전하는 세계의 부동점이었어." 트립은 재활 센터의 책꽂이에서 발견한 엘리엇[50]의 『시 선집』을 인용해 이렇게 말했다. 럭스 리즈번이 그를 바라보던 영겁의 시간에 대해서는 그 사랑이 어차피 현실적으로 살아남을 필요가 없었

---

48) 힌두교를 비롯한 여러 종교의 진언에서 가장 위대한 것으로 여겨지는 음절. 가장 중요한 세 가지 세계와 신, 경전 들을 의미함으로써 전 우주의 정수를 담고 있다고 할 수 있다.

49) 마리화나의 활성 성분인 테트라히드로카나비놀의 약자이다.

50) T. S. 엘리엇(Thomas Stearns Eliot, 1888~1965). 노벨 문학상을 수상한 모더니즘 시인이며 대표작으로 『황무지』가 있다. 인용된 구절은 『네 사중주』에 수록된 장시 「번트 노턴」의 한 구절이다.

기 때문에 그 후의 어떤 사랑보다 더 진실하다고 회고했다. 외모와 건강이 엉망이 되어 사막에서 사는 지금까지도 그를 따라다니며 괴롭힌다고 했다. "대체 뭘 보면 그 기억이 잊힐까." 그가 말했다. "아기의 얼굴. 아니면 고양이 목의 방울. 뭐가 될지 모르지."

둘은 말 한마디 나누지 않았다. 하지만 그다음 주부터 트립은 옷을 입었는데도 벌거벗은 느낌을 주는 럭스가 나타나기만을 기다리며 복도를 배회하기 시작했다. 럭스는 단정한 학생화를 신고도 맨발인 것처럼 발을 질질 끌고 다녔다. 리즈번 부인이 사 준 헐렁한 옷은 마치 옷을 다 벗고 아무거나 편한 걸 집어 입은 느낌을 주어서 그 애의 매력만 더해 주었다. 코르덴 바지를 입으면 허벅지가 스칠 때마다 스윽 스윽 소리가 났다. 언제나 최소한 한 가지는 예상 밖의 칠칠치 못한 점, 즉 삐져나온 셔츠 자락이나 구멍 난 양말, 터져서 겨드랑이 털이 보이는 옆구리 솔기 등이 눈에 띄어 트립의 긴장을 확 풀어지게 만들었다. 럭스는 이 교실에서 저 교실로 책을 들어 날랐지만 한 번도 책을 펼치진 않았다. 그녀의 펜과 연필은 신데렐라의 빗자루처럼 곧 쓸모없어질 물건 같아 보였다. 럭스가 웃을 땐 너무 많은 치아가 드러난다는 단점이 있었지만, 트립은 밤마다 그녀의 이 하나하나에 깨물리는 꿈을 꾸곤 했다.

그는 항상 쫓아다님을 당하는 쪽이었기 때문에, 막상 자기가 쫓아다니는 쪽이 되자 어찌해야 할지 몰랐다. 여자애들의 질투심을 자극하지 않도록 모든 질문에 조심하기는 했지만, 그는 자기 방에 찾아오는 여자애들에게서 차근차근 럭스가 사는 곳을 알아냈다. 처음엔 럭스를 얼핏 보거나 아쉬운 대로 다른 자매라도 보기를 기대하며 차에 탄 채 그녀의 집 앞을 지나갔다. 트립 폰테인은 우리와 달리 리즈번 자매들을 절대 헷갈리지 않았고, 처음부터 럭스를 그들 중 최고로 꼽았다. 그는 그 집 앞을 지나갈 때마다 트랜스암의 창문을 내리고 8트랙 오디오의 볼륨을 높여 럭스가 침실에서도 그가 좋아하는 노래를 들을 수 있게 했다. 가끔은 가슴속에서 끓어오르는 격정을 참지 못해 액셀을 끝까지 밟아 버리는 바람에, 고무 타는 냄새만을 사랑의 징표로 남긴 채 쏜살같이 자리를 뜰 때도 있었다.

트립은 럭스가 대체 어떻게 자기를 홀렸고, 또 그래 놓고는 어쩜 그렇게 순식간에 자기를 잊어버릴 수 있는지 이해할 수 없었다. 그래서 절망적인 심정으로 거울을 붙들고는, 어째서 자기를 반하게 만든 유일한 여자애가 자기한테 반하지 않은 유일한 여자애인 거냐고 묻곤 했다. 장기간 그는 이미 효과가 입증된 여자 꾀는 방법에 의존했다. 럭스가 지나갈 때 머리를 뒤로 쓸어 넘기거나 쿵 소리가 나게 책상 위에 발을 올려놓기도 했고, 심지어 한번은 선글라스를 슬쩍 내려 그만의 매력적인 눈빛을 쏴 준 적도 있었다. 하지만 럭스는 눈길조차 주지 않았다.

사실 여자애한테 데이트 신청을 하는 거라면 학교에서 제일 별 볼일 없는 녀석들이 트립보다 훨씬 더 능숙했다. 그들에겐 새가슴과 안짱다리가 가르쳐 준 인내심이라는 것이 있었지만, 트립은 지금껏 여자애한테 전화 한 통 할 필요가 없었기 때문이다. 그녀에게 할 말 외우기, 가상의 대화 연습해 보기, 요가에서나 하는 심호흡하기, 그러고 나서 고요한 전화선의 바다 속으로 눈 딱 감고 머리부터 다이빙하기와 같은 모든 것이 그에겐 하나같이 처음 해 보는 것들이었다. 그는 상대방이 수화기를 들기까지 영원처럼 길게 이어지는 신호 음 때문에 괴로워해 본 적도 없었고, 어디에도 비할 데 없는 목소리가 갑자기 자기랑 연결되어 심장이 뛰어 본 적도 없었고, 너무 다가간 듯 보이지도 않는 느낌이랄까, 실제로 그녀의 귓속에 들어간 느낌에 대해 전혀 알지 못했다. 또 "어…… 안녕."이라는 심드렁한 대답을 듣거나 "누구라고?"라는 말로 즉살당할지도 모른다는 두려움에 떨어 본 적도 없었다. 자신의 잘생긴 외모 때문에 잔꾀가 발달하지 못했음을 깨달은 그는 자포자기한 심정으로 아버지와 도널드에게 속내를 털어놓았다. 그들은 트립이 직면한 문제를 충분히 이해했다. 우선 삼부카[51] 한 잔으로 트립을 진정시킨 다음, 그들은 비밀 연애라는 무거운 마음의 짐을 지어 본 사람들만이 할 수 있는 충고를 해 주었다. 그들의 첫 번째 충고는 무슨 일이 있어도 럭스에게 전화하지 말라는 것이었다. "핵심은 미묘함이야." 도널드가 말했다. "미세한 느낌의 차이이지." 그들은 트립에게 대놓고 고백하지 말고 날씨나 학교 숙제 같은 평범한 주제, 조용하면서도 확실한 눈맞춤을 할 수 있는 주제에 대해서만 얘기하라고 했다. 트립은 선글라스도 벗고, 머리가 앞으로 흘러내리지 않도록 헤어스

---

51) 아니스로 향을 낸 달콤한 맛의 술이다.

프레이도 뿌려야 했다. 다음 날 트립 폰테인은 사물함으로 가는 길목인 과학관 한구석에 자리 잡고 앉아 럭스가 지나가기만을 기다렸다. 태양이 떠올라 벌집 모양의 패널을 발그스레하게 물들였다. 계단으로 통하는 문이 열릴 때마다 트립의 눈에는 럭스의 얼굴이 둥실 나타나 다른 여자애의 얼굴 위에 눈코 입이 포개지는 것 같았다. 그는 럭스가 자신을 피하기 위해 변장을 하기라도 한 것처럼 이것을 나쁜 징조로 생각했다. 트립은 럭스가 안 나타날까 봐 두려웠지만 실은 나타날까 봐 더 두려웠다.

일주일 동안 럭스를 보지 못하자 트립은 비상수단을 쓰기로 마음먹었다. 금요일 오후에 그는 과학관의 자기 자리를 떠나 조회에 참석했다. 다른 수업보다 조회를 빼먹는 게 더 쉽고, 그 시간에 자기 차 글러브 박스 안에 넣어 둔 수연통을 빠끔거리는 걸 더 좋아하는 그로서는 삼 년 만에 참석하는 조회였다. 럭스가 어디에 앉을지 몰라서 그녀가 오면 따라 들어갈 생각으로 트립은 식수대 주위를 얼쩡거렸다. 그는 복도를 뚫어져라 쳐다보는 자신의 시선을 감추기 위해 아버지와 도널드의 충고도 무시하고 선글라스를 꼈다. 럭스 언니들의 모습에 속아 세 번이나 심장이 멎을 뻔했지만, 정작 럭스는 우드하우스 선생님이 그날의 초청 강사 — 지역 방송국의 기상 예보관 — 를 소개하고 난 후에야 화장실에서 나왔다. 얼마나 몰입해서 그녀를 바라봤던지, 트립 폰테인은 자신의 존재가 사라지는 것을 느꼈다. 그 순간 세상에는 오직 럭스밖에 없었다. 희부연 후광이 그녀의 주위를 감쌌고 원자가 분열할 때와 같은 눈부신 빛이 번쩍거렸는데, 우리는 그것을 트립의 머리에서 한꺼번에 너무 많은 피가 빠져나간 탓이라고 결론지었다. 럭스가 트립을 못 보고 스쳐 지나간 순간, 그는 예상했던 담배 냄새가 아닌 수박 맛 껌 냄새를 맡았다.

트립은 럭스를 따라서 몬티첼로[52]식 돔과 도리스식 벽기둥, 우리가 장난 삼아 우유를 부어 넣곤 하던 가짜 가스등 등 식민지 시대풍으로 깔끔하게 지어진 강당으로 들어갔다. 그는 맨 뒷줄 럭스 옆자리에 앉았다. 그녀를 쳐다보고 있진 않았지만 소용없는 짓이었다. 자기가 가지고 있는 줄도 미처 몰랐던 감각 기관이 옆에 앉은 럭스의 존재를 느끼고 있었다. 그녀의 체온, 심장 박동과 호흡, 심장에서 빠져나간 피가 온몸을 돌아 다시 심장으로 돌아오는 것까지 모든 것을 마음속으로 기록했다. 기상 예보관이 슬라이드를 틀기 위해 조명을 어둡게 하자, 두 사람은 400명의 학생과 마흔다섯 명의 교사들에게 둘러싸인 가운데서도 단둘이 어둠 속에 남았다. 사랑에 온몸이 마비된 트립은 스크린 위에서 회오리바람이 사정없이 몰아칠 때도 꿈쩍하지 못하다 십오 분이 지난 후에야 간신히 용기를 내어 팔걸이 위에 슬그머니 팔을 올려놓았다. 그러고 나서 보니 두 사람 사이에는 아직도 2.5센티미터의 공간이 남아 있었다. 그래서 그때부터 이십 분 동안은 온몸을 땀으로 흠뻑 적셔 가며 럭스의 팔을 향해 자신의 팔을 조금씩 움직이기 시작

52) 미국 독립선언문의 초안자이자 3대 대통령이기도 한 토머스 제퍼슨 (Thomas Jefferson, 1743~1826)이 직접 설계하고 건축한 주택이다.

했다. 다른 사람들의 눈이 모두 카리브해 연안의 도시를 향해 내닫는 허리케인 젤다를 쳐다보는 동안 트립의 팔에 난 털이 럭스의 팔에 가 닿았고, 그렇게 생겨난 회로를 따라 찌르르하고 전기가 흘렀다. 고개 한 번 돌리지 않고 숨 한 번 쉬지 않은 채, 럭스가 똑같이 팔에 힘을 주어 응답했다. 그다음에 트립이 조금 더 가까이 가고 그녀 또한 똑같이 응답하기를 계속 반복하다가, 결국 두 사람은 팔꿈치까지 서로 맞닿게 되었다. 바로 그 순간이었다. 앞에서 어떤 장난꾸러기 녀석이 손에 입술을 대고 방귀 소리를 내는 바람에, 소리 죽여 웃는 소리가 온 강당 안에 퍼져 나가기 시작했다. 럭스가 얼굴이 새하얘지면서 팔을 거둬 갔지만, 트립 폰테인은 처음으로 그녀의 귀에 속삭일 수 있는 기회를 놓치지 않았다. "분명 콘리 녀석이었을 거야. 죽여 버려야지."

럭스는 고개를 끄덕이지도 않았다. 그러나 트립은 여전히 그녀에게로 몸을 기울인 채 이렇게 말했다. "너랑 데이트해도 되냐고 너희 아버지께 물어볼 거야."

"가망 없어." 럭스가 그를 쳐다보지도 않고 말했다. 조명이 환해짐과 동시에 주위의 모든 학생이 박수를 치기 시작했다. 트립은 박수 소리가 최고로 커지길 기다렸다가 이렇게 말했다. "우선은 너희 집에 가서 텔레비전을 볼 거야. 이번 일요일에. 그런 다음 데이트 신청을 하겠어." 이번에도 트립은 럭스의 대답을 기다렸지만, 그녀가 그의 말을 들었음을 나타내는 표시는 네 맘대로 하라는 뜻으로 손바닥을 위로 들어 보인 것뿐이었다. 트립은 나가려고 자리에서 일어섰다가, 방금 자기가 일어난 의자 등받이 너머로 몸을 기울이고는 지난 몇 주 동안 마음속에 억눌러 온 말을 내뱉었다.

"넌 돌여우[53]야." 이렇게 말하고 그는 자리를 떴다.

트립 폰테인은 피터 시슨에 이어 두 번째로 혼자 리즈번 씨 집에 들어간 녀석이었다. 복잡할 것도 없었다. 언제 갈 건지 럭스에게 말하니까 럭스가 알아서 부모에게 전달했다. 인터뷰 중에 트립은 남들 눈에 띄지 않게 그 집에 들어간 건 아니라고 주장했는데 우리가 어쩌다 트립이 트랜스암을 몰고 나타나 차가 수액으로 뒤덮이지 않도록 느릅나무 둥치 앞에 주차하는 장면을 놓쳤는지는 정말이지 알 수 없는 노릇이었다. 어쨌든 트립은 그날을 위해 이발도 하고, 서부 해안 스타일 대신 웨이터 같은 하얀 셔츠와 검은 바지도 입었다. 럭스가 문을 열어 주더니 별말 없이(그녀는 뜨개질을 어디까지 했는지 기억하는 데 정신이 팔려 있었다.) 거실의 정해진 의자로 안내했다. 트립은 리즈번 부인 옆에 앉았고, 그 반대편에 럭스가 앉았다. 트립 폰테인은 리즈번 자매들이 자기한테 거의 관심을 보이지 않았다고 했는데, 학교의 최고 우상이 기대한 수준에는 미달했던 모양이다. 터리즈는 구석에 앉아 이구아나 박제를 들고서 보니에게 이구아나가 뭘 먹고, 번식은 어떻게 하고, 자연 상태의 서식지는 어떤 곳인지 설명하고 있었다. 트립에게 말을

---

53) 존 레이놀즈 가디너(John Reynolds Gardiner, 1944~2006)의 동화 『돌여우』의 등장인물. 『돌여우』는 소년 윌리가 할아버지의 감자 농장을 지키기 위해 개 썰매 경기에 출전하는 이야기로, 윌리가 이 경기에서 우승하기 위해 반드시 물리쳐야 하는 인디언의 이름이 바로 돌여우이다.

건 사람은 메리뿐이었는데, 그녀는 계속해서 콜라 좀 더 먹겠느냐고 물었다. 텔레비전에서는 월트 디즈니사가 제작한 특집 프로그램이 방송되고 있었고, 리즈번 가족은 재미없는 오락물에 익숙한 가족답게 예정된 클라이맥스 동안 꼿꼿이 앉아 진부한 스턴트에 함께 웃음을 터뜨리며 보고 있었다. 트립 폰테인은 리즈번 자매들에게서 이상한 낌새를 느끼지 못했지만, 나중에 이런 말을 하긴 했다. "뭐라도 하려고 하면 자살밖에 할 게 없었을 거야." 리즈번 부인은 럭스의 뜨개질을 봐 주고 있었다. 채널을 바꿀 때마다 그녀는 항상 《TV 가이드》를 먼저 보고 시청해도 되는 프로그램인지 아닌지를 결정했다. 커튼은 캔버스 같은 두꺼운 천이었다. 창틀 위에는 가냘픈 화초가 몇 개 있었는데 초목이 우거진 자기네 집 거실과는 너무도 다른 풍경이어서(폰테인 씨는 원예광이었다.), 만일 소파 반대쪽 끝에 생기로 살아 숨 쉬는 럭스가 앉아 있지 않았다면 트립은 흡사 불모의 행성에라도 와 있는 것처럼 느꼈을 것이다. 럭스가 탁자에 발을 올릴 때마다 그녀의 맨발이 보였다. 발바닥은 새까맸고 발톱은 분홍색 매니큐어가 군데군데 벗겨져 있었다. 하지만 럭스가 그럴 때마다 리즈번 부인이 뜨개질바늘로 톡톡 쳐서 발을 탁자 밑으로 내리게 했다.

그게 다였다. 트립은 럭스 옆에 앉지도 못했고 그녀에게 말을 걸거나 제대로 한번 쳐다보지도 못했다. 하지만 그녀가 가까이 있다는 선명한 사실만으로도 그의 가슴은 뜨거워졌다. 10시가 되자 부인으로부터 신호를 받은 리즈번 씨가 트립의 등을 툭툭 치며 말했다. "우리 식구가 잠잘 시간이라네." 트립이 리즈번 씨와 악수를 하고, 보다 차가운 손을 가진 리즈번 부인과도 악수를 하고 나자, 럭스가 그를 배웅하기 위해 앞장서서 걸어 나갔다. 문까지 가는 동안 트립에게 눈길 한번 주지 않은 걸로 보아 오늘은 틀렸다는 것을 그녀도 분명히 알고 있는 듯했다. 럭스는 고개를 숙인 채 귀를 후비면서 걸어가다가 문을 열 때에야 비로소 고개를 들고는 체념을 뜻하는 슬픈 미소를 지어 보였다. 그가 바랄 수 있는 것은 그저 리즈번 부인 옆에 앉아 또 하루 저녁을 보내는 것뿐이라는 사실을 깨닫고 트립은 상심했다. 그는 서실리아가 죽은 뒤로 한 번도 깎지 않은 잔디밭을 가로질렀다. 그러고는 차 속에 앉아 리즈번 씨네 집을 바라보았다. 아래층 불이 꺼지고 위층 불이 켜지더니 곧 그 불도 하나씩 꺼져 갔다. 그는 럭스가 잠자리에 들 준비를 하는 것을 상상했다. 그녀가 칫솔을 들고 있는 모습을 상상하는 것만으로도 거의 매일 밤 자기 침실에서 여자들의 알몸을 볼 때보다 훨씬 더 흥분이 되었다. 그가 머리를 뒤로 기대고 가슴이 죄어 오는 통증을 줄이려고 입을 벌렸을 때, 별안간 차 안의 공기가 요동쳤다. 그는 어떤 생명체가 그의 옷깃을 앞으로 끌어당겼다가 다시 내동댕이치더니 백 개의 입으로 자신의 골수까지 빨아들이기 시작하는 걸 느꼈다. 그녀가 굶주린 짐승처럼 한마디 말도 없이 그를 덮쳤기 때문에, 수박 맛 껌이 아니었던들 트립은 그게 누군지도 몰랐을 것이다. 불타는 몇 번의 키스가 끝난 후에 보니, 트립 자신이 그 껌을 씹고 있었다. 럭스는 바지가 아닌 플란넬 잠옷 차림이었고, 잔디밭을 걸어오느라 젖은 발에서는 풀 냄새가 났다. 트립은 그녀

116

의 끈적이는 정강이와 뜨거운 무릎, 단단한 허벅지를 만졌다. 그러고 나서 두려운 마음으로 그녀의 허리 밑에 묶여 있는 게걸스러운 짐승의 입에 손가락을 집어넣었다. 난생처음 여자를 만지는 것만 같은 기분이었다. 털이 만져졌고, 그다음엔 수달의 몸에서 나오는 방수 물질처럼 미끌미끌한 것이 느껴졌다. 두 마리의 짐승이 차 안에 있었다. 위에 있는 짐승은 코를 훌쩍이며 트립을 물어뜯었고, 아래 있는 놈은 축축한 우리에서 벗어나려고 발버둥을 쳤다. 그는 용감하게 놈들을 먹이고 달랬지만, 정작 자신의 허전한 마음은 점점 커져만 갔다. 게다가 몇 분 뒤에 "들키기 전에 가 봐야 해."라는 말만 남긴 채 럭스가 떠나 버리자, 그는 살아 있다기보다는 죽은 것에 더 가까워졌다.

번개처럼 강렬했던 그 공격은 겨우 삼 분에 지나지 않았지만 트립에게는 큰 흔적을 남겼다. 그는 그 경험에 대해 어떤 종교적 체험, 즉 강령이나 환영 혹은 말로 설명할 수 없는, 내세와 현세를 연결하는 균열에 대해 이야기하는 사람처럼 말했다. "어떤 때는 내가 꿈을 꾼 게 아니었나 생각하기도 해." 그는 어둠 속에서 그의 골수를 빨아먹던 탐욕스러운 백 개의 입을 떠올리며 이렇게 말했다. 트립은 그 뒤로도 남들이 부러워할 만한 연애를 계속 즐겼지만, 그날에 비견할 만한 경험은 한 번도 하지 못했다고 털어놓았다. 그 후로는 자신의 내장이 그토록 감미로운 힘에 의해 잡아당겨진 적도 없었고, 누군가의 침에 흠뻑 젖는 짜릿함을 느껴 본 적도 없었다. "마치 우표가 된 것 같은 기분이었지." 세월이 흐른 뒤에도 그는 하나의 목표를 향해 아무 거리낌 없이 팔을 서너 개나 가진 것처럼 변화무쌍했던 럭스에 대해 감탄을 금치 못했다. "대부분의 사람들은 그런 사랑을 경험하지 못해." 인생을 실패한 그가 용기를 내어 말했다. "하지만 난 적어도 한 번은 맛봤지." 이와 대조적으로 그가 청장년기에 만난 여자들은 허리도 나긋하고 격렬하더라도 도를 넘지 않는 고분고분한 타입들이었다. 심지어 사랑을 나누는 동안에도 그는 그녀들이 따끈한 우유를 가져다주거나, 세금을 대신 처리해 주거나, 눈물을 흘리며 그의 장례를 치러 주는 모습을 상상할 수 있었다. 그들은 따뜻하고 사랑이 넘치는 보온병 같은 여자들이었다. 나이가 들어 만난 여자들 역시 소리만 질렀지 한 번도 정확한 음을 낸 적은 없었고, 그 어떤 강렬한 순간도 럭스가 산 채로 그의 가죽을 벗겼던 그 침묵의 순간에는 비할 수 없었다.

럭스가 집에 몰래 들어가다 리즈번 부인에게 들켰는지 어땠는지는 결국 알아내지 못했지만, 이유가 무엇이었건 간에 트립이 또다시 텔레비전을 보러 가겠다고 하자 럭스는 자기가 외출 금지를 당했으며, 엄마가 그 누구도 집에 들이는 걸 금지했다고 말했다. 학교에서 트립 폰테인은 둘 사이가 어떻게 진행되고 있는지에 대해 입을 꾹 다물었다. 두 사람이 여기저기서 몰래 만나고 다닌다는 얘기가 떠돌았지만, 트립은 둘 사이에 성적인 접촉이 있었던 건 그때 차 안에서 딱 한 번뿐이었다고 주장했다. "학교에서는 둘이 갈 만한 데가 없었어. 그 애 아버지가 절대로 눈을 떼지 않았거든. 괴로웠지. 정말 우라지게 괴로웠어."

118

* * *

　호니커 박사의 견해에 따르면, 럭스의 난잡한 생활은 감정적 필요에서 오는 흔한 반응이었다. "청소년들은 자기가 찾을 수 있는 곳에서 사랑을 찾으려 하는 경향이 있다." 그는 발표를 희망하는 많은 논문들 중 하나에 이렇게 썼다. "럭스는 성적인 행위와 사랑을 혼동했다. 그녀에게 섹스는 동생의 자살로 인해 그녀가 필요로 하게 된 정신적 위안의 대체물이었다." 몇몇 녀석들은 이 가설을 뒷받침하는 정보를 제공해 주었다. 칩 윌러드가 말하길, 한번은 둘이 함께 탈의실 바닥에 누워 있는데 럭스가 방금 전에 그들이 한 일을 더럽다고 생각하느냐고 물었다고 했다. "난 뭐라고 해야 할지 알고 있었어. 당연히 아니라고 했지. 그랬더니 걔가 갑자기 내 손을 잡으면서 이러는 거야. '너, 나 좋아하는 거 맞지?' 난 아무 말 안 했어. 계집애들은 그냥 넘겨짚게 내버려 두는 게 상책이거든." 훗날 트립 폰테인은 럭스의 열정이 자신의 욕구를 잘못 이해한 결과였다는 우리의 추측에 화를 냈다. "그럼 너희 말은 내가 단지 도구에 불과했다는 거야? 그런 건 가장할 수 없는 거야. 그건 진짜였다고." 우리는 버스 터미널 앞 카페테리아에서 한 리즈번 부인과의 유일한 인터뷰 중에도 이 문제를 거론해 보려고 했으나, 그녀는 정색을 하고 이렇게 말했다. "내 딸들 중에 사랑이 부족한 애는 한 명도 없었어. 우리 집은 언제나 사랑이 넘쳤으니까."

　그것은 단정 짓기 어려운 문제였다. 10월이 되자 리즈번가는 전보다 더 우울해 보이기 시작했다. 각도에 따라 공중에 떠 있는 연못처럼 보이기도 하던 파란 슬레이트 지붕은 눈에 띄게 시커메졌고 노란 벽돌은 갈색으로 변했다. 저녁이면 옆 블록 스타마로스키네 저택처럼 굴뚝에서 박쥐가 나왔다. 우리는 박쥐들이 스타마로스키네 집 위를 빙빙 돌거나 지그재그로 날다가 급강하를 할 때마다 여자애들이 비명을 지르면서 머리 위를 손으로 가리는 광경에 익숙했다. 스타마로스키 씨는 검은 터틀넥 스웨터를 입고 발코니에 서 있었다. 저물녘이 되면 그는 우리가 그의 넓은 잔디밭 위를 마음대로 돌아다니도록 내버려 두었는데, 한번은 그 집 화단에서 날카로운 송곳니 두 개와 쭈그러진 노인 같은 얼굴을 가진 죽은 박쥐를 발견한 적도 있었다. 우리는 그 박쥐들이 스타마로스키 가족과 함께 폴란드로부터 왔다고 생각했다. 그도 그럴 것이, 쇠퇴해 가는 구세계를 닮은 그 벨벳 커튼이 드리워진 컴컴한 집 위로 박쥐가 날아내리는 건 당연해 보였지만, 리즈번 씨네 집의 실용적인 쌍둥이 굴뚝으로 박쥐가 뛰어드는 건 도무지 이해되지 않았기 때문이다. 스멀스멀 기어드는 황폐화의 징조는 또 있었다. 리즈번 씨 집의 불이 들어오는 초인종이 고장 났던 것이다. 새 모이통도 뒷마당에 떨어진 채 그대로 방치되었다. 우유 주머니에는 리즈번 부인이 우유 배달부에게 남긴 퉁명스러운 메모가 붙어 있었다. "상한 우유 사절!" 히그비 부인은 당시를 회상하면서, 리즈번 씨가 기다란 막대기로 바깥문을 걸어 잠가 버렸다고 주장했다. 다른 사람들에게 물어보았더니, 모두 그 말이 맞다고 했다. 그러나 증거물 3호인, 체이스가 새로 산 루이빌 슬러거 야구방망이를 휘두르려는 순간을 찍은 뷰얼 씨의 사진을 보면, 뒤로 보이는 리즈번 씨네 집의 덧문들은 모두 열려 있다.(이 대목에서 돋보기가 아주 유용했다.) 그 사진은 체이스의 생일이자 월드 시리즈 개막일이기도 했던 10월 13일에 찍은 것이다.

리즈번 자매들은 학교와 성당 외에는 아무 데도 가지 못했다. 일주일에 한 번, 크로거 상점 트럭이 식료품을 배달하러 왔다. 어느 날 꼬맹이 조니 뷰얼과 빈스 푸질리가 가상의 밧줄로 길을 막아 그 트럭을 세웠다. 그 둘은 마르셀 마르소의 쌍둥이[54]처럼 길 양쪽에 서서 허공을 열심히 잡아당겼다. 운전사가 둘을 트럭에 태워 주자, 조니와 빈스는 자기들도 크면 배달원이 되고 싶다고 거짓말을 늘어놓으며 주문 목록을 훑어보았다. 빈스 푸질리가 슬쩍해 온 리즈번가의 주문 목록은 군수품 목록과 매우 흡사했다.

크로거 밀가루	2킬로짜리 1봉지
카네이션 가루 우유	4리터짜리 5통
화이트 클라우드 휴지	18롤
델몬트 복숭아 주스(유가당)	24캔
델몬트 완두콩 통조림	24개
소 목심 간 것	5킬로그램

---

54) Marcel Marceau(1923~2007). 프랑스의 마임 배우이며, 피에로와 찰리 채플린의 걸음걸이를 반씩 섞은 캐릭터 비프(Bip)로 유명하다.

원더 식빵	3봉지
지프 땅콩버터	1통
켈로그 콘플레이크	3개
스타키스트 참치 캔	5개
크로거 마요네즈	1개
아이스버그 양상추	1개
오스카 메이어 베이컨	500그램
랜드 올레이크스 버터	1개
탱 가루 주스 오렌지 맛	1통
허쉬 초콜릿	1개

* * *

우리는 나뭇잎들이 어떻게 변하는지 지켜보며 기다렸다. 이주 전부터 나뭇잎들은 나무에서 떨어져 잔디밭을 뒤덮고 있었다. 그때만 해도 우리 동네에 아직 나무들이 있었으니까. 지금은 가을이 되어도 몇 안 되는 나뭇잎만이 살아남은 느릅나무 꼭대기에서 스완 다이브[55]를 할 뿐이고, 대부분의 나뭇잎은 버팀목을 받쳐 놓은 기껏해야 1.2미터 높이의 묘목 꼭대기에서 떨어진다. 시 당국에서 100년 뒤에 달라져 있을 우리 거리의 모습으로 주민들을 위로하며 잘라 내 버린 느릅나무 대

---

55) 점프할 때는 양팔을 벌렸다가 입수 직전에 머리 위로 뺀는 다이빙 법이다.

신 심어 준 묘목들이었다. 새로운 나무의 품종이 정확히 무엇인지는 아무도 모른다. 공원 관리과에서 나온 남자는 "네덜란드느릅나무좀이 강해서" 선택된 품종이라고만 말했다.

"벌레마저 싫어하는 나무라는 소리지."라고 시어 부인이 말했다.

그 시절 가을은 나무 꼭대기에서 사각대는 나뭇잎 소리로 시작되곤 했다. 그다음엔 셀 수 없을 만큼 많은 나뭇잎이 톡 하고 가지에서 떨어져 살랑살랑 내려오다가는 바람에 날려 빙글빙글 돌거나 다시 허공으로 치솟곤 했는데, 마치 이 세계의 일부가 떨어져 나오는 것 같았다. 우리는 나뭇잎이 쌓이도록 내버려 두었다. 매일매일 나뭇가지 사이로 보이는 하늘의 면적이 점점 넓어지는 동안, 우리는 할 일이 없다는 핑계를 대고 서서 구경만 했다.

나뭇잎이 떨어지기 시작한 후에 돌아오는 첫 번째 주말이 되면, 우리는 일렬횡대로 줄을 지어 낙엽을 긁어모아 거리 곳곳에 커다란 낙엽 더미를 만들기 시작했다. 집집마다 낙엽을 모으는 방법도 가지각색이었다. 뷰얼 가족은 삼인조 대형을 짰다. 두 사람은 세로로 갈퀴질을 하고 한 사람은 가로로 갈퀴질을 하는 이 방법은 뷰얼 씨가 참전 당시 히말라야 산맥에서 사용하던 대형을 본뜬 것이었다. 피천버거 가족은 열 명이나 되는 — 부모 두 명, 십 대 아이 일곱 명, 그리고 실수로 생겼지만 가톨릭교도라서 낳을 수밖에 없었던 두 살배기 막내까지 — 온 식구가 다 나왔다. 뚱뚱한 앰버슨 부인은 낙엽 날리는 기계를 사용했다. 우리는 각자 자기가 맡은 몫을 했다.

나중에 깔끔하게 빗어 넘긴 머리처럼 깨끗이 치워진 잔디밭을 보면 배 속까지 시원해지는 것같았다. 때로는 너무나 흥에 겨운 나머지 잔디까지 벗겨 내는 바람에 흙이 드러날 때도 있었다. 우리는 해 질 무렵 보도 위에 서서 도구 날은 무뎌지고 흙덩이는 부서지고, 심지어 잠을 자던 크라커스 알뿌리까지 파내져 버린 잔디밭을 바라보았다. 전 우주적 환경 오염이 시작되기 전인 그때는 아직 낙엽을 태워도 괜찮았다. 그래서 그날 밤, 차츰 붕괴돼 가고 있던 우리 부족의 마지막 의식으로서, 아버지들은 각자 자기 가족의 낙엽을 태우기 위해 모였다.

원래 리즈번 씨는 특유의 소프라노 톤으로 노래를 부르며 혼자 갈퀴질을 했었다. 하지만 터리즈가 열다섯 살이 되자, 남자 같은 옷에 무릎까지 오는 고무장화와 낚시 모자까지 눌러 쓰고는 구부정하게 서서 아버지를 돕기 시작했다. 밤에는 리즈번 씨도 다른 아버지들처럼 자기 가족의 몫을 태웠지만, 불길이 걷잡을 수 없이 커질지도 모른다는 두려움 때문에 남들만큼 즐기지 못했다. 그는 자기 낙엽 더미를 감시하면서 낙엽을 불 가운데에 던져 넣고는 불꽃이 너무 커지지 않나 살폈다. 워즈워스 씨가 다른 모든 아버지들에게 권했던 것처럼 자기 이름의 머리글자가 새겨진 휴대용 병으로 술을 마시라고 권하자 리즈번 씨는 이렇게 대답했다. "고맙지만 사양하겠네. 정말 괜찮아."

자살 사건들이 있었던 해에 리즈번가의 낙엽은 그대로 방치돼 있었다. 모두가 낙엽을 긁어모았던 토요일에 리즈번 씨는 집에서 꼼짝도 하지 않았다. 낙엽을 쓰는 중간중간에 리즈번 씨네 집을 쳐다보니, 담벼락에는 가을의 축축함이 겹겹이 쌓이고 있었고, 지저분하고 얼룩덜룩한 잔디밭은 점점 더 말끔하고 푸르게 변해 가는 다른 잔디밭들에 포위당해 있었다. 우리가 낙엽을 쓸어 내면 쓸어 낼수록 리즈번 씨네 마당엔 더 많은 낙엽이 쌓여 가는 듯하더니, 결국엔 나무 덤불의 숨구멍을 모두 막고 현관 앞 계단의 첫째 단까지도 뒤덮어 버렸다. 그날 밤 우리가 모닥불을 피우자 다른 모든 집들은 오렌지색으로 빛나면서 한 걸음씩 앞으로 성큼 나오는 듯했지만, 여전히 컴컴한 리즈번 씨 집만은 터널처럼, 공터처럼 연기와 불꽃이 그냥 통과해 버렸다. 몇 주가 지나도록 그 집 낙엽은 그대로였다. 그 낙엽들이 바람에 날려 다른 집 잔디밭까지 넘어가자 곳곳에서 불평이 쏟아져 나왔다. "이건 우리 집 낙엽이 아니라고." 앰버슨 씨가 낙엽을 쓸어 담으며 투덜거렸다. 그 후 비가 두 차례 내려서 낙엽들이 척척한 갈색으로 변하자, 리즈번 씨네 잔디밭은 진흙탕처럼 보이게 되었다.

* * *

처음에 기자들의 시선을 끈 것은 날이 갈수록 점점 더 지저분해지는 그 집 외관이었다. 지역 신문 편집장인 보비 씨는 자살과 같은 개인적인 비극은 보도하지 않겠다는 자신의 결심을 줄곧 견지하고 있었다. 대신 호반 전경을 가리는 새 가드레일에 대한 논란이나 이제 파업을 시작한 지 오 개월째에 접어든(시신들은 냉장 트레일러에 실려 다른 주로 이송되었다.) 묘

지 인부들과의 협상이 교착 상태에 빠져 있다는 소식을 취재
했다. '새 이웃을 환영합니다' 난에서는 우리 시의 녹지와 조
용함, 숨이 멎을 만큼 아름다운 베란다에 반해서 이사 온 새
로운 이웃들의 이야기를 계속해서 다뤘다. 윈드밀포인트 대로
에 사는 윈스턴 처칠의 사촌은 처칠 수상의 친척치곤 너무 말
라 보였다. 백인 여성으로서는 최초로 파푸아뉴기니의 정글
을 횡단한 셰드 터너 부인은 무릎 위에 쭈그러진 머리통 같은
걸 올려놓고 있었는데, 사진 밑의 설명에 따르면 그 흐릿한 물
체는 "그녀의 요크셔테리어 정복왕 윌리엄"이었다.

지난여름 우리 시의 신문들은 지루하다는 이유로 서실리
아의 자살을 보도하지 않았다. 자동차 공장들의 대대적인 감
원 때문에, 불경기의 파도 밑으로 가라앉아 버린 절망한 영혼
들의 소식이 거의 하루도 빠지는 날이 없었다. 차고 안에서 시
동이 켜진 차와 함께 발견된 사람들도 있었고, 작업복을 입은
채로 샤워기에 목을 맨 사람들도 있었다. 동반 자살 사건만
이 신문에 실릴 수 있었고, 그것도 삼면이나 사면이 고작이었
다. 예를 들면, 엽총으로 가족을 쏜 다음 자살한 가장의 이야
기나 안에서 문을 걸어 잠근 채로 자신의 집에 불을 지른 남
자의 이야기 같은 것 말이다. 우리 시에서 가장 많은 발행 부
수를 자랑하는 신문의 발행인인 라킨 씨는 리즈번 씨 집으로
부터 겨우 1킬로미터가량 떨어진 곳에 살았기 때문에, 이곳에
서 무슨 일이 일어났는지 모를 리가 없었다. 미시 라킨과 그렇
게 자주 놀아났던 조 힐 콘리(툭하면 면도하다 제 얼굴을 베는
얼간이인데도, 그녀는 콘리에게 일 년째 반해 있었다.)도 미시와 라

킨 부인이 서실리아의 자살 얘기를 하는 동안, 라킨 씨는 눈에 물수건을 올린 채 긴 의자에 누워 일광욕만 즐길 뿐 아무런 관심도 보이지 않더라고 증언했다. 그런데 석 달도 더 지난 10월 15일, 서실리아의 자살 사건에 대한 간략한 서술과 함께 "오늘날 십 대들을 압도하고 있는 불안감"에 대해 학교 측에서 적극적인 대처에 나서 줄 것을 요구하는, 편집장 앞으로 보내진 편지 한 통이 그의 신문에 실렸다. 편지는 가명임이 분명한 'I. 듀 호프웰 부인'이 보낸 걸로 되어 있었지만, 몇몇 단서를 보면 우리 동네 사람임이 확실했다. 무엇보다 그때는 다른 동네에서는 이미 서실리아의 자살이 잊힐 시점이었다. 하지만 우리 동네에서는 점점 더 망가져 가는 리즈번 씨 집의 모습이 계속해서 그 안에 내재된 문제를 우리에게 상기시키고 있었다. 훗날 그 집에 더 이상 구할 수 있는 딸들이 하나도 남지 않게 되었을 때, 덴턴 부인은 편지를 보낸 사람이 자기였음을 실토했다. 드라이어로 머리를 말리다 갑자기 정의감이 울컥해서 그랬다는 것이었다. 그녀는 그 일을 후회하지 않았다. "가까운 이웃이 곤경에 처해 있는데 멍하니 구경만 하고 있을 순 없잖니. 우리 동네 주민은 다들 좋은 사람들이라고."

편지가 신문에 실린 다음 날, 파란 폰티액 자동차가 리즈번 씨 집 앞에 멈추더니 낯선 여자 한 명이 내렸다. 그녀는 쪽지를 보고 주소를 확인한 뒤 몇 주 동안 누구도 드나든 적이 없는 현관을 향해 걸어 올라가기 시작했다. 신문 배달을 하는 섀프트 티그스가 3미터 밖에서 현관을 향해 신문을 던졌다. 그는 더 이상 목요일마다 신문지를 수거하지도 않았다.(그 차

액은 티그스의 어머니가 아버지한테는 말하지 말라면서 자신의 쌈짓돈을 털어서 메워 주었다.) 우리가 울타리 위의 서실리아를 처음 보았던 리즈번 씨네 현관은 보도블록이 깨져서 생긴 금처럼 밟으면 재수 없는 곳이 되었다. 아스트로터프사(社)의 인공 잔디로 만든, '어서 오세요'라고 쓰인 현관 매트는 가장자리가 말려 올라가 있었다. 읽지도 않은 신문 더미가 물에 젖어서 스포츠 면의 사진에서 붉은 잉크가 흘러나오고 있었다. 쇠우편함에서는 녹내가 났다. 젊은 여자가 파란색 하이힐로 신문을 옆으로 밀더니 노크를 했다. 문이 빠끔히 열리자 여자는 실눈을 뜨고 어둠 속을 들여다보며 준비해 온 말들을 쏟아 내기 시작했다. 어느 순간 그녀는 자신이 이야기하고 있는 상대가 지금 자기가 보고 있는 곳보다 30센티미터쯤 밑에 있다는 것을 깨닫고는 시선을 낮추었다. 그녀는 재킷에서 수첩을 꺼내 전쟁 영화에서 스파이들이 위조 서류를 흔들어 대듯 흔들어 댔다. 과연 효과가 있었다. 그녀가 들어갈 수 있을 만큼 문이 조금 더 열린 것이다.

라킨 씨는 게재를 허락한 이유를 절대 밝히지 않았지만, 이튿날 린다 펄의 기사가 신문에 실렸다. 거기에는 서실리아의 자살에 대해 자세하게 적혀 있었다. 그 기사에 인용된 말을 보면(원한다면 직접 읽어 봐도 좋다. 우리는 그 기사를 증거물 9호로 첨부하였다.) 매키넥의 한 지역 신문사로부터 최근에 고용된 수습기자인 펄 양은 리즈번 부인에게 쫓겨나기 전까지 보니와 메리하고만 인터뷰를 했음을 알 수 있다. 기사는 그 무렵 급속하게 퍼지던 "인간적 흥미" 위주 기사들의 전개 방식에 따라, 리즈번가의 모습을 매우 선정적인 어휘들로 묘사하고 있다. "사교계에 데뷔할 나이가 된 소녀들의 장례식보다는 사교계 데뷔 파티로 더 널리 알려진 부유한 교외 마을"이라든가 "밝고 쾌활한 소녀들의 얼굴에는 얼마 전에 겪은 비극의 흔적을 거의 찾아볼 수 없었다." 같은 문장들은 펄 양의 문체가 어떤 스타일인지를 잘 보여 준다. 서실리아에 대한 지극히 피상적인 서술("그녀는 일기장에 그림을 그리거나 글을 쓰는 것을 좋아했다.")이 끝난 후에는 그녀의 죽음에 얽힌 수수께끼를 다음과 같이 마무리 짓고 있다. "심리학자들은 과거에 비해 청소년기에 느끼는 중압감이나 고민이 훨씬 더 늘어났다는 데 동의한다. 오늘날 미국적인 삶이 종종 젊은이들에게 부여하곤 하는 연장된 아동기는 청소년들로 하여금 아동과 성인의 세계 양쪽으로부터 괴리되었다고 느끼게 하는 황무지인 것으로 드러났다. 자기표현은 쉽게 좌절되곤 한다. 이러한 좌절은 현실과 허구를 구분하지 못하는 청소년들에 의해 폭력 행위로 이어질 수 있다고 의사들은 말하고 있다."

이 기사는 선정주의를 피해 사회적 위험을 독자들에게 알리는 듯한 인상을 준다. 다음 날에도 펄 양은 십 대들의 자살에 대해 전반적으로 서술한, 도표와 그래프까지 곁들인 기사를 실었는데, 서실리아는 오직 첫 문장에만 언급되고 있다. "지난여름 이스트사이드에서 있었던 십 대의 자살은 국가적 위기에 대한 대중의 인지도를 증가시켰다." 거기서부터는 엉망진창이었다. 작년 한 해 동안 우리 주 전역에서 있었던 십 대들의 자살을 열거한 기사가 이어졌다. 사진들이 넘쳐 났는데,

대개는 학교에서 찍은 사진들로 정장을 빼입은 어두운 표정의 아이들이었다. 남자애들은 듬성듬성한 콧수염에 갑상선종처럼 묶은 넥타이를 매고 있었고, 여자애들은 머랭[56] 모양의 머리를 헤어스프레이로 단단히 고정하고 가녀린 목에 '셰리'나 '글로리아' 같은 이름을 새긴 금 목걸이를 걸고 있었다. 집에서 찍은 사진들은 대개 아이들이 마지막 생일 케이크 앞에서 행복하게 웃고 있는 사진이었다. 리즈번 부부가 인터뷰를 거부한 탓에 신문사에서는 우리 학교 연감인 《스피릿》에 있는 서실리아의 사진을 입수해야 했다. 찢겨 나간 페이지를 보면(증거물 4호) 얼굴은 잘려서 나오지 않은 두 친구의 스웨터 입은 어깨 사이로, 꿰뚫어 보는 듯한 표정을 한 서실리아가 있다. 맨 처음엔 2번 채널, 그다음엔 4번 채널, 마지막엔 7번 채널에서 사람들이 나와서 갈수록 음산해져 가는 리즈번 씨 집의 외관을 찍어 갔다. 우리는 텔레비전에서 리즈번 씨 집이 나오길 기다렸지만, 나머지 딸들이 모두 자살한 몇 달 뒤에 비로소 방송에 나왔을 때는 이미 계절이 바뀐 후였다. 그동안 지역 방송의 한 토크쇼에서는 십 대들의 자살을 중점적으로 다뤘다. 그들은 여자애 둘과 남자애 하나를 초대해서 자살을 기도한 이유를 물어보았다. 우리는 그 애들의 말을 열심히 들었지만, 그들은 정신과 상담을 너무 많이 받은 나머지 자기들도 진짜 이유를 알 수 없게 돼 버린 게 확실했다. 자존감이라는 개념에만 충실한 그들의 답변은 미리 연습한 것처럼 들렸

---

56) 달걀 흰자와 설탕을 섞어서 살짝 구운 과자이다.

고, 나머지 말들은 죄다 횡설수설이었다. 여자애들 중 래니 질 슨이라는 애는 의심의 눈초리를 받지 않으려고 쥐약을 듬뿍 넣어 구운 파이를 먹고 죽으려 했는데, 올해로 여든여섯이 된, 단것을 좋아하던 할머니만 돌아가시고 말았다. 이 말을 하던 래니가 울음을 터뜨리자 사회자는 그녀를 달랬고, 화면은 광 고로 넘어갔다.

많은 사람들이 사건이 벌어진 지 한참이 지난 후에야 신 문 기사와 텔레비전 쇼 들이 쏟아지는 것에 반감을 느꼈다. 유진 부인은 "대체 왜 그 애가 편히 잠들게 내버려 두지 못하 는 거야."라고 말했고, 라슨 부인은 "이제 겨우 모든 게 제자리 로 돌아가려는 때에" 언론이 관심을 보이는 것을 탄식했다. 하 지만 그러한 보도들은 우리가 눈여겨보지 않을 수 없었던 위 험 신호를 경고해 주었다. 리즈번 자매들의 동공이 확대돼 있 지는 않았나? 코 스프레이를 지나치게 많이 사용하지는 않았 나? 안약은? 교내 활동이나 운동, 취미에 흥미를 잃지는 않 았나? 또래 친구들을 피하지는 않았나? 이유 없이 터져 나오 는 울음 때문에 괴로워하지는 않았나? 불면증이나 가슴 통 증, 만성 피로를 호소하지는 않았나? 어느 날 우리 지역 상공 회의소에서 만든, 짙은 녹색 바탕에 하얀 글씨가 인쇄된 팸플 릿이 도착했다. "우리는 초록색이 명랑하지만 지나치게 명랑하 지는 않은 색이라고 생각했다." 의장이었던 뱁슨 씨가 말했다. "초록색은 진지한 색이기도 하지. 그래서 그걸로 결정했던 거 야." 팸플릿은 서실리아의 죽음이 아닌, 일반적인 자살의 원인 에 대해 파고들고 있었다. 미국에서는 하루에 여든 건, 일 년에 3만 건의 자살이 일어난다. 즉 일 분에 한 번꼴로 자살 기도가 일어나며 십팔 분에 한 번은 성공을 한다. 남자의 자살 성공률은 여자의 서너 배에 달하지만, 자살 기도 건수는 여자가 남자의 3배이다. 백인의 자살률이 유색인보다 높으며, 젊은 층(열다섯 살에서 스물네 살)의 자살률은 지난 사십 년간 3배나 증가했고, 고등학생의 사망 원인 중에서는 자살이 두 번째를 차지한다. 모든 자살의 25퍼센트는 열다섯 살에서 스물네 살의 연령대에서 일어난다. 그러나 일반적인 예상과 달리 가장 높은 자살률을 보이는 것은 쉰 살 이상의 백인 남자이다. 훗날 사람들은 지역 상공회의소 이사회 위원들인 뱁슨 씨, 로리 씨, 피터슨 씨, 혹스테더 씨가 이런 언론 보도들이 우리 시에 대한 부정적인 이미지를 심어 줘서 상업 활동을 위축시키는 결과를 낳으리라고 예상한 것은 대단한 선견지명이었다고 말했다. 상공회의소는 자살 사건이 계속되는 동안, 그 뒤로도 한동안은 흑인 구매자의 유입보다 백인 구매자의 유출 때문에 더 골머리를 앓아야 했다. 몇 년 전부터 우리 시에는, 대개는 가정부로 일하는 여자들이었지만, 소리 없이 이주해 들어오는 용감한 흑인들이 늘고 있었다. 대부분의 흑인들이 다른 곳은 아예 가지 않으려 할 정도로 시내 중심가는 사태가 악화되었다. 초록색 치마와 분홍색 에스파드리유,[57] 핸드백을 닫으면 두 마리의 황금 개구리가 서로 입을 맞추는 파란색 핸드백으로 치장한 늘씬한 마네킹들이 서 있는 쇼윈도 앞을 흑인들

---

57) 발목에 끈을 감아 고정하는 캔버스화이다.

이 지나다니는 것은 그들이 원해서가 아니었다. 우리는 언제나 카우보이 놀이보다는 인디언 놀이를 택하고, 트래비스 윌리엄스를 최고의 킥오프 리터너[58]로, 윌리 호턴을 최고의 타자로 꼽는 녀석들이었지만, 커슈벌가에서 쇼핑을 하고 있는 흑인의 모습보다 더 충격적인 것은 없었다. 우리는 마을 사람들이 흑인들에게 겁을 줘서 쫓아 버릴 일종의 '개선책'을 세운 것은 아닌지 궁금해하지 않을 수 없었다. 예를 들면, 뾰족한 머리에 두건을 쓴 유령을 옷 가게 쇼윈도에 세워 둔다든가, 말 한마디 없이 식당 메뉴에서 닭튀김을 빼 버린다든가 하는 식으로 말이다. 하지만 이러한 변화들이 일부러 계획된 것인지는 확신할 수 없었다. 왜냐하면 첫 번째 자살 사건이 일어나자마자 상공회의소가 관심의 방향을 '건강 캠페인'으로 돌렸기 때문이다. 상공회의소는 건강 교육을 명목으로 학교 체육관에 직장암에서 당뇨병에 이르는 여러 가지 위험들에 대한 정보를 알려 주는 도표들을 설치했다. 하레 크리슈나[59] 교도들이 머리를 밀고 성가를 부르거나 설탕 넣은 채식주의 음식을 공짜로 나눠 주는 것도 허용되었다. 이러한 새로운 접근법들과 초록색 팸플릿과 아이들이 일어서서 자기가 꾼 악몽을

---

58) 미식축구에서 전후반을 시작할 때 혹은 득점 후에 경기를 재개할 때, 수비 팀이 공격 진영 쪽으로 공을 멀리 차는 것을 킥오프라 하는데, 그 공을 받아서 수비 팀 진영을 향해 달리는 공격 팀의 선수를 리터너라고 한다.
59) 1966년 A. C. 박티베단타가 미국에서 시작한 종교 운동으로, 인도의 크리슈나 신을 신봉하고 도박, 음주, 육식 및 부정한 성행위를 금한다. 이 운동의 추종자들은 힌두식 관습과 의복 착용을 준수하는데, 공격적인 선교 활동으로 비난을 받기도 한다.

설명해야 하는 가족 상담 치료가 뒤죽박죽이 되었다. 엄마 손에 이끌려서 상담 치료를 받아 본 윌리 쿤츠는 이렇게 말했다. "내가 울면서 엄마한테 사랑한다고 말하기 전까진 절대 내보내 주지 않을 태세더라고. 그래서 그렇게 했지. 눈물은 가짜였지만 말이야. 눈이 아플 때까지 열심히 비벼 대면 돼. 그게 나름대로 효과가 있거든."

감시의 눈길이 점점 심해지는 가운데 리즈번 자매들은 학교에서 눈에 띄지 않게 지냈다. 당시 그 애들의 다양한 모습은 중앙 복도를 조신하게 걸어 내려가는 그들 무리의 모습이라는 하나의 이미지로 뭉뚱그려졌다. 그 애들은 거대한 학교 시계의 검은색 분침이 그들의 부드러운 머리를 가리킬 때 그 밑을 지나가곤 했다. 우리는 매번 그 시계가 뚝 떨어지기를 기대했지만 그런 일은 결코 일어나지 않았다. 리즈번 자매들이 그 위험 구역을 벗어난 다음 순간이면, 복도 반대쪽으로 들어온 햇빛에 그들의 치마 속이 환히 비치면서 와이 자 모양의 뼈가 드러났다. 하지만 우리가 뒤를 따라가면 그 애들은 어느 틈엔가 사라졌고, 그들이 들어갔을 법한 교실 안을 들여다보면 엉뚱한 얼굴들만 눈에 띄거나 우리가 너무 멀리까지 간 나머지 핑거페인팅 시간에 의미 없는 소용돌이만 열심히 그려 대는 저학년 교실에 다다르곤 했다. 지금도 에그 템페라[60] 냄새를 맡으면 그때의 무익했던 숨바꼭질이 떠오르곤 한다. 고독한 관리인들이 밤마다 청소하는 조용한 복도에서, 우리는 누

---

60) 달걀노른자를 물에 희석해서 만든 물감이다.

군가가 연필로 15미터에 걸쳐 벽에다 그려 놓은 화살표를 따라가며 지금이야말로 리즈번 자매들에게 그들의 고민이 뭔지 물어봐야 할 때라고 되뇌곤 했다. 때로는 무릎 높이까지 오는 낡아 빠진 양말이 모퉁이를 도는 걸 볼 때도 있었고, 한 명은 사물함에 책을 쑤셔 넣고 한 명은 눈에 들어간 눈썹을 빼내고 있을 때 정면으로 맞닥뜨리기도 했다. 하지만 언제나 똑같았다. 우리가 전혀 그 애들을 찾아다니고 있지 않았던 것처럼 딴청을 부리거나 애당초 그런 애들이 있다는 것조차 몰랐다는 듯이 행동하는 동안, 그 애들의 하얀 얼굴은 슬로모션으로 우리를 지나쳐 갔다.

우리는 그 무렵에 관련된 서류(증거물 13~15호) 몇 점을 가지고 있다. 터리즈의 화학 필기, 시몬 베유[61]에 관한 보니의 역사 숙제, 체육 시간을 빼먹을 때 럭스가 자주 위조했던 사유서들이다. 럭스는 언제나 똑같은 수법을 썼다. 엄마 서명에서 딱딱하게 생긴 t 자와 b 자를 베껴 쓴 다음, 밑에 자기 이름(Lux Lisbon)을 쓸 때는 위의 필체와 달라 보이도록 두 개의 대문자 L이 u라는 도랑과 x의 철조망 너머로 서로를 향해 손을 뻗고 있는 것처럼 그려 놓았다. 줄리 윈스롭은 툭하면 체육 시간을 빼먹어서 많은 시간을 럭스와 함께 여자 탈의실에서 보냈다. "우린 라커 위에 올라가서 담배를 피우곤 했어." 그녀가 말했다. "밑에서는 우리가 보이지 않기 때문에 선생님이 들어

---

61) Simone Adolphine Weil(1909~1943). 프랑스의 사회철학자. 스페인 내전에 참전했고 2차 세계 대전 때는 레지스탕스로 활동했다. 독일 점령하에 있는 프랑스 동포들과 고통을 나누기 위해 단식을 하다 결국 세상을 떠났다.

온다 해도 연기가 어디에서 나오는지 알 수가 없었거든. 대개는 담배를 피운 사람이 방금 나갔으리라고 생각하더군." 줄리 윈스롭의 말에 의하면, 자기와 럭스는 그저 "담배 친구"에 불과했고, 라커 위에 있을 때는 담배 연기를 들이마시는 동시에 발소리에도 귀를 기울여야 했기 때문에 얘기는 거의 나누지 않았다고 했다. 하지만 럭스가 딱딱하게 군 것은 고통에 대한 나름의 반응이었을지도 모르겠다고 말했다. "항상 '망할 놈의 학교.' 아니면 '난 여기서 나갈 때까지 못 기다려.'라고 말하곤 했어. 하지만 그거야 다른 애들도 마찬가지였잖아." 그런데 하루는 담배를 다 피우고 라커에서 뛰어내려 나가려던 참이었다. 럭스가 뒤따라 내려오지 않자 줄리는 럭스의 이름을 불렀다. "대답이 없기에 다시 올라가 봤지. 그랬더니 걔가 팔로 몸을 감싸고 누워 있더라고. 아무 소리도 내지 않고 말이야. 정말로 추운 것처럼 마냥 떨고 있었어."

선생님들은 당시 리즈번 자매들을 본인들이 담당했던 과목에 따라 다르게 기억했다. 닐리스 선생님은 보니에 대해 "미적분이었지. 마음에 와닿는 느낌을 받지 못했어."라고 말했다. 로르카 선생님은 터리즈에 대해 이렇게 말했다. "덩치가 큰 애였지! 조금만 더 작았더라면 더 행복했을지도 몰라. 세상이라는 게 그렇고, 남자들 마음도 마찬가지니까." 분명 언어적 재능을 타고나지는 않았지만, 터리즈는 표준어에 가까운 스페인어 발음을 구사했고 굉장한 단어 외우기 능력을 가지고 있었다. "스페인어를 곧잘 했지." 로르카 선생님이 말했다. "하지만 능숙하지는 않았어."

우리의 질문에 대한 서면 답변에서(그녀는 "생각하고 정리할" 시간을 원했다.) 미술을 담당했던 안트 선생님은 이렇게 말했다. "메리의 수채화에는, 더 좋은 표현이 떠오르지 않아서 그러는데, 일종의 '비통함'이 담겨 있었지. 하지만 내 경험으로 볼 때, 아이들은 딱 두 종류밖에 없어. 아무 생각이 없는 아이들(야수파처럼 화려한 꽃과 개와 돛단배)과 똑똑한 아이들(부패한 도시나 우울한 추상을 그린 구아슈[62]화)이지. 똑똑한 아이들이 그린 그림은 내가 대학 시절 동안, 그리고 그 마을에서 정말 거침없이 살았던 삼 년 동안 그린 작품들과 아주 흡사하단다. 그 애가 자살하리라는 걸 내가 예견할 수 있었냐고? 유감스럽게도 그렇진 않아. 내 학생들 가운데 적어도 10퍼센트는 모더니스트의 자질을 가지고 태어나지. 내가 한 가지 물어보겠는데, 아둔함은 축복일까? 총명함은 저주일까? 난 마흔일곱 살의 독신 여성이야."

리즈번 자매들은 나날이 고립되어 갔다. 늘 자기들끼리 뭉쳐 다닌 탓에 다른 여자애들은 그 애들에게 말을 걸거나 함께 걷기조차 힘들었다. 많은 아이들이 그 애들은 자기들끼리만 있고 싶어 한다고 여기게 되었다. 리즈번 자매들이 고립되면 고립될수록 그들은 더욱더 위축되어 갔다. 실라 데이비스가 보니 리즈번과 문학 공부를 할 때 얘기를 해 주었다. "우린 『여인의 초상』[63]에 대해 얘기하고 있었어. 랠프라는 인물의 성

---

62) 수채 물감에 고무를 섞어 불투명한 효과를 내는 기법이다.
63) 영국으로 귀화한 미국 소설가 헨리 제임스(Henry James, 1843~1916)가 1881년 발표한 작품. 빅토리아 시대 사회에서 단순한 결혼 대상으로 취

격을 정리할 차례였지. 보니는 처음엔 별로 말이 없었어. 그런
데 갑자기 랠프가 늘 주머니에 손을 넣고 다녔다는 얘기를 하
더라고. 그때 내가 바보같이 이렇게 말해 버린 거야. '랠프가
죽을 때 정말 슬프더라.' 난 정말 아무 생각이 없었어. 그레이
스 힐턴이 팔꿈치로 날 찔렀고, 내 얼굴은 시뻘게졌지. 다들
아무 말도 못했다니까."

'애도의 날'을 생각해 낸 것은 교장 선생님 사모님인 우드하
우스 부인이었다. 그녀는 대학에서 심리학을 전공했고, 당시
일주일에 두 번씩 시내에 나가 헤드 스타트 프로그램에서 자
원봉사를 하고 있었다. "신문에서 매일같이 자살에 대해 떠들
어 댔지만 학교에서는 그해 내내 한 번도 그 얘기를 하지 않
았던 것을 알고 있나요?" 근 이십 년의 세월이 흐른 후 그녀가
우리에게 말했다. "난 딕이 개학식 날 그 문제를 짚고 넘어갔
으면 했지만 그이 생각은 달랐기 때문에 내가 물러설 수밖에
없었어. 하지만 문제가 점점 더 불거지면서 그이도 조금씩 나
와 같은 의견으로 돌아서게 됐지." (사실 교장 선생님은 개학식
날 환영사에서 간접적으로나마 그 문제를 거론했다. 새로 오신 선생
님들을 소개한 뒤에 이렇게 말했던 것이다. "오늘 이 자리의 몇몇 사
람에게는 지난여름이 유난히 길고 혹독했을 것입니다. 그렇지만 오
늘은 꿈과 희망의 새 학년이 시작되는 날입니다.") 우드하우스 부
인은 남편의 지위에 딸려 온 소박한 목장풍 사택에서 저녁 식
사를 하던 도중 주임 교사들에게 자신의 생각을 밝혔고, 그다

급받기를 거부한 어느 미국 여성의 이야기를 그리고 있다.

음 주에 전체 교사 회의에서 정식으로 발의했다. 그로부터 얼마 후 광고계에 투신하기 위해 학교를 떠난 펄프 선생님은 그날 우드하우스 부인이 한 말 중 일부를 기억했다. "'슬픔은 자연스러운 감정입니다.'라고 말했지. '하지만 슬픔을 극복하는 것은 선택의 문제이지요.' 내가 이 말을 기억하는 건 나중에 다이어트 제품 광고에서 써먹었기 때문이야. '먹는 것은 자연스러운 행동입니다. 하지만 체중이 느는 것은 여러분의 선택입니다.' 너희도 아마 봤을 거다." 펄프 선생님은 애도의 날에 반대표를 던졌지만 숫자에서 밀렸다. 날짜가 정해졌다.

대부분의 사람들은 애도의 날이 애매모호한 휴일이었던 것으로 기억한다. 3교시까지 수업이 취소되어 우리는 교실에 남아 있어야 했다. 선생님들이 그날의 주제와 관련된 유인물을 나눠 줬지만, 그 내용이 공식적으로 발표되진 않았다. 한 소녀의 비극을 콕 집어내서 말하는 건 적절치 못하다고 우드하우스 부인이 생각했기 때문이다. 하지만 그 일은 비극을 전교에 퍼뜨리는 결과를 낳았다. 케빈 티그스의 말대로 "지금까지 일어난 모든 일, 모든 시시콜콜한 일들에 우리가 가책을 느껴야 하는 것만 같았다." 교사들에게는 각자 자신이 선택한 자료를 나눠 줄 수 있는 재량권이 주어졌다. 바짓단을 옷핀으로 고정한 채 자전거를 타고 출근하던 영어 교사 헤들리 선생님은 빅토리아 시대 시인인 크리스티나 로제티의 시 몇 편을 나눠 주었다. 데보러 퍼렌텔은 「안식」이라는 시의 일부를 기억했다.

오 대지여, 그녀의 눈 위에 무겁게 내려앉아라.

오랜 세월 보는 데 지친 그 사랑스러운 눈을 봉하라.
대지여, 그녀를 바짝 감싸라. 잔인하게 웃어젖히는 환희와
한숨 소리를 위한 자리 따위 남기지 마라.
그녀는 질문도, 대답도 하지 않으리니.

교목인 파이크 목사님은 자기가 다니던 대학교의 미식축구
팀이 우승에 실패했을 때 가슴 아팠던 얘기를 섞어 가면서 죽
음과 부활에 담긴 기독교적 메시지에 대해 설교했다. 그때까
지도 어머니와 함께 살고 있던 화학 교사 토노버 선생님은 딱
히 할 말을 찾지 못해 자기 반 학생들이 분젠버너로 땅콩 브
리틀[64]을 만들도록 허락해 주었다. 다른 반들은 조별로 나뉘
어 자기가 건축물이 되었다고 상상하는 게임을 했다. "네가 만
일 빌딩이라면 어떤 종류의 빌딩일 것 같니?" 진행자가 이렇
게 물으면 상대방은 이 구조물을 굉장히 자세하게 설명한 다
음, 그것을 조금씩 개선해 나갔다. 각각 다른 반에 속해 있던
리즈번 자매들은 게임을 하지 않겠다고 하거나 자꾸만 화장실
에 다녀오겠다고 했다. 어떤 선생도 그 애들에게 참여를 강요
하지 않았고, 결국 상처도 없는 우리만 치료를 받은 셈이 되었
다. 베키 톨브리지는 낮에 리즈번 자매들이 과학관 화장실에
모여 있는 것을 보았다. "강당에서 의자를 가져와서는 그냥 거
기 앉아 있더라고. 메리는 스타킹 올이 나가서 — 걔가 스타킹
을 신었다는 게 믿어지니? — 거기다 매니큐어를 바르고 있었

---

64) 뜨거운 캐러멜에 땅콩을 넣고 식혀서 만든 과자이다.

어. 다른 애들은 그걸 쳐다보고 있었지만 꽤나 지루해 보였어. 난 화장실 빈 칸에 들어갔는데, 걔들 땜에 신경 쓰여서 일을 못 보겠더라고."

리즈번 부인은 애도의 날에 대해 전혀 알지 못했다. 남편이나 딸들이 그날 집에 돌아와서 말해 주지 않았던 것이다. 리즈번 씨는 우드하우스 부인이 발의한 교사 회의에 물론 참석했었다. 하지만 그가 보인 반응에 대해서는 다들 말이 달랐다. 로드리게스 선생님은 그가 "고개를 끄덕였지만 아무 말도 하지 않았다."라고 기억하는 반면, 셔틀워스 선생님은 회의가 시작되자마자 자리를 떠서 돌아오지 않은 것으로 기억했다. "리즈번 선생님은 애도의 날에 대해 전혀 못 들었어. 심란한 상태에서 떠나느라 외투도 두고 가 버렸지." 그녀는 이 말을 하면서도 우리에게 어떤 수사법이 쓰였냐는 퀴즈를 냈는데 (이 경우에는 액어법[65]이었다.) 정답을 맞히기 전까지 자리를 뜨지도 못하게 했다. 셔틀워스 선생님이 우리와 인터뷰를 하기 위해 방에 들어섰을 때, 우리의 나이는 중년에 가까웠고 몇몇은 머리까지 벗겨지고 있었지만, 우리는 늘 그래 왔던 것처럼 일어서서 예의를 갖췄고 선생님 역시 오래전 교실에서 그랬던 것처럼 우리를 '꼬맹이들'이라고 불렀다. 선생님의 책상 위에는 여전히 키케로 석고상과 우리가 졸업하면서 선물한 그리스 항

---

65) 하나의 형용사 또는 동사가 두 개 이상의 명사를 동일한 문법 관계로 구속하면서 그 뜻이 경우에 따라 조금씩 달라지는 표현법. 여기서 영어 원문의 동사는 'leave' 하나이지만, 뒤에 오는 명사에 따라 '떠나다'와 '두고 가다'라는 두 가지 뜻으로 해석되고 있다.

아리 모조품이 놓여 있었고, 선생님한테서는 여전히 곱게 화장한 박학다식한 독신녀 분위기가 물씬 풍겼다. "리즈번 선생님은 디에스 라크리마룸[66] 당일에도 몰랐던 것 같아. 2교시에 선생님 교실 앞을 지나가다 봤는데, 칠판 앞 의자에 앉아서 수업을 하고 있더라고. 사실 그날 행사에 대해 그분한테 말해 줄 만큼 배짱 좋은 사람이 어디 있었겠니?" 훗날 우리가 물어 봤을 때, 리즈번 씨는 정말로 애도의 날을 어렴풋이밖에 기억하지 못했다. 그는 "그럴 게 아니라 애도의 해를 지정하지 왜." 라고 말했다.

서실리아의 자살에 대해 이야기하려는 다양한 시도의 성공 여부에 대해서는 꽤 오랫동안 의견이 분분했다. 우드하우스 부인은 애도의 날이 중요한 목적을 달성했다고 생각했고, 많은 교사들이 그 문제에 대해 더 이상 함구하지 않아도 된다는 사실을 기뻐했다. 그리고 일주일에 한 번 상담 전문가가 학교에 와서 양호실의 협소한 공간을 나누어 쓰게 되었다. 하고 싶은 얘기가 있는 학생은 누구든 찾아가서 상담받을 것이 권장되었다. 우리 중 누구도 상담을 받지 않았지만, 금요일마다 리즈번 자매들 중 누가 오지 않나 숨어서 훔쳐보았다. 상담가의 이름은 린 킬섬 양이었는데, 일 년 뒤 나머지 자살 사건이 일어나자 말 한마디 없이 사라져 버렸다. 사회복지학 학위는 가짜였던 것으로 드러났고, 그녀의 이름이 정말로 린 킬섬이었는지, 그녀의 정체가 무엇이었는지 혹은 그녀가 어디로

---

66) '애도의 날'의 라틴어 번역이다.

가 버렸는지에 대해 정확히 아는 사람은 아무도 없었다. 어쨌건 그녀는 우리가 끝내 추적해 내지 못한 몇 안 되는 사람 중한 명이었는데, 그녀야말로 뭔가를 우리에게 말해 줄 수 있는몇 안 되는 사람 중 한 명이기도 하다는 사실은 역시 운명의아이러니가 아닐 수 없다. 양호실이라고 부르기도 뭣할 정도로 몇 안 되는 의료용품들 사이에 있는 그 애들의 모습을 우리가 직접 본 것은 아니지만, 리즈번 자매들이 금요일마다 킬섬 양을 만나러 간 것만은 확실하기 때문이다. 킬섬 양의 환자 기록은 오 년 뒤 화재로 소실되어(커피 메이커를 꽂아 두었던낡은 전선 때문이었다.) 상담과 관련된 정확한 정보는 하나도 얻을 수 없었다. 그러나 킬섬 양에게 스포츠 심리 상담을 받았던 머피 페리는 럭스나 메리는 꽤 여러 번, 가끔은 터리즈와보니도 양호실에서 본 걸로 기억했다. 그녀의 결혼 후 이름에대한 소문이 너무 많아서 머피 페리를 찾아내는 데 꽤 애를먹었다. 어떤 사람들은 그녀가 머피 프리월드가 되었다고 했고, 어떤 사람들은 머피 폰 레시위츠가 됐다고 했는데, 할머니가 벨섬 식물원에 기증한 희귀 난초들을 돌보고 있던 그녀를막상 찾고 보니, 그녀의 이름은 필드하키 대회를 재패하던 그시절과 똑같은 머피 페리였다. 그녀를 다시 만났을 때 우리는들러붙는 덩굴식물과 굵은 포복 줄기, 뿌연 온실 안 공기 때문에 그녀를 금방 알아보지 못했다. 식물의 성장을 촉진하는인공조명 아래로 그녀를 데려가서 보니, 몸은 붇고 얼굴은 주름진 데다 엄청난 득점력을 자랑하던 허리는 구부정해져 있었지만 시원한 잇몸 속에 박힌 조그만 치아만은 예전 그대로였다. 벨섬의 쇠락한 모습은 우리의 우중충한 재회를 한층 더 우울하게 만들었다. 우리 기억 속의 벨섬은 미 제국과 평화로운 캐나다 사이에서 발이 묶인 섬세한 무화과 모양의 섬으로, 언제나 그랬듯이 빨강, 파랑, 하양 꽃으로 만든 국기 모양의 꽃밭과 물을 뿜는 분수와 유럽풍 카지노, 인디언들이 나무를 구부려서 거대한 활을 만들던 나무숲 사이로 뻗은 승마용 도로가 있는 곳이었다. 하지만 지금은 아이들이 음료수 병뚜껑을 줄에 매달아 낚시를 하는 지저분한 해변에 이르기까지 여기저기에 잡초가 무성했다. 한때 빛나던 전망대에서는 페인트칠이 우수수 떨어져 내렸다. 부서진 벽돌로 만든 징검다리를 따라가면 진흙 웅덩이 속에 서 있는 식수대가 나왔다. 길가에 세워진 남북 전쟁 영웅의 화강암 조각은 검은색 스프레이로 시커멓게 칠해져 있었다. 헌팅턴 페리 여사가 대회에서 우승한 난초를 식물원에 기증할 때는 아직 폭동이 있기 전이어서 시 예산이 충분했지만, 그녀가 죽은 뒤로는 세원 감소로 예산이 삭감되었기 때문에 숙련된 원예사를 한 해에 한 명씩 해고해야 했다. 그 결과 적도 지방에서 이곳까지 오는 긴 여행에서도 살아남아 이 인공 낙원에서 다시 꽃을 피웠던 식물들은 시들어 죽었고, 꼼꼼하게 달아 놓은 이름표들 사이로 잡초가 비집고 올라왔으며, 가짜 햇빛은 하루에 고작 몇 시간만 비추게 되었다. 전과 다름없는 것은 비스듬한 온실 창문에 방울방울 맺혀 있거나 썩어 가는 세계의 향기와 축축함으로 우리의 콧구멍을 간질이는 수증기뿐이었다.

머피 페리를 이곳으로 돌아오게 만든 것도 그 부패였다. 할머니의 시크노키즈는 마름병 때문에 거의 죽기 직전에 이르렀고, 다른 어떤 꽃보다 빼어난 석곡 세 포기에는 기생식물이 우글우글했다. 미니어처 마스데발리아 화단은 헌팅턴 페리 여사가 심혈을 기울여 직접 교배했다. 하지만 끝이 핏빛으로 물든 자주색 벨벳 꽃잎은 이제 싸구려 종묘장에서 파는 팬지처럼 보였다. 여사의 손녀가 꽃들에게 예전의 영광을 돌려줄 수 있기를 바라며 자원봉사를 하고는 있었지만, 그녀는 우리에게 전혀 가망이 없다고 말했다. 그곳의 식물들은 지하 감옥 수준밖에 안 되는 조명에 의지해서 자라야 했다. 게다가 동네 불량배 녀석들이 뒷담을 넘어 들어와서는 온실 안을 뛰어다니며 장난 삼아 뿌리를 파헤쳐 놓는 일이 허다했다. 머피는 그런 녀석 중 하나에게 모종삽을 휘둘러서 상처를 입힌 적도 있었다. 우리는 머피 페리의 관심을 금이 간 유리창들과 수북한 흙더미, 떼어먹힌 입장료와 이집트 파피루스 뿌리 밑에 둥지를 튼 쥐들로 이루어진 세계로부터 다시 우리에게로 돌리느라 진땀깨나 빼야 했다. 그녀는 안약 병에 들어 있는 우유처럼 보이는 액체를 난초들의 조그만 얼굴에 방울방울 떨어뜨려 주면서, 리즈번 자매들이 킬섬 양에게 상담받으러 나타났을 때의 모습이 어땠는지 조금씩 말해 주기 시작했다. "처음에는 꽤나 우울해 보였어. 메리는 눈 밑이 하도 시커메서 무슨 가면이라도 쓴 것 같았지." 머피 페리는 양호실에서 나던 어딘가 미신적인 소독약 냄새를 아직도 기억했는데, 그녀는 늘 그것이 그 아이들의 슬픔의 냄새라고 생각했다. 그들은 그녀가 들어갈 때마다 눈은 내리깔고 신발 끈은 풀린 채 서둘러 나가곤 했는데, 그러면서도 양호 선생님이 항상 문간 탁자 위에 놓아두던 민트 초콜릿은 잊지 않고 가져갔다. 그 애들이 킬섬 양에게 무슨 말을 했는지는 몰라도 그들이 나갈 때마다 킬섬 양은 항상 고개를 휘휘 내저었다. 때로는 눈을 감고 책상 앞에 앉아 엄지손가락으로 지압 점을 누른 채 일 분 동안 아무 말도 하지 않았다. "난 언제나 그 애들이 킬섬 양에게 속마음을 털어놓고 있다는 생각이 들었어." 머피 페리가 말했다. "이유는 모르겠지만 말이야. 킬섬이 떠난 것도 아마 그것 때문이었을 거야."

리즈번 자매들이 킬섬에게 비밀을 털어놓았건 아니었건 간에 상담은 효과가 있는 듯했다. 상담을 시작한 지 얼마 되지 않아 그 애들의 분위기가 밝아진 것이다. 약속 시간에 맞춰서 갈 때마다 머피 페리는 그 애들이 흥분해서 떠들어 대거나 웃는 소리를 들었다. 때로는 창문이 열려 있고 럭스와 킬섬 양이 교칙을 무시한 채 담배를 피울 때도 있었고, 리즈번 자매들이 사탕 접시를 싹쓸이해서 킬섬 양의 책상 위를 사탕 껍질로 도배해 놓을 때도 있었다.

변화는 우리도 눈치챘다. 그들은 확실히 덜 피곤해 보였다. 수업 시간에 창밖을 내다보는 일도 줄었고 손을 드는 일이 잦아졌으며 발표도 곧잘 했다. 잠시나마 그 애들은 자기들에게 찍힌 낙인을 잊고 다시 학교 활동에 참여했다. 터리즈는 불연 소재로 만든 탁자들과 시커멓고 깊은 개수대가 있는 창백한 과학실에서 열리는 토노버 선생님의 과학 동아리 모임에 나갔다. 메리는 일주일에 두 번씩 어느 이혼녀가 학교 연극에 쓸 의상을 만드는 걸 도왔다. 보니는 심지어 마이크 퍼킨네 집에서 열리는 기독교 청년회 모임에 나타나기까지 했다. 나중에 전도사가 된 마이크는 태국에서 말라리아로 죽었다. 럭스는 학교 뮤지컬에 출연하려고 했는데, 유지 켄트가 럭스에게 반해 있었고 감독을 맡은 올리펀트 씨가 유지 켄트에게 반해 있었던 탓에 코러스의 작은 배역밖에 못 맡았지만 정말로 행복한 것처럼 노래하고 춤췄다. 훗날 유지가 말하길, 자신이 무대 뒤에서 럭스를 만나면 둘이 커튼 속에 숨어서 이상한 짓이라도 할까 봐 올리펀트 씨가 방해 공작을 벌인 탓에 럭스는 항상 유지가 출연하지 않을 때만 무대에 섰다고 했다. 물론 사주 후 리즈번 자매들이 마지막으로 집 안에 갇혔을 때 럭스는 배역에서 잘렸지만, 공연을 본 사람들은 유지 켄트가 평소와 다름없이 평범하다 못해 귀에 거슬리기까지 하는 음성으로 자기가 맡은 곡을 노래했으며, 누구도 그녀의 부재를 눈치채지 못한 어느 코러스 소녀보다는 자기 자신과 더 사랑에 빠진 듯했다고 말했다.

이 무렵에는 가을도 이미 혹독해지기 시작해서 하늘을 쇠창살 안에 가둬 버린 후였다. 리즈번 씨의 교실에서는 여전히 행성들이 하루에 몇 센티미터씩 움직였다. 하지만 만약 누군가가 천장을 올려다보았다면, 지구의 푸른 얼굴이 더 이상 태양을 보고 있지 않으며 관리인의 빗자루도 닿지 않는 천장 모서리에 두껍게 끼어 있는 거미줄 너머, 어두운 우주 속으로 뻗어 있는 자신의 궤도를 따라 빠르게 내려가고 있다는 사실을 알아챘을 것이다. 여름의 후덥지근함이 기억 속으로 아련해짐에 따라 여름 자체가 꿈처럼 느껴지기 시작하더니 어느 순간

우리 눈앞에서 사라져 버렸다. 가엾은 서실리아는 이상한 순
간에만 우리의 의식 속에 나타났는데, 대개는 막 잠에서 깨었
을 때나 빗줄기가 흘러내리는 차창 밖을 내다보고 있을 때 웨
딩드레스를 입은 유령 같은 희뿌연 모습으로 나타났다. 하지
만 그 순간 자동차 경적이 울리거나 알람을 맞춰 둔 라디오에
서 유행가가 흘러나오면 우리는 곧바로 현실로 돌아오곤 했
다. 다른 사람들은 서실리아를 훨씬 더 쉽게 기억 저편으로
치워 버렸다. 서실리아에 대한 얘기를 할 때면, 그들은 그 애
가 안 좋은 결말을 맞게 될 줄 진작부터 알고 있었다면서 리
즈번 자매들을 동류로 보는 것이 아니라 서실리아만 날 때부
터 괴물이었던 것처럼 말했다. 힐리어 씨는 당시 대다수 사람
들이 갖고 있었던 생각을 이렇게 요약했다. "그 애들 앞에는
창창한 미래가 펼쳐져 있어. 그 한 녀석은 처음부터 별종이 될
운명이었다고." 사람들은 서실리아의 자살에 얽힌 수수께끼에
대해 차츰 말하지 않게 되었고, 그것을 피할 수 없는 일이나
덮어 두는 편이 나은 일로 생각했다. 리즈번 부인이 집 밖으
로 나오지 않고 식료품을 배달시켜 먹으면서 계속 유령 행세
를 하는 것에 대해서 아무도 이의를 제기하지 않았고 어떤 사
람들은 동정하기까지 했다. "애 엄마가 제일 안됐어." 유진 부
인이 말했다. "자기가 뭔가를 했다면 상황이 달라지지 않았을
까 평생 고민할 거 아냐." 고통받고 있던 나머지 리즈번 자매
들로 말하자면, 그들은 점점 케네디가 사람들과 같은 위상을
가지게 되었다. 버스에서도 다시 그들 옆에 앉는 아이들이 생
겼다. 레슬리 톰프킨스는 메리의 빗을 빌려서 자신의 긴 빨간

머리를 빗었다. 줄리 윈스롭은 계속 라커 위에서 럭스와 담배를 피웠는데, 먼젓번처럼 몸을 떠는 사건은 다시 일어나지 않았다고 했다. 시간이 흘러갈수록 그 애들의 상처는 나아 가는 것처럼 보였다.

트립 폰테인이 행동에 나선 것은 바로 이 회복기 때였다. 누군가에게 럭스에 대한 감정을 털어놓고 상의해 보지도 않은 채, 트립은 리즈번 씨의 교실로 걸어 들어가서 그의 책상 앞에 차려 자세로 섰다. 리즈번 씨는 홀로 회전의자에 앉아서 천장에 달려 있는 천체 모형을 멍하니 바라보고 있었다. 반백의 머리 사이로 젊은이처럼 삐죽 솟은 몇 가닥이 보였다. "지금은 4교시라네, 폰테인 군." 그가 피곤한 듯이 말했다.

"자네 수업은 5교시인 걸로 아는데."

"오늘은 수업 때문에 온 게 아닙니다, 선생님."

"그래?"

"오늘은 따님에 대한 제 마음이 절대적으로 순수하다는 걸 말씀드리려고 왔습니다."

리즈번 씨의 눈썹이 위로 치켜졌지만, 그의 표정은 똑같은 말을 하는 녀석이 그날 아침에만 예닐곱 명은 다녀간 것처럼 지쳐 보였다.

"그 마음이라는 게 대체 어떤 건가?"

트립이 발뒤꿈치를 탁 붙이며 말했다.

"럭스를 댄스파티에 데려가고 싶습니다."

그제야 리즈번 씨는 트립에게 앉으라고 말했다. 그러고는 몇 분에 걸쳐 참을성 있는 음성으로, 자기와 자기 아내에게는 분명한 규칙이 있는데 언니들도 똑같은 규칙을 지켜 왔으니 동생들에게만 다른 규칙을 적용할 수는 없으며, 설사 자기가 그러고 싶다고 해도 아내가 절대로 허락하지 않을 것이므로, 하하, 트립이 텔레비전을 보러 또 오고 싶다면 그건 괜찮지만 럭스를 데리고 나갈 수는 없고, 나갈 수 없다는 말을 한 번 더 반복한 다음, 특히 자동차로는 어림도 없다고 말했다. 트립의 말에 따르면, 리즈번 씨는 자신이 사춘기 때 느꼈던 벨트 아래의 고통을 떠올리기라도 하듯 절절하게 공감하며 말했다고 했다. 또 리즈번 씨가 얼마나 아들에 굶주려 있는지도 알수 있었는데, 그 얘기를 하는 도중에 세 번이나 일어나서 트립의 어깨를 힘차게 흔들어 댔다는 것이다. 리즈번 씨는 마지막으로 이렇게 말했다. "그게 우리 집 방침인 걸 어쩌겠나."

트립 폰테인은 눈앞에서 문이 닫히는 것을 보았다. 그리고 리즈번 씨의 책상 위에 놓인 가족사진을 보았다. 놀이 공원 관람차 앞에 서 있는 럭스의 빨간 손에 설탕 씌운 사과가 들려 있었는데, 사과의 반들반들한 표면에 턱 밑의 젖살이 비쳐 있었다. 설탕 범벅이 된 입술 한쪽이 사과에 붙었다 떨어지면서 치아 하나가 엿보였다.

"남자 애들 여러 명이 가면 어떨까요?" 트립이 물었다.

"그리고 다른 따님들도 모두 데려가면요? 언제든 정하시는 시간에 맞춰서 집에 데려다 주겠습니다."

이 새로운 제안을 하는 트립 폰테인의 목소리는 침착했지만, 손은 떨고 있었고 눈은 점점 더 젖어 왔다. 리즈번 씨는 한참 동안 트립을 쳐다보았다.

"자네, 미식축구부 소속이지?"

"네, 선생님."

"포지션이 뭔가?"

"공격 태클입니다."

"난 옛날에 세이프티를 맡았었지."

"중요한 포지션이지요. 제일 후방에서 골라인을 지키는 선수니까요."

"맞아."

"선생님, 사실 그날 컨트리 데이 학교와의 경기에 맞춰서 댄스파티니 뭐니 큰 행사들이 대대적으로 잡혀 있는데, 다른 선수들은 전부 다 파트너를 데려올 겁니다."

"자네는 인물이 준수하지 않나. 많은 여학생들이 파트너가 되고 싶어 할 텐데."

"다른 여자애들한텐 관심 없어요." 트립 폰테인이 말했다. 리즈번 씨가 다시 의자에 앉더니 깊은 숨을 들이쉬었다. 그는 사진 속 자신의 가족을 쳐다보았다. 꿈꾸듯 웃고 있는 얼굴 하나는 더 이상 이 세상에 없었다. "애들 엄마와 상의해 보겠네." 마침내 그가 말했다.

"최선을 다해 보지."

* * *

그렇게 해서 리즈번 자매들의 생애에서 처음이자 마지막으로, 우리 중 몇 명이 그들과 보호자 없는 데이트를 하게 되었다. 리즈번 씨의 교실을 나오자마자 트립 폰테인은 자신과 함께 갈 팀을 짜기 시작했다. 그날 오후 미식축구 연습에서 단거리 달리기를 하는 도중에 그가 말을 꺼냈다. "내가 럭스 리즈번을 댄스파티에 데리고 갈 건데, 나머지 세 언니들을 맡을 녀석 셋이 필요하거든. 누가 갈래?" 온갖 보호 장비를 착용하고 더러운 운동 양말을 신은 채 20미터 거리를 왔다 갔다 달리느라 숨을 헐떡거리면서도 우리는 각자 트립 폰테인이 자기를 선택하도록 설득하려고 갖은 애를 썼다. 제리 버든은 마리화나 세 대를 제안했다. 파키 덴턴은 아버지의 캐딜락을 끌고 오겠다고 했다. 모두가 뭔가를 제시했다. 샤워장에서 보여 준, 신기에 가까운 딸딸이 기술 덕분에 '밧줄'이란 별명을 갖고 있는 버즈 로마노는 보호대를 손으로 감싸고 엔드 존[67]에 드러누워서 앓는 소리를 냈다. "나 죽네! 나 죽어! 트립스터, 너 나 뽑아 줘야 돼!"

결국 파키 덴턴은 캐딜락 덕분에, 케빈 헤드는 트립의 차 수리를 도와준 대가로, 학교에서 주는 상이란 상은 모조리 휩쓴 조 힐 콘리는 리즈번 부부에게 좋은 인상을 주려는 심산에서 뽑혔다. 다음 날 트립은 그 명단을 리즈번 씨에게 제출했고, 주말 무렵 리즈번 씨가 그들 부부의 결정 사항을 일러 주었다. 다음 조건을 준수할 경우에만 리즈번 자매들은 외출을 할 수 있었다. 첫째, 반드시 단체로 움직일 것. 둘째, 댄스파티

---

67) 미식축구 경기장의 양쪽 끝에 있는 골라인 뒤의 구역으로, 이곳에서 터치다운을 하면 6점을 득점하게 된다.

외에 다른 곳은 절대로 가지 말 것. 셋째, 11시까지는 귀가할 것. 리즈번 씨는 트립에게 이 조건을 빠져나가는 것은 불가능할 거라고 말했다. "내가 파티 감독관 중 한 명이거든."

그 데이트가 리즈번 자매들에게 어떤 의미였는지 알기는 어렵다. 리즈번 씨가 허락한다는 발표를 했을 때, 럭스는 달려와서 아버지를 끌어안고 아무 사심 없는 꼬마 소녀의 순수한 애정으로 입을 맞추었다. "그런 입맞춤을 받아 본 건 몇 년 만에 처음이었지." 하고 리즈번 씨가 말했다. 다른 딸들은 그보다는 덜 흥분한 듯했다. 그때 터리즈와 메리는 장기를 두고 있었고, 보니는 옆에서 구경하고 있었다. 그들은 군데군데 파인 금속 장기판에서 잠시 고개를 들어 아버지에게 함께 가는 남자 애들이 누구누구냐고 물어보았다. 리즈번 씨가 말해 주자 메리가 또다시 물었다. "누가 누구를 데려가는 거예요?"

"분명 제비뽑기로 파트너를 정할 거야." 터리즈는 이렇게 말하고는 장기짝을 여섯 번 옮겨서 안전한 곳으로 이동시켰다.

리즈번 가족의 과거를 돌이켜 볼 때 그런 뜨뜻미지근한 반응은 충분히 이해할 만했다. 그전에도 리즈번 부인이 성당에 다니는 다른 엄마들과 함께 단체 데이트를 주선한 적이 있었기 때문이다. 퍼킨스 씨네 아들들이 리즈번 자매들을 알루미늄 카누 다섯 척에 태우고 벨섬 운하의 구정물에서 열심히 노를 젓는 동안, 리즈번 부부와 퍼킨스 부부는 외륜선을 타고 조금 떨어진 곳에서 그들을 감시했다. 리즈번 부인은 데이트 중에 생겨날 수 있는 불건전한 욕구가 야외에서의 건전한 웃고 떠들기로 상쇄될 수 있다고 생각했다. 잔디밭에서 하는 창던지기에 의해 사랑이 승화될 수 있다고 생각한 것이다. 얼마 전 자동차로 이동하는 중에 (그저 심심하고 하늘이 흐리다는 것 말고는 별다른 이유 없이) 펜실베이니아에서 차를 세운 우리는 투박하게 생긴 가게에서 초를 사다가 암만파[68] 교도들의 구애 관습에 대해 알게 되었다. 남자가 수수하게 생긴 여자를 검은 마차에 태우고 데이트를 하는 동안, 여자의 부모가 다른 마차를 타고 그 뒤를 따라간다고 한다. 리즈번 부인 또한 로맨스는 항상 감시의 눈길 아래에서 이루어져야 한다고 믿었다. 그러나 암만파 남자는 밤중에 다시 찾아와서 여자의 방 창문에 돌멩이를 던지는 것이 허용되는 반면(다른 사람들은 그 소리를 못 들은 것으로 해 준다.), 리즈번 부인의 원칙에는 그런 면책 사항이 존재하지 않았다. 그녀의 카누가 모닥불로 이어지는 법은 없었다.

그러니 그 집 딸들의 기대치는 그것을 크게 넘어서지 않았다. 게다가 리즈번 씨가 감독관으로 따라가기까지 한다면 평소처럼 짧은 목 줄에 매여 있게 될 것이 뻔했다. 겨우 양복 세 벌을 가지고 매일 남 앞에 서는 걸로 생계를 꾸려 가는 교사 아버지를 가졌다는 것은 참으로 힘든 일이었다. 리즈번 자매들은 아버지가 교사라서 수업료를 면제받았지만, 메리는 언젠가 줄리 포드에게 자신이 마치 "생활보호 대상자"가 된 것 같다고 말한 적이 있었다. 이제 곧 리즈번 씨는 자원을 하거나

_____

68) 보수적 기독교 분파 중 하나로, 미국에서는 펜실베이니아주에 가장 많이 거주하고 있다. 장신구를 일절 하지 않고 집에서 만든 소박한 옷을 입으며, 전기나 기계 등 문명의 이기를 거부한다.

강요에 못 이겨 나온 다른 교사들과 함께 댄스파티를 감독하게 될 것이었다. 그들은 대개 운동부 코치를 맡지 않은 비협조적인 교사들이거나 아니면 춤을 외로운 하룻밤을 보내는 수단으로만 생각하는 비사교적인 교사들이었다. 럭스는 머릿속이 온통 트립 폰테인으로 가득했기 때문에 다른 것엔 전혀 관심이 없었다. 그녀는 또다시 속옷에 이름을 쓰기 시작했는데, 이번에는 엄마가 보기 전에 지울 수 있도록 수성 잉크로 썼다. (하지만 트립의 이름은 온종일 럭스의 몸 위에 있었다.) 럭스가 자기 언니들에게는 트립에 대한 감정을 털어놓은 것으로 보이지만, 학교에서는 아무도 그녀가 트립의 이름을 언급하는 걸 들은 사람이 없었다. 트립과 럭스는 함께 점심을 먹었고, 가끔은 안에 들어가서 누울 수 있는 벽장이나 창고나 난방용 배관실을 찾아 복도를 돌아다니는 모습이 눈에 띄기도 했다. 하지만 학교에서도 늘 가까운 곳에 리즈번 씨가 있었기 때문에, 결국 그들은 학교를 몇 바퀴 빙빙 돌다가 구내식당을 지나서 리즈번 씨의 교실 앞까지 이어져 있는, 고무 바닥이 깔린 경사계단을 올라가서 잠시 손을 잡았다 놓곤 각자 다른 방향으로 걸어갔다.

두 사람이 데이트한다는 사실을 아는 여자애는 거의 없었다. "걔들한테는 물어보는 사람도 없었어." 메리 피터스가 말했다. "무슨 정혼한 사이라도 되는 것 같았다니까. 아유, 징그러워." 그러거나 말거나 둘은 럭스를 기쁘게 하기 위해, 두 사람모두 즐기기 위해, 금요일 밤을 지루하지 않게 보내기 위해 계속해서 데이트를 했다. 훗날 우리가 리즈번 부인에게 물어보

앉을 때, 그녀는 댄스파티 날의 데이트에 대해 전혀 걱정하지 않았다고 말했다. 그 주장을 뒷받침하기 위해, 그날 입을 드레스들을 자신이 손수 만들어 주었다는 얘기도 했다. 파티 일주일 전에 리즈번 부인이 딸들을 데리고 옷감을 끊으러 간 것은 사실이다. 리즈번 자매들은 각자 꿈의 드레스를 그린 화장지를 들고 옷감 선반들 사이를 왔다 갔다 했지만 그들이 어떤 무늬를 골랐건 간에 결국엔 서로 아무런 차이가 없었다. 리즈번 부인이 가슴둘레는 3센티미터 늘리고 허리둘레와 단 길이는 5센티미터 늘린 탓에, 모든 드레스가 똑같이 생긴 네 개의 밀가루 부대처럼 완성되었기 때문이다.

그날 밤에 찍은 사진 한 장(증거물 10호)이 아직도 남아 있다. 드레스를 입은 리즈번 자매들이 서부 개척 시대의 여자들처럼 떡 벌어진 어깨를 나란히 하고 한 줄로 서 있다. 그들의 뻣뻣한 머리 모양(미용사인 테시 네피는 "절대 해서는 안 될 헤어스타일"이라고 말했다.)은 황야의 척박함도 견뎌 낸 유럽 패션의 금욕적이면서도 오만한 특성을 갖고 있다. 드레스 또한 가슴 부분의 레이스 장식이라든가 전혀 파이지 않은 네크라인이 서부 개척 시대를 떠올리게 한다. 여기 우리가 알았던, 지금도 알아 가고 있는 그들의 모습이 있다. 카메라 플래시에 놀라 움찔하고 있는 겁 많은 보니, 의심 가득한 쭉 째진 눈을 질끈 감은 터리즈, 제대로 포즈를 취한 메리, 카메라가 아닌 위를 쳐다보고 있는 럭스. 그날 밤 비가 왔는데, 하필 럭스 머리 위에서 물이 새서 리즈번 씨가 "치즈."라고 말하기 직전에 그녀의 뺨에 한 방울이 떨어졌다. 절대로 잘 찍힌 사진은 아니지만 (왼쪽에서 빛이 새어 들었다.) 어쨌건 이 사진에는 사랑스러운 자식들과 그들의 통과의례에 대한 아버지의 자부심이 담겨 있다. 소녀들의 얼굴은 기대감으로 빛나고 있다. 한 화면 안에 다 들어오기 위해 서로를 꼭 붙잡고 있는 모습은 인생에서의 어떤 발견이나 변화를 위해 똘똘 뭉친 것처럼 보인다. 그들의 인생 말이다. 적어도 우리가 보기에는 그렇다. 사진은 만지지 말아 주기 바란다. 이제 봉투에 다시 집어넣어야 하니 말이다.

사진을 찍은 후 자매들은 각자 나름의 방식으로 남자애들을 기다렸다. 보니와 터리즈는 앉아서 카드놀이를 했고, 메리는 드레스에 주름이 생길까 봐 거실 한가운데에 조심스럽게 서 있었다. 럭스는 절뚝거리면서 현관문을 열고 나왔다. 그 모습을 보고 처음에는 럭스가 발목을 삔 줄 알았는데, 곧 그녀가 하이힐을 신었다는 것을 알게 되었다. 럭스는 파키 덴턴의 자동차가 큰 길목에 나타날 때까지 왔다 갔다 하면서 걷는 연습을 했다. 차를 본 그녀는 언니들에게 알리기 위해 돌아서서 초인종을 누른 다음 다시 집 안으로 사라져 버렸다.

남겨진 우리는 자동차가 다가오는 모습을 지켜보았다. 파키 덴턴의 노란 캐딜락이 미끄러지듯 길을 내려왔는데, 차 속의 시간만 정지한 듯한 모습이었다. 비가 내리고 있었고 와이퍼가 작동하고 있었지만, 차 안은 따듯한 빛으로 빛나고 있었다. 조 라슨네 집 앞을 지날 때, 녀석들은 우리에게 엄지손가락을 들어 보였다.

트립 폰테인이 제일 먼저 차에서 내렸다. 녀석은 자기 아버지의 패션 잡지에서 본 남자 모델처럼 재킷의 소매를 걷어붙이고 가느다란 타이를 매고 있었다. 파키 덴턴과 케빈 헤드는 파란 재킷을 입고 있었고, 뒷자리에서 튀어나온 조 힐 콘리는 자기한테 맞지도 않는, 교사이자 공산당원인 아버지의 트위드 재킷을 입고 있었다. 녀석들은 떨어지는 빗방울도 아랑곳하지 않고 차 옆에 서서 우물쭈물하고 있었다. 마침내 트립 폰테인이 현관문을 향해 올라가기 시작했다. 문이 닫힌 후부터는 그들을 볼 수 없었는데, 나중에 그들이 해 준 말에 따르면, 시작은 여느 데이트와 다를 바 없었다고 했다. 리즈번 자매들은 마치 준비가 덜 끝난 것처럼 도로 2층에 올라가 있었고, 리즈번 씨가 그들을 거실로 안내했다.

"애들은 곧 내려올 걸세." 이렇게 말하며 리즈번 씨는 손목시계를 들여다보았다.

"이런, 나는 이제 가 봐야 할 시간인데."

리즈번 부인이 나왔다. 부인은 머리가 아픈지 관자놀이를 짚고 있었지만 예의 바른 미소를 지어 보였다.

"어서들 오렴."

"안녕하세요, 사모님." (모두 한목소리로 외쳤다.)

나중에 조 힐 콘리가 한 말에 따르면, 리즈번 부인은 옆방에서 막 울다 나온 사람처럼 어딘가 뻣뻣해 보였다고 했다. 그는 (물론 이 말은 세월이 흐른 뒤에, 조 힐 콘리가 자기는 자신의 차크라[69]에서 에너지를 마음대로 끌어낼 수 있다고 주장하던 시절에

---

69) 힌두교와 탄트라 불교 일부 종파에서 말하는, 인간 몸의 여러 곳에 있

한 말이긴 하지만) 리즈번 부인에게서 그녀가 속한 종족의 슬픔을 모두 합한, 아주 오래된 고통이 뿜어져 나오는 걸 느꼈다고 했다. "리즈번 부인은 슬픈 종족의 후예야. 서실리아 때문만은 아니었어. 슬픔은 이미 아주 오래전에 시작된 것이었지. 미국이란 나라가 생기기도 전에 말이야. 딸들 또한 마찬가지였고." 그는 그날 리즈번 부인의 이중 초점 렌즈를 처음 보았다. "눈이 둘로 나뉘어져 보이더라."

"누가 운전할 거지?" 리즈번 부인이 물었다.

"접니다." 파키 덴턴이 대답했다.

"운전면허를 딴 지는 얼마나 됐니?"

"두 달요. 하지만 그전에 일 년 동안 허가증을 받아서 운전했어요."

"우린 원래 딸들을 차로 외출하게 하지 않아. 요즘은 사고가 너무 많지 않니. 비가 와서 길이 미끄러울 거야. 그러니 정말 조심했으면 좋겠구나."

"그러겠습니다."

"좋아." 리즈번 씨가 말했다. "얘들아! 심문 시간은 끝났다 ― 그가 천장을 향해 외쳤다 ― 난 이제 정말 가 봐야겠어. 그럼 파티장에서 보세."

"이따 뵙겠습니다, 선생님."

리즈번 씨는 아내와 사내 녀석들만 남겨 둔 채 집을 나섰다. 리즈번 부인은 수간호사가 차트를 읽어 내려가듯 녀석들

───────────────

는 정신적 힘의 중심점이다.

과 눈을 마주치지 않으면서 전반적으로 죽 훑어보았다. 그러곤 층계 있는 곳으로 가서 위를 올려다보았다. 이 순간에는 조 힐 콘리조차 그녀가 무슨 생각을 하고 있는지 알 수가 없었다. 어쩌면 넉 달 전 그 계단을 올라갔던 서실리아를 떠올리고 있었는지도 모른다. 혹은 자기가 첫 데이트를 할 때 내려오던 계단을 떠올렸는지, 혹은 어머니만이 들을 수 있는 소리를 듣고 있었는지도 모른다. 그들은 그렇게 넋이 나간 듯한 리즈번 부인의 모습을 본 적이 없었다. 그들이 거기 있다는 사실조차 잊어버린 듯했다. 그녀는 다시 관자놀이에 손을 짚었다.(정말로 두통이 있었던 것이다.)

마침내 리즈번 자매들이 층계 위에 모습을 드러냈다. 층계 위가 어두워서(샹들리에의 전구 열두 개 중 세 개가 불이 나간 상태였다.) 그들은 살짝 난간을 짚으면서 층계를 내려왔다. 그들의 헐렁한 드레스를 보고 케빈 헤드는 성가대 복장을 떠올렸다. "그들은 그 사실을 몰랐던 것 같아. 그리고 내가 보기엔 그 드레스를 좋아하는 것 같았어. 아니면 외출한다는 사실만으로도 너무 기뻐서 옷이야 뭘 입건 상관없었는지도 모르지. 나도 전혀 신경 쓰지 않았으니까. 그 애들은 정말 예뻤어."

그 애들이 계단을 다 내려왔을 때에야 비로소 사내 녀석들은 아직 파트너를 정하지 않았다는 사실을 깨달았다. 럭스야 당연히 트립 폰테인이 찜한 상태였지만 나머지 세 명은 골라잡기 나름이었다. 다행히 드레스와 머리 모양 덕분에 셋은 모두 똑같아 보였다. 사내 녀석들은 또다시 누가 누군지 헷갈리기 시작했다. 그들은 이름을 물어보는 대신, 자기들이 할 수 있는 유일한 일을 하기로 했다. 코르사주[70]를 주기로 한 것이다.

"하얀색으로 가져왔어." 트립 폰테인이 말했다. "너희가 무슨 색 옷을 입을지 몰라서 말이야. 꽃집 주인이 하얀색은 아무 색하고나 잘 어울릴 거라고 했거든."

"하얀색이어서 잘됐다." 럭스는 이렇게 말하곤 손을 내밀어 코르사주가 들어 있는 작은 플라스틱 상자를 받아 들었다.

"손목에다 하는 건 안 가져왔어." 파키 덴턴이 말했다. "그건 나중에 꼭 떨어지거든."

"맞아, 그건 안 좋아." 메리가 말했다. 모두 입을 다물었다. 아무도 움직이지 않았다. 럭스는 타임캡슐에 들어 있는 자기 꽃을 자세히 들여다보았다. 뒤로 물러나 있던 리즈번 부인이 입을 열었다. "남자애들한테 달아 달라고 하지 그러니?"

이 말에 그 애들은 앞으로 한 걸음 내디디며 수줍게 가슴을 내밀었다. 사내 녀석들은 장식용 핀에 찔리지 않게 조심하며 상자에서 코르사주를 꺼내느라 쩔쩔맸다. 그들은 리즈번 부인의 시선을 느낄 수 있었다. 비록 리즈번 자매들의 숨결이 와닿을 만큼, 그 애들이 난생처음 허락 맡고 뿌린 향수 냄새를 맡을 수 있을 만큼 가까이 있기는 했지만, 사내 녀석들은 그 애들을 핀으로 찌르거나 몸에 손이 닿지 않도록 조심해야 했다. 그들은 가슴 부분의 천을 살짝 잡아 들고 소녀들의 왼쪽 가슴 위에 하얀 꽃을 달아 주었다. 그 사람이 누구였건 각

---

70) 미국에서는 졸업 무도회 같은 특별한 댄스파티에 참석할 때, 남자는 여자 파트너에게 손목이나 옷에 다는 꽃을 주고 여자는 남자에게 턱시도 깃에 있는 단춧구멍에 꽂는 꽃을 준다.

자 꽃을 달아 준 사람과 파트너가 되었다. 꽃을 다 달고 나자 그들은 리즈번 부인에게 인사를 하고 소녀들을 캐딜락으로 데려갔다. 머리에 비를 맞지 않도록 빈 코르사주 상자를 그 애들의 머리 위로 들어 주었다.

그때부터는 모든 것이 생각했던 것보다 순조롭게 진행됐다. 그전까지 사내 녀석들은 집에서 각자 보잘것없는 상상력이 만들어 낸 상투적인 장면 — 신나게 파도타기를 하거나 스케이트장에서 장난치며 도망다니거나 스키 모자에 달린, 잘 익은 과일 같은 방울을 우리 얼굴에 달랑대는 — 속에서만 리즈번 자매들의 모습을 그려 왔다. 그러나 차 안에서 실제 살아 있는 그 애들 옆에 앉아 보니 그런 상상들이 얼마나 허접한 것이었는지를 깨닫게 되었다. 혹은 그 반대의 상상, 즉 리즈번 자매들이 어딘가 이상하거나 미쳤다는 상상 역시 폐기 처분되었다. (매일같이 엘리베이터에서 만나는 정신 나간 할머니도 막상 대화를 나눠 보면 멀쩡한 사람이었던 것으로 밝혀지는 법이다.) 그들 모두가 이 비슷한 깨달음을 얻었다. "내 여동생이랑 별다를 것도 없던걸." 케빈 헤드가 말했다. 럭스가 한 번도 앞자리에 타 본 적이 없다며 투덜거리더니, 결국 트립 폰테인과 파키 덴턴 사이로 비집고 들어갔다. 메리와 보니와 터리즈는 모두 뒷자리에 끼어 타는 바람에, 보니가 바닥의 튀어나온 곳에 앉아야 했다. 조 힐 콘리와 케빈 헤드는 뒷자리 양쪽 끝에 앉았다.

그렇게 가까이서 보았는데도 그 애들은 우울해 보이지 않았다. 그들은 비좁은 자리에도 별로 신경 쓰지 않고 각자 자리를 잡았다. 메리는 케빈 헤드의 무릎 위에 반쯤 걸터앉아 있었다. 그 애들은 곧바로 재잘대기 시작했다. 누군가의 집 앞을 지날 때마다 그 집에 사는 사람들에 대한 얘기를 했는데, 그것은 우리가 리즈번 씨 집 안을 들여다보던 것처럼 그들 또한 집 밖을 내다보고 있었음을 의미했다. 그들은 이 년 전 여름 미국 자동차 노동조합의 중간 간부인 터브스 씨가 가벼운 접촉 사고 때문에 집까지 아내를 쫓아온 여자를 때리는 것을 보았다. 그들은 헤센 부부가 나치 당원이나 동조자였을지도 모른다고 의심했다. 또 크리거 씨네 알루미늄 외벽을 몹시 싫어했다. "벨버디어 씨의 작품이지." 터리즈가 심야 광고에 나오는 주택 개조 회사의 사장을 콕 집어 말했다. 우리처럼 리즈번 자매들도 각각의 덤불이나 나무, 차고 지붕에 얽힌 그들 나름의 추억을 가지고 있었다. 그들은 우리 동네에 탱크가 나타나고 집집마다 뒤뜰에 향토 방위군이 낙하산을 타고 내려왔던 인종 폭동 때도 기억했다. 사실 따지고 보면 그 애들도 우리의 이웃이었다.

리즈번 자매들의 수다에 놀라서 사내 녀석들은 처음엔 입도 뻥긋 못 했다. 그들이 그렇게나 말이 많고, 그렇게 다양한 의견을 가지고 있고, 세상 풍경에 그렇게 많은 손가락질을 해댈 줄 그 누가 알았겠는가? 우리가 그들을 간헐적으로 엿보는 사이에도 그들은 삶을 이어갔고 우리가 상상할 수 없는 방향으로 성장했으며, 철저한 검열을 거친 가족 서가에 있는 책이란 책은 모조리 다 섭렵했던 것이다. 게다가 텔레비전이나 학교에서의 관찰을 통해 데이트 예절까지 꿰뚫고 있어서, 대화를 부드럽게 이어 가는 방법이라든가 어색한 침묵을 깨는 방법도 잘 알고 있었다. 그들이 데이트 경험이 없다는 사실은 솜이 삐져나온 것 같은 모양의 올림머리나 겉으로 다 드러나 보이는 머리핀에서나 알 수 있을 정도였다. 리즈번 부인은 딸들에게 외모 꾸미는 법을 일러 준 적도 없었고, 집에서는 여성 잡지도 못 보게 했다. (《코즈모폴리턴》에 실린 앙케트 중 "당신은 오르가슴을 여러 번 느끼시는 편입니까?"라는 질문이 인내심의 한계를 넘어 버렸다.) 그들은 나름대로 최선을 다한 것이다.

럭스는 차를 타고 가는 내내 자기가 좋아하는 노래를 찾느라 계속 라디오 주파수를 바꿔 댔다. "미치겠네." 럭스가 말했다. "분명히 어디서 나올 텐데 못 찾겠어." 파키 덴턴은 제퍼슨로(路)를 타고 내려가서 유서 깊은 초록색 이정표가 있는 웨인라이트 저택을 지나 호반의 고급 주택가를 향해 차를 몰았다. 가짜 가스등이 주택 앞 잔디밭에서 빛나고 있었고, 길모퉁이마다 버스를 기다리는 흑인 가정부가 서 있었다. 그들은 반짝이는 호수를 지나 계속 달린 끝에 마침내 학교 근처의 지저분한 느릅나무 아래에 주차하기에 이르렀다.

"잠깐 기다려." 럭스가 말했다.

"들어가기 전에 한 대만 피울게."

"냄새 때문에 아빠한테 들킬 거야."

뒷자리에 있던 보니가 말했다.

"아냐, 박하사탕 먹으면 돼."

럭스가 사탕 통을 흔들어 보였다.

"우리 옷에도 냄새 날 거야."

"화장실에 담배 피우는 애들이 있었다고 해."

럭스가 담배를 피우는 동안 파키 덴턴은 앞 유리창을 내려 주었다. 럭스는 콧구멍으로 연기를 내뿜으며 여유를 부렸다. 그러다가 갑자기 트립 폰테인을 향해 턱을 삐죽 내밀고는 침 팬지처럼 입술을 둥글게 만들더니 완벽한 도넛 세 개를 만들어 보였다.

"처녀로 죽게 둘 순 없지." 조 힐 콘리가 이렇게 말하며 앞자리로 몸을 뻗어 고리 하나에 손가락을 찔러 넣었다.

"저질." 터리즈가 말했다.

"그래, 콘리." 트립 폰테인이 말했다. "철 좀 들어라."

파티장으로 들어가면서 그들은 쌍쌍이 흩어졌다. 보니는 하이힐 굽이 자갈 사이에 끼는 바람에 그걸 빼내느라 조 힐 콘리에게 몸을 기댔다. 트립 폰테인과 럭스가 함께 움직이자 여기저기서 수군대는 소리가 들렸다. 케빈 헤드는 터리즈와 함께 걸어갔고, 파키 덴턴은 메리와 팔짱을 꼈다.

잠시 가랑비가 개고 하늘에 드문드문 별이 보였다. 신발이 빠져나오자 보니는 위를 쳐다보며 주의를 하늘로 돌렸다. "항상 북두칠성이야." 그녀가 말했다. "천문도에는 하늘 전체가 별들로 가득한 것처럼 되어 있는데, 막상 올려다보면 눈에 보이는 건 북두칠성뿐이라고."

"불빛 탓이야." 조 힐 콘리가 말했다. "도시의 불빛."

"불빛은 무슨." 보니가 코웃음을 쳤다.

불 켜진 호박 초롱들과 학교를 상징하는 색으로 맞춰 입은 허수아비들로 장식된 체육관에 들어설 때 리즈번 자매들은 웃고 있었다. 준비 위원회에서 정한 테마가 추수였던 것이다.

농구 코트에는 밀짚이 흩뿌려져 있었고 사과 주스 잔들이 늘어선 탁자에는 코르누코피아[71]가 토해 낸 종양처럼 생긴 호리병들이 놓여 있었다. 리즈번 씨는 일찌감치 도착해서 축제 행사를 위해 준비해 둔 오렌지색 넥타이를 매고 서 있었다. 그는 화학 담당인 토노버 선생님과 얘기를 나누고 있었는데, 미처 보지 못했는지 딸들이 도착했다는 사실을 모르고 있었다. 경기용 조명에는 연극부에서 가져온 오렌지색 셀로판지가 씌워져 있었고, 관람석 쪽은 컴컴했다. 득점판 밑에는 어디선가 빌려 온 미러볼이 매달려 있어서 파티장을 화려하게 수놓고 있었다.

우리는 이미 도착해서 파트너들과 함께 춤을 추고 있었다. 마네킹을 붙잡고 있는 것처럼 춤을 추면서, 눈으로는 시폰 드레스를 입은 파트너의 어깨 너머로 리즈번 자매들을 찾고 있었다. 이윽고 불안한 하이힐에 몸을 실은 리즈번 자매들이 들어오는 게 보였다. 그들은 휘둥그런 눈으로 체육관 안을 쓱 한 번 둘러보고는 뭔가 자기들끼리 상의하더니, 그날 총 일곱 번을 들락거린 화장실을 향해 우르르 몰려갔다. 그들이 화장실에 들어갔을 때 세면대 앞에는 호피 리그스가 서 있었다. "그 애들은 자기들 드레스를 창피해하고 있었어." 호피 리그스가 말했다. "말은 안 했지만 표정에서 다 드러났지. 난 그날 상반신은 벨벳으로 돼 있고 치마 부분은 태피터로 만든 드레스를

---

71) 풍요를 상징하는 고대 그리스의 장식물로, 과일과 곡식이 흘러넘칠 정도로 가득 찬 염소의 구부러진 뿔을 의미한다.

입고 있었거든. 그 드레스는 지금도 나한테 딱 맞아." 정말 화장실을 가고 싶었던 건 사실 메리와 보니뿐이었고 럭스와 터리즈는 그냥 따라와 준 것이었다. 럭스가 그 틈을 타 거울을 보고 자신의 미모를 확인하는 동안, 터리즈는 다른 쪽으로 고개를 돌렸다.

"휴지가 없어." 안에 들어간 메리가 말했다. "좀 던져 줘."

럭스가 종이 타월을 한 움큼 뽑아 문 너머로 던졌다.

"밖에 눈 온다." 메리가 중얼거렸다.

"걔네들 정말 시끄럽더라." 호피 리그스가 말했다. "꼭 화장실 전세 낸 것처럼 굴더라니까. 그래도 내 등에 뭐가 묻은 걸 터리즈가 떼어 주긴 했어." 뭐든 털어놓게 되는 화장실 특유의 분위기 속에서 리즈번 자매들이 파트너에 대해 뭐라고 하진 않더냐고 물어보았더니, 호피는 이렇게 대답했다. "메리는 자기 파트너가 완전 괴짜가 아니라서 다행이라고 했어. 그게 유일한 언급이었지만 말이야. 그 애들도 댄스파티에 오는 것 자체가 중요했지 파트너한텐 별 관심이 없었을 거야. 나도 마찬가지였거든. 내 파트너는 난쟁이 팀 카터였으니까."

그 애들이 화장실에서 나왔을 때 파티장은 아까보다 훨씬 더 붐볐고, 커플들은 춤을 추며 천천히 체육관 안을 돌고 있었다. 케빈 헤드가 터리즈에게 춤을 청했고, 두 사람은 어느새 시끌벅적한 무리 속으로 사라졌다. "난 너무 어렸어." 헤드는 훗날 이렇게 말했다. "너무 겁먹었지. 터리즈도 마찬가지였어. 내가 그 애 손을 잡긴 했는데 우리 둘 다 어떻게 잡아야 할지를 몰랐어. 깍지를 껴야 하는지 아닌지. 결국 제대로 잡긴 했어. 제일 많이 기억나는 건 그거야. 손잡았던 거."

파키 덴턴은 미리 공부해 온 메리의 동작과 자세를 기억했다. "그 애가 리드를 했어." 그가 말했다. "한 손에는 똘똘 뭉친 화장지를 쥐고 있었지." 춤을 추는 동안 메리는 옛날 영화에서 왈츠를 출 때 젊고 아름다운 여인들이 공작들과 나눴을 법한 품위 있는 이야기들을 던졌다. 그녀는 모든 여자들이 동경하지만 남자들은 관심조차 없는 오드리 헵번처럼 허리를 꼿꼿이 세웠다. 그녀의 마음속에는 그들의 발이 플로어 위에서 어떻게 움직여야 하는지, 파트너와 자기가 어떤 눈빛으로 서로를 쳐다봐야 하는지에 대한 그림이 들어 있는 것 같았고, 그것을 그대로 실행에 옮기기 위해 맹렬하게 집중하고 있었다. "얼굴은 평온해 보였지만 속은 긴장했더라고." 파키 덴턴이 말했다. "등 근육이 피아노 줄처럼 팽팽하더라니까." 빠른 음악이 나오자 메리는 춤을 잘 추지 못했다. "결혼식 피로연에서 애쓰는 노인 같았지."

럭스와 트립은 한동안 춤은 추지 않고 둘만의 장소를 찾아 온 체육관 안을 돌아다녔다. 보니가 그 뒤를 따랐다. "그래서 난 보니를 따라갔지." 조 힐 콘리가 말했다. "그 애는 그냥 돌아다니는 척했지만 곁눈으로 럭스의 뒤를 쫓고 있었어." 그들은 춤추는 무리를 통과하고 체육관 벽에 바짝 붙어 여러 가지 장식이 달린 농구대 밑을 지난 끝에 마침내 관람석 옆에 다다랐다. 잠시 음악이 멈추고 학생 주임인 두리드 선생님이 파티의 왕과 여왕을 뽑는 투표의 개표를 알렸다. 사람들의 시선이 모두 사과 주스 탁자 위에 놓인 투표 단지로 향한 사

이에, 트립 폰테인과 럭스 리즈번은 관람석 밑으로 기어 들어
갔다.

　보니가 두 사람 뒤를 따랐다. "그 애는 혼자 남을까 봐 두려
워하는 것 같았어." 조 힐 콘리가 말했다. 그녀가 부탁한 적은
없었지만 어쨌든 콘리는 보니 뒤를 따랐다. 널빤지 사이로 비
치는 관람석 밑의 빛줄기 속에서 콘리는 트립 폰테인이 럭스
가 라벨을 읽을 수 있도록 그녀의 코앞에 병을 갖다 대 주는
것을 보았다. "언니 들어오는 거 누가 봤어?" 럭스가 보니에게
물었다.

　"아니."

　"너는?"

　"아무도 못 봤어." 조 힐 콘리가 대답했다.

　그리고 아무도 말이 없었다. 모두의 관심은 트립의 손에 들
려 있는 병으로 돌아왔다. 미러볼에 반사된 빛이 병 유리 위
에서 빛났고 라벨 위의 빨간 과일 그림 또한 반짝거렸다.

　"복숭아 슈냅스[72]였어." 훗날 사막에서, 슈냅스를 비롯한 모
든 종류의 술에 일체 손댈 수 없게 된 트립 폰테인이 말했다.

　"계집애들이 좋아하는 술이지."

　그는 가짜 신분증으로 술을 산 그날 오후부터 저녁까지, 내
내 술병을 재킷 안감 속에 넣고 다녔다. 나머지 세 명이 지켜
보는 가운데, 트립은 병마개를 열고 과즙이나 꿀 비슷한 맛이

---

72) 미국에서 슈냅스는 대개 보드카나 럼으로 담근 과일주를 말한다. 설탕
을 첨가했기 때문에 맛이 달고 알코올 도수는 약 40도이다.

나는 술 한 모금을 들이켰다. "이건 키스하면서 맛을 느껴야 해." 그는 럭스의 입술에 병을 대 주면서 "삼키지 마."라고 말했다. 그러곤 자기도 한 모금 마시더니 곧바로 자신의 입을 럭스의 입에 갖다 대며 복숭아 맛 키스를 했다. 럭스의 목구멍에서 기쁨에 겨운 꼴깍꼴깍 소리가 났다. 그녀가 깔깔대고 웃자 술이 턱을 타고 흘러내렸고 럭스는 반지 낀 손으로 그걸 닦았다. 하지만 그들은 이내 진지해져서는 서로 얼굴을 포개고 잡아먹을 듯이 키스를 퍼붓기 시작했다. 키스가 끝나자 럭스가 말했다. "방금 그건 정말 좋았어."

트립은 조 힐 콘리에게 병을 건네주었다. 콘리가 보니의 입에 병을 대 주었지만 보니는 얼굴을 돌렸다. "난 안 마실래."

"에이." 트립이 말했다. "맛만 한번 봐."

"순진한 척하지 마." 럭스가 말했다.

우리에겐 보니의 눈만 겨우 보였는데, 은빛 조명 속의 두 눈에는 눈물이 그렁그렁 맺혀 있었다. 그 아래 어두운 곳에서는 보니의 입에 조 힐 콘리가 병을 들이밀고 있었다. 보니의 젖은 두 눈이 왕방울만 해지면서 볼이 빵빵하게 부풀었다. "삼키지 마." 럭스가 명령했다. 조 힐 콘리가 자기 입속의 내용물을 보니의 입 안에 흘려 넣었다. 콘리는 입을 맞추는 내내 보니가 이를 앙다물고 해골 같은 미소를 지었다고 했다. 복숭아 슈냅스는 한동안 보니와 콘리의 입속을 왔다 갔다 했는데, 어느 순간 보니가 긴장을 풀면서 그걸 삼켰다. 훗날 조 힐 콘리는 자기는 키스할 때 여자의 입에서 나는 맛으로 그 여자의 감정 상태를 알 수 있는데, 그건 그날 밤 관람석 밑에서 보니

170

와 키스할 때 처음 알게 된 것이라고 떠벌리고 다녔다. 그는 르네상스 시대의 믿음처럼 보니의 영혼이 입술을 통해 빠져나오기라도 한 듯, 그녀의 온 존재를 그 키스를 통해 느낄 수 있었다고 했다. 맨 처음에는 챕 스틱 맛이 났고, 그다음에는 그녀가 저녁 식사 때 먹은 양배추 맛이 났고, 그게 지나가자 헛되이 보내 버린 오후의 먼지 맛과 눈물샘의 짠맛이 났다. 그가 슬픔 때문에 약간 시큼해진 그녀의 위산을 맛보는 동안 복숭아 슈냅스의 맛은 점점 사라져 갔다. 이따금 그녀의 입술이 이상할 정도로 차가워져서 살짝 눈을 떠 보면, 보니는 공포에 질린 두 눈을 크게 뜬 채 그와 입을 맞추고 있었다. 그러고 나서 그들은 슈냅스를 주거니 받거니 했다. 우리는 녀석들에게 리즈번 자매들과 은밀한 얘기를 나누거나 서실리아 얘기를 물어보진 않았느냐고 캐물었지만, 그들은 아니라고 대답했다. 트립 폰테인은 "분위기 좋은데 망칠 필요 없잖아."라고 말했고, 조힐 콘리는 "말이란 해야 할 때와 하지 말아야 할 때가 있는 법이야."라고 말했다. 콘리는 보니의 입속에서 신비스러운 깊이를 맛보았지만, 입맞춤이 끝나 버리는 게 싫어서 더 파고들지는 않았다.

우리는 두 자매가 관람석 아래에서 드레스를 질질 끌고 입을 훔치면서 나오는 것을 보았다. 럭스가 혼자 음악에 맞춰 몸을 흔들기 시작했다. 마침내 트립 폰테인이 그녀와 춤을 추기 시작했는데, 훗날 그는 그 부대 자루 같은 드레스가 도리어 그의 욕망을 자극했다고 말했다. "그 천 속에 숨겨진 그 애의 몸매가 얼마나 늘씬한지 알 수 있었거든. 정말 죽여줬지."

밤이 깊어 갈수록 리즈번 자매들은 드레스에 점점 더 익숙해
졌고 그 속에서 몸을 어떻게 움직여야 하는지도 알게 되었다.
럭스는 앞이 몸에 딱 달라붙는 것처럼 보이도록 등을 뒤로 구
부리는 방법을 알아냈다. 우리는 되도록 많이 그 애들 앞을
지나가기 위해 화장실을 스무 번도 더 들락거렸고 사과 주스
를 열두 잔도 더 마셔 댔다. 리즈번 자매들의 파트너들을 따돌
리고 데이트에 살짝 끼어들려고도 해 보았지만, 녀석들은 잠
시도 그 애들을 혼자 내버려 두지 않았다. 개표가 끝나자 두
리드 선생님이 간이 무대 위에 올라가서 우승자를 발표했다.
트립 폰테인과 럭스 리즈번일 거라는 사실은 누구나 알고 있
었다. 100달러짜리 드레스를 입은 여자애들도 그 둘이 행진할
때는 박수를 보내 주었다. 그들은 춤을 추었고, 우리도 헤드
와 콘리와 덴턴을 제치고 리즈번 자매들과 춤을 췄다. 우리에
게 왔을 때쯤 그 애들은 얼굴도 발그레해지고 겨드랑이도 땀
으로 축축해지고 답답한 네크라인에서는 열기가 뿜어져 나오
고 있었다. 우리는 땀에 젖은 그 애들의 손을 잡고 미러볼 아
래에서 그들을 빙빙 돌렸다. 그 애들의 광활한 드레스 속에서
그 애들을 잃어버렸다가 다시 찾아내곤 했고, 나긋나긋한 그
몸을 쥐어짜거나 그들의 고된 노동에서 풍기는 향기를 들이마
시기도 했다. 우리 중 몇몇은 용감하게 그 애들의 다리 사이에
자기 다리를 집어넣고 자신들의 고통스러운 부분을 그들 몸
에 대고 누르기도 했다. 미소 띤 얼굴로 고마워, 고마워를 연
발하며 이 남자 저 남자와 춤추고 있는 리즈번 자매들은 드
레스 때문인지 다시금 똑같아 보였다. 옷에서 풀려 나온 실밥

하나가 데이비드 스타크의 손목시계에 걸렸다. 메리가 그걸 푸는 동안 스타크가 물었다. "재미있어?"

"최고로 재미있어." 그녀가 대답했다.

그 말은 진심이었다. 리즈번 자매들이 그토록 신나게 주위 사람들과 어울려서 자유롭게 떠들어 본 것은 그날이 처음이었다. 한 차례 춤을 추고 나서 바깥 공기를 쐬러 케빈 헤드와 밖에 나왔을 때, 터리즈가 물었다. "너희 왜 우리한테 데이트 신청했어?"

"무슨 소리야?"

"내 말은, 우리가 불쌍해 보였던 거야?"

"아냐."

"거짓말쟁이."

"난 네가 예쁘다고 생각해. 그게 이유야."

"너도 다른 사람들처럼 우리가 미쳤다고 생각하니?"

"누가 그래?"

터리즈는 대답하지 않은 채 비가 오나 보려고 한 손을 내밀었다. "서실리아는 좀 이상한 애였지만 우린 달라." 그리고 이렇게 덧붙였다. "우린 그냥 평범하게 살고 싶을 뿐이야. 사람들이 내버려 두기만 한다면."

나중에 보니는 차를 향해 걷다가 또다시 별을 찾아보자며 조 힐 콘리를 멈추게 했다. 하늘에는 구름이 잔뜩 끼어 있었다. 그들이 시커먼 하늘을 올려다보고 있을 때 보니가 물었다. "넌 신이 존재한다고 생각해?"

"응."

"나도 그래."

그때가 10시 30분이었으므로, 리즈번 자매들의 귀가 시간까지는 겨우 삼십 분밖에 남아 있지 않았다. 춤이 끝나 가고 있었고, 리즈번 씨의 차가 교사용 주차장을 빠져나가 집으로 향했다. 케빈 헤드와 터리즈, 조 힐 콘리와 보니, 파키 덴턴과 메리는 모두 캐딜락 앞에 모였지만, 럭스와 트립은 나타나지 않았다. 보니가 다시 체육관에 가서 찾아보았지만 그들은 거기에 없었다.

"어쩌면 너희 아버지랑 함께 집에 갔을지도 몰라." 파키 덴턴이 말했다.

"그럴 리 없어." 메리가 시선을 어둠 속에 던지고 손으로는 뭉개진 코르사주를 만지작거리며 말했다. 리즈번 자매들은 편하게 걸으려고 하이힐을 벗어 들고는 주차장의 자동차들과 국기 게양대 주변을 찾아다녔다. 서실리아가 죽던 날 그 깃대에 조기가 게양됐지만, 때가 여름이어서 잔디밭 인부들 외에는 아무도 알아채지 못했다. 방금 전까지 그토록 행복하던 리즈번 자매들은 말이 없어졌고 자기 파트너에 대해서도 까맣게 잊어버렸다. 그들은 흩어졌다 모였다를 반복하며 셋이 한꺼번에 움직였다. 극장 주변과 과학관 뒤, 그리고 로라 화이트를 추모하기 위해 기증된 조그마한 소녀 동상이 있는 안뜰까지 샅샅이 살폈다. 동상이 입고 있는 청동 치마는 녹슬기 시작했고 납땜을 한 손목에는 상징적인 흉터가 있었지만 리즈번 자매들은 그것을 보지 못했고, 10시 50분에 차로 돌아왔을 때에는 한마디 말도 하지 않았다. 그들은 집에 가기 위해 차에

올랐다.

돌아오는 차 안에서도 모두 조용했다. 조 힐 콘리와 보니는 케빈 헤드와 터리즈와 함께 뒷자리에 앉고 파키 덴턴이 운전을 했는데, 그는 나중에 자기가 운전을 하느라 메리에게 수작을 걸지 못했다고 투덜댔다. 그러나 메리는 집에 가는 내내 햇빛 가리개에 달린 거울을 보며 머리를 고쳐 빗고 있었다. 터리즈가 메리에게 말했다.

"그럴 것 없어. 어차피 우린 죽은 목숨이야."

"럭스나 그렇겠지. 우린 아냐."

"박하사탕이나 껌 있는 사람?" 하고 보니가 물었지만 갖고 있는 사람이 아무도 없었다. 그녀가 조 힐 콘리 쪽으로 고개를 돌렸다. 그녀는 잠깐 동안 콘리를 뚫어져라 쳐다보더니 손가락으로 그의 머리를 빗겨 가르마를 왼쪽으로 옮겨 주었다. "한결 낫네." 그녀가 말했다. 이십 년 가까이 지난 지금도, 몇 가닥 남지 않은 콘리의 머리에는 보니의 보이지 않는 손이 타 준 가르마가 아직도 남아 있다.

리즈번 씨 집 앞에서 조 힐 콘리는 보니에게 마지막으로 키스를 했고 보니도 그러도록 내버려 두었다. 터리즈는 케빈 헤드에게 뺨에 키스하는 것을 허락했다. 녀석들은 김 서린 창문을 통해 리즈번 씨 집을 올려다보았다. 리즈번 씨는 이미 집에 돌아와서, 안방에 불이 켜져 있었다.

"문 앞까지 바래다줄게." 파키 덴턴이 말했다.

"아냐, 그러지 마." 메리가 대답했다.

"왜 그러는데?"

"그냥 그러지 마." 메리는 악수도 하지 않고 차에서 내렸다.

"정말 재미있었어." 터리즈는 뒤에서 이렇게 말했고, 보니는 조 힐 콘리의 귀에 대고 속삭였다. "전화할 거지?"

"물론이지."

자동차 문이 덜컹 열렸다. 리즈번 자매들은 차에서 내려 옷 매무시를 바로 한 다음 집으로 들어갔다.

두 시간 뒤 택시가 그 집 앞에 멈췄을 때, 터커 아저씨는 차고 냉장고에서 맥주 캔 묶음을 하나 더 꺼내려고 막 나온 참이었다. 그는 럭스가 차에서 내려서 그날 저녁 집을 나서기 전에 리즈번 부인이 모든 딸들에게 나눠 준 5달러짜리 지폐를 꺼내기 위해 지갑에 손을 넣는 것을 보았다. "택시비는 늘 가지고 다녀야 한다."라는 것이 리즈번 부인의 신조였다. 비록 그 날이 처음으로 딸들에게 밤 외출을 허락한 날이었기에, 택시비가 필요한 것도 그날이 처음이긴 했지만 말이다. 럭스는 거스름돈을 받을 때까지 기다리지 않았다. 그 애는 드레스 자락을 들고 땅바닥을 쳐다보면서 진입로를 걸어 올라가기 시작했다. 외투 뒤에는 하얀 얼룩이 묻어 있었다. 문이 열리면서 리즈번 씨가 현관으로 걸어 나왔다. 재킷은 벗었지만 오렌지색 넥타이는 여전히 맨 상태였다. 그는 층계를 내려와서 중간쯤에서 럭스를 맞았다. 럭스는 뭔가 손짓을 하며 변명을 늘어놓았다. 리즈번 씨가 중간에 말을 끊자 럭스는 고개를 떨어뜨리고 마지못해 고개를 끄덕였다. 터커 아저씨는 정확히 언제 리즈번 부인이 나타났는지 기억하지 못했다. 어느 순간 음악 소리가 들리는 것이 느껴져서 집을 올려다보았더니 리즈번 부인이 현관 앞에 서 있더라는 것이다. 그녀는 체크무늬 옷을 입고 손에 마실 것을 들고 있었다. 음악 소리는 리즈번 부인 뒤에서 흘러나왔는데, 웅장한 오르간과 숭고한 하프 소리가 어우러진 음악이었다. 정오부터 맥주를 마시기 시작한 터커 아저씨는 그날 마실 양을 거의 다 채운 상태였다. 음악이 공기처럼 거리를 메우는 동안, 그는 밖을 내다보며 울기 시작했다. "그건 누가 죽을 때 연주하는 그런 음악이었거든." 하고 터커 아저씨가 말했다.

그것은 교회 음악으로, 리즈번 부인이 일요일마다 지겹도록 반복해서 틀어 대는 세 장의 앨범 가운데 한 곡이었다. 우리는 서실리아의 일기를 통해 그 음악을 알고 있었다.("일요일 아침. 엄마가 또 그 쓰레기 같은 음악을 틀고 있다.") 그리고 몇 달 뒤 그들이 이사 갈 때 보도블록 위에 버리고 간 쓰레기 속에서 그 앨범을 찾아냈다. 그 앨범들은 ─ 우리가 물적 증거 목록에 적어 두었다시피 ─ 타이런 리틀 앤 더 빌리버스의 「믿음의 노래」, 톨레도 침례교 성가대의 「영원한 기쁨」, 그랜드 래피즈 가스펠러스의 「당신의 주를 찬양하라」였다. 앨범 커버에는 하나같이 구름을 꿰뚫는 빛줄기들이 그려져 있다. 우리는 그 앨범들을 한 번도 틀어 보지 않았다. 그것은 우리가 모타운[73] 방송국에서 로큰롤 방송국으로 라디오 주파수를 바꿀 때마다 항상 중간에 스쳐 지나가는 음악이고, 어두운 세상

─────────────

73) 1959년 미국 최초로 흑인이 미시간주 디트로이트에 설립한 음반 회사. 리듬 앤 블루스, 소울 음악 등 흑인 음악이 오늘날처럼 꽃필 수 있는 원동력이 되었다.

의 한 줄기 빛이자 완전히 개똥 같은 음악이다. 백인 합창단의
목소리는 마시멜로 거품이 귓속을 파고드는 것처럼, 조화로운
화음으로 크레센도를 향해 점점 더 높은 음계로 올라간다. 우
리는 그런 음악은 대체 누가 듣는 것인지 늘 궁금했다. 요양원
의 외로운 과부들이나 목사의 가족이 접시에 담긴 햄을 돌려
먹으며 듣는 모습을 그려 보곤 했는데, 설마 리즈번 자매들이
무릎 꿇고 큼직한 발가락의 굳은살을 속돌로 갈아 대는 방구
석에서 그토록 경건한 목소리들이 울려퍼지리라고는 한 번도
상상하지 못했다. 무디 신부님도 일요일 오후에 리즈번 씨 집
에 커피를 마시러 갔다가 그 음악을 몇 번 들은 적이 있었다.
"그건 내 취향이 아니었어." 훗날 신부님이 얘기해 주었다. "난
그것보다 더 품격 있는 쪽을 좋아하지. 헨델의 「메시아」나 모
차르트의 진혼곡 같은 것 말이다. 그 음악은 근본적으로 뭐랄
까, 개신교 가정에서나 들을 법한 것이었지."

　음악이 흐르는 동안 리즈번 부인은 꼼짝 않고 현관에 서
있었다. 리즈번 씨가 럭스를 데리고 올라갔다. 럭스가 계단을
딛고 올라가 현관을 지나려 하자, 리즈번 부인이 앞을 가로막
았다. 리즈번 부인이 뭔가를 말했지만 터커 아저씨에게까지는
들리지 않았다. 럭스가 입을 벌렸다. 리즈번 부인이 몸을 앞으
로 숙이더니 얼굴을 럭스 얼굴 가까이로 가져가 잠시 동안 가
만히 있었다. "음주 측정이었지." 터커 아저씨가 설명해 주었
다. 음주 측정은 오 초 만에 끝났고, 리즈번 부인이 딸의 얼굴
을 후려치기 위해 허리를 뒤로 젖혔다. 럭스는 몸을 움찔했지
만 아무 일도 일어나지 않았다. 리즈번 부인은 팔을 든 채로

얼어붙었다. 그녀는 터커 아저씨의 두 눈 말고도 백 개의 눈이 지켜보고 있는 것처럼 어두운 길을 향해 돌아섰다. 리즈번 씨도 돌아서고 럭스도 돌아섰다. 세 사람은 불빛 하나 없는 이웃 집들을 뚫어져라 바라보았다. 나무에서는 여전히 빗방울이 똑똑 떨어지고, 차들은 차고에서 잠자고, 엔진들은 핑핑 소리를 내며 밤새 식어 가고 있었다. 그들은 가만히 서 있었다. 그때 리즈번 부인의 손이 힘없이 아래로 떨어졌다. 럭스는 그 기회를 놓치지 않고 쏜살같이 엄마 옆을 지나 층계를 뛰어 올라가서는 자기 방으로 들어갔다.

럭스와 트립 폰테인에게 무슨 일이 있었는지는 훗날 알게 되었다. 하지만 나중에 가서도 트립 폰테인은 12스텝스[74])에서 요구하는 대로 자기가 새사람이 되었음을 누누이 강조한 후에야 마지못해 입을 뗐다. 왕과 여왕으로서 춤을 추고 난 후, 트립은 환호하는 백성들의 무리를 헤치고 터리즈와 케빈 헤드가 바람을 쐬러 나갔던 바로 그 문으로 럭스를 데리고 갔다. "춤추고 난 뒤라 더웠거든." 럭스는 아직도 두리드 선생님이 머리에 씌워 준 미스 아메리카 왕관을 쓰고 있었고, 두 사람 모두 왕족임을 상징하는 리본을 어깨에 두르고 있었다. "이제 뭘 하지?" 럭스가 물었다.

"뭐든 우리가 하고 싶은 거."

---

74) 12스텝스 프로그램은 미국의 알코올중독 환자 모임에서 약물에 의존하지 않고 스스로의 힘만으로 중독을 극복하기 위해 고안한 프로그램이다. 12스텝스는 이 프로그램에서 중독자들이 반드시 실천해야 하는 열두 단계의 행동을 말한다.

"내 말은 왕과 여왕으로서 말이야. 뭐 또 해야 하는 거 아니야?"

"이게 끝이야. 춤도 췄고, 리본도 둘렀잖아. 어차피 오늘 밤이 끝이라고."

"난 일 년 동안 하는 건 줄 알았는데."

"뭐 그렇긴 하지. 하지만 우리가 해야 하는 건 없어."

럭스는 그제야 이해가 된 듯했다.

"비가 그친 것 같아."

"밖으로 나가자."

"그냥 있는 게 좋겠어. 집에 갈 시간 다 됐잖아."

"차를 보고 있으면 돼. 우릴 두고 가진 않을 거야."

"아빠가 찾을 텐데." 럭스가 말했다.

"사물함에 왕관을 갖다 두러 갔다고 말하면 돼."

비는 그쳐 있었다. 하지만 두 사람이 손을 잡고 길을 건너 축축하게 젖은 미식축구 경기장을 걸어갈 때 대기는 안개가 낀 것처럼 뿌옜다. "저기 잔디 패인 데 좀 봐." 트립 폰테인이 말했다. "오늘 내가 어떤 녀석을 혼내 준 자리야. 크로스바디 블록[75]을 날렸지."

둘은 50야드 선을 넘고 40야드 선도 지나 엔드 존 안으로 들어갔다. 아무도 그들을 보지 못했다. 나중에 터커 아저씨가 럭스의 외투에서 본 흰 얼룩은 그녀가 누웠던 골라인에서 묻

---

75) 프로레슬링 기술 중 하나로, 공격자가 점프를 해서 바닥에 누워 있는 상대방 위로 착지하는 기술을 말한다.

은 것이었다. 그들이 사랑을 나누는 동안, 조명 불빛은 경기장을 가로지르고 그들 위를 훑고 지나간 다음 골포스트를 환하게 비추었다. 그런데 도중에 럭스가 갑자기 입을 열었다. "난 항상 일을 망쳐 버려. 항상 그래." 그러더니 흐느끼기 시작했다. 트립 폰테인이 해 준 얘기는 거기까지다.

우리가 트립에게 럭스를 택시에 태워 보냈느냐고 묻자 그는 아니라고 대답했다. "난 그날 밤 걸어서 집에 갔어. 그 애가 어떻게 갔는지는 관심 없었지. 난 그냥 그 자리를 떴던 거야." 또 이렇게 덧붙였다. "이상도 하지. 내 말은, 난 그 애를 좋아했어. 정말로 좋아했다고. 그런데 한 순간 갑자기 질려 버린 거야."

나머지 녀석들로 말하자면, 그들은 밤새도록 자동차를 몰고 온 동네를 쏘다녔다. 골프 클럽과 요트 클럽과 사냥 클럽을 모두 지나 '마을'을 통과하면서 주위를 둘러보니, 할로윈 장식들이 이미 추수감사절 장식들로 바뀌었음을 알 수 있었다. 새벽 1시 30분에도 여전히 차 안에 존재감이 남아 있는 리즈번 자매들에 대한 생각을 떨칠 수가 없어서, 그들은 마지막으로 한 번만 더 리즈번 씨 집 앞을 지나가기로 했다. 그들은 조 힐 콜리가 나무 뒤에서 볼일을 보는 동안 잠시 멈췄다가, 카듀 거리로 쭉 내려가 예전에 여름철 일꾼들을 위한 숙소로 쓰이던 자그마한 집들을 지나면서 속도를 높였다. 또 우리 동네에서 제일 큰 저택 중 하나가 있던 곳도 지나갔는데, 화려하게 꾸며진 정원이 있던 자리에는 고풍스러운 현관문과 거대한 차고를 갖춘 붉은 벽돌집들이 들어서 있었다. 그들은 제퍼슨로로 접어들어 전쟁 기념관과 아직까지 남아 있는 백만장자들의 저택으로 들어가는 검은 대문을 지나, 이제야 살아 있는 진짜 소녀들로 받아들이게 된 리즈번 자매들을 향해 말없이 차를 몰았다. 리즈번 씨 집에 가까워지자, 침실 하나에 불이 켜져 있는 게 보였다. 파키 덴턴이 하이파이브를 하기 위해 손을 쳐들었다. "좋았어." 하지만 기쁨도 잠시였다. 차가 채 멈추기도 전에 그들은 무슨 일이 벌어졌는지 알아차렸다. "걔들이 다시는 데이트를 하지 못하리란 예감이 명치에서 느껴졌지." 훗날 케빈 헤드는 이렇게 말했다. "그 망할 여편네가 그 애들을 또 가둬 버린 거야. 어떻게 알았느냐고는 묻지 마. 그냥 알겠더라고." 눈을 감은 것처럼 창마다 내려진 블라인드와 지저분한 화단 때문에 그 집은 꼭 폐가처럼 보였다. 그 순간 불 켜진 창문의 블라인드가 움직였다. 누군가의 손이 블라인드를 들어 올리자, 거리를 내다보는 열에 들뜬 노란 얼굴 하나 — 보니, 메리, 터리즈, 아니면 럭스였는지도 모른다 — 가 보였다. 파키 덴턴이 마지막 희망을 담아 짧게 손나발을 불었다. 그러나 소녀가 유리창에 손바닥을 댄 순간, 불이 꺼져 버렸다.

4장

리즈번 부인이 집을 철통같이 굳게 닫아걸고 몇 주가 지나자 지붕 위에서 정사를 벌이는 럭스의 모습이 눈에 띄기 시작했다.

홈커밍 댄스파티가 있었던 다음 날, 리즈번 부인은 아래층의 블라인드를 모두 내렸다. 우리가 볼 수 있었던 건 집 안에 갇힌 소녀들의 그림자뿐이었고 그 그림자들은 우리의 상상 속에서 제멋대로 뻗어 나갔다. 게다가 가을에서 겨울로 접어들면서 앞뜰의 나무들이 휘어지고 굵어지는 바람에, 낙엽이 떨어졌으면 집이 더 잘 보여야 함에도 불구하고 오히려 집이 더 가려지고 말았다. 리즈번 씨 집 지붕 위에는 언제나 구름이 머물러 있는 듯했다. 리즈번 부인의 강한 염원이 실제로도 집을 컴컴하게 만들고 있다는 초자연적인 이유 말고는 달리 설명할 길이 없었다. 하늘도 컴컴해지고 낮에도 햇빛이 비치지 않아 우리는 시간을 알 수 없는 어둠 속에서 움직이게 되었다. 시간을 알 수 있는 유일한 방법은 트림에서 무슨 맛이 나는지 느껴 보는 것뿐이었는데, 치약 맛이 나면 아침, 학교 식당의 젤리드 비프[76) 맛이 나면 오후였다.

아무런 해명도 없이 리즈번 자매들은 학교에서 사라졌다. 그들은 어느 날 아침 학교에 나타나지 않았고, 다음 날, 그다음 날도 나타나지 않았다. 교장 선생님이 리즈번 씨에게 물어보았지만, 그는 딸들이 학교에 없다는 사실 자체를 아예 모르는 것 같았다. "'건물 뒤도 확인해 보셨어요?'라는 말만 되풀이하지 뭐냐."

어느 날 제리 버튼이 메리의 사물함 비밀 번호를 조합해 냈다. 사물함을 열어 보니 메리는 대부분의 책을 거기 두고 간 상태였다. "사물함 문짝에 엽서를 붙여 놨더라. 이상한 것들이었어. 소파나 뭐 그 비슷한 따위였지."(사실 그것들은 비더마이어 양식[77) 의자와 분홍색 사라사 무명천을 씌운 치펀데일 양식[78) 소파의 사진이 담긴 미술관 엽서들이었다.) 사물함 맨 위 선반에 쌓아

---

76) 소의 내장 등을 간 다음 끓였다가 식혀서 젤리처럼 만든 것이다.
77) 독일, 오스트리아, 이탈리아 등 북부 유럽 국가들의 부르주아 계급에서 통용되던, 신고전주의와 낭만주의 사이 전환기의 예술 양식. 비더마이어 양식의 가구는 나무 고유의 결과 색을 살린 칠과 기하학적인 디자인이 특징이다.
78) 영국의 가구 제작자 토머스 치펀데일(Thomas Chippendale, 1718~1779)의 이름을 딴 가구 양식. 다소 덜 화려하게 변형된 로코코 양식으로, 많은 곡선과 복잡한 조각을 이용한 장식적 디자인이 특징이다.

둔 공책들 각각에는 메리가 결국은 배우지 못한, 이번 학기에 처음 배울 예정이었던 과목 이름들이 쓰여 있었다. 《아메리칸 히스토리》 잡지 속에 드문드문 써 놓은 낙서들 가운데서 제리 버튼은 다음과 같은 것을 찾아냈다. 머리를 땋은 소녀가 거대한 돌덩이의 무게를 이기지 못해 허리를 숙이고 있다. 두 뺨은 부풀어 올랐고, 동그랗게 오므린 입술에서는 입김이 뿜어져 나오고 있다. 말 풍선처럼 커다란 입김 안에는 '압박'이란 단어를 썼다가 펜으로 지운 흔적이 있었다.

럭스가 통금 시간을 못 지켰기 때문에 뭔가 처벌이 있으리라는 건 모두 예상했지만 이렇게 심할 줄은 아무도 예상하지 못했다. 그러나 훗날 리즈번 부인은 자신의 결정이 벌을 주기 위한 것은 아니었다는 입장을 고수했다. "그때 학교를 계속 다니는 건 상황을 악화시킬 뿐이었어." 그녀가 말했다. "아무도 우리 애들과 말하려 하지 않았거든. 남자애들이야 달랐지만, 걔들이 뭘 노리고 그러는지는 너희도 알았을 거다. 우리 애들한텐 혼자 있을 시간이 필요했어. 엄마는 알아. 난 그 애들이 집에 있는 편이 치유에 더 도움이 될 거라고 생각했다." 리즈번 부인과의 인터뷰는 짧게 끝났다. 우리는 그녀가 현재 살고 있는 작은 마을의 버스 터미널에서 리즈번 부인을 만났는데, 그곳이 그 마을에서 유일하게 커피를 파는 곳이었기 때문이다. 그녀의 손마디는 붉게 변했고 잇몸은 완전히 내려앉아 있었다. 그런 비극을 겪었는데도 리즈번 부인은 가까이하기 쉬운 사람이 되기는커녕, 오히려 말 못할 고통으로 괴로워하고 있는 사람 같은 분위기를 띠고 있었다. 우리가 그녀와 얘기를 나누고 싶었던 이유는 무엇보다 그 애들의 어머니로서, 자식들이 자살한 이유를 누구보다 잘 알고 있으리라고 생각했기 때문이었다. 하지만 그녀는 이렇게 말했다. "그게 정말로 무서운 거야. 나도 이유를 모르거든. 자식이란 한번 품에서 벗어나면 그다음엔 완전 남인 거야." 호니커 박사에게 왜 계속 상담 치료를 받지 않았느냐고 묻자, 리즈번 부인은 버럭 화를 냈다. "그 의사는 우리한테 책임을 뒤집어씌우려고 했어. 그게 다 로널드와 내 탓인 것처럼 말했다고." 그때 버스 한 대가 터미널로 들어오면서, 일산화탄소 가득한 매연이 2번 승강장 문을 통해 들어와 방금 튀긴 도넛이 쌓여 있는 카운터 위를 휩쓸고 지나갔다. 리즈번 부인이 이제 그만 가 봐야겠다고 했다.

그녀는 딸들을 학교에 보내지 않는 것으로 끝내지 않았다. 그다음 일요일 성당에서 성령으로 충만한 설교를 듣고 집에 돌아온 리즈번 부인은 럭스에게 록 레코드를 모조리 버리라고 명령했다. (때마침 옆집에서 방을 새로 단장하고 있던) 피천버거 부인이 그 격렬한 말다툼 소리를 들었다. 럭스가 설득이나 타협을 해 보려고 애쓰다가 결국 울음을 터뜨릴 때까지, 리즈번 부인은 "지금 당장!"이란 말만 되풀이했다. 피천버거 부인은 2층 복도 창문을 통해 럭스가 쿵쿵거리며 자기 방으로 걸어가서 복숭아 박스들을 가지고 나오는 것을 보았다. 상자가 워낙 무거워서 럭스는 썰매를 끌듯 상자를 계단 위로 질질 끌고 내려갔다. "그 애는 꼭 상자를 확 놓아 버릴 것처럼 굴었지만 놓치기 직전에 다시 꽉 붙들곤 했지." 리즈번 부인은 이미 거실 벽난로에 불을 피워 둔 상태였다. 럭스는 소리 없이 흐느끼며 자신의 레코드판을 한 장 한 장 불 속에 집어넣기 시작했다. 그때 어떤 앨범들이 화형에 처해졌는지는 알 수 없지만, 분명한 사실은 레코드를 한 장씩 꺼낼 때마다 럭스가 자비를 구하는 눈빛으로 엄마를 쳐다봤다는 것이다. 플라스틱 타는 냄새가 순식간에 온 집 안에 진동하는 데다 녹아내린 레코드판이 벽난로 안에 눌어붙기까지 하는 바람에, 리즈번 부인은 럭스에게 그만하라고 일렀다. (나머지 레코드는 그 주에 나온 쓰레기와 함께 밖에 버려졌다.) 하지만 그때 포도 맛 탄산음료를 마시고 있었던 윌 팀버는 커슈벌가에 있는 파티용품 가게 '미스터 지스'에서도 플라스틱 타는 냄새를 맡을 수 있었다고 말했다.

그 후 몇 주 동안은 리즈번 자매들을 거의 보지 못했다. 럭스는 다시는 트립 폰테인에게 말을 걸지 않았고, 조 힐 콘리도 약속과 달리 보니에게 전화하지 않았다. 리즈번 부인은 인생 경험이 많은 노인에게서 조언을 얻기 위해 딸들을 외할머니 댁에 데려갔다. 사십삼 년간 살았던 단층집에서 처음으로 이사한 뉴멕시코주 로즈웰의 집으로 우리가 전화를 걸었을 때, 그 노인(레마 크로퍼드 부인)은 고집 때문이었는지, 아니면 보청기가 울려서 그랬는지 몰라도 그때의 처벌 방식에 관여했느냐는 질문에 대답하지 않았다. 그 대신 육십여 년 전 자기가 겪었던 사랑의 아픔에 관해 들려주었다. "그걸 완전히 잊을수는 없어." 그녀가 말했다. "하지만 더 이상 그것 때문에 괴롭지 않게 될 순 있지." 그리고 전화를 끊기 직전에 이렇게 덧붙였다. "여긴 날씨가 아주 좋아. 내 평생 제일 잘한 일은 오래된 삽이랑 괭이를 집어던지고 그 동네를 떠난 거야."

그녀의 탁한 목소리를 듣고 있자니 한 장면이 눈앞에 선명하게 그려졌다. 얼마 남지 않은 머리카락을 신축성 좋은 헤어밴드로 말아 올린 채 부엌 식탁에 앉아 있는 할머니. 꼭 다문 입술에 무서운 표정을 하고 맞은편 의자에 앉아 있는 리즈번 부인. 그리고 고개를 숙인 채 장식품과 도자기 인형 들을 만지작거리는 네 명의 회개자들. 그들이 어떤 감정을 느끼고 있고, 앞으로 인생에서 무엇을 이루고 싶은지에 대한 얘기는 한마디도 오가지 않았다. 할머니에게서 엄마를 거쳐 딸들에게로 내려오는 일방적인 명령만 있을 뿐이었다. 바깥에는 썩은 채소들로 가득한 텃밭과 뒤뜰 위로 비가 주룩주룩 내리고 있었다.

리즈번 씨는 아침마다 계속 출근을 했고, 일요일이면 온 가족이 예배에 참석했지만 그뿐이었다. 그 집은 젊음을 숨 막히게 하는 막막한 안개 속으로 점점 숨어들었고, 이제는 어른들까지도 그 집이 얼마나 음침하고 을씨년스러워 보이는지 이야기하기 시작했다. 밤이 되면 그 유독가스 같은 수증기에 너구리들이 꾀어들곤 했는데, 리즈번가의 쓰레기통에서 도망치려고 하다가 차에 깔려 죽은 너구리도 심심치 않게 볼 수 있었다. 한번은 리즈번 부인이 일주일 동안 현관 앞에 유황 냄새를 풍기는 조그만 발연탄을 피워 둔 적이 있었다. 모두 처음 보는 장치였지만 너구리 퇴치용이라는 소문이 돌았다. 그해 첫추위가 시작될 무렵부터 럭스가 지붕 위에서 알 수 없는 남자들과 놀아나는 모습이 사람들 눈에 띄기 시작했다.

처음엔 무슨 일이 벌어지고 있는 것인지 알 수가 없었다. 셀

로판처럼 투명한 몸뚱어리 하나가 눈 위에 천사의 날개를 그리는 어린아이처럼 슬레이트 위에서 팔을 위아래로 허우적대는 모습만 보였기 때문이다. 그러나 그다음에는 보다 어두운 색의 또 다른 몸뚱이도 구분해 낼 수 있었다. 때로는 패스트푸드점 유니폼을 입고 있었고, 때로는 금 목걸이를 주렁주렁 달고 있었다. 한번은 회계사들이 입는 칙칙한 회색 양복을 입고 있었던 적도 있었다. 우리는 피천버거 씨네 다락방에서 기관지처럼 생긴 헐벗은 느릅나무 가지 사이를 끈질기게 쳐다본 끝에 마침내 럭스의 얼굴을 알아볼 수 있었다. 럭스는 허드슨스 베이 포인트 담요를 두르고 앉아 담배를 피우고 있었는데, 쌍안경 렌즈 속의 그녀는 바로 몇 센티미터 앞에서 소리 없이 입술만 움직이고 있어서 더할 나위 없이 가깝게 느껴졌다.

우리는 어떻게 자기 집에서, 그것도 바로 옆방에서 부모님이 주무시고 있는데 그런 행동을 할 수 있는지 참으로 의아했다. 하지만 집 안에서 자기 집 지붕 위를 보는 게 불가능한 것 또한 사실이었다. 그래서 한번 자리를 잡고 나자, 럭스와 그녀의 파트너들은 그 상대적인 안전함을 즐겼다. 하지만 그러한 행위가 있기 전에 몇 가지 소음이 나는 것은 피할 수 없었다. 예를 들면 살금살금 내려가 남자들을 집 안에 들이고, 삐걱대는 계단으로 그들을 데리고 올라갈 때 나는 소리 같은 것들 말이다. 밤의 소음이 귓가에 윙윙대는 가운데 남자들은 법률상 강간[79]으로 기소되거나 직장을 잃고 이혼당할 위험에 식

____

79) 미국 법에 의하면, 성 관계가 상호 합의에 의해 이루어졌다고 해도 미성

은땀을 흘리며 계단을 올라가 창문을 통해 지붕에 다다른다. 그러고는 열정의 한복판에서 무릎이 까이고 고인 웅덩이에 몸을 굴렸다. 럭스가 어떻게 남자들을 만났는지는 끝까지 알아내지 못했다. 우리가 아는 한 그 애는 집을 나간 적이 없었다. 밤에 그 짓을 할 때에도 마을 공터나 호숫가에서 하는 것보다 자신이 감금돼 있는 공간에서 하는 걸 더 좋아했다. 우리로 말하자면, 그 덕에 여러 가지 잠자리 기술을 잔뜩 배우게 되었다. 하지만 우리가 본 것을 가리키는 정확한 용어를 알지 못했기에 우리 스스로 말을 만들어 내야 했다. 그 결과 "협곡에서 요들송 부르기"라든가 "튜브 묶기", "구덩이 속에서 신음하기", "거북이 머리 미끄러뜨리기"나 "냄새 나는 풀 썹기" 같은 것에 대해 이야기하게 되었다. 훗날 첫 경험을 하다 공황 상태에 빠졌을 때에도, 우리는 오래전 럭스가 지붕 위에서 보여 줬던 온몸을 비비 꼬는 묘기를 흉내 내려고 애썼다. 정말 솔직하게 얘기하자면, 지금까지도 우리가 사랑을 나누는 상대는 언제나 그 창백한 유령이고, 그녀의 발은 언제나 빗물받이에 걸쳐져 있으며, 그녀의 꽃 같은 한 손은 언제나 굴뚝을 짚고 있다는 사실을 인정해야 할 것이다. 그 순간 우리의 현실 속 연인의 손과 발이 무얼 하고 있든지 말이다. 우리의 가장 은밀한 순간들, 두근대는 가슴을 안고 밤에 혼자 있을 때, 하느님에게 제발 지켜 달라고 간청할 때, 제일 자주 우리를 찾아오는 것은 그 수많은 밤들을 우리와 함께 보낸 쌍안경 속 서

녀자와 관계를 가진 성인은 강간죄를 지은 것으로 간주된다.

큐버스,[80] 즉 럭스라는 사실 또한 인정해야 할 것이다.

우리가 럭스의 요란한 성생활에 대한 보고를 전해 들은 것은 뜻밖에도 바람 머리를 하고 다니는 노동 계급 아이들로부터였다. 그들이 자기네도 럭스와 지붕 위에 가 봤다고 우겼기 때문에 그들의 얘기에서 모순점을 찾아내려고 이리저리 심문해 보았지만 한 번도 성공하지 못했다. 그들은 집 안이 너무 어두워서 아무것도 보이지 않았으며, 살아 움직이는 거라곤 초조하면서도 지루한 듯이 그들의 허리띠 버클을 잡아끄는 럭스의 손밖에 없었다고 했다. 바닥은 한마디로 장애물 경기장이었다. 댄 티코는 층계참에서 뭔가 물컹한 것이 밟히기에 그것을 집어 들었다. 럭스에게 이끌려 창문을 통해 지붕 위로 올라가서 달빛에 비춰 보고서야 그게 무엇인지 알 수 있었다. 다섯 달 전 무디 신부님이 보았던 반쯤 먹다 버린 샌드위치였다. 떡이 된 스파게티가 담긴 커다란 사기그릇이나 빈 깡통 들을 본 녀석들도 있었다. 마치 리즈번 부인이 딸들에게 요리를 통 해 주지 않아서, 리즈번 자매들이 수렵 채집 생활로 연명하고 있기라도 한 것처럼 말이다.

녀석들의 묘사에 따르면 럭스는 살이 빠진 게 분명했지만, 쌍안경으로는 차이를 구분해 낼 수가 없었다. 열여섯 명 모두가 그녀의 갈비뼈가 튀어나왔고 허벅지는 있는 듯 없는 듯했다고 말했다. 따듯한 겨울비가 내리던 밤에 럭스와 지붕 위에

---

80) 잠자는 남자와 성 관계를 맺어서 그로 하여금 무시무시한 악몽을 꾸게 만드는 마녀이다.

올라갔던 녀석은 그녀의 쇄골 안쪽 움푹 팬 곳에 물이 고이더라는 얘기까지 했다. 몇몇은 럭스의 침에서 시큼한 맛 — 그 것은 소화할 게 아무것도 없을 경우에 소화액에서 나는 맛이다 — 이 났다고 했다. 하지만 영양실조나 질병 혹은 슬픔을 의미하는 이런 여러 가지 징후들(입가의 작은 발진이나 왼쪽 귀 위의 탈모 자국)조차도 럭스가 가진, 관능적인 천사라는 압도적인 이미지를 지워 버리진 못했다. 사내 녀석들은 펄럭이는 거대한 날개에 의해 자기들이 굴뚝에 내꽂혔다거나 럭스의 입술 위에 돋아난 금빛 솜털이 깃털 같았다는 얘기를 떠들어 댔다. 그녀의 눈은 천지창조의 영광과 그 무의미함을 한 치도 의심하지 않는 피조물처럼 주어진 임무에 열중한 나머지 번쩍번쩍 빛나다 못해 활활 불타올랐다. 녀석들이 했던 말이나 놈들의 의뭉스러운 눈썹, 공포심과 당혹감을 종합해 볼 때 그들은 럭스가 승천하는 데 필요했던 하찮은 발판에 지나지 않았다. 럭스에게 이끌려 가장 높은 곳까지 올라갔음에도, 그들은 그 너머에 무엇이 있는지 우리에게 가르쳐 줄 수 없었다. 그중 몇 명은 럭스의 헤아릴 수 없는 자비심이 무엇을 의미하는지에 대해 논평을 하기도 했다.

럭스는 길게 얘기하는 법이 거의 없었지만, 몇 마디 안 되는 그녀의 말 중에서도 우리가 전해 들은 극히 일부의 이야기를 통해 그녀의 마음을 읽을 수 있었다. 비록 영화의 한 장면을 흉내 내듯 브루클린 악센트로 말하긴 했지만, 그녀는 밥 맥브리얼리에게 자기는 "정기적으로 그 짓을 하지 않고는" 살 수 없다고 말했다. 그녀의 행동 대부분에는 연기하는 듯한 태도가 짙게 배어 있었다. 윌리 테이트는 그녀의 적극성에도 불구하고 럭스가 그것을 "그다지 좋아하는 것 같지 않았"다고 말했고, 다른 많은 녀석들도 그와 비슷한 산만한 태도를 언급했다. 그들이 부드러운 럭스의 목덜미로부터 고개를 들어 보면, 눈을 뜨고 생각에 잠긴 듯 눈썹을 찌푸리고 있는 그녀의 얼굴을 볼 수 있었다. 혹은 절정의 순간에 그녀가 그들의 등에 난 여드름을 짜고 있는 것을 느낀 적도 있었다. 그런데도 럭스는 지붕 위에서 "어서 내 안에 들어와 줘. 단 일 분 만이라도 우리가 함께라는 걸 느끼고 싶어."와 같은 말을 하며 애원했다. 다른 때에는 계산대 아가씨가 기계적으로 물건을 계산하듯, 남자들을 세워 놓고 지퍼를 내리고 버클을 끄르면서 시시한 잡일을 처리하는 것처럼 굴기도 했다. 그녀는 임신하지 않기 위해 격렬하게 몸을 흔들어 대곤 했다. 어떤 녀석들은 그녀가 서너 종류의 젤리나 크림을 한꺼번에 집어넣은 다음, 마지막으로 그녀가 "크림치즈"라고 부르는 하얀 살정제를 얹는 것으로 마무리를 했다고 말했다. 때로는 "호주식 방법"으로 만족할 때도 있었는데, 그것은 콜라 병을 마구 흔든 다음 몸 안에 들이붓는 것이었다. 좀 더 딱딱한 분위기일 때는 자기가 고안한 문구로 엄포를 놓을 때도 있었다. "피임 없이는 발기도 없다." 약국에서 산 살균제를 사용할 때도 많았지만, 때로는 아마도 리즈번 부인에게 차단을 당한 듯 수 세기 전 산파들이 고안했던 기발한 방법에 의존할 때도 있었다. 식초와 토마토 주스가 효과가 있는 것으로 밝혀졌다. 조그만 사랑의 뗏목이 산성 바다 속에서 침몰하고 말았던 것이다. 럭스는 종류별로 모은 병들을 더러운 천 쪼가리와 함께 굴뚝 뒤에 숨겨 두었다. 아홉 달 뒤 새로 이사 온 젊은 부부가 고용한 일꾼들이 이 병들을 발견하곤 집주인에게 이렇게 말했다. "누가 지붕 위에서 샐러드를 해 먹었나 봐요."

일 년 중 어느 때건 지붕 위에서 정사를 벌이는 것은 미친 짓이다. 그중에서도 겨울에 지붕 위에서 사랑을 나눈다는 것은 빗물이 뚝뚝 듣는 나무 아래에서 움켜쥘 수 있는 어떤 쾌락도 넘어서는 광기와 절망, 자학을 의미했다. 우리 중에는 럭스가 추위를 타지 않는 타고난 힘을 가지고 있다거나 그녀가 겨울이라는 계절이 만들어 낸 얼음의 여신이라고 생각하는 녀석도 몇 있기는 했지만, 대부분은 지독한 감기에 걸릴 위험에 처해 있거나 혹은 그러려고 애쓰는 소녀에 불과하다는 걸 알고 있었다. 그래서 럭스가 공중 공연을 보여 주기 시작한 지 삼 주 만에 구급차가 나타났을 때에도 놀라지 않았다. 이때는 벌써 세 번째로 보는 출동이다 보니, 사이렌 소리도 체이스더러 집에 들어오라고 소리치는 뷰얼 부인의 신경질적인 목소리만큼이나 친숙하게 들렸다. 구급차가 빠른 속도로 차도를 달려올 때, 우리는 그 외관의 친숙함 때문에 새로 단 스노타이어와 흙받기에 둥그렇게 매달려 있는 소금을 알아보지 못했다. 우리는 보안관 — 콧수염을 기른 말라깽이 요원 — 이 운전석에서 뛰어내리기도 전에 그가 뛰어나오는 모습을 생생하게 눈앞에 그릴 수 있었고, 그 뒤 모든 광경 또한 이미 전에 본 장면을 되풀이하는 것이었다. 우리는 잠옷 차림의 소녀들이 창문 앞을 쏜살같이 지나가길 기다렸고, 구급 요원들을 환자에게로 안내하는 불들이 켜지길 기다렸다. 맨 처음엔 현관 불, 다음엔 복도, 그다음엔 계단 위, 마지막으로는 오른쪽 침실까지, 마침내 핀볼 게임기에 불이 들어오듯 구역별로 불이 켜졌다. 때는 밤 9시가 지난 시각이었고, 하늘에 달은 없었다. 오래된 가로등에 새들이 둥지를 틀어 놓아 지푸라기와 새털 사이로 빛이 새어 나오고 있었다. 새들은 오래전에 남쪽으로 날아가고 없었지만, 보안관과 뚱보 요원은 드문드문 비치는 가로등 불빛 아래 리즈번 씨 현관에 다시 한번 나타났다. 그들은 우리가 예상한 대로 들것을 들고 있었지만, 현관 불이 켜졌을 때 우리는 예상치 못한 장면을 보게 되었다. 럭스 리즈번이 말짱한 모습으로 들것 위에 앉아 있었던 것이다.

럭스는 아파 보였지만, 들것에 실려 집 밖으로 나올 때 《리더스 다이제스트》를 낚아챌 정신은 남아 있었다. 그녀는 병원에 가서 그걸 처음부터 끝까지 다 읽었다. 사실 럭스는 위경련에도 불구하고(그녀는 배를 움켜쥐고 있었다.) 뱃심 좋게 ── 지붕 위에 올라갔던 녀석들 말에 따르면 ── 딸기 맛 나는 분홍 립스틱을 바르고 있었다. 우디 클라보의 누나한테 똑같은 상표의 립스틱이 있었다. 하루는 우디네 부모님의 양주를 훔쳐 마시다가 우리도 그 립스틱 맛이 어떤지 알아보고 싶어서, 우디에게 그 립스틱을 바르고 모두한테 돌아가면서 입을 맞추게 한 적이 있었다. 그날 밤 섞어 마신 술 ── 진저에일 약간, 버번 약간, 라임 주스 약간, 스카치 약간 ── 맛 너머로 우디 클라보의 입술에서 딸기 왁스의 맛을 느낄 수 있었는데, 인조 벽난로 앞에서 그 입술은 차츰 럭스의 입술로 변해 갔다. 카세트에서는 록 음악이 쾅쾅 울려 나오고 있었다. 우리는 의자 위에서 마구 뒹굴다가 마치 몸이 사라진 것처럼 공중에 둥둥 떠서 소파로 옮겨 갔고, 가끔씩 딸기 양동이에 머리를 처박기도 했다. 하지만 다음 날 우리는 그런 일이 있었다는 사실을 깨끗이 잊어버렸다. 오늘에 와서야 처음으로 그 얘기를 입에 담아 보는 것이다. 시공간적인 모순에도 불구하고, 우리가 맛본 입술은 클라보의 것이 아니라 럭스의 입술이었기에, 어쨌든 그날 밤의 기억은 럭스가 구급차에 실려 가는 것으로 대치되었다.

럭스는 분명 머리를 감지 않은 듯했다. 보안관이 구급차 문을 닫기 전에 그 옆에 서 있었던 조지 파파스는 럭스의 뺨에 피가 몰려 있었다고 했다. "핏줄이 다 보일 정도였어." 한 손에는 잡지를 들고 다른 손으로는 배를 움켜쥔 채, 그녀는 흔들리는 구명정에 탄 것처럼 들것 위에 앉아 있었다. 럭스가 몸부림치고 소리 지르고 찡그리는 통에 서실리아가 얼마나 무기력했던 건지 한층 더 강조되었다. 우리 기억 속에 남은 그 애의 모습은 서실리아의 실제 모습보다 더 생기 없게 느껴졌다. 리즈번 부인은 지난번처럼 구급차에 오르지 않고 잔디밭에 서서, 럭스가 버스를 타고 여름 캠프라도 떠나는 것처럼 손을 흔들었다. 메리도 보니도 터리즈도 집 밖으로 나오지 않았다. 나중에 이 얘기를 하다 보니 우리 중 다수가 그때 정신적 혼란을 겪고 있었고 나머지 죽음들이 이어지는 동안 상태가 점점 더 악화되었다는 사실을 알게 되었다. 가장 흔한 증세는 소리를 기억하지 못하는 것이다. 구급차 문은 소리 없이 닫혔다. 럭스의 입(로스 박사의 기록에 따르면 치료된 이가 열한 개였던)도

소리 없이 비명을 질렀다. 길거리, 바람에 흔들리는 나뭇가지, 딸깍대며 색깔이 바뀌는 가로등, 횡단보도 보행자를 위한 전자음. 평상시 같으면 시끄러워야 할 그 모든 소리들이 입을 다물거나, 신경에 찌릿찌릿한 느낌은 오지만 인간의 귀로는 들을 수 없는 높은 음으로 악을 쓰고 있었다. 소리는 럭스가 떠나고 난 후에야 되살아났다. 텔레비전에서는 미리 녹음된 웃음소리가 터져 나왔고, 아버지들은 아픈 허리에 물을 끼얹느라 철벅철벅 소리를 냈다.

삼십 분 뒤 패츠 부인의 여동생이 본 서쿠어 병원에서 럭스가 맹장 파열이라는 일차 보고 전화를 해 왔다. 비록 패츠 부인이 "스트레스 때문이지. 그 불쌍한 것이 오죽 스트레스를 받았으면 맹장이 그렇게 부었겠어? 내 동생도 똑같은 일을 겪었잖아."라고 말했지만, 우리는 그 애가 자해를 한 것이 아니라는 사실에 놀랐다. 그날 밤 (새 부엌을 설치하다가) 전기톱에 오른손이 절단될 뻔한 브렌트 크리스토퍼는 응급실에 실려 들어오는 럭스를 보았다. 비록 팔에는 붕대가 감겨 있고 진통제 때문에 머리가 멍하긴 했지만, 그는 인턴들이 럭스를 자기 옆 침대에 눕힌 걸 기억했다. "그 애는 입으로 숨을 쉬고 있었어. 호흡항진이었지. 그리고 배를 부여잡고 있었어. 입으로는 글자 그대로 '아야야' 소리를 되풀이하고 있었지." 인턴들은 전문의를 부르러 가야 했기 때문에 당연히 브렌트 크리스토퍼와 럭스가 단둘이 남게 되는 순간이 왔다. 럭스가 앓는 소리를 그치고 브렌트 쪽을 쳐다봤다. 그는 거즈에 싸인 손을 들어 보였다. 럭스가 무심하게 그 손을 쳐다봤다. 그러더니 손을 뻗어서 침대 사이에 있는 커튼을 닫아 버렸다.

핀치(혹은 프렌치. 기록을 알아보기가 어렵다.) 박사가 럭스를 진찰했다. 그는 럭스에게 어디가 아프냐고 묻고, 피를 뽑고, 톡톡 두드려도 보고, 압설자도 입에 넣어 보고, 눈과 귀와 코도 들여다보았다. 옆구리도 살펴보았지만 부은 흔적은 없었다. 럭스는 더 이상 아프다는 표현도 하지 않았고, 사실 처음 몇 분이 지난 후부터는 박사도 맹장에 관해 묻지 않았다. 어떤 사람들은 경험 많은 의사라면 한눈에 알 수 있는 증상이었다고 말들을 했다. 걱정스러운 표정, 자꾸만 배를 만지는 손. 그게 뭐였든 간에 핀치 박사는 대번에 알아차렸다.

"지난번 생리하고 얼마나 됐지?"

"좀 됐어요."

"한 달?"

"42일요."

"부모님에게 알리지 않았으면 좋겠니?"

"네."

"이게 웬 난리냐? 구급차는 왜 불렀어?"

"집에서 나오려면 그 수밖에 없었어요."

박사는 침대 위로 몸을 수그리고 럭스는 일어나 앉은 채, 둘은 한동안 속닥거렸다. 브렌트 크리스토퍼는 이 부딪치는 소리밖에 못 들었다. 그때 럭스가 말했다.

"그냥 검사만 해 주세요. 그러실 수 있죠?"

핀치 박사는 그러겠다고 대답하지 않았다. 하지만 어떤 이유로 복도에 나오자 남편과 나머지 딸들을 집에 남겨 두고 혼자 병원에 와 있던 리즈번 부인에게 이렇게 말했다. "따님은 괜찮을 겁니다." 그러고는 자기 방으로 갔는데 나중에 간호사가 보니, 그는 계속 파이프로 줄담배만 피워 대고 있었다. 우리는 그날 핀치 박사의 머릿속을 오갔을 다양한 생각들을 상상해 보았다. 그가 생리가 늦은 열네 살 소녀에게 반했다 치자. 만약 그랬다면 그는 은행에는 잔고가 얼마나 있고 자동차에는 기름이 얼마나 있으며 처자식한테 들키기 전에 얼마나 멀리 달아날 수 있는지를 어림해 보고 있었을 것이다. 우리는 어째서 럭스가 가족계획 협회 대신 병원으로 갔는지 이해할 수가 없었다. 하지만 대부분의 사람들은 그 애가 한 말이 사실이었고, 정말로 의사를 만날 수 있는 다른 방법을 생각해 내지 못했으리라는 데 동의했다. 핀치 박사는 럭스에게 다시 와서 이렇게 말했다.

"너희 어머니한테는 위 검사를 하는 거라고 얘기할 거다."

그때 브렌트 크리스토퍼는 자리에서 벌떡 일어나 자기도 럭스를 위해 거짓말을 하겠노라고 마음속으로 맹세했다. 그는 럭스가 이렇게 말하는 것을 들었다.

"결과가 나오는 데 얼마나 걸리죠?"

"삼십 분 정도."

"정말 토끼를 사용하나요?"

박사가 소리 내어 웃었다.

계속 서 있던 브렌트 크리스토퍼는 손에서 맥박이 뛰고 눈앞이 뿌예지면서 현기증이 이는 걸 느꼈다. 하지만 정신을 잃기 전에 핀치 박사가 리즈번 부인을 향해 걸어가는 것을 보았다. 그렇게 리즈번 부인이 제일 먼저 얘기를 들었고, 다음에 간호사들이, 그다음으로 우리가 들었다. 조 라슨은 리즈번 씨 마당의 덤불 속에 숨으려고 길을 건너갔다가 리즈번 씨가 계집애처럼 흐느끼는 소리를 들었는데, 꼭 노래하는 것 같았다고 말했다. 리즈번 씨는 다리를 발받침 위에 올려놓고 손으로 얼굴을 가린 채 레이지보이 안락의자에 앉아 있었다. 전화벨이 울렸다. 그는 전화기를 쳐다보더니 수화기를 집어 들었다. "하느님, 감사합니다." 그가 말했다. "하느님, 감사합니다." 럭스는 그저 심한 소화불량에 걸린 것으로 밝혀졌다.

펀치 박사는 럭스에게 임신 검사 외에도 각종 부인과 검사를 빠짐없이 실시했다. 훗날 우리가 가장 소중하게 여기는 이 서류들을 입수한 것은 병원 원무과 직원인 앤젤리카 터네트를 통해서였다.(그녀는 노조원이 아니어서 월급만으로 살림을 꾸리기가 어려웠다.) 흥미로운 수치들이 나열되어 있는 이 기록을 보면, 럭스는 빳빳한 종이 가운을 입고 체중계 위에 올라갔다가(44.6킬로그램) 입을 벌려서 체온을 재고(37도) 플라스틱 컵에 소변을 받은(백혈구 수치 6~8occ. 혈전, 점성 높음, 백혈구 2+) 것으로 되어 있다. 자궁벽의 상태에 대해서는 "경미한 찰과상"이라는 간단한 진단만 적혀 있고, 도중에 중단된 정밀 검사 차트에는 노출을 최소화하도록 세팅된 카메라 셔터처럼 생긴 장미색의 자궁 경부 사진이 붙어 있다.(그것은 말 없는 비난을 담은 충혈된 눈처럼 우리를 노려보고 있다.)

"임신 검사는 음성이었지만 그 애가 활발한 성생활을 하고 있다는 건 확실했죠." 터네트 양이 말했다. "그 애는 HPV(인체

유두종 바이러스. 육아종의 전 단계) 보균자였거든요. 잠자리 상
대가 많을수록 HPV 수치도 올라가죠. 간단한 이치예요."

호니커 박사는 마침 그날 밤 당직이어서 몇 분이나마 리즈
번 부인 모르게 럭스를 만날 수 있었다. "아직 검사 결과를 기
다리는 중이라 굉장히 초조해하고 있었어요." 박사가 말했다.
"하지만 그것 말고도 그 애한테는 뭔가 불안한 구석이 있었지
요." 럭스는 다시 옷을 입고 응급실 침대 모서리에 걸터앉아
있었다. 호니커 박사가 자기소개를 하자 럭스가 말했다.

"선생님이 제 동생하고 면담하셨던 분이군요."

"그래, 맞다."

"저한테 뭔가를 물어보실 건가요?"

"네가 원한다면."

"제가 여기 온 건 — 그녀는 목소리를 낮췄다 — 산부인과
에 볼일이 있어서예요."

"그래서 내가 뭔가를 물어보는 게 싫으니?"

"선생님이 하셨던 검사 얘기는 서실리아한테 전부 다 들었
어요. 근데 지금은 제가 별로 그럴 기분이 아니거든요."

"그럼 지금은 어떤 기분인데?"

"아무 기분도 아니에요. 그냥 좀 피곤한 것뿐이에요."

"잠을 푹 자지 못했니?"

"늘 잠만 자는걸요."

"그런데도 여전히 피곤하다고?"

"네."

"네 생각엔 왜 그런 것 같니?"

여기까지 럭스는 공중에 떠 있는 발을 흔들면서 씩씩하게 대답하고 있었다. 그런데 순간 갑자기 동작을 멈추더니 호니커 박사를 지그시 쳐다보았다. 그러곤 몸을 뒤로 빼면서 고개를 움츠리는 바람에 턱 밑에 살이 약간 접혔다.

"피에 철분이 부족해요." 럭스가 말했다.

"집안 유전이죠. 의사 선생님한테 비타민을 좀 부탁할까 해요."

"그 애는 깊은 현실 부정에 빠져 있었습니다." 훗날 호니커 박사가 말했다. "잠을 못 자는 게 분명했고 — 우울증의 전형적인 증상이지요 — 자신의 문제나 동생 서실리아의 문제가 하나도 중요하지 않은 것처럼 행동하고 있었어요." 잠시 후 핀치 박사가 검사 결과를 가지고 들어오자, 럭스는 기쁜 듯이 침대에서 뛰어내렸다. "그런데 그 애가 기뻐하는 태도에도 약간 조증(躁症)의 기미가 있었지요. 미친 듯이 펄쩍펄쩍 뛰었거든요."

이 만남이 있은 직후 호니커 박사는 자신의 수많은 논문 가운데 두 번째 논문에 들어 있는 리즈번 자매들에 대한 평가를 수정하기 시작했다. 그는 "자살로 형제를 잃은 청소년들의 사별 과정"('외부 후원 연구 목록' 참조)을 다룬 주디스 와이즈버그 박사의 최근 연구 결과를 인용하면서 리즈번 자매들의 이상 행동 — 정서적 위축, 발작적인 감정의 분출, 과도한 긴장감 — 에 대한 설명을 달아 놓았다. 이 논문에서는 리즈번 자매들이 서실리아의 자살로 인해 '외상 후 스트레스 장애'를 앓고 있다고 주장하고 있다. 호니커 박사는 이렇게 써 나갔다.

"ALS(자살로 죽은 청소년)의 형제들이 슬픔을 극복하려는 방편의 하나로 자학적인 행동을 하는 것은 드물지 않은 일이다. 한 가정 내에서 자살은 반복될 확률이 높다." 그리고 그 옆의 여백에 의사로서의 품위도 저버리고 이렇게 끄적거려 놓았다. "레밍쥐[81]들."

이 이론은 몇 달에 걸쳐 입에서 입으로 옮겨지는 동안, 문제를 단순화해 버리는 특성 덕에 많은 이들에게 설득력을 갖게 되었다. 돌이켜 보니 서실리아의 자살은 이미 오래전부터 예고된 사건이었다. 사람들은 더 이상 그 일을 충격적으로 여기지 않았고, 부연 설명이 필요없는 조물주의 존재처럼 당연하게 받아들였다. 허치 씨의 말대로 "모두가 서실리아를 모든 문제의 원흉으로 만들"어 버렸다. 이러한 관점에서 서실리아의 자살은 가까운 이들에게 전염되는 일종의 질병으로 간주되었다. 욕조 안에서 자신이 흘린 핏물에 불어 가던 서실리아가 공기를 통해 전염되는 바이러스를 퍼뜨렸고, 그녀를 구하기 위해 욕실에 들어선 순간 언니들도 감염되었다는 것이다. 애초에 서실리아가 어떻게 그 바이러스에 감염됐는지에 관심을 갖는 사람은 아무도 없었다. 오직 전염 과정만 설명되었을 뿐이다. 각자 자기 방에 안전하게 있던 리즈번 자매들은 뭔가 이상한 냄새를 맡곤 코를 킁킁거렸지만 곧 무시하고 하던 일로 되돌아갔다. 그러자 덩굴손 모양을 한 검은 연기가 방문 밑으

---

81) 북아메리카와 유라시아 대륙 북쪽에 서식하는 작은 설치류. 이 중 노르웨이레밍쥐는 삼사 년에 한 번씩 갑작스럽게 개체 수가 증가할 때마다 단체로 바다에 뛰어들어 자살을 함으로써 적당한 숫자를 유지한다.

로 기어 들어와 공부 삼매경에 빠져 있는 그들의 등 뒤로 솟아올라 만화에 나오는 것 같은 사악한 형상 ─ 단검을 휘두르는 검은 모자의 자객이나 금방이라도 떨어질 듯한 모루 ─ 을 한 연기 혹은 그림자로 변했다. 자살이 전염병처럼 퍼져 나갔다는 사실이 이 가설에 신빙성을 부여해 주었다. 뾰족뾰족한 돌기를 가진 박테리아는 보드라운 우뭇가사리 같은 소녀들의 목구멍에 자리 잡았다. 그 결과 그들의 편도에는 밤새 가벼운 아구창이 생겼다. 소녀들은 왠지 나른했다. 바깥 세상의 빛은 어둠침침했다. 눈을 비벼 봐도 소용없었다. 몸이 무겁고 머리가 멍했다. 집 안의 물건들은 의미를 잃었다. 침대 옆 시계는 왠지 모르게 자신의 행로를 표시하는 세상에서 시간이라 불리는 그 무엇을 일러 주는 플라스틱으로 찍어 낸 덩어리가 되었다. 이런 얘기들을 듣다가 리즈번 자매들을 떠올리면, 마치 그들이 고립된 감옥에 갇혀서 무거운 숨을 토해 내며 하루하루 사그라져 가는 열에 들뜬 존재들인 것처럼 느껴졌다. 우리는 그 애들과 같은 착란 상태에 빠져 보고 싶어서 감기에 걸리려고 젖은 머리로 집을 나서곤 했다.

* * *

밤마다 들려오는, 짝짓기나 싸움에 한창인 고양이들의 울음소리와 어둠 속에서 그들이 구애하는 소리는 이 세계가 여러 생명체들이 주고받는 순수한 감정으로 이루어져 있다는 사실을 우리에게 알려 주었다. 외눈박이 샤미즈 고양이의 고통도 알고 보면 리즈번 자매들의 고통과 크게 다르지 않았고, 한낱 나무들조차 슬픔에 겨워 몸을 구부리곤 했다. 리즈번 씨 집 지붕에서 첫 번째 슬레이트가 떨어졌는데, 그것은 현관을 아슬아슬하게 비껴서 푹신한 잔디 속에 내리박혔다. 멀리서도 타일이 떨어져 나간 자리의 타르를 통해 물이 새어 들어가는 것이 보였다. 리즈번 씨는 거실의 물이 떨어지는 자리에 낡은 페인트 통을 가져다 놓고는 그것이 서실리아 방 천장과 같은 암청색(그녀는 자기 방 천장을 밤하늘처럼 보이게 하려고 그 색깔을 골랐다. 그리고 그 빈 통은 여러 해 동안 옷장 속에 넣어 두었다.)으로 차오르는 것을 가만히 지켜보았다. 날이 갈수록 페인트 통은 점점 더 늘어나 라디에이터와 벽난로, 식탁 위에까지 등장했지만 지붕 수리공은 나타나지 않았다. 아마 사람들의 짐작처럼 리즈번 가족이 더 이상 외부인의 침입을 견딜 수 없었기 때문이었을 것이다. 그들은 우림 지대로 변해 버린 거실에 살면서 누구의 도움도 받지 않고 버텼다. 메리는 우편물(난방비 고지서나 광고물뿐, 개인적인 우편물은 이제 하나도 없었다.)을 가지러 나와야 했기 때문에 빨간 하트 무늬가 있는 연두색이나 분홍색 스웨터를 입은 모습으로 꾸준히 우리 앞에 나타났다. 보니는 일종의 작업복 같은 걸 입었는데, 삐죽삐죽한 깃털로 뒤덮여 있어서 우리는 그것을 털 셔츠라고 불렀다. "틀림없이 개 베개에 구멍이 났을 거야." 빈스 푸질리가 말했다. 그 깃털은 흔히 상상할 법한 흰색이 아닌 어두운 갈색으로, 농장에서 사육된 하급 오리의 털이었다. 털로 뒤덮인 보니가 지나갈 때면 비좁은 닭장에서 나는 것 같은 냄새가 바람에 실려 오곤 했다. 하지만 정말로 그녀 가까이에 가 본 사람은 아무도 없었다. 이제는 우리의 어머니나 아버지 들, 신부님까지도 굳이 그 집에 가는 위험을 무릅쓰려 하지 않았다. 우체부조차 우편함에 직접 손을 대기보다는 유진 부인이 구독하는《패밀리 서클》의 책등으로 뚜껑을 열어 우편물을 집어넣곤 했다. 지금까지 서서히 진행되었던 그 집의 퇴락은 이제 보다 뚜렷하게 드러나기 시작했다. 그 집 커튼이 얼마나 너덜너덜해졌는가를 깨닫고 나서 보면, 우리가 지금껏 커튼인 줄 알았던 것이 사실은 유리창에 얇게 붙어 있는 먼지였고, 군데군데 밖을 내다보기 위해 동그랗게 닦아 낸 구멍이 있을 뿐이라는 사실을 다시 한번 깨닫게 되는 식이었다. 우리는 리즈번 자매들이 그 구멍을 만드는 모습을 보는 게 제일 좋았다. 분홍색 손바닥을 옆으로 세워서 유리창에 댄 다음 좌우로 쓱쓱 문지르고 나면 우리를 쳐다보는 반짝이는 모자이크 같은 그들의 눈이 드러나는 것이었다. 그 외에도 리즈번 씨네 빗물받이 또한 아래로 휘어져 있었다.

집 밖으로 나오는 사람이 리즈번 씨뿐이었기 때문에, 그의 몸에 남겨진 흔적을 통해서만 우리는 리즈번 자매들과 접촉할 수 있었다. 지나치게 빗질된 그의 머리는 달리 몸단장할 사람이 없어진 딸들이 아버지의 몸단장을 해 줬기 때문인 것 같았다. 그의 뺨에 조그만 일장기 같은 피묻은 휴지 조각이 더 이상 붙어 있지 않은 것은 많은 사람들로 하여금 그의 딸들이 바보 조의 형들보다 훨씬 더 정성스럽게 아버지의 수염을 면도해 주기 시작했다고 생각하게 만들었다.(하지만 루미스 부인

은 서실리아 사건이 있은 뒤 리즈번 씨가 전기 면도기를 샀다고 주
장했다.) 자세한 내용이야 어찌 되었건 간에, 우리에게 리즈번
씨는 자매들의 기분을 엿볼 수 있는 매개체가 되었다. 우리는
그 애들이 아버지에게 부과한 짐을 통해 그들의 모습을 보았
다. 점점 시들어 가는 딸들을 보려고 해도 좀처럼 떠지지 않
는 붓고 충혈된 눈. 또 다른 생명 없는 몸뚱이에게 데려다줄
지도 모르는 층계를 오르느라 닳아 버린 신발. 딸들을 불쌍
히 여기며 죽어 가고 있는 흙빛 얼굴. 자신의 삶에 언제까지나
이런 죽음만이 가득하리라는 사실을 깨달은 사내의 절망적
인 모습. 그가 출근할 때에도 리즈번 부인은 더 이상 한 잔의
커피로 그의 기운을 북돋워 주지 않았다. 그런데도 운전할 때
그는 습관적으로 머그잔을 향해 손을 뻗고…… 지난주에 마
시다 남은 차가운 커피를 입술에 갖다 대곤 했다. 학교에서는
눈물이 그렁한 채 얼굴에 가짜 미소를 띠고 복도를 걸어 다니
거나 짐짓 소년 같은 느낌으로 "힙 체크!"[82] 하고 외치면서 학
생들을 벽에다 내꽂곤 했다. 하지만 너무 오래 그 상태로 꼼
짝 않고 있어서 아이들이 "페이스오프." 하거나 "리즈번 선생
님, 선생님은 지금 페널티 박스에 계시다고요." 같은 말로 주
의를 환기해야만 했다. 리즈번 씨에게 헤드록을 당했던 케니
젠킨스는 두 사람을 감쌌던 평온함에 대해서만 이야기했다.

---

82) 아이스하키에서 힙 체크는 수비수가 퍽을 가진 선수를 엉덩이로 밀어
방어하는 것, 페이스오프는 심판이 경기장 가운데에 퍽을 떨어뜨림과 동시
에 경기가 시작되는 것, 페널티 박스는 심판으로부터 경고를 받은 선수가
정해진 시간 동안 퇴장해서 앉아 있는 곳을 말한다

"이상했어. 선생님의 숨 냄새며 별의별 냄새를 다 맡으면서도 벗어날 생각이 안 들더라고. 깜둥이들 밑에 깔렸을 때랑 비슷하다고나 할까. 온몸이 짜부러져 있는데도 왠지 평화롭고 그런 기분이었어." 어떤 이들은 그가 일을 계속한다는 사실에 감탄해 마지않았고, 어떤 이들은 피도 눈물도 없다며 비난했다. 그는 점점 초록색 양복을 입은 해골처럼 변해 갔다. 마치 서실리아가 죽으면서 아버지를 저세상 쪽으로 살짝 끌어다 놓고 간 것 같았다. 팔다리를 흐느적대며 말없이 온 세상의 고통을 다 지고 다니는 듯한 그의 모습은 에이브러햄 링컨을 연상시켰다. 식수대 앞을 지날 때면, 그 작은 위안을 한 모금 맛보지 않고 지나치는 법이 없었다.

그런데 리즈번 자매들이 학교에 안 나오기 시작한 지 육 주가 채 안 되었을 때, 리즈번 씨는 갑자기 학교를 그만두었다. 우리는 교장 선생님의 비서인 디니 플라이셔에게서 우드하우스 교장 선생님이 크리스마스 휴가에 관해 상의하기 위해 리즈번 씨를 불러들였다는 사실을 알아냈다. 학교 재단의 이사장인 딕 젠슨 씨도 그 자리에 있었다. 교장 선생님은 디니에게 조그만 사무실용 냉장고 안에 들어 있는 에그노그[83]를 내오라고 시켰다. 잔을 받아 들기 전에 리즈번 씨가 물었다. "여기 술은 안 들어 있지요?"

"크리스마스잖나." 교장 선생님이 대답했다.

---

83) 달걀, 우유, 설탕을 섞어 만든 음료. 때때로 럼이나 브랜디 같은 술을 섞기도 한다.

젠슨 씨가 로즈볼[84) 얘기를 꺼내면서 리즈번 씨에게 이렇게 물었다. "선생님은 미시간 대학교 출신이죠?"

그때 교장 선생님이 디니에게 나가 보라는 손짓을 했다. 하지만 문지방을 넘어서기 전에, 그녀는 리즈번 씨가 이렇게 말하는 것을 들었다. "맞습니다. 하지만 저는 그런 말을 한 기억이 없는데요. 아마 제 이력서를 찾아보셨나 보군요."

그들은 진심이 담기지 않은 웃음을 웃어 댔다. 디니가 문을 닫았다.

1월 7일에 학교가 개학했을 때, 리즈번 씨는 더 이상 학교 교직원이 아니었다. 엄밀히 말하자면 휴직 상태였지만, 새로 온 수학 교사인 콜린스키 선생님이 천장에 매달려 있던 태양계 모형에서 행성을 떼어 낸 걸 보면 자기 자리가 확고하다고 생각하는 것이 분명했다. 떼어 낸 행성들은 우주 최후의 쓰레기 더미라도 되는 것처럼 교실 구석에 처박혔다. 화성은 지구를 뚫고 들어가고, 목성은 두 동강 나고, 불쌍한 해왕성은 토성의 고리에 의해 잘려 나갔다. 그날의 만남에서 무슨 말이 오갔는지는 끝내 알아내지 못했지만 요지는 분명했다. 디니 플라이셔는 세실리아가 자살하고 얼마 뒤부터 학부모들이 항의를 하기 시작했다고 말했다. 그들은 자기 가정도 꾸려 나가지 못하는 사람에게는 아이들을 가르칠 자격이 없다고 주장

---

84) 미국에서 가장 오래된 대학 미식축구 선수권 대회. 오대호 연안의 열 개 대학이 속한 빅 텐 경기 연맹과 태평양 연안의 열 개 대학이 속한 퍼시픽 텐 경기 연맹 소속의 팀들이 참가하며, 매년 1월 1일 캘리포니아주 패서디나에 있는 로즈볼 경기장에서 열린다.

했고, 리즈번 씨 집이 퇴락해 갈수록 불만의 목소리도 점차 커져 갔다. 리즈번 씨의 행동 또한 전혀 도움이 되지 않았다. 늘 똑같은 초록색 양복에, 교직원 식당에서 식사하길 피하고, 그의 날카로운 테너 음성은 남성 합창단 속에서 나이 많은 과부의 곡소리처럼 혼자 튀었으니 말이다. 그는 해고되었다. 그리고 때로는 밤뿐만 아니라 초저녁에도 불이 켜지지 않고, 현관문 또한 열리는 법이 없는 집으로 돌아갔다.

이제 그 집은 정말로 죽어 버렸다. 적어도 리즈번 씨가 학교를 왔다 갔다 하는 동안에는 집 안에 미약하나마 삶의 기류를 흐르게 했고, 딸들에게 마운즈 초콜릿 바와 오렌지 맛 사탕, 무지개 색깔 쿨팝 같은 과자도 사다 주곤 했다. 우리는 그 애들이 뭘 먹는지 알았기 때문에 그들이 어떤 기분을 느끼고 있을지 상상할 수 있었다. 아이스크림을 마구 퍼 먹어서 그 애들의 두통을 함께 나눌 수도 있었고, 초콜릿을 너무 많이 먹어서 속을 느글거리게 만들 수도 있었다. 하지만 리즈번 씨가 집 밖에 나오지 않게 되면서 그런 간식거리 또한 끊기게 되었다. 그 애들이 뭘 제대로 먹기나 하는지도 알 수가 없었다. 리즈번 부인의 메모에 화가 난 우유 배달부는 신선하건 상한 것이건 간에 일절 우유 배달을 끊어 버렸다. 크로거 상점에서도 더 이상 식료품을 가져다주지 않았다. 리즈번 부인의 어머니인 레마 크로퍼드 부인은 우리가 뉴멕시코로 걸었던 예의 잡음 심한 전화 통화에서, 자기가 리즈번 부인에게 그해 여름에 담근 피클과 병조림을 거의 다 주었다고 말했다.(그녀는 '여름'이란 말을 할 때 약간 머뭇거렸는데, 그해 여름 서실리아는 죽었지만 한편으로는 오이와 딸기가 무럭무럭 자라고 일흔한 살 먹은 자신 또한 멀쩡하게 잘 지낸 여름이었기 때문이다.) 그녀는 리즈번 부인이 핵 공격에 대비해서 지하실에 신선한 물과 다른 생필품뿐 아니라 굉장한 양의 통조림 식품을 재어 두었다는 말을 덧붙였다. 그러고 보니 그 집 지하실에는 우리가 죽음을 향해 걸어 올라가는 서실리아를 바라보았던 방 바로 옆에 방공호 비슷한 것이 있었다. 리즈번 씨는 프로판가스를 사용하는 간이 화장실까지 설치했다. 하지만 그것은 위험이 외부에서 오리라고 생각할 때 얘기였고, 집 자체가 하나의 거대한 관으로 변해 버린 그 무렵에는 지하 대피소보다 더 말도 안 되는 것도 없었다.

눈에 띄게 마른 보니의 모습을 보았을 때 우리의 걱정은 다시 증폭되었다. 터커 아저씨는 동틀 무렵 잠자리에 들 때면 보니가 동네 사람들이 모두 잠들어 있으리라 잘못 생각하고 대문 밖에 나오는 것을 보곤 했다. 그녀는 늘 깃털투성이 작업복을 입고 있었고 가끔은 베개를 들고 나오기도 했는데, 그 베개를 끌어안은 자세 때문에 터커 아저씨는 그것을 "죽부인"이라고 불렀다. 베개의 뜯어진 한쪽 귀퉁이에서 깃털이 빠져나와 머리 주위를 둥실둥실 떠다녀서 보니는 재채기를 하곤 했다. 그녀의 하얀 목은 가느다랬고, 걸음걸이는 고관절에 기름이라도 쳐야 할 것처럼 비칠거리며 고통스럽게 걷는 것이 꼭 비아프라[85] 사람 같았다. 터커 아저씨 자신이 맥주 말고는 먹

---

85) 1967년 나이지리아 동부 소수민족이 세운 공화국. 이들은 항전을 계속

는 게 없어서 비쩍 마른 사람이었기 때문에, 우리는 보니의 몸무게에 관한 그의 말을 믿지 않을 수 없었다. 앰버슨 부인이 보니가 살이 빠졌더라고 말하는 것과는 차원이 달랐다. 앰버슨 부인과 비교하면 누구 하나 마르지 않은 사람이 없었으니까. 그러나 터커 아저씨는 터키석이 박힌 평범한 은 버클도 헤비급 챔피언 벨트처럼 커다래 보이게 만드는 사람이었다. 그는 자기가 하는 말의 의미를 정확히 알고 있었다. 아저씨는 자기 차고의 냉장고 위에 한 손을 짚고 서서, 보니 리즈번이 불안한 걸음걸이로 현관 앞 계단 두 단을 내려와 잔디밭을 가로지른 다음 몇 달 전에 울타리를 파내고 남은 작은 흙더미 중 동생이 죽은 자리 앞으로 가서 묵주기도를 암송하는 것을 지켜보았다. 그녀는 동네에 첫 번째 불이 들어오고 이웃 사람들이 잠에서 깨어나기 전에 끝내려고 신경 쓰면서, 한 손에는 베개를 들고 다른 손으로는 묵주를 돌렸다.

그녀가 고행 중이었는지, 단순히 굶고 있었던 것인지는 알 수 없었다. 터커 아저씨의 말에 따르면, 보니는 욕망에 굶주린 듯한 럭스나 입술을 앙다문 메리와 달리 무척 평화로워 보였다. 혹시 그 애가 코팅된 성모마리아 그림을 가지고 있지 않더냐고 물었더니 아저씨는 그렇지 않은 것 같았다고 대답했다. 가끔 찰리 챈[86] 영화가 방영되는 날에는 터커 아저씨가 밖을

했으나 연방 정부의 봉쇄정책 때문에 수십만에서 수백만 명에 달하는 주민이 굶어 죽은 끝에 1970년 항복하고 말았다.

86) 미국 작가 얼 데어 비거스(Earl Derr Biggers, 1884~1933)가 쓴 일련의 추리 소설에 주인공으로 등장했던 중국계 미국인 형사. 1920년대부터

내다보는 걸 잊곤 했지만, 우리가 아는 한 보니는 그렇게 매일 아침 바깥에 나왔다.

마지막까지 정체를 알아내지 못한 그 냄새를 맨 처음 맡은 사람도 터커 아저씨였다. 어느 날 아침 흙더미를 향해 걸어 나올 때 보니는 현관문을 열어 두었고, 터커 아저씨는 이제껏 한 번도 맡아 보지 못한 괴상한 냄새를 맡게 되었다. 처음에 아저씨는 보니의 깃털투성이 작업복이 물에 젖어 그 냄새가 조금 심해진 것이라고 생각했다. 그런데 보니가 도로 집으로 들어간 다음에도 냄새는 여전했고, 잠시 후 잠에서 깬 우리도 그 냄새를 맡았다. 리즈번 씨네 집이 썩은 나무와 눅눅한 카펫 냄새를 풍기며 썩어 들어가는 동안에도, 이 또 다른 냄새는 리즈번 씨 집에서 새어 나와 우리의 꿈속까지 침범해 들어와 우리로 하여금 손을 씻고 또 씻게 만들었다. 그 냄새는 너무나 지독해서 마치 액체처럼 느껴졌고, 그 속에 발을 들여놓음과 동시에 온몸에 그 액체가 뿌려지는 것만 같은 느낌이었다. 우리는 냄새의 진원지를 찾아내려고 뒤뜰에 죽은 다람쥐 시체나 비료 포대 같은 게 있나 살피고 다녔다. 하지만 그것은 죽은 것에서 나는 냄새라기엔 너무 달착지근했다. 분명 살아 있는 것에서 나는 냄새였다. 데이비드 블랙은 그 냄새를 맡고 부모님과 뉴욕 여행을 가서 먹은 고급 레스토랑의 버섯 샐러드를 떠올렸다.

"덫에 걸린 비버 냄새야."라고 폴 발디노가 잘난 척하며 말

1940년대까지 40여 편의 영화로 만들어질 정도로 큰 인기를 끌었다.

했지만, 우리에겐 그 말에 반박할 만한 지식이 없었다. 하지만 그렇게 지독한 냄새가 사랑으로 가득한 심장에서 뿜어져 나온 것이라고 상상하긴 어려웠다. 그 냄새는 입 냄새, 치즈 냄새, 우유 냄새, 설태 냄새에다 이빨을 때울 때 나는 냄새를 섞어 놓은 것 같은 냄새였다. 가까이 가면 갈수록 점점 더 익숙해지다가 나중에는 자기 입 냄새하고 섞여 아예 느끼지 못하게 되는 구취와도 같았다. 물론 그 후로 수년 동안 여자들의 벌린 입이 우리의 얼굴에 그 독특한 냄새를 구성하는 이런저런 냄새들을 뿜어 댔고, 이따금 외간 여자나 소개로 처음 만난 여자의 집에서 낯선 침대 시트 위에 누워 있을 때면 우리는 리즈번가의 문이 걸어 잠긴 뒤부터 흘러나오기 시작해 한 번도 멈춘 적 없었던 그 냄새와 조금이라도 연관됐을지 모른다는 가능성 때문에 새롭고 특이한 냄새는 그 어떤 것이든 탐욕스럽게 반기곤 했다. 지금 이 순간에도, 집중만 한다면 아직도 그 냄새를 맡을 수 있다. 잠자리에 누워 있을 때건, 운동장에서 '킬 더 맨 위드 더 볼'[87]을 하고 있을 때건, 그 냄새는 우리를 찾아냈다. 그것은 캐러필리스 씨네 계단을 타고 내려와 연로한 캐러필리스 할머니로 하여금 고향 부르사[88]에서 포도

---

87) 경기장 한쪽 끝에서 반대쪽 끝까지 공을 옮기면 득점하게 되는 경기. 선수 각자가 각각의 팀을 이루며 공을 가지지 않은 선수들은 미식축구의 태클을 사용해서 공을 뺏을 수 있다. 그 외 상세한 규칙은 그때그때 정하면 된다.
88) 비잔틴 제국 시대인 6세기부터 오스만 제국이 멸망할 때까지 번성했던 터키의 도시. 여기 나오는 포도 잎 요리는 '사르마'라는 그리스 요리로, 포도 잎 위에 다진 고기, 쌀, 양파 등을 넣고 말아 모양을 만든 다음 뜨거운 물에 데쳐 먹는 요리이다.

잎 요리를 하고 있는 몽상에 잠기게 했다. 조 바턴네 할아버지가 해군 시절에 찍은 사진을 보여 주면서 사진 속에 있는 속치마 차림의 통통한 여자들이 실은 자기 사촌들이라고 해명하고 있는 순간에도, 그 냄새는 할아버지의 고약한 엽궐련 냄새를 뚫고 우리의 콧구멍에 다다르곤 했다. 이상한 것은, 그렇게 강력한 냄새였음에도 불구하고 우리가 숨을 참거나, 하다못해 최후의 수단으로 입으로 숨쉴 생각 같은 걸 한 번도 하지 않았다는 점이다. 심지어 며칠 뒤부터는 그 냄새를 엄마 젖빨듯 들이마시게 되었다.

꽁꽁 얼어붙은 1월, 혹독한 2월, 질척질척한 3월에 이르는, 무거운 겨울잠의 날들이 이어졌다. 이때만 해도 휘몰아치는 눈보라와 휴교령이 있는 진정한 겨울이 존재했다. 눈 오는 날 아침에 집에서 라디오로 휴교 소식을 듣고 있노라면(워시트노, 시어와시 같은 인디언식 이름이 한참 이어진 뒤에야 앵글로색슨식 이름의 우리 웨인군이 나왔다.) 따뜻한 오두막 안에서 추위를 피하던 초기 이민자들의 심정이 생생하게 느껴지곤 했다. 요즘은 곳곳에 우뚝 서 있는 공장에 가로막혀 바람도 세차게 불지 못하고, 지구 온난화 때문에 예전 같은 폭설은커녕 밤 사이 천천히 내리다가 아침에 일어나 보면 사라지고 없는 눈이나 가끔 내리는 것이 전부이다. 매번 화려한 사계절의 공연을 펼치는 데 지친 세상이 이것도 저것도 아닌 어중간한 계절을 선사하기로 한 것이다. 리즈번 자매들이 살아 있던 시절엔 매주 눈이 내렸고, 우리는 진입로의 눈을 쓸어서 자동차보다 더 높이 쌓아 올리곤 했다. 제설차들은 소금을 뿌리고 다녔다. 사람들은 크리스마스 장식 전구를 집 밖에 내걸었고, 윌슨 노인은 해마다 선보이는 거대한 설치물을 마당에 내놓았다. 이번에는 높이가 6미터에 달하는 눈사람과 뚱보 산타가 탄 썰매를 끄는 움직이는 순록 세 마리였다. 매년 우리 블록에는 이 설치물을 구경하기 위한 자동차 행렬이 길게 늘어서곤 했는데, 이해에는 차들이 움직이는 속도가 다른 때보다 두 배는 더 느렸다. 우리는 산타를 가리키며 미소 짓던 가족이 리즈번 씨네 집을 보곤 교통사고 현장의 구경꾼들처럼 아무 말 없이 눈알만 뒤룩뒤룩 굴리는 것을 볼 수 있었다. 크리스마스가 다 가도록 아무런 장식도 하지 않은 리즈번 씨 집은 다른 때보다 한층 음산해 보였다. 바로 옆집인 피천버거 씨네 잔디밭에서는 세 명의 천사가 눈밭 위에서 빨간 나팔을 불고 있었다. 맞은편의 베이츠 씨네에서는 색색 가지 사탕이 서리 내린 덤불 속에서 빛나고 있었다. 리즈번 씨가 마침내 장식 전구를 내걸러 밖에 나온 것은 크리스마스가 다 지난 1월, 그가 학교로부터 해고된 지 일주일째 되던 날이었다. 그는 앞마당의 덤불 위에 전구를 장식했지만 불을 켜 보니 그 결과가 마음에 들지 않았다. "이 중 하나는 깜박등이라고 하더라고." 자기 차를 향해 걸어가고 있던 베이츠 씨에게 리즈번 씨가 말을 걸었다. "박스에는 끝이 빨간 전구라고 쓰여 있던데 아무리 찾아봐도 못 찾겠네. 난 깜박등이 정말 싫은데 말이야." 리즈번 씨는 정말로 싫었는지 모르지만, 그가 밤에 스위치를 꽂을 때마다 그 전구는 계속해서 깜박거렸다.

리즈번 자매들은 그해 겨울 내내 거의 눈에 띄지 않았다.

어쩌다 한 명이 밖에 나올 때도 있었지만, 추위에 몸을 웅크리고 뿌연 입김을 불어 대다 이내 안으로 들어가 버리는 게 다였다. 터리즈는 밤마다 아마추어 무선 통신으로 메시지를 송신하며 따뜻한 남부나 남아메리카 북단으로 여행을 떠나곤 했다. 팀 와이너는 터리즈의 주파수를 알아내기 위해 열심이었는데, 실제로 찾아냈다고 말한 적도 몇 번 있었다. 한 번은 터리즈가 조지아주에 사는 어떤 남자와 그의 개 얘기(엉덩이 관절염, 수술할까, 말까?)를 하고 있을 때였고, 또 한 번은 성별도, 국적도 알 수 없는 누군가와 대화하고 있을 때였는데, 그중 일부를 와이너가 어렵사리 받아 적었다. 그것은 점과 선으로만 이루어진 모스 부호여서, 우리는 와이너에게 그것을 해석하게 했다. 그 대화는 다음과 같았다.

"너도?"

"우리 형."

"몇 살?"

"스물하나. 미남. 바이올린 잘 켜."

"어쩌다?"

"근처 다리. 급류."

"어떻게 이겨 내?"

"영원히 못할 듯."

"콜롬비아 어때?"

"따뜻해. 평화로워. 와."

"가고 싶다."

"밴디도스[89]에 대해선 네가 틀렸어."

"가야 해. 엄마 불러."

"네 말대로 지붕 파란색 칠했어."

"안녕."

"안녕."

그게 끝이었다. 우리가 보기에, 이 대화가 무엇을 말해 주는지는 명백했다. 그리고 3월이 되면 터리즈가 보다 자유로운 세계를 향해 손을 뻗으리라는 것도 알 수 있었다. 그 무렵 그녀는 여러 대학교의 원서를 우편으로 주문했다.(나중에 기자들은 이걸 가지고 여러 가지 이야기를 만들어 냈다.) 또 나머지 자매들이 스콧슈럽틴 가구, 고급 의류, 해외 여행 등 자기들이 절대로 살 수 없는 물건들의 카탈로그 구독을 신청해서, 리즈번가의 우편함은 다시 한번 우편물로 가득 차게 되었다. 아무데도 갈 수 없었던 이 소녀들은 상상 속에서나마 화려하게 금칠을 한 태국의 사원을 여행하거나 양동이와 빗자루로 이끼를 긁어내고 있는 일본인 노인을 스쳐 지나가곤 했다. 우리는 팸플릿의 제목을 알아내자마자 그 애들이 가고 싶은 곳이 어딘지 알아내기 위해 똑같은 팸플릿을 주문했다.《극동 지방의 모험》.《내 맘대로 자유 여행》.《중국으로 가는 터널》.《오리엔트 특급》. 전부 다 구했다. 페이지를 넘기는 동안, 우리는 리즈번 자매들과 함께 먼지 날리는 길을 하이킹하면서 이따금 발

---

89) 1966년 미국인 돈 체임버스가 텍사스주 휴스턴에서 창립한 모터사이클 클럽. 전 세계에 지부가 있으며 회원은 약 2,400명으로 추산된다. 스페인어로 악당, 강도를 뜻하는 이름에서 알 수 있듯, 무법자들의 조직으로 여러 범죄 사건에 연루된 혐의를 받고 있다.

걸음을 멈추고 그들이 배낭 벗는 걸 도와주기도 하고, 땀에 젖은 따뜻한 그들의 어깨에 손을 얹고 파파야 나무 너머로 지는 석양을 함께 바라보기도 했다. 또 반짝이는 금붕어들이 헤엄치는 연못 위 누각에 앉아 그들과 함께 차를 마시기도 했다. 우리가 원하는 건 뭐든지 할 수 있었고, 서실리아 또한 여전히 살아 있었다. 그녀는 발바닥을 헤나로 염색하고 머리에 붉은 베일을 쓴 캘커타의 신부였다. 리즈번 자매들을 가까이 느낄 수 있는 건 이런 불가능한 여행을 통해서뿐이었고, 그러한 상상은 우리에게 지울 수 없는 상처를 남겨서, 아내와 함께 있을 때보다 꿈꿀 때가 더 행복하게 만들어 버렸다. 우리 중 몇몇은 혼자 몰래 방 안에 들어가서 카탈로그를 보거나 아예 셔츠 속에 숨겨서 훔쳐 간 녀석도 있었다. 우리에겐 달리 할 일이 없었다. 눈이 내렸고, 하늘은 계속 흐렸다.

우리는 여러분에게 리즈번 씨 집의 내부가 어땠는지, 그 안에 갇혀 있던 리즈번 자매들의 기분이 어땠는지 자신 있게 말해 주고 싶다. 때로는 조사하는 데 너무 지쳐서, 그 애들을 설명해 줄 수 있는 로제타석[90] 같은 작은 실마리를 발견하게 되길 간절히 바랄 때도 있다. 그러나 그해 겨울이 분명 행복한 시간이 아니었다는 사실 외에는 우리가 증명할 수 있는 것이 거의 없다. 그 애들의 고통의 정확한 원인을 찾아내려 애쓰는 것은 의사들이 우리에게 요구하곤 하는 자가 진단과 흡사하

---

90) 이집트 상형문자 해독의 열쇠가 된 비문이 적혀 있는 고대 이집트의 비석이다.

다.(우리도 이젠 그런 것을 해야 하는 나이가 되었다.) 우리는 정기적으로, 임상의와 같은 객관성을 가지고, 우리 몸의 가장 은밀한 부위를 자세히 들여다보고, 눌러 보고, 그것의 해부학적 실재성에 감명받을 것을 강요당한다. 해부학적 실재성이란, 이를테면 작은 바닷말로 만든 둥지 속에 거북 알 두 개가 들어 있는데, 거기에는 들어가고 나가는 관들이 연결돼 있고 연골로 이루어진 결절들이 손잡이처럼 달려 있다는 것이다. 우리는 이렇게 흐릿한 지도만을 가지고, 자연적으로 생겨날 수밖에 없는 덩어리와 실타래 들 사이에서 난데없는 침입자를 찾아낼 것을 요구당한다. 직접 찾아 나서기 전까지는 얼마나 많은 장애물을 만나게 될지 결코 알 수 없다. 그래서 우리는 등을 대고 가만히 누워서, 찾다가 움찔하고 또다시 찾다가 신이 인간에게 만들어 준 혼란 속에서 죽음의 씨앗을 놓쳐 버리게 되는 것이다.

리즈번 자매들의 경우도 마찬가지이다. 우리는 그들의 깊은 슬픔을 느끼자마자, 그 특별한 상처가 치명적인 것이었는지 아니었는지, 혹은 (환자를 보지 않은 상태에서 진단을 내리고 있었으므로) 애초에 그것이 상처이기는 했는지 고민하기 시작했다. 따뜻하고 축축한 곳에 나는 상처라면 입에 나는 편이 나왔다. 하지만 심장이나 무릎에 난 상처일 수도 있다. 진실은 알 수 없다. 우리가 할 수 있는 거라곤 다리와 팔을 더듬어 올라가서 부드러운 몸통을 지나 상상 속 얼굴에 다다르는 것뿐이다. 그 얼굴은 우리에게 말을 하고 있지만 우리는 그 말을 들을 수 없다.

* * *

　매일 밤 우리는 리즈번 자매들의 창문을 살폈다. 저녁 식탁에서의 화제는 으레 현재 리즈번 가족이 처한 곤경으로 돌아가곤 했다. 리즈번 씨가 다른 직장을 구할 것인가? 가족은 어떻게 부양할 생각일까? 아이들은 감금 생활을 얼마나 견딜 수 있을까? 여간해선 1층에 올라오지 않는 캐러필리스 할머니도 (목욕하는 날도 아니었는데) 오직 길 아래쪽 리즈번 씨 집을 보기 위해 1층에 올라온 적이 있었다. 캐러필리스 할머니가 세상사에 관심을 가졌던 적이 있었는지는 기억나지 않는다. 우리가 그녀를 처음 알았을 때부터 그녀는 줄곧 죽을 날만을 기다리며 지하실에서 살았기 때문이다. 가끔 디모 캐러필리스가 푸즈볼[91]을 하자며 우리를 지하실로 데려갈 때, 난방관과 간이침대, 찌그러진 여행 가방 사이를 헤치고 들어가 보면 캐러필리스 할머니가 소아시아처럼 꾸며 놓은 작은 방이 나오곤 했다. 격자 모양의 천장에는 가짜 포도송이가 매달려 있었고, 예쁜 종이 상자 안에는 누에가 살았다. 콘크리트 블록을 쌓아 만든 벽은 그 오래된 나라의 공기와 같은 밝은 청색으로 칠해져 있었다. 스카치테이프로 붙여 놓은 엽서들은 캐러필리스 할머니가 지금도 살고 있는 또 다른 시공간으로 통하는 창

---

91) 축소된 축구를 할 수 있는 게임 기구. 안이 움푹 파인 탁자 바닥에 축구 경기장이 그려져 있고, 탁자 위를 가로지르는 여덟 개의 막대에는 선수 모양의 인형이 달려 있다. 이 막대로 선수 인형을 움직여서 상대편 골문에 골을 넣어 정해진 점수를 먼저 얻는 쪽이 이기게 된다.

문 역할을 했다. 세월의 풍화에 낡은 오스만제국의 무덤 가운데 자리를 내준 뒤쪽 푸른 산, 붉은 기와지붕들, 한 남자가 갓 구운 빵을 팔고 있는, 테크니컬러[92]처럼 화려한 색깔의 가게에서 모락모락 피어오르는 수증기가 보였다. 디모 캐러필리스는 자기 할머니에게 무슨 문제가 있는지 우리한테 말한 적도 없거니와, 거대한 보일러와 배수관들(우리 동네는 저지대라서 물난리를 자주 겪곤 했다.)이 콸콸 요란한 소리를 내는 지하실에 할머니를 모시는 걸 이상하게 생각하지도 않았다. 하지만 그녀가 엽서들 앞에 서서 침 묻힌 엄지손가락으로, 하도 눌러서 허옇게 바랜 지점을 누르는 모습과 금니를 드러내고 웃으면서 지나가는 사람에게 인사라도 하듯 엽서 속 풍경을 향해 고개를 끄덕이는 모습을 보면, 캐러필리스 할머니는 우리가 알지 못하는 역사로 인해 그렇게 슬퍼하는 것이 틀림없었다. 그러다가 문득 우리를 발견하면 할머니는 이렇게 말하곤 했다. "불 좀 꺼 다오, 아가." 그렇게 우리가 할머니를 어둠 속에 홀로 남기고 나오면, 그녀는 자기 남편을 묻어 준 장례 업체에서 매년 크리스마스 때마다 보내 주는 공짜 부채로 부채질을 하기 시작했다.(그 부채는 얼음과자 막대기에 싸구려 마분지를 스테이플러로 찍어서 만든 것이었는데, 앞면에는 불길해 보이는 구름을 뒤로한 채 겟세마네 동산에서 기도하는 예수가 그려져 있고, 뒷면에는 자기네 회사 광고가 실려 있었다.) 목욕할 때 외에 할머니가 1층에

---

92) 컬러 영화 초기에 많이 사용되었던 필름. 색깔이 강렬하고 오랜 기간 보존할 수 있다는 장점이 있었다. 그러나 이스트먼코닥사(社)가 일반 카메라로도 촬영할 수 있는 저렴한 필름을 개발하면서 테크니컬러는 쇠퇴한다.

올라올 때 ― 그녀의 허리에 맨 밧줄을 디모의 아버지가 앞에서 살살 잡아당기면 디모와 그의 형들이 뒤에서 할머니를 밀었다 ― 는 이 년에 한 번, 텔레비전에서 「이스탄불로 가는 기차」를 방영할 때뿐이었다. 그때마다 할머니는 소녀처럼 흥분한 채 의자 끝에 걸터앉아서, 기차가 그녀의 마음속에 간직돼 있는 푸른 언덕 몇 개를 지나가는 십 초짜리 장면이 나오기만을 기다렸다. 기차가 ― 매번 똑같이 ― 터널 속으로 사라지는 순간이면 할머니는 두 팔을 번쩍 들면서 독수리 같은 환성을 질러 대곤 했다.

캐러필리스 할머니는 동네를 떠도는 소문에 거의 신경을 쓰지 않았다. 대개는 이해하지 못하기 때문이었고, 어쩌다 알아들은 부분 또한 시시하게 느껴졌기 때문이다. 젊었을 때 그녀는 투르크인들의 손에 살해당하지 않기 위해 동굴에 숨어 지낸 적이 있었다.[93] 꼬박 한 달을 올리브만으로 연명했는데, 최대한 배를 채우기 위해 씨까지 삼켜야 했다. 그녀는 가족이 자기 눈앞에서 잔인하게 살해당하는 것도 목격했고, 환한 대낮에 남자들이 자신의 생식기를 입에 문 채로 교수형을 당하는 것도 목격했다. 그래서 토미 리그스가 부모님의 링컨 자동차를 고철 덩어리로 만들어 버린 이야기라든가 퍼킨스네 크리스마스트리에 불이 붙어서 고양이가 죽은 사연 같은 것을 들

---

93) 1921~1922년에 일어난 2차 그리스-투르크 전쟁 당시를 가리킨다. 이 전쟁은 그리스가 아나톨리아를 침범하면서 발발했는데, 결국 그리스군은 투르크 국민군에게 패했고 로잔 조약을 체결하면서 대부분의 영토를 터키에게 돌려주었다.

어도 전혀 극적인 느낌을 받지 못했다. 할머니가 귀를 쫑긋 세우는 것은 누군가 리즈번 자매들 얘기를 꺼낼 때뿐이었는데, 질문을 하거나 자세한 얘기를 더 듣기 위해서가 아니라 그 아이들과 텔레파시를 주고받기 위해서였다. 그녀가 있는 자리에서 우리가 리즈번 자매들 얘기를 하면, 할머니는 고개를 들고 의자에서 힘겹게 일어나 지팡이를 짚고 차가운 시멘트 바닥을 가로질러 걸어갔다. 지하실 반대쪽 끝에 희미하게 볕이 드는 창문이 있었는데, 할머니는 그 차가운 유리창 앞으로 다가가 거미줄 사이로 보이는 한 뼘 남짓한 하늘을 바라보았다. 그녀가 볼 수 있는 소녀들의 세상은 그게 다였지만 리즈번 씨 집 위 하늘과 똑같은 하늘이니 그것만으로도 그녀는 충분히 알 수 있었다. 우리가 보기에 할머니와 리즈번 자매들은 구름의 모양에서 은밀한 불행의 징조를 읽어 내는 것만 같았고, 엄청난 나이 차이에도 불구하고 시간을 뛰어넘는 무언가가 그들 사이를 오가는 것만 같았다. 마치 할머니가 웅얼거리는 그리스어로 "사는 것에 시간을 낭비하지 마라."라고 그 애들에게 충고해 주는 것 같아 보였다. 바람에 날아온 톱밥과 나뭇잎들이 창문 앞 빈 공간, 예전에 우리가 요새를 쌓을 때 쓰곤 하던 고장 난 의자가 있는 곳을 가득 메웠다. 키친타월처럼 단조로운 무늬가 있는 캐러필리스 할머니의 홈드레스는 너무 얇아 빛이 그대로 비쳐 보였다. 할머니가 신은 슬리퍼는 이렇게 외풍 심한 바닥 위를 걸어 다니는 것보다는 뜨거운 수증기로 가득한 터키탕에나 신고 가는 게 더 어울려 보였다. 리즈번 자매들이 집 안에 갇혔다는 소식을 들은 날, 할머니는 고개를 홱 쳐들었다가 끄덕끄덕하곤 얼굴에서 웃음을 거두었다. 하지만 할머니는 그렇게 되리라는 걸 이미 알고 있었던 것 같았다.

일주일에 한 번 유황 목욕을 할 때면 할머니는 리즈번 자매들에 대해, 혹은 그들에게 말을 하곤 했는데, 둘 중 어느 쪽이었는지는 잘 모르겠다. 우리는 열쇠 구멍에 너무 가까이 다가가거나 귀를 갖다 대지는 않았다. 왜냐하면 몇 번 훔쳐보았을 때 목격한 캐러필리스 할머니의 부조화한 모습들, 즉 두 세기에 걸쳐 살아 온 늘어진 가슴과 푸르뎅뎅한 다리, 거기에 깜짝 놀랄 정도로 길면서도 소녀처럼 빛나는 머리카락이 무척 당황스러웠기 때문이다. 목욕물 받는 소리만 들어도 우리는 얼굴이 빨개졌다. 그 소리 위로는 웅얼거리는 목소리, 그 자신도 결코 젊지 않은 흑인 아줌마가 할머니를 욕조에 들어가게 하려고 달래는 동안 아프다고 투덜대는 소리, 욕실 문 뒤에 단둘이 남겨진 두 노인네가 고함을 지르고 노래를 부르는데 흑인 아줌마가 먼저 부르고 난 다음에 캐러필리스 할머니가 무슨 그리스 노래를 부르는 소리, 마지막에는 도대체 무슨 색깔일지 상상이 안 되는 목욕물이 철퍽철퍽 튕기는 소리만 들렸다. 목욕이 끝나면 할머니는 머리에 수건을 감고 다시 본래의 창백한 얼굴로 나타났다. 흑인 아줌마가 캐러필리스 할머니의 허리에 밧줄을 매고 계단을 내려가기 시작할 때면 할머니의 폐가 부푸는 소리를 들을 수 있었다. 하루빨리 죽고 싶다는 그녀의 소망에도 불구하고, 캐러필리스 할머니는 그렇게 내려갈 때마다 손으로는 난간을 꼭 붙잡고 무테안경 뒤의 눈은 등잔만 해지는 것이 항상 두려움에 떠는 것처럼 보였다.

때때로 할머니가 지나갈 때 우리가 리즈번 자매들 소식을 들려주면 그녀는 "마나!"라고 외쳤는데, 디모 말에 따르면 "저런 젠장맞을!" 비슷한 뜻이라고 했지만 할머니가 정말로 놀란 것 같았던 적은 한 번도 없었다. 그녀가 매주 내다보는 창문 너머, 거리 너머에서 세상이란 것이 돌아가고 있었지만, 그것이 이미 오래전부터 죽어 가고 있다는 사실을 캐러필리스 할머니는 알고 있었다.

결국 할머니를 놀라게 한 것은 죽음이 아닌 끈질긴 생명력이었다. 그녀는 리즈번 자매들이 어떻게 그토록 조용히 지내는지, 어째서 하늘을 향해 울부짖거나 미쳐 버리지 않는지 이해하지 못했다. 리즈번 씨가 크리스마스 전구를 매다는 것을 보고 할머니는 고개를 저으며 중얼거렸다. 그녀는 1층 벽을 따라 설치된 노인용 난간을 잡지 않고 다른 사람의 도움 없이 해수면에서 몇 걸음을 옮겼는데도 칠 년 만에 처음으로 통증을 느끼지 않았다. 디모는 그걸 이렇게 설명했다. "우리 그리스 인은 기분파야. 그래서 자살은 이해할 수 있어. 하지만 딸이 자살했는데 크리스마스 전구를 단다는 거, 그건 말이 안 돼. 우리 할매가 미국에서 죽어도 이해할 수 없었던 건 왜 다들 그렇게 행복한 척 꾸미는가였어."

겨울은 알코올중독과 절망의 계절이다. 러시아의 술꾼이나 코넬 대학교의 자살자 수를 헤아려 보라. 언덕이 많은 이 학교 캠퍼스에서 시험의 중압감을 이기지 못하고 골짜기를 향해 몸을 던지는 학생들이 끊이지 않자, 학교 당국은 긴장을 완화하기 위해 한겨울의 휴일을 제정했다.(흔히 '자살의 날'로 알려

저 있는 휴일이 그것으로, 인터넷에서 검색하자 '자살의 질주'와 '자살 자동차'가 나란히 떴다.) 우리는 서실리아를 이해할 수 없었던 것처럼 코넬 대학교 학생들 또한 이해할 수 없다. 비앙카라는 여학생은 난생처음 착용한 피임 기구와 창창한 미래와 함께, 오리털 조끼 말고는 아무런 완충제도 없이 인도교 아래로 뛰어내렸다. 침울한 실존주의자 빌은 정향 담배와 구세군 외투와 함께, 비앙카처럼 바로 뛰어내리지 않고, 난간을 가볍게 뛰어넘은 다음 다정한 죽음을 맞이하기 전 잠시 매달려 있었다.(자살자들의 어깨 근육을 보면, 다리를 선택한 사람의 33퍼센트는 근육이 찢어져 있다. 나머지 67퍼센트는 깨끗이 뛰어내린 사람들이다.) 우리가 지금 이 얘기를 하는 이유는 마음대로 술을 마시거나 아무하고나 자도 되는 대학생들조차 많은 수가 스스로 목숨을 끊는다는 사실을 알려 주기 위해서이다. 그러니 스피커가 빵빵한 오디오도, 마리화나용 물파이프도 없는 집에 갇혀 있던 리즈번 자매들의 삶이 어떠했을지 상상해 보라.

나중에 신문들은 '동반 자살'에 대해 보도하면서, 리즈번 자매들이 아무런 감정도 없는 로봇과 같아 살아 있을 때에도 죽은 것이나 다름없었던 것처럼 묘사했다. 펄 양이 일필휘지로 써 내려간 기사는 그 후 두세 달 동안 세간을 뜨겁게 달구었는데, 여기서 네 소녀의 고통은 "청소년이 자신의 미래를 보지 못할 때"라는 문장으로 시작되는 고작 한 단락으로 요약되어 있고, 리즈번 자매들은 달력에 검은색으로 엑스 표시를 하거나 악마 숭배 의식에서 서로 손을 잡고 있는, 누가 누군지 서로 구별도 안 되는 인물들로 그려지고 있다. 악마주의나

가벼운 형태의 흑마술을 은근히 암시하는 것은 펄 양이 자주 사용하는 수법이다. 그녀는 레코드 폐기 사건을 굉장히 중요하게 다뤘고, 죽음이나 자살을 암시하는 록 가사를 기사에 곧잘 인용하곤 했다. 펄 양은 동네 디제이와 친분을 터서 럭스의 학교 친구들이 럭스의 애청곡이라고 적어 준 곡들을 밤새도록 들었다. 이 '조사'에서 그녀는 스스로 가장 자랑스럽게 생각하는 발견을 해 냈다. 그것은 크루얼 크럭스(Cruel Crux)라는 밴드가 부른 「처녀 자살」[94]이라는 노래였다. 펄 양도, 우리도 이 앨범이 리즈번 부인이 럭스에게 불태우게 한 앨범들 가운데 있었는지는 확인하지 못했지만, 그 후렴구는 다음과 같다.

처녀 자살
그녀가 외친 건 뭐지?
더 머물러 봐야 소용없어
이 죽음의 전차에
그녀는 내게 순결을 주었지
그녀는 나의 처녀 자살

이 가사는 어둠의 힘, 즉 우리가 책임질 필요없는 어떤 공통의 거대악이 네 자매를 에워싸고 있다는 견해와 잘 맞아떨

---

94) 여기서 자살은 '죽음'과 '처녀성의 상실'이라는 중의적 의미를 가지고 있다.

어진다. 하지만 리즈번 자매들의 행동에 공통된 점이라곤 하나도 없었다. 럭스가 지붕 위에서 데이트를 즐기는 동안, 터리즈는 물컵에 형광색 해마를 키웠고, 메리는 복도 아래에서 몇 시간이고 거울만 들여다보았다. 타원형의 분홍 플라스틱 안에 들어 있는 그 거울은 여배우들의 분장실에 있는 거울처럼 테두리에 알전구가 둘러져 있었다. 스위치 하나로 메리는 시간과 날씨를 다양하게 연출할 수 있었다. '맑음'과 '흐림'뿐 아니라 '아침', '점심', '66[95]저녁'까지 고를 수 있었기 때문이다. 메리는 거울 속 가상 세계가 변하는 데 따라 표정을 바꿔 가며 몇 시간이고 거울 앞에 앉아 있곤 했다. '맑음'일 때는 선글라스를 썼고, '흐림'일 때는 담요를 뒤집어썼다. 리즈번 씨는 메리가 스위치를 껐다 켰다 하면서 한 번에 열흘이나 스무 날을 지나가게 하는 걸 본 적도 있었다. 그녀는 다른 자매들 중 한 명을 거울 앞에 앉혀 놓고 곧잘 충고하기도 했다. "이거 봐, 흐린 날에는 눈 밑 그늘이 더 두드러져 보인다고. 그건 피부색이 창백해서 그래. 맑은 날에는…… 잠깐만…… 봐, 이제 안 보이잖아. 그러니까 흐린 날에는 메이크업 베이스나 컨실러를 더 많이 발라야 해. 맑은 날에는 얼굴이 마치 탈색된 것처럼 보이니까 색조 화장품을 발라 줘야 하는 거야. 립스틱은 기본이고 아이섀도를 쓸 수도 있지."

펄 양의 탐사 기사 역시 리즈번 자매들의 개성을 탈색된 것

---

95) 66은 도전과 역경을 극복하는 데 있어서 무조건적인 사랑과 조화를 상징하는 숫자이다. 천사의 숫자로 불리며 특히 가족애를 의미한다.

처럼 보이게 하는 경향이 있었다. 그녀는 이 소녀들을 묘사할 때 "알 수 없는"이나 "외톨이" 같은 특유의 표현을 반복적으로 사용했고, 심지어 그들이 "가톨릭교회의 이교적 측면에 끌리고 있었"다는 표현을 쓴 적도 있었다. 그 말이 정확히 무슨 의미인지는 확신할 수 없었지만, 많은 사람들은 그것을 소녀들이 느릅나무를 구하려 했던 사건과 연관 지어 생각했다.

마침내 봄이 왔다. 나무에는 새순이 돋아났고, 얼어붙은 거리가 녹으면서 쩍쩍 소리를 냈다. 베이츠 씨는 매년 그랬듯이, 도로에 새로 구멍이 생긴 곳을 기록해서 교통 관리국에 보냈다. 4월 초가 되자 공원 관리과에서 병에 걸린 나무들에 둘러진 리본을 갈러 나왔는데, 이번에는 빨간 리본이 아니라 "이 나무는 네덜란드느릅나무좀에 감염된 것으로 판명되었으므로, 더 이상의 확산을 막기 위해 벌목될 것입니다. 공원 관리과장백."이라고 쓰인 노란 리본으로 바꾸어 달았다. 이 문장을 끝까지 읽으려면 나무 주위를 세 바퀴는 돌아야 했다. 리즈번 씨네 앞마당에 있는 느릅나무(증거물 1호 참조)도 벌목 대상목록에 포함되어 있었고, 날씨가 아직 쌀쌀하던 어느 날 트럭한 대에 가득 탄 남자들이 나무를 베러 왔다.

벌목하는 과정은 우리도 잘 알고 있었다. 우선 한 명이 사다리차를 타고 나무 꼭대기에 올라가서 나무껍질에 구멍을 뚫고, 희미해져 가는 나무의 맥박을 듣기라도 하려는 것처럼 구멍에 귀를 갖다 댄다. 그런 다음 아무 의식(儀式)도 베풀지 않고 작은 가지들을 자르기 시작하면, 밑에서 오렌지색 장갑을 낀 남자들이 가지를 주워 담는다. 그들이 그 가지들을 규격 맞춘 재목처럼 깔끔하게 쌓아 트럭 뒤에 장착된 둥근 톱을 향해 밀어 넣으면, 톱밥이 소나기 내리듯 온 거리에 흩뿌려지곤 했다. 세월이 흐른 뒤에도 옛날 식으로 꾸민 술집에 앉아 있을 때면, 바닥에 깔린 톱밥들 때문에 항상 그 시절의 나무 화형식이 떠오르곤 했다. 둥치 껍질까지 벗기고 나면 일꾼들이 바로 다음 나무로 이동했기 때문에, 작업이 끝난 나무는 얼마 동안 왜소한 두 팔을 들어 올리려 애쓰면서 벌거벗은 채로 서 있어야만 했다. 실컷 두들겨 맞아 벙어리가 되어 버린 생명체의 갑작스러운 조용함은 우리로 하여금 그 녀석이 여태껏 계속 말하고 있었음을 깨닫게 했다. 그렇게 화형당할 준비를 마친 둥치들은 발디노네 마당의 바비큐와 닮아 있었다. 우리는 그제야 '상어' 새미가 도주용 땅굴의 모양을 결정할 때 대단한 선견지명이 있었음을 알게 됐다. 나무들의 현재 모습이 아닌, 앞으로 변화할 모습으로 만든 덕에, 언젠가 정말로 도망쳐야 할 상황이 닥친다면 똑같이 생긴 100개의 그루터기 중 하나로 도망가면 되었기 때문이다.

대부분의 사람들은 자기 집 나무에게 작별 인사를 하기 위해 밖으로 나왔다. 피곤에 지친 엄마 아빠, 긴 머리를 한 두세 명의 십 대 아이들, 리본을 묶은 푸들까지, 일가족이 잔디밭에 나와 전기톱의 안전 거리 밖에 모여 서 있는 모습이 심심치 않게 눈에 띄었다. 사람들은 그 나무들이 자기 소유인 것처럼 느꼈다. 그들의 개가 날마다 그 나무에 영역 표시를 했고, 아이들은 그 나무를 홈베이스 삼아 야구를 했다. 나무들은 그들이 이곳에 이사 왔을 때에도 그 자리에 있었고, 그들이 이사 나갈 때에도 거기에 있기로 그들과 약속했었다. 하지만 공원 관리과에서 나무를 베러 왔을 때, 그 나무들은 우리 것이 아닌 시의 소유물이고, 따라서 우리 마음대로 할 수 없다는 사실이 명백해졌다.

하지만 리즈번 가족은 나뭇가지를 자르는 동안 아무도 집밖으로 나오지 않았다. 리즈번 자매들은 2층 창문으로 내다보고 있었는데, 그들의 얼굴은 콜드크림처럼 새하얬다. 사다리차 위의 남자는 몸을 앞으로 숙였다 뒤로 젖혔다 하면서 느릅나무의 커다란 초록 머리 부분을 베어 냈다. 작년 여름부터 밑으로 늘어지고 잎이 노랗게 변한 병든 가지들도 잘라 냈다. 그는 계속해서 건강한 가지들까지 잘라 나간 끝에, 회색 기둥 같은 나무줄기만 리즈번 씨네 앞마당에 남겨 놓고 가 버렸다. 일꾼들이 떠난 뒤에 보니, 그 나무가 살았는지 죽었는지 가늠할 수가 없었다.

다음 이 주 동안 우리는 공원 관리과에서 작업을 마무리해 주길 기다렸지만, 그들은 삼 주나 지난 뒤에 다시 나타났다. 이번에는 전기톱을 든 남자 둘이 트럭에서 내렸다. 그들은 둥치 주위를 돌며 크기를 재더니, 허벅지로 톱을 받치고 줄을 당겨서 시동을 걸었다. 그때 우리는 체이스 뷰얼네 지하실에서 당구를 치고 있었는데, 부르릉거리는 모터 소리가 머리 위의 서까래를 통해 울려 왔다. 알루미늄 연통이 덜거덕거렸다. 밝은색 공들이 당구대의 초록색 펠트 위에서 바르르 떨었다. 전기톱 소리가 치과 드릴 소리처럼 우리의 머릿속을 가득 채웠고, 우리는 일꾼들이 느릅나무를 베어 들어가는 것을 보기 위해 밖으로 뛰어나갔다. 하지만 그들은 파편이 튈 것에 대비해 보안경만 쓰고 있을 뿐, 학살에 익숙한 사람처럼 따분해하며 어슬렁거리고 있었다. 드디어 으르렁대고 있는 전기톱의 안전대가 뒤로 젖혀졌다. 한 사람이 담뱃진을 뱉었다. 그리고 모터의 회전 속도를 높이면서 나무를 막 산산조각 내려는 순간, 십장이 트럭에서 뛰어내리면서 미친 듯이 손을 흔들어 댔다. 잔디밭 건너편에서 리즈번 자매들이 한꺼번에 달려오고 있었던 것이다. 그 광경을 지켜보고 있던 베이츠 부인은 리즈번 자매들이 전기톱 앞에 몸을 던지려는 줄 알았다고 했다. "일꾼들한테 곧장 돌진하더라고. 눈빛은 또 어찌나 사납던지." 전기톱을 들고 있던 일꾼들은 십장이 왜 그렇게 펄쩍펄쩍 뛰는지 몰랐다. "난 반대쪽에 서 있었거든요." 일꾼 중 한 명이 말했다. "걔들은 내 톱 바로 밑으로 불쑥 뛰어들었어요. 내가 제때 봤기에 망정이지." 다행히 두 사람 모두 리즈번 자매들을 보고는 전기톱을 허공에 든 채 뒤로 물러섰다. 리즈번 자매들은 두 남자를 지나쳐 달려갔다. 놀이 중이었는지도 모른다. 그들은 술래한테 잡힐까 봐 두려워하는 것처럼 뒤를 돌아다보았다. 그러곤 안전지대 안으로 들어갔다. 일꾼들이 전기톱의 시동을 끄자, 고동치던 공기는 정적에 빠졌다. 리즈번 자매들은 서로 팔짱을 끼고 나무를 빙 둘러쌌다.

"가세요." 메리가 말했다. "이건 우리 나무란 말이에요."

그들은 인부들이 아닌 나무 쪽을 향해 서서 뺨을 그 줄기에 대고 있었다. 터리즈와 메리는 신발을 신고 있었지만 보니와 럭스는 맨발이었음을 미루어 볼 때, 많은 사람들은 그 나

무 구출 작전이 즉흥적인 발상이었다고 생각했다. 그 애들은
무(無)를 향해 솟아 있는 나무를 끌어안았다.

"얘들아, 얘들아." 십장이 말했다. "그러기엔 너무 늦었단다.
이 나무는 벌써 죽었는걸."

"그건 아저씨 말이잖아요." 메리가 대꾸했다.

"이 나무에는 벌레가 있어. 다른 나무에까지 옮지 않도록
베어 내야만 한단다."

"벌목이 전염을 중단시킨다는 과학적 증거는 없어요." 터리
즈가 말했다. "이 나무들은 오랜 세월을 살아 온 나무들이에
요. 그러니까 벌레를 견뎌 낼 수 있는 진화론적인 해결책이 있
을 거라고요. 어째서 자연의 힘에 맡겨 두지 않는 거죠?"

"자연의 힘에 맡겨 둔다면 살아남는 나무가 하나도 없을
거다."

"결국 그렇게 될 것 같기는 해." 럭스가 말했다.

"애초에 선박들이 유럽에서 곰팡이를 들여오지 않았다
면……." 보니도 한마디 했다. "이런 일은 일어나지 않았을 텐데."

"엎질러진 물을 다시 주워 담을 수는 없잖니, 얘들아. 지금
은 우리가 가진 기술로 구할 수 있는 것이 무엇인지 찾아볼
수밖에 없단다."

사실 이런 대화는 한마디도 오가지 않았을 수도 있다. 우리
는 부분적인 진술들을 하나로 조합해서 대략적인 진실을 추
론할 뿐이다. 리즈번 자매들은 그 나무들이 스스로의 힘으로
살아남을 수 있다고 생각했고, 전염병의 원인을 인간의 오만
함 탓으로 돌렸다. 하지만 많은 사람들은 이것을 연막 작전으

로 생각했다. 그 특정한 느릅나무는 모든 사람이 알다시피, 서실리아가 가장 아끼던 나무였다. 타르로 막은 옹이구멍에는 아직도 서실리아의 작은 손바닥 자국이 남아 있었다. 시어 부인은 봄날이면 서실리아가 빙글빙글 돌며 떨어지는 씨앗을 붙잡으려고 나무 아래에 종종 서 있곤 하던 것을 기억했다. (우리도 딱딱한 날개 하나에 매달려 헬리콥터처럼 땅 위에 내려앉던 초록색 씨들을 기억한다. 하지만 그것이 느릅나무에서 떨어졌는지, 아니면 밤나무 같은 데에서 떨어졌는지는 잘 모르겠다. 우리 중에는 산림 감시단원이나 사실주의자들에게 인기 있는 식물도감 핸드북을 가지고 다니는 녀석이 아무도 없었기 때문이다.) 어쨌건 우리 동네 사람이라면 그 누구든 리즈번 자매들이 그 느릅나무를 서실리아와 연관 지어 생각하는 이유를 쉽게 짐작할 수 있었다. "그 애들은 나무를 지키려고 했던 게 아니야." 시어 부인이 말했다. "서실리아와의 추억을 지키려고 한 거지."

나무 주위에 세 개의 원이 만들어졌다. 리즈번 자매들이 만든 금발의 원, 공원 관리과 인부들의 초록색 원, 조금 멀찍이 떨어져 있는 구경꾼들의 원. 인부들은 리즈번 자매들을 설득도 했다가, 윽박도 질렀다가, 트럭에 태워 준다며 구슬려도 보았다가, 마지막엔 협박까지 했다. 십장은 리즈번 자매들이 포기하겠지 하는 생각에 점심 먹고 오라고 인부들을 보냈지만, 사십오 분이 지났는데도 아이들은 여전히 나무를 에워싸고 있었다. 결국 그는 리즈번 부부와 얘기하기 위해 집으로 걸어 올라갔는데, 놀랍게도 부부는 도움을 주길 거부했다. 두 사람이 함께 문간에 나왔을 때, 리즈번 씨는 좀처럼 볼 수 없었던 다정한 모습으로 한 팔을 부인의 어깨에 두르고 있었다. "저희는 저 느릅나무를 베라는 지시를 받고 왔습니다." 십장이 말했다. "그런데 댁의 따님들이 그러지 못하게 하는군요."

"나무가 병들었는지 어떻게 알죠?" 리즈번 부인이 물었다.

"제 말을 믿으세요. 우린 압니다. 잎사귀가 노랗죠? 작년에도 그랬고요. 가지는 이미 다 잘라 냈습니다. 저 나무는 정말로 죽었다고요."

"우리는 아리텍스에 찬성입니다." 리즈번 씨가 말했다. "들어 보셨소? 우리 딸애가 신문 기사를 보여 줬거든요. 보다 덜 과격한 치료법이지요."

"효과도 없지요. 이거 보세요. 이 나무를 내버려 두면 내년 안에 나머지 나무들도 전부 죽게 될 겁니다."

"아무렴 어떻습니까." 리즈번 씨가 대꾸했다.

"경찰을 부르고 싶진 않습니다."

"경찰이라고요?" 리즈번 부인이 물었다. "우리 애들은 우리 집 마당에 서 있을 뿐이에요. 언제부터 그게 죄가 됐지요?"

십장은 거기에서 포기했고, 또다시 돌아와서 협박을 하거나 하지는 않았다. 그가 트럭에 도착할 무렵, 펄 양의 파란색 폰티액이 그 뒤에 와서 섰다. 사진기자는 이미 신문에 실릴 사진들을 열심히 찍어 대고 있었다. 리즈번 자매들이 나무를 에워싼 시각과 흡사 위지[96]와도 같은 펄 양이 도착한 시각은 채

---

96) 미국의 사진작가 아서 펠리그(1899~1968)의 예명. 사건, 사고 신고가 접수된 지 불과 몇 분 만에 현장에 나타나는 것으로 유명했다.

한 시간 차이도 나지 않았는데, 펄 양은 자신에게 정보를 흘려 준 사람이 누구인지 결코 밝히지 않았다. 언론을 타기 위해 리즈번 자매들이 알린 거라고 믿는 사람도 많지만 정확한 내막은 알 수 없다. 사진사가 계속 사진을 찍는 동안 십장은 인부들에게 트럭에 올라타라고 지시했다. 다음 날, 짤막한 기사가 리즈번 자매들이 나무를 끌어안고 있는 흐릿한 사진(증거물 8호)과 함께 실렸다. 그들은 드루이드교[97] 신자들처럼 나무를 숭배하고 있는 것만 같다. 사진만 봐서는, 나무를 안고 있는 아이들 머리 위로 6미터 지점에서 나무가 싹뚝 끊어졌다는 사실을 알 길이 없다.

"작년 여름 자살 사건으로 전국에 경각심을 불러일으켰던 이스트사이드의 십 대 소녀 서실리아 리즈번의 네 언니가 지난 수요일, 서실리아가 몹시도 사랑했던 느릅나무를 구하기 위해 자신들의 몸을 던졌다. 이 나무는 작년에 네덜란드느릅나무좀에 감염되었다는 판정을 받고 올봄에 벌목될 예정이었다." 이 기사를 보면 펄 양은 리즈번 자매들이 서실리아를 추억하기 위해 나무를 지키려 했다는 가설을 받아들인 게 확실한데, 서실리아의 일기를 보더라도 그 의견에 반대할 이유는 없는 듯하다. 하지만 훗날 우리가 리즈번 씨에게 물었을 때, 그는 이 견해에 반박했다. "나무를 좋아했던 건 터리즈였네. 그 애는 나무에 대한 거라면 모르는 게 없었지. 갖가지 변종이며,

---

97) 고대 켈트족이 믿었던 종교로, 주로 참나무 숲에서 의식을 올렸다. 영혼 불멸을 믿었으며 중병에 걸린 환자나 상태가 위중한 군인을 살리기 위해 산 사람을 제물로 바치곤 했다.

뿌리가 어디까지 내려가는지도 다 알았으니까. 솔직히 말해, 서실리아가 식물에 관심이 많았던 기억은 없다네."

공원 관리과 인부들을 태운 차가 떠나고 나서야 리즈번 자매들은 서로 끼고 있던 팔짱을 풀었다. 아픈 팔을 주무르며 집으로 다시 들어가는 동안, 그 애들은 이웃집 잔디밭 위에 서 있는 우리 중 누구에게도 눈길 한 번 주지 않았다. 체이스 뷰얼은 메리가 집에 들어가면서 이렇게 말하는 걸 들었다. "그 사람들 또 올 거야." 열댓 명쯤 되는 사람들 틈에 서 있었던 패츠 씨는 이렇게 말했다. "난 그 애들 편이었어. 인부들이 떠날 때는 속으로 박수라도 치고 싶던걸."

그 나무는 한동안 목숨을 부지했다. 공원 관리과 인부들이 리즈번가만 건너뛰고 우리 블록의 다른 나무들을 순서대로 베어 갔지만, 그들에게 맞설 만큼 용감하거나 생각 없는 사람은 아무도 없었다. 타이어 그네가 매달려 있던 뷰얼 씨네 느릅나무도 쓰러졌다. 푸질리 씨네 나무는 우리가 학교 간 사이에 사라졌다. 샬란 씨네 것도 감쪽같이 없어졌다. 인부들은 얼마 안 가 다음 블록으로 옮겨 갔지만, 그칠 줄 모르는 전기톱 소리는 우리나 리즈번 자매들로 하여금 그들을 쉽게 잊지 못하게 했다.

야구 시즌의 개막과 함께, 우리는 녹색 필드에 온 마음을 빼앗겼다. 예전에는 리즈번 씨가 가끔 홈경기에 딸들을 데리고 오면, 그 애들도 다른 사람들처럼 관람석에 앉아 열심히 응원을 하곤 했다. 메리는 늘 치어리더들에게 말을 걸었다. "치어리더가 되고 싶어 했거든. 하지만 걔네 엄마가 절대 허락하지 않았지." 크리스티 매컬천이 말했다. "내가 동작 몇 가지를 가르쳐 주곤 했는데 굉장히 잘했어." 우리는 그 말을 의심치 않았다. 정신없는 우리 팀 치어리더들 대신 우린 항상 리즈번 자매들을 쳐다보곤 했으니까. 팽팽한 접전이 벌어질 때면 그 애들은 주먹을 입에 물고 안절부절못하면서 공이 외야로 넘어갈 때마다 홈런이 되리라고 믿었다. 그들은 들썩거리며 앉아 있다가 공이 내려오면서 너무 일찍 외야수의 글러브 속으로 떨어지기라도 하면 자리에서 벌떡 일어나곤 했다. 하지만 자살하던 해에 리즈번 자매들은 단 한 번도 경기장에 나타나지 않았고, 우리도 그들이 오리라고 기대하지 않았다. 시간이 흘러감에 따라 우리는 점차 그 애들의 흥분한 얼굴을 찾으려고 관람석을 두리번거리지도, 사람들 사이로 언뜻언뜻 보이는 뒷모습이라도 보려고 아래쪽을 어슬렁거리지도 않게 되었다.

* * *

우리는 리즈번 자매들을 가엾게 여겼고 끊임없이 그 애들 생각을 했지만, 그들은 서서히 우리에게서 멀어져 갔다. 홀로 은밀한 시간을 가질 때마다 베개 두 개를 사람 모양으로 묶어 놓고 그 옆에 누워서 아무리 열렬히 그 애들을 떠올려 봐도, 마음속에 소중히 간직했던 영상들 — 수영복 차림으로 스프링클러 물줄기 사이에서 깡충깡충 뛰거나 수압에 의해 거대한 뱀으로 탈바꿈된 고무호스로부터 달아나던 모습 — 은 점점 희미해져만 갔다. 그 애들 목소리의 정확한 높이나 음색을 귓속에서 되새길 수도 없게 되었다. 낡은 케이크 상자 안에 넣어 두었던 제이콥슨스 가게의 재스민 비누도 습기를 먹은 데다 향까지 날아가 버려 젖은 종이 성냥 같은 냄새만 났다. 더욱이 리즈번 자매들이 서서히 침몰한다는 사실이 아직 뼈에 사무치기 전이었다. 그리하여 여전히 굴러가는 세상을 향해 눈을 뜬 어떤 날 아침, 기지개를 켜고 침대에서 일어나 창가에서 눈을 비비면 그제야 길 건너편에서 썩어 가는 집과, 우리가 볼 수 없도록 소녀들을 검은 이끼로 숨겨 버린 창문들이 떠오르는 것이었다. 이것이 진실이었다. 우리는 리즈번 자매들을 잊어 가고 있었고, 다른 것들도 더 이상 기억하지 못했다.

그 애들의 눈동자가 무슨 색이었는지, 사마귀나 보조개, 수술 자국이 있던 자리가 어디였는지도 잊어버렸다. 리즈번 자매들이 마지막으로 웃은 지가 너무 오래돼서, 빼곡하게 들어찬 그 치아의 모습도 머릿속으로 그릴 수 없었다. "그 애들은 한갓 추억일 뿐이야." 체이스 뷰얼이 서글프게 말했다. "이제 그 애들을 지워야 한다고." 자신이 한 말이면서도 뷰얼 역시 우리 모두와 마찬가지로 그 말에 반발심을 느꼈다. 우리는 그 애들을 망각의 저편으로 인도하는 대신, 다소 이상한 우리의 수집 활동 기간 동안 입수했던 그들의 소지품을 다시 한번 모아 보았다. 서실리아의 운동화, 터리즈의 현미경, 무명천에 고이 모셔 둔 메리의 금발 머리카락이 들어 있는 보석함, 서실리아가 가지고 있던 코팅된 성모마리아 그림의 복사본, 럭스의 튜브 톱.[98]

---

98) 어깨 끈이나 소매 없이 몸통 부분만 가리게 되어 있는 여성용 윗옷이다.

우리는 혹시 누가 올까 봐 자동문을 반쯤 열어놓은 채, 조 라 슨네 차고 한가운데에 물건들을 가져다 쌓았다. 이미 해가 져 서 하늘은 깜깜했다. 공원 관리과 인부들이 떠난 후 거리는 다시 우리 차지가 되었다. 몇 달 만에 처음으로 리즈번 씨 집 에 불이 들어왔다가 이내 꺼졌다. 그 옆방에서 다른 불빛이 그 에 화답했다. 가로등 불빛 주위를 맴도는 희부연 물체를 처음 보았을 때는, 너무나 익숙한 것이어서 그것의 정체를 깨닫지 못했다. 그것은 희열과 광기의 무질서한 소용돌이, 그해의 첫 하루살이 떼였다.

일 년이 지났는데도 우리는 여전히 아무것도 알지 못했다. 리즈번 자매들은 다섯 명에서 네 명으로 줄었고 — 산 사람 이건 죽은 사람이건 간에 — 모두가 허상으로 변해 가고 있었 다. 종류별로 분류해서 우리 발치에 늘어놓은 그 애들의 소지 품도 그들의 존재를 부르짖진 않았다. 골드 체인으로 뒤덮인 최신 유행의 비닐 핸드백보다 더 개성 없는 물건도 없었다. 그 것은 다섯 자매 중 누구의 것일 수도 있었고, 혹은 세상 어떤 여자의 것일 수도 있었다. 한때 우리가 그 자매들의 샴푸 냄새 (허브향을 거쳐 레몬 글레이드를 지나 그린애플 그로브에 이르기까 지)까지 모두 구분해 낼 정도로 그들과 가까웠다는 사실이 점 점 비현실적으로 느껴지기 시작했다.

우리가 언제까지 그 애들에게 충실할 수 있을까? 언제까 지 그들에 대한 기억을 순수하게 간직할 수 있을까? 사실 이 제 우리는 그들을 안다고 할 수 없었다. 리즈번 자매들의 새로 운 버릇들 — 예를 들어 창밖으로 돌돌 뭉친 키친타월 던지기 같은 — 을 보면 우리가 정말로 그들을 알기는 했던 것인지, 지금껏 유령의 흔적을 좇고 있던 것은 아닌지 의심스러웠다. 부적도 이제는 효과가 없었다. 럭스의 체크무늬 교복 치마를 만져 봐도 그 애가 그걸 입고 교실에 앉아 있던 아련한 기억(따분했던 한 손으로 교복 치마의 고정 은핀을 만지는가 싶더니 끌르는 것이 아닌가. 벌어진 천을 맨 무릎 위에 포개놓으니 치마는 언제라도 열릴 듯 미끄러질 듯했지만 그런 일은 결코……)만이 떠오를 뿐이었다. 그 장면을 선명하게 보려면 치마를 몇 분 동안 비벼야 했다. 우리 마음속 환등기 안에 들어 있던 다른 모든 슬라이드도 똑같이 흐려지기 시작해서, 아무리 '다음' 버튼을 눌러도 렌즈 앞으로 떨어지는 슬라이드는 없었고, 결국 우리는 우둘투둘한 흰 벽만 멍하니 쳐다보았다.

그 아이들이 우리에게 접촉을 시도하지 않았다면 우리는 그들을 완전히 잃어버렸을 것이다. 다시는 리즈번 자매들과 가까워질 수 없다고 우리가 절망하기 시작했을 때, 코팅된 성모 마리아 그림이 여기저기서 출현하기 시작했다. 자기 차 앞 유리 와이퍼에 꽂혀 있는 걸 발견한 허치 씨는 그 중요성을 깨닫지 못하고 그대로 구겨 차 안 재떨이에 버렸다. 랠프 허치가 나중에 담뱃재와 꽁초들 밑에서 그것을 찾아냈다. 그가 그 그림을 우리에게 가져왔을 때에는 이미 세 군데나 불에 덴 후였다. 하지만 그 그림이 서실리아가 욕조 속에서 움켜쥐고 있던 것과 똑같은 그림이라는 사실은 보는 즉시 알 수 있었다. 재를 털어 내고 보니 뒷면에 '555-MARY'라는 전화번호가 적혀 있었다.

그림을 찾아낸 사람은 허치만이 아니었다. 헤센 부인은 그녀의 장미 덤불에 꽂혀 있는 걸 발견했다. 조이 톰프슨은 어느 날 자전거 바퀴에서 이상한 소리가 들려서 밑을 내려다봤다가 바퀴살 사이에 테이프로 붙여져 있는 것을 발견했다. 마지막으로 팀 와이너는 서재 창틀에 발린 시멘트에 집 안을 향하도록 꽂혀 있는 것을 발견했다. 그 그림은 그곳에 꽂힌 지 꽤 된 거라고 와이너가 말해 주었다. 왜냐하면 습기가 코팅 속으로 스며들어 성모마리아의 얼굴에 괴사 자국 같은 것이 생겨 있었기 때문이다. 그 점만 빼고는 다른 그림들과 똑같았다. 금실을 섞어 짠 커다란 칼라가 달린 푸른 망토에 임페리얼 마가린 상표처럼 생긴 왕관을 쓰고 허리에는 묵주를 두른 채, 성모마리아는 언제나 그렇듯이 조울증 약을 먹은 사람 같은 해사한 표정을 짓고 있었다. 리즈번 자매들이 그 그림을 끼워 넣는 걸 본 사람도 없었고, 왜 그런 짓을 하는지 아는 사람도 없었다. 오랜 세월이 지난 지금도, 우리는 누군가 새로운 발견물을 가져올 때마다 우리를 휘감곤 했던 설렘을 쉽게 떠올릴 수 있다. 그 그림에는 우리가 짐작할 수 없는 어떤 의미가 담겨 있는 듯했고, 그 조악한 상태 ─ 찢어지고 곰팡이까지 핀 ─ 때문에 몇십 년은 된 물건처럼 보였다. 팀 와이너는 일기에 이렇게 적었다. "그때의 기분은 폼페이[99]에서 숨진 어느

---

99) 기원 후 79년 베수비오 화산의 폭발로 로마제국의 도시 폼페이는 도시 전체가 주민들과 함께 6~7미터 두께의 화산재 밑에 파묻혔다. 18세기부터 발굴이 시작된 이곳의 유적은 보존 상태가 좋아서 로마사 연구에 귀중한 자료가 되고 있다.

불쌍한 소녀의 발찌를 발굴해 냈을 때의 기분과 흡사했다. 그녀가 발목에 찬 발찌를 창문 앞에서 흔들며 반짝이는 보석의 아름다움을 감상하고 있을 때, 갑자기 그 보석 위에 폭발하는 화산의 붉은빛이 비쳐 보였던 것이다."(와이너는 메리 리놀트[100]의 작품을 많이 읽었다.)

우리는 리즈번 자매들이 성모마리아 그림 외에 다른 방법으로도 우리에게 신호를 보내고 있음을 점점 더 확신하게 되었다. 5월의 어느 날, 럭스의 중국 초롱이 해독 불가능한 모스부호를 우리에게 보내기 시작했다. 매일 밤 거리가 어두워질 무렵 럭스의 초롱이 깜박이기 시작하면 마치 환등기처럼 벽에 여러 가지 무늬가 비쳐 보였다. 거기에 어떤 메시지가 담겨 있는 것 같아 쌍안경으로 확인해 보니, 그것은 한자로 쓴 글귀였다. 초롱이 다양한 방식으로 — 짧게 세 번, 길게 두 번, 길게 두 번, 짧게 세 번 — 깜박거리고 나면 천장 불이 켜지면서 방 안 풍경이 한눈에 들어와서, 마치 박물관 전시장에 온 것 같았다. 우리는 20세기 후반의 가구들이 전시된 작은 전시장을 도는 동안 넘어가지 못하게 되어 있는 기준선을 준수했다. 전시 품목은 다음과 같았다. 시어스 백화점에서 구입한 침대 헤드보드와 협탁 세트, 납작한 챙의 검은 모자에 나바호 벨트[101]

---

100) Mary Renault(1905~1983). 영국 태생의 남아프리카 소설가. 고대 그리스와 로마를 소재로 한 역사 소설로 유명하다. 『마지막 포도주』, 『왕은 죽어야 한다』 등의 작품이 있다.
101) 나바호족은 미국에 거주하는 인디언 중 가장 많은 인구를 차지하는 부족이다. 나바호 벨트는 나바호족 특유의 은세공이 특징이며 터키석 등의

를 두른 빌리 잭[102]의 실물 크기 브로마이드. 이 브로마이드
는 럭스의 것이었는데 터리즈의 아폴로 11호 모양 램프가 조
명을 비춰 주었다. 겨우 삼십 초의 관람 시간이 끝나자 럭스와
터리즈의 방은 다시 어두워졌다. 다음엔 거기에 화답하듯 보
니와 메리네 방의 불이 두 번 깜박였다. 창문 앞을 지나가는
그림자도 없었고, 불을 켜는 시간의 길이가 어떤 습관적인 행
동과 관련이 있는 것 같지도 않았다. 우리가 보기에, 그 애들
이 불을 껐다 켰다 하는 데는 아무 이유가 없었다.

　매일 밤마다 우리는 암호를 풀려고 애썼다. 팀 와이너가 불
빛의 깜박임을 샤프펜슬로 기록하기 시작했지만, 우리 마음속
으로는 그 깜박임이 기존의 어떤 의사소통 수단과도 부합하
지 않으리란 것을 알고 있었다. 때로는 불빛의 최면이 너무 강
해서 나중에 정신이 돌아오고 나서도 우리가 어디에 있었는
지, 뭘 하고 있었는지 생각나지 않고 오직 매음굴 조명처럼 럭
스의 중국 초롱 불빛만이 머리 한구석을 밝히곤 했다.

　서실리아가 쓰던 방에 불이 켜진 걸 알아차리기까지는 시
간이 좀 걸렸다. 그 집 양쪽 끝에서 번갈아 가며 번쩍대는 불
빛 때문에 정신이 산란해서, 열 달 전 서실리아가 뛰어내린 창
문에서 빨간색과 하얀색 빛이 깜박거리는 걸 보지 못했던 것
이다. 하지만 그걸 보고 나서도 그 정체에 대해선 의견이 분분

보석을 곁들이기도 한다.
102) 1970년대에 굉장한 흥행을 거둔 영화 시리즈의 주인공. 특전사 출신의
베트남 참전 용사인 빌리 잭은 특기인 합기도로 많은 악당들을 혼내 주곤
했다. 영화가 성공함에 따라 빌리 잭의 옷차림과 주제가도 큰 인기를 끌었다.

했다. 어떤 녀석들은 비밀 의식을 위해 켜 둔 향불이라고 했고, 다른 녀석들은 그냥 담뱃불이라고 주장했다. 담뱃불이라는 주장은 빨간 불빛의 수가 네 개를 넘어서면서 꼬리를 감췄고, 그 개수가 열여섯 개에 이를 무렵에는 수수께끼의 일부가 풀렸다. 리즈번 자매들이 죽은 동생을 위해 제단을 차려 놓았던 것이다. 성당에 나가는 녀석들은 그 창문이 호숫가 성 바울 성당의 그로토[103] 같아 보인다고 했지만, 각 영혼에 맞춰 크기와 중요도가 결정되는 봉헌초를 가지런히 계단식으로 늘어놓는 대신 리즈번 자매들은 요지경 환등기를 제작해 놓았다. 그들은 저녁 식탁에 켜는 초들을 녹여 한 덩어리로 만든 다음 심지로 친친 감았다. 서실리아가 길거리 예술장터에서 산 환각적인 '수제 양초'로는 열 개의 횃불을 꾸몄다. 정전에 대비해 리즈번 씨가 2층 벽장에 상자째 넣어 두었던 땅딸이 비상용 초 여섯 개에도 모두 불을 붙였다. 메리의 립스틱 튜브 세 개에도 불을 붙였는데 놀라울 정도로 잘 탔다. 창틀에도, 옷걸이에 매달린 컵 속에도, 낡은 화분 속에도, 윗부분을 잘라 낸 우유 팩 속에도 초가 타오르고 있었다. 밤에는 보니가 불꽃을 조절하는 모습도 보였다. 때때로 심지가 촛농에 잠겨 불이 꺼지려고 하면 그녀는 가위로 촛농이 흘러 내려갈 길을 터 주었다. 그러나 대개는 꺼질락 말락 하면서도 끈질기게 산소를 빨아들이며 버티는 불꽃의 모습이 마치 자신의 모습인

---

103) 18세기 유럽의 정원 장식 중 하나였던 자연 또는 인공 동굴. 대개 그 밑에 물이 솟아나는 분수나 샘이 있었다.

것처럼 촛불을 하염없이 들여다보곤 했다.

그 촛불들은 하느님뿐 아니라 우리에게도 도움을 청하고 있었다. 중국 초롱은 해독 불가능한 에스오에스 신호를 보냈다. 머리 위의 불빛 덕분에 우리는 리즈번 씨 집의 허름한 상태를 알 수 있었고, 다시는 하지 않으리라 맹세했던 가라테로 겁탈당한 여자친구의 원수를 갚았던 빌리 잭도 볼 수 있었다. 그 애들이 보내는 신호는 치아 교정기에 잡힌 라디오 전파처럼 다른 누구도 아닌 우리에게만 전해졌다. 밤이 되면 그 이미지들의 잔상은 눈꺼풀 속에서 아른거렸고, 반딧불이 떼처럼 침대 위에서 빙빙 맴돌았다. 우리가 그 신호에 답할 수 없다는 사실이 그것을 더욱 중요하게 만들었다. 우리는 해답의 열쇠를 찾을 듯 말 듯 매일 밤 불빛을 지켜봤는데, 조 라슨이 자기 방 전등을 깜박거리는 순간 리즈번가가 완전히 어둠 속에 잠겨 버려 우리는 마치 꾸중을 들은 기분이 되고 말았다.

첫 번째 편지는 5월 7일에 도착했다. 다른 우편물들과 함께 체이스 뷰얼네 우편함에 슬그머니 넣어져 있던 그 편지엔 우체국 소인이나 보낸 사람 주소도 없었지만, 우리는 봉투를 여는 순간 럭스가 즐겨 쓰던 보라색 매직펜을 한눈에 알아보았다.

누군가에게,
트립한테 내가 걔를 깨끗이 잊었다고 전해 줘.
그 자식은 정말 재수 없는 녀석이야.

아무개가

내용은 그게 전부였다. 그 후 몇 주 동안, 다양한 기분을 표현하는 편지들이 도착했다. 모든 편지는 밤 동안 리즈번 자매들이 직접 우리의 집에 배달한 것이었다. 그 애들이 집을 몰래 빠져나와 거리를 돌아다녔다는 생각은 우리를 흥분시켰고, 몇 번은 그 애들이 나올 때까지 자지 않고 기다려 보기도 했다. 하지만 매번 잠에서 깨고 나면 망보던 자리에서 그대로 잠이 들었음을 깨닫곤 했다. 우편함에는 이빨 요정[104]이 우리 베개 밑에 두고 간 25센트 동전처럼 편지 한 통이 우리를 기다리고 있었다. 모두 합쳐 여덟 통이었는데, 다 럭스가 쓴 것은 아니었고, 서명이 있는 것은 한 통도 없었으며, 하나같이 짧았다. 어떤 편지에는 "우리를 기억하니?"라고 적혀 있었고, 또 다른 편지에는 "냄새 나는 사내 녀석들을 타도하라.", 또 다른 편지에는 "우리의 불빛을 지켜봐."라고 쓰여 있었다. 가장 긴 것의 내용은 이랬다. "이 어둠 속에도 빛이 있을 거야. 우리를 도와주겠니?"

낮 동안의 리즈번 씨 집은 빈집 같았다. 일주일에 한 번씩 내놓는 쓰레기(내놓는 모습을 아무도, 심지어 터커 아저씨도 보지 못한 것으로 보아 이것 역시 한밤중에 하는 게 틀림없었다.)는 점점 더 오랜 고립 생활을 한 사람들의 쓰레기처럼 변해 갔다. 그들은 리마콩 통조림을 먹고 있었다. 그리고 밤에 슬로피 조[105]를 곁들여 먹었다. 밤이 되어 불빛 신호가 오면, 우리는 리즈

---

104) 서양에는 빠진 이를 베개 밑에 놓고 자면 이빨 요정이 그걸 가져가면서 대신 돈을 놓고 간다는 전설이 있다.
105) 다진 쇠고기에 강하게 양념한 토마토소스를 넣고 버무린 것이다.

번 자매들과 연락할 방법을 찾느라 머리를 쥐어짰다. 톰 파힘이 연에 글을 써서 그 집 쪽으로 날리자는 의견을 내놓았지만, 실현 가능성 때문에 부결되었다. 꼬맹이 조니 뷰얼은 돌멩이에 편지를 써서 창문으로 던져 넣자고 했지만, 유리창을 깨는 날엔 리즈번 부인이 알게 될 것이었다. 결국 해답은 정말 간단한 것이었는데, 그 답을 생각해 내는 데 일주일이나 걸렸다.

우리가 리즈번 자매들에게 전화를 거는 것이었다.

우리는 라슨네 집의 빛바랜 전화번호부에서 리커와 리틀 사이에 위치한 로널드 A. 리즈번을 찾아냈다. 그 이름은 오른쪽 페이지 중간쯤에 있었는데 어떤 부호나 기호, 추가적인 고통을 나타내는 별표도 달려 있지 않았다. 우리는 잠시 동안 그걸 들여다보았다. 그러곤 세 개의 집게손가락이 동시에 다이얼을 돌렸다.

벨이 열한 번 울리고 나서 리즈번 씨가 전화를 받았다. "오늘은 용건이 뭐요?" 전화를 받자마자 그가 피곤한 목소리로 물었다. 발음이 불분명했다. 우리는 송화기를 손으로 막고 아무 말도 하지 않았다.

"내가 기다리고 있잖소. 오늘은 그 허튼소리를 죄다 들어주도록 하지."

수화기 저편에서 딸깍하고 텅 빈 복도에 문이 열리는 것 같은 소리가 들렸다.

"이봐요, 이제 그만 좀 할 수 없소?" 리즈번 씨가 웅얼거렸다.

잠시 정적이 흘렀다. 숨 고르는 소리가 기계 음향으로 변환되어 전자 공간에서 서로 부딪쳤다. 리즈번 씨가 자기 목소리 같지 않은 새된 소리로 말했다…… 그것은 수화기를 낚아챈 리즈번 부인이었다.

"왜 우릴 가만 내버려 두지 않는 거야!" 그녀가 소리를 꽥 지르더니 꽝 하고 수화기를 내려놨다.

우리는 끊지 않고 기다렸다. 오 초가 넘도록 씩씩대는 리즈번 부인의 성난 숨소리가 수화기를 타고 들려왔지만, 우리가 예상했던 대로 전화가 끊어지지는 않았다. 다른 쪽 끝에서 보이지 않는 누군가가 기다리고 있었던 것이다.

우리는 시험 삼아 여보세요 하고 불러 보았다. 잠시 후에 기운이라고는 하나도 없는 희미한 목소리가 되돌아왔다. "안녕."

리즈번 자매들의 목소리를 듣는 것이 워낙 오랜만이어서, 목소리를 들었는데도 기억 속에 떠오르는 바가 없었다. 그것은 ― 아마 저쪽에서 속삭이는 소리로 말했기 때문이었겠지만 ― 돌이킬 수 없이 변해 버리고 작아진, 우물에 빠진 아이의 목소리처럼 들렸다. 그게 누구 목소리인지도 짐작이 가지 않았고, 뭐라고 말해야 할지도 생각나지 않았다. 그래도 우리 모두 ― 그 애와 나머지 리즈번 자매들과 우리들 ― 는 계속 수화기를 들고 있었다. 그런데 전화국 바로 옆 회선에 다른 전화가 연결된 모양이었다. 물속에서 한 남자와 한 여자가 얘기하는 것 같은 소리가 들려왔다. 그들의 대화를 반쯤 듣고 있던 중에("난 샐러드나 만들까 했는데." "……샐러드? 자기가 만든 샐러드는 정말 일품이지.") 다른 회선에 빈 자리가 났는지 두 사람의 대화가 뚝 끊겼다. 윙윙거리는 전화기 소음만이 들리는 가운데, 갑자기 아까보다 힘 있고 거친 목소리가 이렇게 말했다.

"젠장, 나중에 보자." 그리고 전화는 끊어졌다.

　다음 날 우리는 같은 시각에 전화를 걸었고, 첫 번째 벨이 울리자마자 누군가 전화를 받았다. 우리는 안전을 위해 잠시 기다렸다가 전날 밤에 생각해 낸 계획을 실행에 옮겼다. 라슨 씨의 오디오에 수화기를 갖다 대고, 우리의 심정을 리즈번 자매들에게 가장 잘 전달할 수 있는 노래를 틀었던 것이다. 그 노래의 제목은 기억나지 않는다. 그 당시 음반들을 이 잡듯이 훑어보았는데도 찾아내지 못했다. 하지만 중요한 부분들은 기억이 난다. 힘든 나날과 기나긴 밤, 혹시라도 벨이 울리지 않을까 희망하며 고장 난 전화박스 밖에서 기다리는 남자, 그리고 비와 무지개. 부드러운 첼로 연주가 나오는 간주 부분을 제외하곤 기타 연주가 대부분을 차지하는 곡이었다. 우리는 노래를 수화기로 들려주었고, 체이스 뷰얼이 우리 전화번호를 가르쳐 준 다음 전화를 끊었다.

　이튿날 같은 시각에 전화가 왔다. 우리는 곧장 받았고, 잠깐의 혼란이 있은 뒤에(전화기 떨어지는 소리가 났다.) 레코드판 위에 바늘을 올려놓는 소리가 났다. 그리고 찌지직거리는 잡음 사이로 길버트 오설리번[106]의 목소리가 들려왔다. 여러분도 이 노래를 기억하는지 모르겠다. 한 젊은 남자의 인생에서 계속된 불행을 열거한 발라드 곡으로(부모는 죽고, 약혼녀는 결혼식장에 나타나지 않는다.) 다음 절로 넘어갈 때마다 그는 점점 더 홀로 남게 된다. 그것은 유진 부인의 애창곡이어서, 보글보

---

106) Gilbert O'Sullivan(1946~). 아일랜드의 싱어송라이터이다.

글 끓는 냄비 너머 그녀의 목소리를 통해 우리도 익히 알고
있던 곡이었다. 그때는 우리가 너무 어렸기 때문에 그 가사를
듣고 아무 느낌도 받지 못했지만, 수화기 너머에서 리즈번 자
매들이 들려주는 조그만 소리로 그 노래를 듣는 순간 그것은
엄청난 충격으로 다가왔다. 장난꾸러기 같은 길버트 오설리번
의 목소리는 여자애만큼 톤이 높았다. 가사는 그 애들이 우리
귀에 대고 속삭이는 일기 같았다. 우리가 리즈번 자매들의 목
소리를 들은 것은 아니었지만, 그 노래는 어느 때보다 생생하
게 그 애들의 영상을 전달해 주었다. 우리는 수화기 반대편에
서 전축 바늘에 붙은 먼지를 털어 내고, 빙빙 돌아가는 검은
레코드판 위에 수화기를 갖다 댄 채, 혹 부모님한테 들릴까 봐
소리를 줄이는 그들의 모습을 그릴 수 있었다. 노래가 끝나자,
바늘은 레코드판 안쪽 빈 공간을 쭉 미끄러져 가서 (마치 똑같
은 시간을 계속 반복해서 사는 것처럼) 딸깍딸깍하는 소리를 계
속 보내왔다. 조 라슨은 이미 우리 쪽 대답을 준비하고 있었
다. 우리가 그걸 들려주고 나자, 리즈번 자매들이 자기네 노래
를 들려줬고, 그날 저녁 내내 우리는 그것을 반복했다. 대부분
의 곡은 잊어버렸지만 그 대위법적 연주의 일부분은 디모 캐
러필리스가 「틸러먼을 위한 차」[107] 앨범 뒷면에 연필로 메모
했다. 그 목록은 다음과 같다.

---

107) 「아이들은 어디서 놀지요?」가 수록된 영국 가수 캣 스티븐스(Cat
Stevens, 1948~)의 앨범(1970)이다. 미국의 음악 전문지 《롤링 스톤》이 선
정한 '역사상 가장 위대한 팝 앨범'에서 206위를 차지했다.

리즈번 자매들

　「또다시, 혼자 당연히」, 길버트 오설리번

우리

　「너에겐 친구가 있어」, 제임스 테일러

리즈번 자매들

　「아이들은 어디서 놀지요?」, 캣 스티븐스

우리

　「친애하는 소심한 씨」, 더 비틀스

리즈번 자매들

　「바람 앞의 촛불」, 엘턴 존

우리

　「야생마들」, 더 롤링 스톤스

리즈번 자매들

　「열일곱 살에」, 재니스 이언

우리

　「시간을 유리병 속에」, 짐 크로치

리즈번 자매들

　「너무나 멀리」, 캐럴 킹

　사실 순서는 확실하지 않다. 디모 캐러필리스가 제목을 아무렇게나 갈겨썼기 때문이다. 그래도 위의 순서는 음악을 통한 우리의 대화가 기본적으로 어떻게 흘러갔는지를 보여 준다. 럭스의 하드록 앨범이 모두 불타 버렸기 때문에, 리즈번 자매들의 노래는 대부분 포크 음악이었다. 순수하고 구슬픈 목소리들이 정의와 평등을 부르짖었다. 가끔 끼어드는 깽깽이 소리가 예전의 컨트리음악을 떠오르게 했다. 컨트리 가수들은 피부가 지저분하고, 장화를 신고 다녔으며, 노래 한 곡 한 곡이 숨겨진 고통으로 떨고 있었다. 우리는 땀으로 끈적끈적해진 수화기를 돌아가며 귀에 댔는데, 드럼 소리가 지나치게 일정했던 걸 보면 우리가 그 애들의 가슴에 귀를 대고 있었는지도 모를 일이다. 때때로 그 애들이 따라 부르는 소리가 들린다고 생각될 때면, 함께 콘서트장에 와 있는 기분이 들기도 했다. 우리가 고른 노래들은 대부분 사랑 노래들이었다. 모든 곡이 대화를 좀 더 친밀한 방향으로 끌고 가기 위해 선택되었다. 하지만 리즈번 자매들은 사적이지 않은 주제를 고수했다.(우리가 송화기에 입을 바짝 갖다 대고 그들의 향수 얘길 했더니, 그들은 아마 목련 향기였을 거라고 대답했다.) 하지만 시간이 흐르자, 선곡이 점점 슬프고 감상적인 노래들로 바뀌었다. 그 애들이 「너무나 멀리」를 틀었을 때였다. 우리는 이내 그 변화를 감지하고는(그들이 우리의 손목 위에 손을 얹었다.) 「험한 세상에 다리가 되어」[108] 음반을 얹은 다음 볼륨을 높였다. 그 노래야말로 다른 어떤 곡보다 그 애들에 대한 우리의 감정과 우리가 얼마나 그들을 돕고 싶은지를 잘 표현하고 있었기 때문이다. 노래가 끝난 뒤, 우리는 대답을 기다렸다. 한참의 침묵 끝에 그들의 턴테이블이 다시 돌아가기 시작했다. 그리고 지금도 쇼핑센

---

108) 미국의 포크록 듀엣 사이먼 앤 가펑클이 1970년에 발표한 곡. 그래미 시상식에서 4개 부문을 수상했다.

터 같은 곳에서 우연히 들을 때면 발길을 멈추고 잃어버린 시간을 되돌아보게 하는 그 노래[109]가 흘러나왔다.

그대여, 한 번이라도 진심으로
세상의 저편에 닿으려 해 본 적 있나요?
난 지금 무지개 위를 걷고 있는지도 모르지만
그대 내 말을 들어 봐요.

꿈이란 잠자는 사람들을 위한 것
삶이란 우리가 지켜야 하는 것
이 노래가 무슨 뜻인지 궁금하다면,
나 그대와 사랑하고 싶어요.

전화가 먹통이 되었다.(그 애들이 우리를 끌어안으며 귓속에 뜨거운 고백만 남긴 채 예고도 없이 방을 뛰쳐나가 버렸다.) 몇 분 동안, 우리는 꼼짝 않고 앉아서 수화기에서 들려오는 뚜 소리만 듣고 있었다. 그때 삑삑거리는 경고음이 울리기 시작하더니, 녹음된 목소리가 우리에게 당장 수화기를 내려놓으라고 말했다.

그 애들도 우리를 사랑하리라고는 꿈에도 생각하지 못했다. 그 생각을 하니 머리가 어지러워져서 라슨네 카펫 위에 드러누웠다. 카펫에서는 애완동물 탈취제 냄새가 났는데, 더 깊

---

109) 미국의 소프트록 밴드 브레드의 「그대와 사랑하고 싶어요」이다.

숙이 들어가니 애완동물 냄새가 났다. 한참 동안 아무도 입을 열지 않았다. 하지만 머릿속에서 조각들을 조금씩 끼워 맞추다 보니, 새로운 시각에서 상황을 보게 되었다. 작년에 리즈번 자매들이 우리를 파티에 초대하지 않았던가? 우리의 이름과 주소도 알고 있지 않았던가? 그들도 더러운 창문을 문질러 가며 우리를 훔쳐보지 않았던가? 우리는 자신도 모르게 서로의 손을 잡고 눈을 감은 채로 미소를 지었다. 전축에서는 가펑클이 고음 부분을 부르고 있었고, 우리는 더 이상 서실리아를 생각하지 않았다. 지금까지 수줍고 불분명한 태도로밖에 우리에게 이야기하지 못했던, 길 잃은 메리와 보니, 럭스와 터리즈에 대해서만 생각했다. 그 애들이 마지막으로 학교에 나왔던 몇 달간을 되새기다 보니 새로운 발견을 하게 되었다. 한번은 럭스가 수학 책을 안 가져와서 톰 파힘과 같이 책을 본 적이 있었다. 책 여백에 럭스는 이렇게 썼다. "난 여기서 나가고 싶어." 그 소망은 어디까지를 의미했던 걸까? 돌이켜 보니, 리즈번 자매들은 늘 우리에게 말을 걸면서 우리의 도움을 받고 싶어 했는데, 우리가 그들에게 너무 열중한 나머지 귀담아듣지를 못했다. 너무 뚫어지게 쳐다본 나머지 정작 우리를 바라보는 그들의 시선은 놓쳤던 것이다. 그 애들이 달리 누구에게 의지할 수 있었겠는가? 부모도 아니고, 이웃도 아니었다. 그들은 집 안에서는 죄수였고, 밖에서는 문둥병 환자였다. 그리하여 리즈번 자매들은 누군가 — 우리 — 가 그들을 구해 주기만을 기다리며 세상으로부터 숨어 버렸던 것이다.

그 후 며칠 동안 우리는 계속 전화를 걸려고 시도했지만,

아무도 받는 사람이 없었다. 전화는 홀로 외로이 울려 댔다. 우리는 베개 밑에서 전화벨이 계속 울려 대는데 리즈번 자매들이 아무리 손을 뻗어도 전화에 손이 닿지 않는 모습을 상상해 보았다. 전화를 할 수 없게 되자, 우리는 브레드의 베스트 앨범을 사서 「그대와 사랑하고 싶어요」를 듣고 또 들었다. 라슨네 집 지하실에서부터 길 밑을 가로지르는 땅굴을 파자는 거창한 얘기도 나왔다. 파낸 흙은 「대탈주」[110]에서처럼 바지 속에 숨겼다가 산책하면서 버리면 될 것 같았다. 이 계획에 너무 도취된 나머지 우리는 이미 집 밑으로 통하는 땅굴이 존재한다는 사실을 잠시 잊고 있었다. 그것은 바로 홍수 방지용 배수로였다. 하지만 배수로 안을 들여다보니 그곳은 물로 가득 차 있었다. 호수의 수위가 이미 올라갔던 것이다. 하지만 상관없었다. 뷰얼 씨의 사다리를 리즈번 자매들의 창문 밑에 갖다 대면 되기 때문이다. "야반도주 같아." 유지 켄트의 이 말만으로도, 우리의 마음은 어느 소도시 치안판사의 붉은 얼굴을 지나 푸른 밀밭을 달리는 밤차의 침대칸을 향해 둥실둥실 떠갔다. 우리는 별의별 상상을 하며 그 애들의 신호를 기다렸다.

물론 이것들 ─ 레코드 틀기, 전등 깜박이기, 성모마리아 그림 ─ 중 그 어느 것에 대한 얘기도 신문에 실리지 않았다. 우리는 그런 충성심이 무의미해지고 난 후에도 리즈번 자매들과

---

110) 스티브 매퀸 주연, 존 스터지스 감독의 영화(1963)로, 2차 세계 대전 당시 땅굴을 파서 독일군의 포로수용소를 탈출한 포로들의 실화를 바탕으로 하고 있다.

의 이런 교감을 성스러운 비밀로 생각했다. 필 양(그녀는 훗날
낸 자신의 책에서 한 장[章]을 리즈번 자매들에게 할애했다.)은 그
들이 점점 더 바닥으로 가라앉은 것은 피할 수 없는 수순이
었다고 서술했다. 그녀는 생을 살아 보려는 그들의 마지막 시
도 — 보니가 제단을 돌보았던 것이나 메리가 밝은색 스웨터
를 입었던 것 — 를 부질없는 것으로 묘사했고, 그녀가 보기
에 리즈번 자매들이 자신들의 안식처를 만드는 데 사용한 돌
의 이면에는 하나같이 진흙과 벌레가 붙어 있었다. 촛불은 이
승과 저승 양쪽 모두를 비추는 양면 거울이었다. 그것은 리즈
번 자매들이 서실리아를 이승으로 불러내는 통로이기도 했지
만, 서실리아가 언니들을 저승으로 부르는 통로이기도 했던 것
이다. 메리의 밝은색 스웨터는 예뻐지고 싶은 사춘기 소녀의
강렬한 욕구를 드러낼 뿐이었고, 터리즈의 헐렁한 셔츠는 "자
존감 결여"를 나타냈다.

우리는 그런 말을 믿을 만큼 바보가 아니었다. 레코드를 틀
기 시작한 지 사흘째 되던 날 밤, 우리는 보니가 검은색 트렁
크를 방에 가지고 들어오는 것을 보았다. 보니는 가방을 침대
위에 놓고 거기에 옷가지와 책들을 집어넣기 시작했다. 메리가
나타나 자신의 날씨 변화 거울을 던져 넣었다. 둘은 트렁크에
뭘 넣을지를 가지고 입씨름을 벌였다. 마침내 발끈한 보니가
집어넣었던 옷가지 중 일부를 끄집어내고 메리의 물건을 더
넣을 공간을 마련해 주었다. 메리는 카세트 플레이어와 헤어
드라이어, 그리고 우리가 나중에야 그 정체를 알게 된, 무쇠로
만든 문 고정 장치를 넣었다. 그 애들이 뭘 하는 건지는 알 수

없었지만, 그들의 태도가 달라졌다는 것은 단박에 알아차릴 수 있었다. 그들은 새로운 목표를 향해 움직이고 있었다. 지금까지의 방황하던 태도는 사라지고 없었다. 그 행동의 의미를 유추해 낸 것은 폴 발디노였다.

"도망치려는 것 같은데." 그는 쌍안경을 내려놓으면서 이렇게 말했다. 발디노가 친척들이 시칠리아나 남미로 사라지는 걸 여러 번 지켜본 사람다운 확신에 차서 말했기 때문에, 우리는 그 즉시 녀석의 말을 믿었다. "저 애들이 이번 주말이 가기 전에 도망친다는 데 5달러 걸면 10달러로 만들어 주지."

발디노가 예상한 방식은 아니었지만, 어쨌든 녀석의 말이 옳았다. 코팅된 성모마리아 그림 뒷면에 적힌 마지막 편지가 6월 14일에 체이스 뷰얼네 우편함에 도착해 있었던 것이다. 내용은 이것뿐이었다. "내일. 자정. 우리의 신호를 기다릴 것."

* * *

일 년 중 이맘때면 하루살이들이 창문을 온통 뒤덮어서 바깥을 내다보기가 어려웠다. 다음 날 밤, 우리는 조 라슨네 집 옆 공터에 모였다. 해는 이미 지평선을 넘어간 후였지만, 대기 속 오염 물질에 반사된 빛이 자연 그대로의 색보다 더 아름다운 오렌지색으로 하늘을 물들였다. 길 건너편의 리즈번 씨 집은 서실리아의 제단에 켜져 있는 희미한 붉은빛을 제외하곤 완전히 어둠에 잠겨 있어서 마치 일부러 숨어 있는 것처럼 보였다. 지면에서는 2층이 잘 안 보여서, 우리는 라슨네 지붕 위로 올라가려고 했다. 그런데 라슨 씨가 우리 앞을 가로막았다.
"지금 막 타르 칠을 마쳤거든." 우리는 다시 공터로 되돌아갔
다가 차도로 내려가서 아직 한낮의 열기가 가시지 않은 따뜻
한 아스팔트에 손바닥을 대 보았다. 리즈번 씨 집의 눅눅한 냄
새가 잠깐 나는 것 같다가 금세 사라져 버려서, 우리는 착각
했나 보다고 생각했다. 나머지 녀석들은 어린애들이나 하는
짓이라고 생각했지만, 조 힐 콘리는 언제나처럼 나무를 오르
기 시작했다. 우리는 조가 어린 단풍나무를 기어오르는 모습
을 쳐다보았다. 가지가 그의 몸무게를 지탱하기엔 너무 가늘
어서 녀석도 아주 높이 올라가지는 못했다. 그래도 체이스 뷰
얼은 그에게 이렇게 물었다. "뭐가 보여?" 그러자 조 힐 콘리는
실눈을 떴다가 눈 양쪽 끝을 쭉 잡아당겼다. 실눈보다 그편이
더 잘 보인다고 생각했기 때문이다. 그러나 결국엔 고개를 가
로저었다. 하지만 덕분에 옛날에 쓰던 나무 위 오두막집이 생
각났다. 우리는 나뭇잎 사이로 올려다보며 집의 상태를 가늠
해 보았다. 몇 년 전 폭풍우로 지붕 일부는 날아가 버렸고, 마
지막으로 갖다 단 문고리도 찾을 길이 없었지만, 골격은 그럭
저럭 쓸 만해 보였다.

우리는 늘 하던 방식대로 기어 올라갔다. 우선 옹이구멍과
못으로 박아 놓은 판자에 각각 한 발을 디딘 다음, 두 개의 구
부러진 못 위로 올라가 너덜너덜한 밧줄을 잡고 집 바닥에 있
는 문으로 몸을 쑥 밀어 올리는 것이다. 이제는 우리 덩치가
너무 커져서 문에 거의 끼다시피 하며 들어갔는데, 집 안에
들어가자 우리 몸무게 때문에 바닥의 합판이 아래로 휘어 버

렸다. 수년 전에 작은 톱으로 도려내어 만든 직사각형 창문은 여전히 리즈번 씨 집 정면을 바라보고 있었다. 창문 옆에는 얼룩덜룩한 리즈번 자매들의 사진 다섯 장이 녹슨 압정으로 꽂혀 있었다. 그걸 거기 갖다 붙인 기억은 없었지만, 어쨌든 그 사진들은 세월과 날씨 탓에 흐릿해진 모습으로 그 자리에 있었다. 식별 가능한 거라곤 희미하게 빛나는 몸의 윤곽 정도였는데, 마치 서로 다른 모양을 한 미지의 문자들 같았다. 바깥의 땅 위에서는 사람들이 잔디나 화단에 은색 올가미를 던지듯 물을 쭉쭉 뿌리고 있었다. 라디오에서는 우리 지역 야구 아나운서의 목쉰 소리가 우리 눈에 보이지 않는 한 편의 느린 드라마를 묘사하더니, 갑자기 홈런을 알리는 환성이 와 하고 솟아올라 나무 위에 모였다가 흩어져 갔다. 날이 더 어두워졌고, 사람들은 집으로 들어갔다. 낡은 등유 램프 심지에 불을 붙이자 보이지도 않을 만큼 남아 있던 기름이 타기 시작했지만, 채 일 분도 되기 전에 하루살이들이 창문으로 새까맣게 몰려 들어와 램프를 끄지 않을 수 없었다. 하루살이가 가로등불에 타닥타닥 몸을 부딪치는 소리, 털 뭉치처럼 하늘에서 쏟아져 내리는 소리, 달리는 차의 타이어 밑에서 터지는 소리가 들려왔다. 우리가 벽에 등을 기댔을 때도 몇 마리 터지는 소리가 났다. 그것들은 어딘가에 붙어 있을 때는 꼭 죽은 것처럼 가만있다가, 우리의 손가락 사이에서는 미친 듯이 파닥거렸고, 그러다간 또 어디론가 날아가서 죽은 듯이 붙어 있곤 했다. 이미 죽었거나 죽어 가는 중인 그 시체들의 더께는 거리와 전조등을 컴컴하게 만들었고, 가정집 창문들을 뒤쪽에 조명이 켜진 연극 무대의 배경 막으로 탈바꿈시켰다. 우리는 미지근한 맥주 캔을 밧줄로 끌어올린 다음, 벽에 기대앉아 맥주를 마시며 기다렸다.

모두들 부모님한테 친구 집에서 잔다고 말하고 나왔기 때문에, 우리는 밤새도록 어른들의 방해 없이 술을 마시며 앉아 있을 수 있었다. 그러나 황혼이 다 저물고 난 후까지도 리즈번 씨 집에는 촛불 외의 불빛은 하나도 보이지 않았다. 그나마 그 촛불도 전보다 어두워 보이는 것이, 리즈번 자매들이 관리를 열심히 했음에도 초가 다 떨어진 듯했다. 서실리아 방 창문은 지저분한 수조처럼 기분 나쁘게 빛나고 있었다. 우리는 칼 테이절의 망원경을 창문 앞에 갖다 놓고 이리저리 돌린 끝에, 곰보처럼 얼굴이 얽은 달이 소리 없이 하늘을 가로지르는 모습과 푸르스름한 금성의 모습을 겨우 볼 수 있었다. 그러고 나서 망원경을 럭스 방 창문 쪽으로 돌리자, 방 안의 모습이 코앞까지 확 다가들어서 뭐가 뭔지 알아볼 수가 없었다. 제일 먼저 눈에 들어온 것은 침대 위에 누워 있는 럭스의 실로폰 건반 같은 등뼈였다. 그런데 자세히 들여다보니 그것은 화려하게 조각된 몰딩이었다. 신선한 음식이 존재하던 시절의 산물인 듯한, 협탁 위의 뾰족한 복숭아씨는 온갖 불길한 상상을 불러일으켰다. 어쩌다 럭스의 모습이나 움직이는 물체가 시야에 들어와도, 보이는 부분이 너무 작아서 방 안 상황이 어떻게 돌아가고 있는지 알 수가 없었다. 결국 우리는 망원경을 치우고 맨눈에만 의지하기로 했다.

밤이 고요히 지나가고 있었다. 달이 졌다. 우리는 누군가 가

저온 분스 팜 딸기주를 한 차례 돌려 마신 다음 나뭇가지 위에 올려놨다. 톰 보거스가 갑자기 문으로 가더니 밑으로 툭 떨어져서 시야에서 사라졌다. 잠시 후, 그가 공터 덤불에 대고 토하는 소리가 들려왔다. 우리가 얼마나 늦게까지 깨어 있었던지, 터커 아저씨가 밖에 나오는 모습도 목격했다. 그는 오직 시간을 보내기 위해 열세 겹째 깔고 있던 리놀륨 장판 조각 하나를 들고 있었다. 터커 아저씨는 차고 냉장고에서 맥주 캔 하나를 꺼내 들고 앞뜰로 걸어 나와 자신의 구역을 쭉 훑어보았다. 그러곤 나무 뒤에 숨어서 묵주를 손에 든 보니가 나타나길 기다렸다. 하지만 그 매복 장소에서는 2층 침실 창문에서 번쩍이는 손전등 빛도 보이지 않았고, 더군다나 아저씨는 창문 열리는 소리가 나기도 전에 이미 집 안으로 들어가 버리고 없었다. 소리가 들리자 우리는 그 창문만 뚫어져라 쳐다봤다. 어둠 속에서 손전등 불빛이 춤을 추더니, 연달아 세 번 켜졌다 꺼졌다를 반복했다.

산들바람이 불어왔다. 캄캄한 어둠 속에서 우리가 올라와 있는 나무의 잎사귀들이 파르르 떨렸고, 대기는 리즈번 씨 집의 음침한 냄새로 가득 찼다. 그 순간에 우리가 뭔가를 생각하거나 어떤 결정을 내린 기억은 없다. 그 순간, 우리의 두뇌는 회전을 멈추고 난생처음 맛본 평화로 가득 차 있었기 때문이다. 우리는 무너져 가는 침실 안의 리즈번 자매들과 같은 높이에, 길 위의 허공 속에 떠 있었고, 그들은 우리를 부르고 있었다. 나무 창틀에서 끼익 소리가 났다. 그리고 한순간, 하나의 창틀 안에 있는 그들 — 럭스, 보니, 메리, 터리즈 — 의 모

습이 보였다. 그들은 허공의 저편에서 우리가 있는 쪽을 쳐다
보고 있었다. 메리가 우리에게 키스를 날려 보냈다. 혹은 입술
을 닦은 것이었는지도 모르겠다. 손전등이 꺼졌다. 창문이 닫
혔고, 그들은 사라졌다.

우리는 상의 한마디 없이 곧바로 낙하산병들처럼 한 줄로
나무에서 뛰어내렸다. 뛰어내리는 게 어찌나 쉬웠던지, 우리
가 받은 충격이라곤 땅이 너무 가까워서 놀란 것뿐이었다. 높
이가 3미터 정도밖에 안 됐다. 잔디밭에서 뛰어오르면 오두막
바닥이 손에 닿을 정도였다. 우리의 키가 그렇게 많이 컸다는
사실이 놀라웠다. 훗날 많은 녀석들은 그 깨달음이 우리가 결
단을 내리는 데 큰 역할을 했다고 했다. 그때가 태어나서 처음
스스로 남자라고 느낀 순간이었기 때문이다.

우리는 각자 흩어져서 몇 그루 안 남은 나무들의 그림자 속
에 숨어 가며 서로 다른 방향에서 그 집을 향해 나아갔다. 어
떤 녀석들은 유격 훈련을 하듯 납작 엎드려서 기어갔고 다른
녀석들은 두 발로 서서 걸어갔는데, 집에 가까이 갈수록 냄
새가 점점 더 심해졌다. 마치 공기가 점점 두꺼워지는 것 같
았다. 우리는 곧 보이지 않는 벽에 부딪혔다. 수개월 동안 리
즈번 씨 집에 이 정도로 가까이 간 사람은 없었다. 우리는 잠
시 주춤했지만, 그때 폴 발디노가 손을 들어 신호를 해서 계
속 전진했다. 벽돌담을 지나 몸을 웅크리고 창문 아래를 지나
갈 때는 머리에 거미줄이 걸리기도 했다. 드디어 축축하고 너
저분한 뒤뜰에 도착했다. 케빈 헤드가 작년 가을 떨어진 자리
에 그대로 놓여 있던 새 모이통에 발이 걸렸다. 통이 반으로

쪼개지면서 안에 남아 있던 모이가 쫙 하고 땅바닥에 쏟아졌다. 우리는 순간 얼어붙었지만 집 안에 불이 들어오진 않았다. 잠시 후, 우리는 다시 집을 향해 접근하기 시작했다. 모기들이 귓가에서 앵앵거리며 날아다니는 것도 아랑곳하지 않았다. 우리는 어둠 속에서 침대 시트를 엮어 만든 사다리나 아래로 내려오는 잠옷을 찾느라 정신이 없었다. 아무것도 없었다. 리즈번 씨 집은 우리 머리 위로 높이 솟아 있었고, 창문들은 거대한 나뭇잎 그림자만 반사하고 있을 뿐이었다. 체이스 뷰얼이 자기가 얼마 전에 운전면허를 땄다는 사실과 엄마의 쿠거 자동차 열쇠를 가지고 있다는 사실을 상기시켜 주었다. "그 차를 쓰면 돼." 톰 파힘은 리즈번 자매들의 창문에 던질 돌멩이를 찾아 웃자란 화단 속을 뒤적거렸다. 언제라도 하루살이 시체로 봉해진 저 위층 창문이 열리면서 얼굴 하나가 나타나 죽을 때까지 우리를 내려다볼 것 같았다.

우리는 뒤뜰을 향해 난 창문으로 집 안을 들여다볼 정도로 대담해졌다. 창턱에서 죽은 화분들을 치우자 집의 내부가 보였는데, 그 모습이 마치 우리의 눈이 빛에 적응함에 따라 가까워졌다 멀어졌다 하는 알 수 없는 물체들로 가득한 바닷가 풍경 같았다. 리즈번 씨의 레이지보이 안락의자는 발받침이 눈삽처럼 허공을 가리키면서 앞으로 불쑥 튀어나왔다. 밤색 비닐 소파는 뒤로 쑥 물러나면서 벽에 바짝 가서 붙었다. 가구들이 이렇게 각자 움직이는 동안, 마룻바닥은 마치 특수 무대처럼 물기둥을 타고 위로 솟아오르는 것만 같았다. 그때 유일한 조명인 조그만 램프가 비추는 빛 속에서 우리는 럭스를 보았다. 그녀는 빈백 소파[111]에 누워 있었는데, 무릎은 좌우로 벌린 채 공중을 향해 들려 있었고 상체는 소파 속에 완전히 파묻혀서 마치 구속복을 입은 것 같았다. 럭스는 청바지에 스웨이드를 덧댄 나무 슬리퍼를 신고 있었고, 긴 머리는 어깨 위로 드리워져 있었다. 입에는 담배를 물고 있었는데 재가 너무 길어서 금방이라도 떨어질 것 같았다.

우리는 이제 뭘 해야 좋을지 몰랐다. 이럴 때 어떻게 해야 한다는 지침이 있는 것도 아니었으니까. 우리는 손을 고글처럼 만든 다음 창문에 얼굴을 바싹 갖다 댔다. 유리에서 소리의 진동이 느껴졌다. 몸을 더 앞으로 기울이자 다른 자매들이 위에서 왔다 갔다 하고 있음을 알 수 있었다. 뭔가가 미끄러지다가 잠시 멈췄다가는 또다시 미끄러졌다. 쿵 하는 소리가 났다. 창문에서 얼굴을 떼니 주위는 온통 정적뿐이었다. 우리는 다시 진동하고 있는 유리로 되돌아갔다.

럭스가 재떨이를 찾아 더듬거리기 시작했다. 손에 잡히는 게 아무것도 없자, 청바지에 재를 떨고는 손으로 북북 문질렀다. 그러곤 몸을 뒤척이며 빈백 소파에서 일어났고, 우리는 그녀가 홀터 톱을 입고 있음을 알게 되었다. 그 홀터 톱은 목 뒤에서 리본 모양으로 묶인 가느다란 끈 두 가닥이 파리한 어깨와 조각 같은 쇄골 위를 지나는 동안 점점 폭이 넓어져서 결국엔 두 개의 널찍한 노란 천이 되어 몸통을 감싸는 옷이었

---

111) 커다란 주머니에 플라스틱이나 스티로폼 등의 충전재가 들어 있어서, 자기가 원하는 대로 모양을 바꿀 수 있는 소파이다.

다. 그 옷은 오른쪽으로 살짝 치우쳐 있어서 럭스가 기지개를 켤 때면 부드럽고 뽀얀 오른쪽 가슴이 살짝 드러나곤 했다. "이 년 전 7월이었지." 조 힐 콘리가 마지막으로 그 옷을 봤던 때를 기억해 냈다. 몹시 더웠던 그날, 럭스가 그걸 입고 밖에 나온 지 채 오 분도 되지 않았을 때, 리즈번 부인이 옷을 갈아입으라며 그녀를 불러들였다. 그 홀터는 그동안의 모든 시간과 그사이에 있었던 모든 일을 의미했다. 무엇보다도 그 옷은 리즈번 자매들이 이 집을 떠나리라는 것, 이제부터는 뭐든 자기가 입고 싶은 옷을 입으리라는 사실을 말해 주고 있었다.

"노크를 해야 할 것 같은데." 케빈 헤드가 속삭였지만, 아무도 그렇게 하지 않았다. 럭스가 다시 빈백 소파에 앉더니 마룻바닥에 담배를 비벼 껐다. 그녀 등 뒤의 벽에 갑자기 커다란 그림자 하나가 솟아올랐다. 럭스가 고개를 홱 돌렸다. 그러나 우리가 난생처음 보는 떠돌이 고양이 한 마리가 무릎 위로 기어오르자 미소를 지었다. 그녀는 고양이가 억지로 품에서 벗어날 때까지 인정머리 없는 그 몸뚱이를 끌어안고 있었다.(이 부분에 한 가지 사실을 추가해야겠다. 럭스는 마지막 순간까지 그 떠돌이 고양이를 사랑했다. 하지만 녀석은 럭스에게서 달아난 순간, 이 보고서 안에서도 영원히 사라졌다.) 럭스가 새 담배에 불을 붙였다. 그러고는 성냥 불꽃 너머로 창문을 올려다보았다. 그녀가 고갯짓을 해서 우리 모습을 봤다고 생각한 순간, 그녀가 또다시 손으로 머리를 쓸어 넘겼다. 럭스는 창문에 비친 자기 모습을 보았을 뿐이었다. 집 안의 불빛 때문에 밖에 있는 우리 모습이 그녀에겐 보이지 않았다. 마치 다른 차원의 공간에서 그녀를 들여다보는 것처럼, 우리는 창문에서 불과 몇 센티미터 떨어진 곳에 있었지만 그녀에겐 보이지 않았다. 유리창에서 새어 나오는 희미한 빛이 우리 얼굴 위에서 일렁였지만 우리의 몸통과 다리는 어둠 속에 잠겨 있었다. 안개도 끼지 않은 밤에 호수 위 화물선 한 척이 뱃고동을 울렸다. 다른 화물선이 보다 낮은 음으로 응답했다. 럭스의 홀터 톱은 슬쩍만 휙 잡아당겨도 벗겨질 것 같아 보였다.

소심한 걸로 유명한 톰 파힘이 별안간 분연히 떨쳐 일어났다. 그는 뒷문으로 가서 조용히 문을 열고, 우리가 마침내 리즈번 씨 집 안에 들어가게끔 해 주었다.

"우리가 왔어." 톰 파힘이 한 말은 이게 전부였다.

럭스가 올려다보았지만 소파에서 일어나지는 않았다. 그녀의 졸린 눈은 우리가 왔다는 사실에 전혀 놀라지 않은 듯했지만, 하얀 목 언저리에는 바닷가재 색깔 같은 홍조가 퍼져 가고 있었다. "시간이 됐어." 럭스가 입을 열었다. "우린 너희를 기다리고 있었어." 그녀는 담배 한 모금을 더 빨아들였다.

"우리한테 차가 있어." 톰 파힘이 말을 이었다. "기름도 가득 들어 있고. 너희가 가고 싶은 데는 어디든 데려다줄게."

"쿠거이긴 하지만 트렁크가 꽤 크거든." 체이스 뷰얼이 거들었다.

"내가 앞자리에 앉아도 돼?" 럭스가 친절하게도 연기가 우리한테 오지 않도록 입을 한쪽 끝만 살짝 벌리고 담배 연기를 내뿜었다.

"물론이지."

"너희 중에 누가 내 옆에 앉을 건데?"

그녀가 고개를 뒤로 젖히더니 천장을 향해 담배 연기로 만든 도넛을 연거푸 입에서 뱉어 냈다. 우리는 가만히 서서 도넛이 두둥실 떠오르는 걸 쳐다봤고, 이번에는 조 힐 콘리도 달려가서 그 안에 손가락을 찔러 넣지 않았다. 그제야 우리는 처음으로 집 안을 둘러보았다. 집 안에 서 있으니 냄새는 그어느 때보다도 지독했다. 그것은 물에 젖은 회반죽과 끝도 없이 엉켜 있는 리즈번 자매들의 머리카락으로 막힌 하수구, 곰팡이 핀 벽장, 물 새는 수도관에서 나는 냄새였다. 물 새는 곳밑에는 여전히 페인트 깡통이 놓여 있었는데, 하나같이 헤아릴 수도 없이 오래전부터 담겨 있던 희석액으로 가득 차 있었다. 거실 풍경은 마치 도둑이 왔다 간 듯한 모습이었다. 텔레비전은 브라운관도 없이 비뚜름하게 놓여 있고, 그 앞에는 리즈번 씨의 공구 상자가 입을 벌리고 있었다. 의자들은 리즈번 가족이 땔감으로 쓰고 있었던 것처럼 팔걸이와 다리가 떨어져나가고 없었다.

"부모님은 어디 계셔?"

"주무셔."

"다른 애들은?"

"곧 올 거야."

지하실에서 쿵 소리가 났다. 우리는 뒷문으로 몰려갔다. "서둘러." 체이스 뷰얼이 말했다. "빨리 여길 나가는 게 좋겠어. 너무 늦었다고." 하지만 럭스는 고개를 저으며 담배 연기만 내뿜었다. 그녀가 홀터의 끈을 위로 들어 올리자 빨갛게 눌린 자

국이 눈에 띄었다. 다시 사방이 조용해졌다. "기다려." 럭스가
말했다. "오 분만 더. 아직 짐을 다 못 쌌거든. 엄마 아빠가 잠
들 때까지 기다려야 했단 말이야. 어찌나 오래 걸리던지. 엄마
가 특히 더 심해. 불면증이거든. 지금쯤 깨어났을지도 몰라."

럭스가 자리에서 일어났다. 우리는 그녀가 힘을 충분히 모
으기 위해 몸을 앞으로 수그리고 잠시 기다렸다가 일으키는
모습을 지켜보았다. 그때 가느다란 끈으로 목에 고정된 홀터
가 한순간 몸에서 완전히 떨어져서, 천과 피부 사이의 컴컴한
빈 공간이 보이고 그다음엔 밀가루를 뿌린 듯이 새하얀 젖가
슴이 보였다.

"내 발이 퉁퉁 부었어." 럭스가 말했다. "정말 이상해. 그래
서 슬리퍼를 신고 있는 거야. 이거 괜찮아?" 그녀가 한쪽 발끝
으로 신발을 흔들어 대며 물었다.

"응."

허리를 똑바로 펴고 선 럭스는 키가 그리 크지 않았다. 우
리는 속으로 이것은 실제 상황이라고, 이게 진짜 럭스 리즈번
이고 우리는 지금 그녀와 한방 안에 있다고 계속해서 되뇌어
야 했다. 럭스가 자기 몸을 내려다보더니 홀터를 바로잡고는
오른쪽으로 삐져나온 가슴을 엄지손가락으로 다시 밀어 넣었
다. 그러곤 우리 모두의 눈을 한꺼번에 쳐다보는 것처럼 고개
를 들어 쳐다보더니 앞으로 걸어 나오기 시작했다. 럭스가 신
발을 질질 끌며 그늘을 지나 우리에게 다가오는 동안, 먼지로
뒤덮인 마룻바닥에 그녀의 발자국이 찍히는 소리가 들렸다.
어둠 속에서 그녀가 말했다. "쿠거에는 다 탈 수 없을 거야."

한 걸음 더 내딛자 다시 그녀의 얼굴이 보였다. 한순간이었지만, 그것은 살아 있는 얼굴 같지가 않았다. 피부는 너무 하얬고, 두 뺨은 완벽하게 조각한 듯했으며, 활 모양의 눈썹은 꼭 그린 것 같았고, 도톰한 입술은 밀랍으로 만든 것만 같았다. 하지만 럭스가 더 가까이 다가왔을 때, 우리는 그녀의 눈에서 그 후로도 영원토록 찾아 헤매게 될 어떤 빛을 보았다.

"우리 엄마 차를 가져가는 게 나아, 그렇지 않겠어? 그 차가 더 크니까 말이야. 너희 중에 운전할 줄 아는 사람이 누구야?"

체이스 뷰얼이 손을 들었다.

"스테이션왜건도 운전할 수 있어?"

"그럼." 그리고 이렇게 덧붙였다. "설마 수동은 아니지?"

"아니야."

"그럼 문제없어."

"나도 운전대 좀 잡아 보게 해 줄래?"

"그래. 하지만 빨리 여기서 나가야 해. 방금 무슨 소리가 났다고. 너희 어머니인지도 몰라."

럭스가 체이스 뷰얼에게 다가갔다. 너무 가까이 다가가서 그녀의 숨결에 뷰얼의 머리카락이 흔들릴 정도였다. 그리고 우리 모두가 보는 앞에서 그녀는 뷰얼의 벨트를 끌렀다. 밑을 내려다볼 필요도 없었다. 그녀의 손가락은 제 갈 길을 잘 알았다. 딱 한 번 뭔가에 걸렸을 때 그녀는 쉬운 음을 틀린 연주자처럼 고개를 설레설레 흔들었다. 손을 움직이는 내내 럭스는 까치발로 서서 뷰얼의 눈을 들여다보았고, 고요한 집 안엔 오직 바지 단추 열리는 소리만 들렸다. 지퍼가 내려갈 땐 뭔가가 우리의 척추를 타고 내려가는 게 느껴졌다. 아무도 그 자리에서 움직이지 않았다. 체이스 뷰얼도 마찬가지였다. 불타오르는 럭스의 눈만이 어두운 방 안에서 벨벳처럼 빛났다. 그녀의 목에서는 사람들이 향수를 뿌리는 바로 그 부분의 맥박이 부드럽게 뛰고 있었다. 지금 럭스의 상대는 체이스 뷰얼이었지만, 우리 모두는 럭스가 우리의 옷을 벗기고 손을 뻗어 우리를 움켜잡는 것을 느낄 수 있었다. 마지막 순간에 지하실에서 조그맣게 쿵 하는 소리가 또 한 번 들렸다. 위층에서는 리즈번 씨가 잠결에 기침을 했다. 럭스가 손을 멈췄다. 그녀는 눈길을 돌리고 잠시 뭔가 생각하는 듯하더니 이렇게 말했다.

"지금은 안 되겠어."

그녀는 체이스 뷰얼의 허리띠를 놓고 뒷문으로 갔다. "난 바람 좀 쐬어야겠어. 너희 때문에 너무 흥분했나 봐." 이렇게 말하며 웃는 그녀의 모습은 어딘지 맥 빠지고 어색하고 진심이 담겨 있었지만 예쁘지는 않았다. "난 차에서 기다릴게. 너희는 여기서 언니들을 기다려 줘. 짐이 굉장히 많거든." 그녀는 뒷문 옆에 있는 대접에서 차 열쇠를 꺼냈다. 그러곤 문밖으로 나가려다가 걸음을 멈추더니 이렇게 물었다.

"우리 어디로 가는 거야?"

"플로리다." 체이스 뷰얼이 대답했다.

"멋지다." 럭스가 말했다. "플로리다라."

잠시 후 차고에서 자동차 문이 쾅 하고 닫히는 소리가 났다. 우리 중 몇 명은 그때 희미한 유행가 가락이 밤공기를 타고 들려왔던 걸 기억한다. 럭스가 라디오를 틀었던 것이다. 우리는 기다렸다. 다른 리즈번 자매들이 어디 있는지는 알 수 없었다. 위층에서는 짐 꾸리는 소리, 옷장 문 여는 소리, 여행 가방 때문에 꿀렁대는 침대 스프링 소리가 났다. 발소리는 위에서도 들렸고 밑에서도 들렸다. 분명 지하실 바닥에서 뭔가가 질질 끌려가고 있었다. 그 소리의 정체는 알 수 없었지만, 한 가지만은 확실했다. 정교한 탈출 계획의 일부인 것처럼 모든 움직임이 정확했다는 것이다. 그 작전에서 우리는 잠깐 쓰고 버리는 장기의 졸에 불과하다는 것도 알 수 있었지만, 그 사실도 우리의 흥분을 감소시키지는 못했다. 우리의 머릿속은 조금 있으면 리즈번 자매들과 함께 자동차를 타고 녹음이 우거진 우리 동네를 벗어나 한 번도 가 보지 못한 자유롭고 한적한 시골길을 누비게 되리라는 상상으로 부풀고 있었다. 우리는 누가 가고 누가 남을 것인지를 가리기 위해 가위바위보를 했다. 그러는 동안에도 곧 그 애들과 함께할 생각에 우리의 가슴은 조용한 행복감으로 차올랐다. 신축성 있는 새틴 여행 가방의 주머니가 짤깍 하고 닫히는 소리, 보석이 찰랑거리는 소리, 복도를 따라 여행 가방을 끌고 내려오느라 리즈번 자매들이 발을 질질 끄는 소리에 우리가 익숙해질 줄 그 누가 알았겠는가? 아직 가지 않은 길들이 우리 머릿속에서 점점 형태를 갖춰 갔다. 부들을 베어 가며 길을 내는 우리의 모습, 맑은 물이 흐르는 개울, 오래된 배 수리소의 모습도 보였다. 어떤 주유소에서는 부끄러워하는 그 애들을 위해 여자 화장실 열쇠를 얻어 와야 할 때도 있을 것이다. 기다리는 동안엔 창문을 열고 라디오를 틀어 놓으리라.

이런 꿈을 꾸는 동안, 집 안은 쥐 죽은 듯 조용해졌다. 우리는 여자애들이 짐을 다 쌌나 보다고 생각했다. 피터 시슨이 만년필형 손전등을 꺼내 들고 식당에 잠깐 갔다 와서 이렇게 말했다.

"한 명은 아직 지하실에 있어. 계단에 불이 켜져 있더라고."

우리는 일어서서 손전등을 흔들면서 그들을 기다렸지만, 아무도 나타나지 않았다. 톰 파힘이 첫 번째 계단에 발을 디뎠다가 삐거덕 소리가 하도 크게 나는 바람에 다시 내려오고 말았다. 집 안의 정적이 귓속에서 왕왕 울리는 것만 같았다. 밖에서 자동차 한 대가 지나가자, 그 그림자가 식당을 휙 가로질렀고 잠깐이나마 초기 이주자들의 그림 위에도 빛이 비쳤다. 식탁 위에는 비닐로 싼 겨울 외투가 쌓여 있었다. 여기저기에 커다란 꾸러미들이 보였다. 이 집은 고물을 모아 놓은 다락방 같은 분위기를 풍겼는데, 그 고물들의 조합이 새장 속의 토스터, 대바구니에서 삐져나온 발레 슈즈에서 볼 수 있듯 가히 혁신적이라고 할 수 있었다. 우리는 엉망진창으로 어질러진 사이를 요리조리 피해서 게임 — 주사위 놀이와 장기 — 을 하기 위해 비워 둔 공간을 지나 다시 거품기와 고무장화로 이루어진 덤불 속으로 들어갔다. 드디어 부엌에 다다랐다. 너무 어두워서 앞이 보이지는 않았지만, 누군가 한숨 쉬는 것 같은 소리가 들렸다. 지하실에서 사다리꼴 모양의 불빛이 올라오고 있었다. 우리는 층계 쪽으로 가서 귀를 기울였다. 그리고 지하실로 내려가기 시작했다.

체이스 뷰얼이 앞장을 섰다. 서로의 벨트 고리를 잡고 계단을 내려가는 동안, 우리는 리즈번 자매들의 생애에 단 한 번 부모님이 허락해 주었던 파티에 참석하기 위해 그 층계를 내려갔던 일 년 전 그날로 돌아가고 있었다. 바닥에 이르렀을 때는 말 그대로 시간을 거스른 것처럼 느껴졌다. 바닥이 3센티미터나 물에 잠겨 있는데도 불구하고 우리가 그 방을 떠날 때와 하나도 달라진 게 없었기 때문이다. 서실리아를 위한 파티는 결코 끝난 게 아니었다. 쥐 똥으로 얼룩진 종이 식탁보는 아직도 카드놀이용 탁자 위를 덮고 있었다. 컷글라스 볼 안에서 떡이 된 펀치의 갈색 더께에는 파리가 점점이 박혀 있었다. 이미 오래전에 녹은 셔벗의 끈적끈적한 개흙에는 여전히 국자가 꽂혀 있었고, 그 앞에는 먼지와 거미줄 때문에 회색이 되어 버린 컵들이 차곡차곡 쌓여 있었다. 천장에는 바람 빠진 풍선들이 잔뜩 가는 리본에 매달려 있었다. 도미노 게임은 여전히 3이나 7이 놓이길 기다리고 있었다.

리즈번 자매들이 어디로 갔는지는 알 수 없었다. 수면에는 방금 누군가가 헤엄쳐 지나가거나 뛰어들기라도 한 것처럼 잔물결이 일고 있었다. 이따금 하수구에서 꼴깍꼴깍 물 넘어가는 소리가 났다. 물은 우리의 분홍빛 얼굴과 천장에 매달린 빨갛고 파란 리본들을 비추며 벽에 찰싹찰싹 부딪쳤다. 그 방의 달라진 것들 — 벽에 달라붙어 있는 물벌레들과 물결을 따라 흔들리는 죽은 쥐 한 마리 — 은 달라지지 않은 것들을 더 두드러져 보이게 할 뿐이었다. 반쯤 눈을 감고 코를 막고 있으면 파티가 계속되고 있는 상상에 잠길 수도 있었다. 버즈 로

마노가 물을 가로질러 카드놀이용 탁자로 가더니 우리 모두가 쳐다보는 가운데 춤을 추기 시작했다. 천주교식으로 화려하게 꾸민 그의 집 거실에서 그의 어머니가 직접 가르쳐 준 박스 스텝[112]이었다. 그는 공기를 안았을 뿐이지만, 우리는 그녀 — 혹은 그들 — 다섯 명 모두가 그의 품 안에 안겨 있는 걸 볼 수 있었다. "얘네들 때문에 정말 돌아 버릴 것 같아. 한 번이라도 걔들 중 한 명을 안아 볼 수 있다면." 그가 발을 움직일 때마다 진흙이 신발 속에 들어갔다 나왔다 했다. 로마노가 춤을 추면서 시궁창 냄새를 공기 속으로 차올리는 바람에 그 어느 때보다 강해진 그 냄새를 우리는 결코 잊을 수 없었다. 왜냐하면 바로 그때, 버즈 로마노의 머리 위에서, 일 년 전 우리가 그 방을 나갈 때와 달라진 유일한 것을 보았기 때문이다. 반쯤 바람 빠진 풍선들 사이로 밤색과 흰색 가죽으로 만든 보니의 구두가 내려와 있었다. 보니가 파티 장식이 매달려 있던 들보에 줄을 맨 것이다.

아무도 움직이지 않았다. 아무것도 모르는 버즈 로마노만 계속 춤을 추었다. 그의 머리 위에서, 분홍 드레스를 입고 있는 보니는 피냐타[113]처럼 말쑥하고 즐거워 보였다. 상황을 이

---

112) 사각형 모양으로 밟는 스텝. 룸바, 왈츠, 폭스트롯 등에서 사용되는 스텝이다.
113) 멕시코에서는 생일이나 크리스마스 같은 날에 그날의 주인공에게 눈가리개를 씌우고 방망이로 공중에 매달려 있는 피냐타를 때려서 터뜨리게 한다. 피냐타는 대개 일곱 갈래로 갈라진 별 모양을 하고 있으며 그 안에는 과자나 장난감이 들어 있다.

해하는 데는 시간이 좀 걸렸다. 우리는 보니를, 흰색 고탄력 스타킹을 신은 그 가느다란 다리를 올려다보았다. 그러자 그 후로 지금까지도 떨쳐 버리지 못한 부끄러움이 우리를 사로잡았다. 훗날 우리가 상담한 의사들은 그러한 반응을 충격 탓으로 돌렸다. 하지만 그 느낌은 마치 보니가 지금 자신의 죽음뿐 아니라 삶에 대해, 또 다른 자매들의 삶에 얽힌 비밀을 웅얼거리는 것처럼, 마지막 순간에 가서야 너무 늦게 관심을 가진 데 대한 죄책감 같은 것이었다. 그녀는 흔들리지도 않았다. 그렇게나 무거웠던 것이다. 그녀의 젖은 구두 밑창에 박혀 있던 운모 조각들이 반짝이며 떨어져 내렸다.

우리는 한 번도 그녀를 제대로 알았던 적이 없었다. 그걸 깨닫게 하기 위해 그들은 우리를 여기로 데려온 것이다.

떠나간 그녀의 영혼과 대화를 나누면서 우리가 얼마나 오래 그렇게 서 있었는지는 기억나지 않는다. 하지만 우리 모두의 입김이 모여 일으킨 바람이 보니를 매단 밧줄을 꼬이게 할 정도로 긴 시간이었던 건 확실하다. 그녀는 천천히 옆으로 돌아갔는데, 한순간 해초처럼 엉켜 있던 풍선들 사이로 보니의 얼굴이 드러나면서 그녀가 선택한 죽음의 실체를 보여 주었다. 그것은 시커먼 눈두덩과 사지 끝으로 모여든 피와 굳어 가는 관절로 이루어진 세계였다.

나머지 자매들이 어떻게 되었으리라는 걸 우린 이미 알고 있었다. 비록 그 일들이 일어난 순서는 영원히 알 수 없겠지만 말이다. 그 문제에 대해서는 지금도 옥신각신하곤 한다. 다수의 의견에 의하면, 보니는 우리가 거실에서 고속도로를 달리는 꿈에 젖어 있을 때 죽었다. 그 후 보니가 발밑의 트렁크를 차는 소리를 들은 메리가 오븐 속에 머리를 집어넣었다. 그들은 필요할 경우에 서로를 도와주기 위해 기다렸던 것이다. 우리가 지하실로 내려가기 위해 부엌을 지나갈 때만 해도, 메리는 아직 살아 있었을지 모른다. 나중에 재어 보니, 그때 우리는 채 60센티미터도 안 되는 거리를 두고 메리를 스쳐 지나갔다. 진과 수면제를 목구멍이 가득 찰 때까지 삼킨 터리즈는 우리가 그 집에 들어갔을 때에도 이미 죽은 것이나 다름없었다. 럭스가 제일 마지막으로, 우리가 그 집을 나오고 나서 이삼십 분 뒤에 죽었다. 소리 없는 비명을 지르며 그 집을 뛰쳐나오느라 우리는 여전히 음악이 흘러나오고 있던 차고에 들르는 걸 깜박했다. 럭스는 잿빛 얼굴의 차분한 모습으로 자동차 앞자리에서 발견되었다. 코일이 다 타 버린 담배 라이터를 손에 꼭 쥐고 있었다. 그녀는 우리의 상상대로 자동차를 타고 떠났다. 다만 나중에 우리가 깨달은 것은 그녀와 언니들이 평화롭게 죽을 수 있도록 우리를 그 자리에 붙들어 놓기 위해 그녀가 우리의 벨트를 끌렀다는 사실이다.

5장

우리는 이제 그들을 훤히 알았다. 직선로에서 급하게 액셀을 밟는다든가, 커브는 조심스럽게 돈다든가, 매번 리즈번 씨 집의 진입로를 착각해서 잔디밭을 깔아뭉갠다든가 하는 말라깽이 요원의 운전 습관까지도 잘 알고 있었다. 구급차가 세 번째로 오던 날 터리즈가 도플러 효과[114]라고 정확히 지적했던, 차가 지나갈 때 사이렌 음이 높아졌다가 다시 낮아지는 현상에 대해서도 알았다. 하지만 구급차가 네 번째 출동했을 때는 터리즈 자신이 푹 꺾인 채 천천히 나선을 그리면서 온몸이 내장 속으로 빨려 들어가는 느낌이었기 때문에 그런 지적을 할

---

114) 파원(波源)에서 나온 소리나 빛이 상대운동을 하고 있는 관측자에게 도달했을 때 진동수가 다르게 나타나는 현상이다.

수 없었다. 우리는 뚱보 요원이 민감성 피부를 가져서 면도를 하면 빨갛게 돌기가 올라오며 왼쪽 다리가 오른쪽 다리보다 짧아 왼쪽 구두에만 쇠 굽을 덧댔다는 것, 그래서 그가 자갈이 깔린 진입로를 성큼성큼 걸어갈 때면 왼쪽 발에서만 딸깍딸깍 소리가 난다는 사실도 알고 있었다. 또 말라깽이 요원의 머리에 점점 유분기가 많아진다는 것도 알았다. 서실리아 일로 왔을 때는 가수 밥 시거와 비슷해 보였던 그의 머리가 일 년이 지난 지금은 풍성함이 완전히 사라져서 꼭 물에 빠진 생쥐 같았기 때문이다. 두 사람의 진짜 이름은 여전히 알지 못했지만, 구급 요원의 일상 같은 것은 이제 직관으로 알 수 있었다. 붕대와 산소마스크 냄새, 인공호흡 환자의 입에서 느껴지는 사고 직전에 먹은 음식의 맛, 그들이 숨을 불어넣는 얼굴의 반대편에서 빠져나가고 있는 생명의 향, 피, 뇌의 파편, 푸르죽죽한 뺨, 튀어나온 눈, 그리고 작은 장식들이 달린 팔찌와 하트 모양의 금 로켓[115]을 건 — 우리 블록에서 계속되는 — 흐느적거리는 시체들의 행렬.

네 번째로 왔을 때는 그들도 환자를 살릴 수 있다는 믿음을 잃어 가고 있었다. 구급차는 이번에도 똑같이 급정거를 하고, 길에 타이어 자국을 남기고, 차 문을 벌컥 열었지만, 차에서 뛰어내린 두 사람은 이미 씩씩한 위용을 잃고 험한 꼴을 당할까 봐 겁먹은 모습이었다. "또 그 아저씨들이네." 다섯 살배기 꼬마 재커리 라슨이 말했다. 뚱보가 말라깽이에게 눈짓

---

115) 사진이나 기념품, 머리카락 따위를 넣어 목걸이에 다는 작은 갑이다.

을 했고 두 사람은 아무 장비도 들지 않은 채 집을 향해 걸음을 옮겼다. 하얗게 얼굴이 질린 리즈번 부인이 문을 열었다. 그녀는 아무 말 없이 안쪽을 가리켰다. 구급 요원들이 안으로 들어가는 동안 그녀는 현관에 남아 실내 가운의 허리띠를 다시 졸라맸다. 그러고는 현관 매트가 똑바로 펴지도록 발끝으로 두 번이나 잡아당겼다. 구급 요원들이 조금 전과는 달리 전기 충격이라도 받은 듯한 놀란 얼굴로 급하게 뛰어나오더니 들것을 챙겨 다시 집 안으로 들어갔다. 잠시 후, 그들은 터리즈를 얼굴이 아래를 향하도록 들것에 실어 가지고 나왔다. 그녀의 치마가 허리까지 말려 올라가서 운동선수의 손목 보호대처럼 보기 흉한 색깔의 속옷이 드러났다. 등 쪽 단추들이 열려서 버섯 같은 색깔의 피부도 살짝 엿보였다. 리즈번 부인이 매번 제자리에 올려 놓는데도 터리즈의 손은 자꾸만 들것 밖으로 떨어졌다. 그녀가 "가만 좀 있어."라고 손에게 명령했지만 손은 또다시 들것 밖으로 떨어졌다. 리즈번 부인은 결국 포기한 듯 어깨를 축 늘어뜨리며 그 자리에 멈춰 섰다. 하지만 다음 순간, 터리즈에게 다시 달려가더니 그녀의 팔을 잡고 뭐라고 속삭였는데, 몇몇 사람은 그것을 "너마저 가다니."로 들었고, 대학교 때 연극을 했던 오코너 부인은 "하지만 너무 잔인해."로 들었다.

그 무렵 우리는 각자 집으로 돌아가서 자는 척하고 침대에 누워 있었다. 밖에서는 보안관이 산소마스크를 쓰고 차고에 들어가려고 자동문을 올리고 있었다. (사람들 말에 따르면) 차고 문이 열렸을 때, 그 안에서는 아무것도 나오지 않았다. 사

람들이 예상했던 연기는커녕 사물을 신기루처럼 일렁여 보이
게 하는 가스 한 줄기도 나오지 않았다. 스테이션왜건은 가만
히 부르릉대고 있다가, 보안관이 실수로 엉뚱한 스위치를 누
르자 앞 유리의 와이퍼가 미친 듯이 움직였다. 뚱보는 집 안
으로 들어가 서커스 곡예사처럼 두 개의 의자에 각각 한 발을
디디고 올라서서 들보에 매달려 있는 보니를 내렸다. 부엌에서
발견된 메리는 아직 숨이 붙어 있었는데, 마치 오븐 안을 청소
하고 있는 것처럼 몸통 전체가 오븐 안 깊숙이까지 들어가 있
었다. 보안관과 뚱보보다 유능한 구급 요원 두 사람을 태운 구
급차 한 대가 더 도착했다.(이런 일은 그때가 처음이자 마지막이
었다.) 그들은 신속하게 안으로 들어가서 메리의 목숨을 살려
냈다. 비록 그것이 잠깐 동안에 불과했고, 그럴 가치가 있었는
지 모르겠지만 말이다.

엄밀히 말해 메리는 한 달을 넘게 살았지만, 사람들은 그렇
게 느끼지 않았다. 그날 이후 사람들은 리즈번 자매들을 과거
시제로 말했고, 어쩌다 메리를 언급할 때에도 다들 속으로는
그녀가 한시라도 빨리 그만 끝내기를 빌었다. 사실 그 애들이
자살한 데 놀란 사람은 거의 없었다. 우리가 그 애들을 구하
려고 한 게 미친 짓이었던 것처럼 느껴질 정도였다. 지나고 나
서 생각해 보니, 보니의 찌그러진 트렁크는 처음부터 여행이나
도망과는 아무 상관이 없었다. 그것은 옛 서부영화에 나오는
모래주머니처럼 목맬 때의 무게를 늘리기 위한 도구였을 뿐이
다. 사람들은 그 애들의 자살이 계절이 바뀌거나 나이가 드는
것처럼 예견된 일이었다고 입을 모았지만, 우리는 그들이 말

하는 리즈번 자매들의 자살 이유에 절대 동의할 수 없었다. 겉으로 보기에, 리즈번 자매들의 자살은 그 애들이 외상 후 스트레스 장애를 앓고 있었다는 호니커 박사의 가설을 증명해 주는 것 같았다. 하지만 나중에 호니커 박사는 그러한 자신의 주장으로부터 한 걸음 뒤로 물러났다. 설사 리즈번 자매들이 정말로 서실리아의 자살을 따라 한 것이었다 해도, 그의 이론이 맨 처음 서실리아가 자살한 이유를 설명해 주진 못하기 때문이다. 급하게 소집된 라이온스 클럽[116] 모임에 강사로 초청된 호니커 박사는 "자살 성향이 있는 청소년들의 혈소판 세로토닌 수용체 지수"에 관한 새로운 연구를 인용하며 자살과 화학 물질 사이의 상관관계 가능성을 제시했다. 웨스턴 정신의학 연구소의 코트바움 박사는 많은 자살자들이 감정을 조절하는 신경전달물질인 세로토닌을 일반인보다 적게 갖고 있다는 사실을 밝혀냈다. 이 세로토닌 연구는 서실리아가 이미 사망한 뒤에 발표된 탓에, 호니커 박사는 서실리아의 세로토닌 수치를 측정해 보지 못했다. 하지만 메리의 혈액 샘플을 검사했더니, 세로토닌이 약간 부족하다는 검사 결과가 나왔다. 메리는 약물 요법과 함께 이 주간에 걸친 심리 검사와 집중 상담 치료를 받은 후에 혈액 검사를 다시 받았다. 이번에는 세로토닌 수치가 정상으로 나왔다.

자살에 의한 사망 사건은 모두 조사해야 한다는 주법(州法)

---

116) 1917년 미국 댈러스에서 조직된 국제 민간 봉사 단체. 라이온스(Lions)라는 이름은 'Liberty, Intelligence, Our Nation's Safety'의 머리글자에서 따온 것이다.

에 따라, 다른 세 자매들에게 부검이 실시되었다. 이런 사건의 경우에는 법적으로 경찰이 재량권을 가지고 있는데, 서실리아 때는 그냥 넘어갔던 경찰이 이번에는 부검을 하자, 사람들은 경찰이 리즈번 부부가 불법 행위를 했다고 의심하고 있거나, 아니면 리즈번 부부가 이 동네를 떠나도록 압력을 넣고 있는 거라고 생각했다. 피곤에 지친 두 조수와 함께 도시에서 온 검시관 한 명이 리즈번 자매들의 머리통과 몸통을 열고 그들의 절망에 얽힌 수수께끼를 들여다보았다. 그들은 일관 작업식 접근 방법을 사용했는데, 검시관이 한자리에 서서 톱질을 하고, 호스를 꽂고, 흡입기로 빨아내는 동안 조수들이 그 앞으로 시신을 하나씩 굴려서 가져오고 또 치우고 하는 식이었다. 그들은 사진을 찍었지만 공개하지는 않았다. 우리는 비위가 약해서 어차피 보지도 못하겠지만 말이다. 하지만 검시관이 쓴 보고서는 읽어 보았는데, 그 보고서는 뉴스만큼이나 리즈번 자매들의 죽음을 비현실적으로 만드는 원색적인 문체로 쓰여 있었다. 검시관은 그가 부검해 본 시신 중 가장 어린 나이였던 리즈번 자매들의 몸이 믿을 수 없을 만큼 깨끗했으며 약물 남용이나 알코올중독의 흔적은 전혀 없었다고 적었다. 그들의 부드러운 파란색 심장은 마치 물풍선 같았고, 나머지 장기들 또한 의학 교과서에 나오는 사진들처럼 깨끗했다. 노인이나 만성 질환 환자 같은 경우에는 장기들이 본래의 형태를 잃고 팽창하거나 변색하거나 엉뚱한 기관들과 엉켜 버리기 때문에 대부분의 장기들이, 검시관의 표현에 따르면, "쓰레기 더미"처럼 보인다. 하지만 리즈번 자매들은 "마치 전시관 유리 너머에 있는 표본" 같았다. 그럼에도 흠집 하나 없는 그들의 몸에 구멍을 내고 칼을 대야 한다는 사실이 너무 슬퍼서 검시관은 몇 번이나 감정이 북받쳤다. 보고서 한 귀퉁이에는 그가 혼잣말을 끼적거린 흔적이 있었다. "이 짓만 십칠 년째인데 나는 아직도 무능하다." 하지만 그는 끈기 있게 자신의 맡은 직무에 충실함으로써 터리즈의 소장에서 반쯤 소화된 알약 무더기를, 보니의 식도에서 목 졸린 흔적을, 그리고 럭스의 미지근한 혈액에서 엄청난 양의 일산화탄소를 찾아냈다.

날짜의 중요성을 처음으로 지적한 사람은 석간신문에 기사를 낸 펄 양이었다. 리즈번 자매들이 자살한 날은 서실리아가 손목을 그은 날로부터 정확히 일 년째 되는 6월 16일이었던 것이다. 펄 양은 "불길한 전조"와 "무시무시한 우연의 일치" 같은 표현을 써 가며 이 사실을 중요하게 다뤘고, 오늘날까지도 살아남은 말도 안 되는 가설들을 혼자 쏟아 내기 시작했다. 그녀가 쓴 후속 기사들 — 이 주 동안 이삼 일에 한 번꼴로 계속된 — 에서 펄 양은 문상객과 같은 동정적인 어조에서 냉철하고 분석적인 어조로의 전환을 시도했지만, 마지막까지 탐사 보도 전문 기자가 되지는 못했다. 그녀가 파란 폰티액을 몰고 동네방네 쏘다니며 모아들인, 이 사람 저 사람의 진술을 짜깁기해서 만들어 낸 물샐틈없는 결론은 허술하기 짝이 없는 우리의 결론에 비해 진실에서 한참 떨어진 것이었다. 펄 양의 집요한 질문 공세에 질린 서실리아의 친구 에이미 슈래프는 그 애가 자살하기 전의 추억들을 토해 냈다. 어느 따분한 날 오후에 서실리아가 에이미를 별자리 모빌 아래 놓인 자신의 침대에 눕게 했다. "눈 좀 감고 있어 봐." 서실리아가 말했다. 문이 열리고 그녀의 언니들이 방으로 들어왔다. 그들은 에이미의 얼굴과 몸에 손을 올려놓았다. "죽은 사람 중에 누구와 만나고 싶어?" 서실리아가 물었다. "우리 할머니." 에이미가 대답했다. 그녀의 얼굴 위에 놓인 손은 차가웠다. 누군가 향을 피웠다. 개가 짖었다. 아무 일도 일어나지 않았다.

밀턴 브래들리사(社)에서 판매되는 평범한 위저 보드[117] 게임이 그렇듯이 특별히 심령주의라 할 것도 없는 이 일화를 이용해 펄 양은 소녀들의 자살이 비밀스레 전해지는 일종의 자기희생 의식이라는 주장을 펼쳤다. "자살은 모종의 계약이었는지도 모른다"는 제목의 세 번째 기사에서 그녀는 뻔한 음모론을 전개했다. 리즈번 자매들이 아직 확인되지 않은 어떤 점성학적 사건에 맞춰서 자살을 계획했다는 것이었다. 서실리아가 첫 번째로 무대에 등장하고, 나머지 자매들은 무대 옆에서 대기하고 있다. 무대 위에 촛불이 켜지면, 오케스트라박스에서 크루얼 크럭스가 울부짖기 시작한다. 객석에 앉은 우리가 들고 있는 《플레이빌》[118]의 표지에는 성모마리아 그림이 실려 있다. 펄 양은 이 모든 것을 훌륭하게 구성해 냈다. 하지만 어

---

117) 혼령들과 대화를 나누는 보드 게임. 알파벳과 숫자가 적혀 있는 커다란 판 위에 바퀴가 달린 작은 판을 놓고 혼령들에게 질문을 던지면 작은 판이 움직이면서 철자를 하나씩 가리키는데, 이것을 순서대로 조합해 만든 단어가 바로 혼령들의 대답이다. 동양에서 차용된 형태가 이른바 분신사바이다.

118) 브로드웨이에서 공연되는 연극과 뮤지컬을 주로 다루는 미국의 월간지이다.

째서 리즈번 자매들이 서실리아가 실제로 죽은 날인 7월 9일을 택하지 않고 처음으로 자살 기도를 한 날을 택했는지에 대해서는 그녀도 결코 밝혀내지 못했다.

그러나 이런 논리적 모순도 사람들을 막을 순 없었다. 모방 자살설이 퍼지자 우리 마을에는 언론사의 행렬이 꼬리에 꼬리를 물었다. 지역 방송국 세 곳에서 보도 팀을 보내왔고, 전국 방송의 통신원까지 캠핑카를 끌고 나타났다. 그는 우리 주의 남서쪽 모퉁이에 있는 트럭 휴게소에서 자살 얘기를 주워듣고는 자기 눈으로 직접 확인하려고 찾아온 것이었다. "아마 촬영을 하진 않을 거야." 그가 말했다. "난 오락 프로 담당이거든." 하지만 그는 우리 블록 아래쪽에 캠핑카를 주차해 놓고는, 체크무늬 의자 위에 누워 빈둥거리거나 소형 스토브에 햄버거를 굽곤 했다. 지역 방송국의 보도 팀들은 한창 민감해져 있을 부모의 심기는 개의치 않고 곧바로 방송을 내보내기 시작했다. 몇 달 전에 찍은 리즈번 씨 집의 모습을 본 것도 바로 이때였다. 물에 젖은 납작한 지붕과 황량한 현관문의 모습이 지나가고 나면, 매일 밤 똑같은 다섯 개의 얼굴이 순서대로 나오는 편집 화면이 이어졌다. 서실리아의 연감 사진 다음에 나머지 자매들의 연감 사진이 이어졌던 것이다. 그때만 해도 생중계라는 것이 도입된 지 얼마 되지 않았던 때라, 마이크가 나가거나 조명이 터져 버려 리포터가 어둠 속에서 혼자 떠들어야 하는 상황이 종종 발생하곤 했다. 아직까지 텔레비전에 질리지 않았던 구경꾼들은 서로 화면에 한번 나와 보려고 난리들이었다. 리포터들은 날마다 리즈번 부부와의 인터뷰를 시도했지만 번번이 실패했다. 그런데 쇼타임 채널이 가져온 개인적인 소지품들을 보니, 그들은 어찌어찌해서 리즈번 자매들의 침실에 들어갈 기회를 얻어 낸 모양이었다. 한 리포터가 서실리아의 웨딩드레스와 같은 해에 만들어진 웨딩드레스를 들어 보였는데, 아랫단을 뜯어내지 않았다는 점 말고는 진짜와 구분할 수 없을 정도로 똑같았다. 또 다른 리포터는 터리즈가 브라운 대학교 입학처에 보내려고 써 두었던 편지를 읽으면서 그날의 방송을 끝냈다. "아이러니하게도 그녀가 이 편지를 쓴 것은 대학교에 진학할 꿈…… 아니, 그 모든 종류의 꿈에 종지부를 찍을 날을 겨우 사흘 앞둔 때였습니다." 리포터들은 점차 리즈번 자매들의 이름을 친근하게 부르기 시작했고, 의학 전문가들과 인터뷰를 하는 대신 동네 사람들의 증언을 모으고 다녔다. 그들도 우리처럼 그 애들의 후견인이 되었다. 그들이 그 일을 만족스럽게 해 냈다면, 우리도 추측과 기억을 따라 내려가는 길 위에서 끝없이 방황하지 않아도 됐을 것이다. 리포터들은 리즈번 자매들이 왜 자살했는가라는 질문에서 점점 멀어져 갔다. 대신 그 애들의 취미나 우등상에 대해 이야기하기 시작했다. 채널 7의 완다 브라운은 동네 수영장의 수상 안전 요원이 자신의 의자에서 내려와 비키니를 입고 누워 있는 럭스의 토끼 같은 코에 산화아연 안료를 발라 주고 있는 사진을 찾아냈다. 리포터들은 매일 밤 방송에서 새로운 일화나 사진을 소개했지만, 그들이 찾아낸 것들은 우리가 아는 진실과는 아무 관련도 없었고, 나중에는 리즈번 자매들이 아닌 다른 사람에 대해 이야기하는 것처럼 느껴지기까지 했다. 채널 4의 피트 퍼틸로는 터리즈가 "말을 좋아했다."라고 했지만, 우리는 터리즈가 말 근처에 있는 모습도 본 적이 없었다. 채널 2의 톰 톰슨은 리즈번 자매들의 이름을 자주 뒤바꿔서 말했다. 리포터들은 출처가 의심스러운 이야기들을 사실이라며 인용했고, 제대로 전해 들은 이야기조차 세부 사항들을 혼동했다.(그래서 서실리아의 검은 속옷이 피트 퍼틸로가 메리라고 가정한 밀랍 인형에 입혀져 있었다.) 사람들이 그 뉴스를 복음처럼 곧이곧대로 받아들일 거란 사실이 우리를 더욱 절망하게 만들었다. 외부인들에겐 서실리아를 "미친 애"라고 부를 권리가 없었다. 왜냐하면 그들이 아는 것은 전부 다른 사람의 경험이 여러 단계에 걸쳐 가공된 것에 불과했기 때문이다. 우리는 난생처음으로 대통령에게 측은함을 느꼈다. 우리 자신에 대한 얘기가 실제 상황을 전혀 알지도 못하는 위치에 있는 사람들에 의해 얼마나 왜곡될 수 있는지 알았기 때문이다. 심지어 우리의 부모님들조차 마치 리포터들이 우리 인생에 대한 진실을 말해 줄 것처럼 그들의 헛소리에 귀 기울이면서, 그들이 각색한 텔레비전 속 이야기에 점점 더 동의하는 듯했다.

자살과 관련된 한바탕 소동이 있고 나자, 리즈번 부부는 정상적인 생활을 아예 포기해 버렸다. 리즈번 부인은 이제 성당에도 나가지 않았고, 무디 신부님이 위로차 찾아가 보았지만 아무도 문을 열어 주지 않았다. "계속 벨을 눌렀지만 헛수고더구나." 메리가 입원해 있는 동안, 리즈번 부인이 병원에 나타난 것은 딱 한 번뿐이었다. 허브 피천버거는 그녀가 뭔가 손글씨가 적힌 종이를 한 아름 안고 뒷문으로 나오는 것을 보았다.

그녀는 그것을 한곳에 쌓아 놓고 태워 버렸다. 그것의 정체가 무엇이었는지는 결국 알아내지 못했다.

그 무렵 카미나 단젤로 양은 집을 다시 매물로 내놓아 달라는 리즈번 씨의 전화를 받았다.(그는 서실리아의 자살 직후에 집을 팔기로 한 걸 취소한 바 있다.) 단젤로 양이 그 집이 지금 상태로는 쉽게 팔리지 않을 거라고 눈치껏 일러 주자 리즈번 씨는 이렇게 대답했다. "나도 압니다. 친구가 와서 도와주기로 했어요."

그 친구란 다름 아닌 영어 교사 헤들리 선생님이었다. 여름 동안 할 일이 없었던 그는 폭스바겐 비틀을 타고 리즈번 씨 집에 왔는데, 자동차 범퍼에는 지난번 대선에서 낙선한 민주당 후보의 스티커가 아직도 붙어 있었다. 차에서 내린 그의 복장은 평소 학교에서 입던 재킷과 바지 차림이 아닌, 밝은 초록색과 노란색이 섞인 아프리카 민속 의상과 도마뱀 가죽 샌들 차림이었다. 머리카락은 귀가 덮일 정도로 길었다. 그는 무질서한 생활로 돌아간, 방학을 맞은 교사 특유의 보헤미안 같은 어슬렁거리는 걸음걸이로 움직였다. 동네 유지 같은 외모와 달리 헤들리 선생님은 꽤 열성적인 일꾼이어서, 꼬박 사흘 동안 리즈번 씨 집에서 산더미 같은 쓰레기를 밖으로 실어 냈다. 리즈번 부부가 모텔에 머무는 동안 그는 리즈번 씨 집을 완전히 점거하고 스키, 수채화 물감, 옷 가방, 훌라후프 등을 죄다 내버렸다. 다 떨어진 갈색 소파를 끌어낼 때는 현관문을 통과하기 위해 두 동강을 냈다. 쓰레기봉투는 냄비 받침, 지나간 쿠폰, 빵 봉지 묶는 철사 줄, 필요 없게 된 열쇠 꾸러미로 가득 찼다. 우리는 헤들리 선생님이 방방마다 두껍게 쌓인 먼지를 쓰레받기로 공격하는 모습도 보았는데, 먼지를 긁어내기 시작한 지 사흘째 되던 날부터는 수술용 마스크를 쓰기 시작했다. 선생님은 더 이상 알아들을 수 없는 그리스어로 우리에게 말을 건네지도 않았고, 우리가 공터에서 하는 야구 게임에 관심을 보이지도 않았다. 그저 매일 아침마다, 설거지용 스펀지로 늪의 물을 마르게 하려는 사람처럼 절망적인 표정을 하고 리즈번 씨 집으로 들어갈 뿐이었다. 그가 깔개를 걷어 내고 수건을 밖으로 내던지자 리즈번 씨 집의 냄새가 온 동네로 퍼져 나갔다. 사람들은 헤들리 선생님이 수술용 마스크를 쓰는 이유가 먼지 때문이 아니라 그 집의 이불 속, 커튼 속, 벗겨 낸 벽지 속, 그리고 서랍장과 협탁 밑에 깔린 덕에 아직도 새것 같은 카펫 조각 속에 살아 있는 리즈번 자매들이 내뿜는 숨결로부터 자신을 지키기 위해서라고 생각했다. 첫째 날 1층으로 작업 공간을 한정했던 선생님은 이튿날엔 도둑들이 다녀간 후의 하렘 같은 리즈번 자매들의 침실로 과감히 전진했는데, 지나간 시간의 음악이 흘러나오는 옷들에 발목까지 빠져가며 저벅저벅 걸어 들어가야만 했다. 침대 헤드보드 뒤에 있던 서실리아의 네팔제(製) 스카프를 잡아당기자 술 끝마다 달린 녹슨 초록색 종이 딸랑이가 그를 맞이했다. 매트리스를 옆으로 세웠을 때는 침대 스프링이 항의의 이중창을 불러 댔다. 베개에서는 각질이 눈처럼 하얗게 쏟아져 내렸다.

헤들리 선생님은 2층 벽장의 선반 여섯 칸을 말끔히 비웠다. 목욕 수건과 세수 수건, 분홍이나 노란 얼룩이 있는 해진 매트리스 덮개, 리즈번 자매들이 잠자면서 흘리고 쏟고 묻힌 흔적으로 축축한 담요 들을 전부 밖으로 내던졌다. 꼭대기 선반에서 찾아낸 가정용 구급약들도 마찬가지였다. 화상 입은 피부 감촉을 가진 탕파와 안에 지문이 잔뜩 찍혀 있는, 가슴에 바르는 빅스 베이포러브 감기약이 담긴 군청색 유리병, 구두 상자 하나 가득 들어 있는 버짐과 결막염에 쓰는 연고, 아랫도리에 바르는 약, 움푹 들어갔거나 쥐어짜였거나 파티 기념품처럼 돌돌 말린 알루미늄 튜브들. 그리고 리즈번 자매들이 사탕처럼 씹어 먹던 오렌지색 어린이용 아스피린과 검은색 플라스틱 케이스에 들어 있는 낡은 (그중에서도 구강용) 체온계를 비롯해 그 애들에게 붙이거나 집어넣거나 발랐던 갖가지 비품들. 한마디로 리즈번 부인이 딸들을 건강하게 키우기 위해 수년 동안 사용한 물건들의 총집합이었다.

그랜드 래피즈 가스펠러스, 타이런 리틀 앤 더 빌리버스 등의 앨범을 발견한 것이 바로 이때였다. 저녁마다 헤들리 선생님이 족히 서른 살은 더 들어 보이게 만드는 흰 먼지를 뒤집어쓴 채 떠나고 나면, 우리는 그가 보도 위에 내놓은 온갖 보물과 쓰레기들을 뒤졌다. 리즈번 씨가 헤들리 선생님에게 이 일의 전권을 위임한 것은 놀라운 일이었다. 왜냐하면 헤들리 선생님은 (가운데에 은색 바닥이 드러난) 구두약 깡통처럼 다시 살 수 있는 물건뿐만 아니라 가족사진, 멀쩡한 워터픽,[119] 일년마다 리즈번 자매들의 자라난 키를 표시해 놓은 고기 포장

---

119) 강한 수압으로 이 사이에 낀 음식물을 빼는 기구이다.

지 조각까지 모조리 내버렸기 때문이다. 그가 마지막으로 버린 것은 속이 비어 있는 텔레비전 수상기였는데, 짐 크로터가 자기 방에 가져다 놓고 들여다보니 그 안에는 터리즈가 생물학 강의를 할 때 쓰던 이구아나 박제가 들어 있었다. 그 이구아나는 꼬리도 떨어져 나가고 배에 달려 있던 뚜껑도 어디론가 사라져서 배 속에 들어 있는 여러 가지 플라스틱 내장들이 훤히 들여다 보였다. 우리는 말할 것도 없이 가족사진을 챙겼고, 나무 위 오두막에서 영구 보존용을 따로 분류한 뒤 남은 것들은 제비뽑기를 해서 나눠 가졌다. 대부분의 사진은 여러 해 전 영원히 계속될 것 같았던 야외 파티처럼 보다 행복해 보이는 시절에 찍은 것이었다. 그중 하나는 평형을 이룬(그렇게 보이도록 사진사가 카메라를 기울여 들고 찍었다.) 시소의 한쪽에 리즈번 자매들이 책상다리를 하고 앉아 있고, 위로 올라간 반대편에는 연기가 피어오르는 숯불 화로가 놓여 있는 사진이다.(유감스럽게도 증거물 47호인 이 사진이 들어 있던 봉투가 비어 있음이 최근에 발견되었다.) 우리가 좋아하는 또 다른 사진은 관광지에서 찍은 일련의 토템 기둥[120] 사진들인데, 리즈번 자매들이 각자 신성한 동물의 얼굴이 있는 자리에 자기 얼굴을 들이밀고 찍은 것이다.

리즈번 자매들의 생애와, 단란했던 가족이 갑자기 소원해진 걸 보여주는 새로운 증거들(터리즈가 열두 살 될 무렵 이후에

---

120) 북아메리카 태평양 연안에 살던 인디언들이 통나무에 자신의 가문을 상징하는 동물 등을 조각하고 채색해서 세운 기둥이다.

는 사진이 없다.)이 이렇게 나타났음에도 불구하고 우리가 이미
알던 사실 외에 새로 알아낸 것은 거의 없었다. 마치 그 집이
영원토록 쓰레기를 토해내어 허수아비처럼 옷걸이에 걸린 드
레스들과 짝짝이 슬리퍼가 파도를 이루고, 그 모든 걸 체로 걸
러 낸다 한들 우리는 여전히 아무것도 모를 것 같은 느낌이었
다. 하지만 쓰레기 방류에도 끝은 찾아왔다. 그 집 안으로 진
격해 들어간 지 사흘째 되던 날, 헤들리 선생님은 현관문을
열고 계단을 내려오더니 '매물' 팻말 옆에 그보다 작은 '중고
품 염가 판매' 팻말을 꽂았다. 그는 그날부터 사흘에 걸쳐 염
가 판매의 단골인 이 빠진 그릇뿐 아니라 차압 품목에나 들어
갈 법한 묵직한 살림살이까지 아우르는 목록을 작성했다. 모
두가 찾아갔다. 물건을 사기 위해서가 아니라 리즈번 씨 집에
한번 들어가 보기 위해. 그곳은 솔잎 향 세제 냄새를 풍기는,
깔끔하고 널찍한 곳으로 변해 있었다. 헤들리 선생님은 천으
로 만든 모든 것, 리즈번 자매들의 모든 물건, 못 쓰게 된 모든
잡동사니를 갖다 버리고 탁자, 식탁 의자, 거울, 침대 같은 가
구들만 남겨서 아마인유로 윤을 낸 다음, 여성스러운 필체로
직접 가격을 적은 깔끔한 흰색 가격표를 달아 놓았다. 그 가격
이 최종이었다. 한 푼도 깎아 주지 않았다. 우리는 위층과 아
래층을 돌아다니면서, 리즈번 자매들이 다시는 눕지 않을 침
대나 그들의 얼굴이 다시는 비치지 않을 거울에 손을 대 보았
다. 우리 부모님들은 절대로 중고 가구를 사지 않을뿐더러 부
정 탄 가구는 더더욱 살 리가 없었지만, 신문 광고를 보고 찾
아온 다른 사람들처럼 여기저기 기웃거리고 다녔다. 수염을

기른 그리스정교회 신부가 통통한 과부 여럿과 함께 나타났다. 그들은 까마귀 떼처럼 깍깍대면서 모든 물건에 코를 들이대며 돌아다니더니, 신부가 새로 얻은 사제관의 침실을 메리의 천개 달린 침대와 터리즈가 쓰던 호두나무 서랍장, 럭스의 중국 초롱, 서실리아의 십자가로 꾸며 주기로 했다. 다른 사람들도 하나둘 찾아와 집 안의 물건들을 조금씩 실어 내갔다. 크리거 부인은 차고 앞에 마련된 진열대 위에서 아들 카일의 교정기를 발견했다. 하지만 그것이 자기 아들 물건이라는 사실을 헤들리 선생님에게 납득시키지 못해서 결국 3달러를 내고 말았다. 우리가 마지막으로 본 것은 붓털 같은 수염을 기른 남자가 엘도라도 브룸 자동차의 트렁크에 범선 모형을 싣는 모습이었다.

그 집의 외관은 여전히 음침했지만 내부는 예전처럼 쓸 만해졌다. 그래서 단젤로 양은 몇 주 만에 어느 젊은 부부에게 그 집을 팔 수 있었다. 그 부부는 지금도 그곳에 살고 있다. 더이상 젊다고는 할 수 없게 되었지만. 어쨌든 그들은 난생처음 목돈을 써 볼 기쁨에 들떠서, 비록 리즈번 씨가 그 집을 살 때 지불한 돈보다 훨씬 적은 금액이긴 했지만, 그가 받아들일 만한 액수를 제시했다. 그때쯤 그 집에는 거의 아무것도 남아 있지 않았다. 유일하게 남은 거라곤 창틀까지 침범해 들어간 촛농으로 뒤덮인, 서실리아를 위한 제단뿐이었는데, 헤들리 선생님이 미신 때문에 손을 대지 않으려고 해서 남게 되었다. 우리는 리즈번 부부를 다시 보지 못하리라는 생각에, 그때부터 그들을 잊는 불가능한 일을 하려고 애쓰기 시작했다. 우리의 부모님들은 테니스 복식 경기를 하거나 선상 칵테일파티를 즐기면서 우리보다 훨씬 잘 잊어 가는 듯했다. 마지막 자살이 있었을 때도 그들은 그 일을, 혹은 그보다 더한 일을 예상했던 것처럼, 예전에 이미 그런 일을 본 적이 있었던 것처럼 거의 충격을 받지 않았다. 잔디를 깎는 동안에도 계속 트위드 넥타이를 고쳐 매던 콘리 씨는 이렇게 말했다. "자본주의는 물질적 풍요를 가져다주었지만 정신적 파산을 가져오기도 했지." 그러곤 인간의 욕구와 경쟁의 폐해에 대한 일장 연설을 늘어놓았다. 우리가 아는 유일한 공산주의자인 그의 사상은 정도만 다를 뿐 남들과 다를 것도 없었다. 이 나라의 핵심에 있는 병든 그 무엇이 그 소녀들을 감염시켰다는 것이다. 우리 부모들은 우리가 듣는 음악이나 무신론 아니면 우리가 아직 해 보지도 못한 섹스와 관련된 도덕적 해이를 그 원인으로 꼽았다. 헤들리 선생님은 세기말 오스트리아 빈에서도 이와 흡사한 젊은이들의 연쇄적인 자살이 있었으며, 모든 것을 몰락해 가는 제국에 사는 불행 탓으로 돌리는 일이 있었다고 했다. 그것은 제때 배달되지 않는 우편물, 메워지지 않는 도로의 구멍, 시청에 침입한 도둑, 인종 폭동, 악마의 밤[121]에 우리 시 곳곳에서 일어난 801건의 화재와도 무관하지 않았다. 리즈번 자매들은 이 나라의 문제점과 그것이 가장 선량한 시민에게까지 가하

---

121) 할로윈 전날인 10월 30일 밤을 가리킨다. 미시간주의 디트로이트와 그 근교에는 이날 밤에 젊은이들이 파괴 행위, 특히 방화를 하는 풍습이 있었다. 1995년 디트로이트시에서 이날을 '천사의 밤'으로 제정하고 자경단이 순찰을 강화한 덕분에 현재는 방화가 거의 사라졌다.

는 고통의 상징이 되었다. 그리하여 어느 학부모 단체에서는 사태를 조금이나마 개선하고자 우리 학교에 리즈번 자매들을 추모하는 벤치를 기증했다. 원래는 서실리아만 추모하려던 것이지만(팔 개월 전 애도의 날 직후에 계획되었으므로), 마침 시기가 적절하게 들어맞아 다른 자매들도 함께 기리게 되었다. 그 자그마한 벤치는 위쪽 반도[122]에서 자란 나무로 만든 것이었다. 그걸 만들기 위해 자신의 공기정화기 공장에 새 기계를 들여놓았던 크리거 씨는 그 나무를 "처녀 목재"라고 불렀다. 명판에는 "우리 지역사회의 딸, 리즈번 자매들을 기리며"라는 간단한 문구가 새겨졌다.

물론 그때는 메리가 아직 살아 있을 때였지만 명판은 그 사실을 인정하려 들지 않았다. 며칠 뒤 메리는 이 주 만에 퇴원을 해서 집에 돌아왔다. 호니커 박사는 말해 봤자 오지 않을 줄 알았기 때문에 리즈번 부부에게 치료받으러 오라는 말조차 하지 않았다. 그는 서실리아와 똑같은 종합 검사를 메리도 받게 했지만 정신분열증이나 조울증 같은 증세는 찾아내지 못했다. "검사 수치에 따르면 메리는 비교적 사회에 잘 적응한 청소년이었어요. 물론 미래가 밝지는 않았지요. 나는 상처 극복을 위해 지속적인 치료를 받으라고 권했습니다. 하지만 우리는 그 애의 세로토닌 수치를 높여 놨고, 그 애도 겉으로는 괜찮아 보였지요."

---

122) 이 작품의 배경인 미시간주는 오대호에 면한 두 개의 반도로 이루어져 있는데, 그중 북쪽에 있는 반도를 위쪽 반도, 남쪽에 있는 반도를 아래쪽 반도라고 한다.

메리는 가구 하나 없는 집으로 돌아왔다. 모텔 생활을 청산한 리즈번 부부는 안방에 텐트를 쳐 놓고 살고 있었다. 메리도 침낭 하나를 받았다. 세 딸이 자살한 직후의 날들에 대해서 당연히 말을 아꼈던 리즈번 씨는 메리가 집에 돌아왔을 때 얘기도 거의 해 주지 않았다. 십일 년 전, 딸들이 아직 꼬맹이들이었을 때, 리즈번 가족은 이삿짐보다 일주일 먼저 그 집에 도착했다. 그때도 마룻바닥 위에서 잠들기 전에 등유 램프를 켜 놓고 딸들에게 책을 읽어 주며 텐트 생활을 했다. 이상하게도 그 집에서 보낸 마지막 나날 동안 리즈번 씨는 그때 생각이 많이 났다. "가끔 한밤중이 되면 그동안 있었던 일이 하나도 생각이 안 날 때가 있었어. 복도를 걸어가면 잠깐씩 우리가 방금 이사 온 것처럼 느껴지곤 했지. 애들은 거실 텐트 속에서 자고 있고 말일세."

그 시절 반대쪽 끝에 홀로 남겨진 메리는 더 이상 누군가와 함께 쓰지 않아도 되는 침실의 딱딱한 바닥에 침낭을 깔고 누웠다. 침낭은 낡아서 플란넬 안감에 보풀이 피었는데, 빨간 모자를 쓴 사냥꾼들 위로 죽은 오리들과, 입에 갈고리가 꿴 채 뛰어오르는 숭어가 그려져 있었다. 계절이 여름이었는데도 메리는 침낭의 지퍼를 끝까지 올려 얼굴 꼭대기만 보이게 했다. 그녀는 아침 늦게 일어났고, 말을 거의 하지 않았으며, 하루에 여섯 번씩 샤워를 했다.

우리는 리즈번 가족이 슬픔을 표현하는 방식을 도저히 이해할 수 없었다. 그 마지막 날들 동안 그들이 하는 행동 하나하나가 모두 놀라웠다. 어떻게 멀쩡히 앉아 밥을 먹을 수가 있을까? 어떻게 뒷문 앞에 나와서 저녁 산들바람을 쐴 수가 있지? 어떻게 리즈번 부인은, 그녀가 어느 날 오후에 그랬던 것처럼, 비틀거리며 밖으로 나와 오랫동안 깎지 않은 자기네 잔디밭을 가로질러서 베이츠 부인의 금어초 한 송이를 꺾을 수가 있는 것일까? 그녀는 그 꽃을 코에 갖다 대더니 향기가 마음에 들지 않는 듯 쓰고 난 휴지처럼 주머니에 쑤셔 넣고는 찻길까지 걸어 내려가서 안경도 쓰지 않은 맨눈으로 마을을 쓱 한번 훑어보았다. 리즈번 씨도 매일 오후가 되면 스테이션 왜건을 그늘에 주차한 다음 보닛을 열고 열심히 엔진을 들여다보곤 했다. "그럴 땐 바쁘게 움직여야 해." 리즈번 씨의 행동에 대해 유진 씨는 이렇게 말했다. "달리 뭘 할 수 있겠니?"

메리는 일 년 만에 처음으로 제섭 씨에게 발성 수업을 받으러 갔다. 미리 약속한 것은 아니었지만 제섭 씨는 그녀를 돌려보낼 수 없었다. 그는 피아노 앞에 앉아서 메리에게 음계 연습을 시킨 다음, 금속 쓰레기통 속에 머리를 처박고 자신의 단련된 비브라토가 어떻게 울리는지 보여 주었다. 메리는 「카바레」[123]에 나오는 나치의 노래를 불렀는데, 그것은 맨 처음 비극이 시작되던 날 럭스와 함께 연습한 노래였다. 제섭 씨는 메리가 겪은 고통이 그녀에게 자신의 나이를 뛰어넘는 구슬프고 성숙한 목소리를 가져다주었다고 했다. "그 애는 수업료도

---

123) 나치가 집권하기 직전의 베를린을 무대로 한 1966년도 뮤지컬. 1967년 토니 상 시상식에서 8개 부문을 수상했다. 1972년 밥 포시 감독에 의해 라이자 미넬리 주연의 영화로도 만들어져 아카데미 시상식에서 8개 부문을 수상했다.

내지 않고 가 버렸어." 그가 말했다. "하지만 그 애를 위해서 내가 그 정도도 못해 주겠니."

서실리아가 손목을 그어서 공기 중에 독소를 퍼뜨린 지도 어언 일 년이 지나 다시 한번 여름이 돌아왔다. 리버루지 공장[124]의 폐수 때문에 호숫물의 인산염 성분이 증가해, 배의 엔진이 걸려서 안 돌아갈 정도로 녹조 현상이 심해졌다. 우리의 아름다운 호수는 물결을 따라 출렁이는 거품으로 뒤덮인 수련 연못처럼 보이기 시작했다. 낚시꾼들은 방파제에서 호수를 향해 돌을 던져서 낚싯줄을 드리울 구멍을 만들어야 했다. 늪에서 솟아오른 악취는 자동차 재벌들의 품위 있는 저택, 땅을 돋우어 만든 초록색 패들테니스[125] 코트, 불 밝힌 천막 아래 차려진 졸업 파티장 사이에서 진동을 했다. 그해 사교계에 데뷔한 아가씨들은 사람들이 끔찍한 악취로 기억할 계절에 데뷔하게 된 자신들의 불행을 슬퍼했다. 그러나 오코너가(家)는 딸 앨리스의 사교계 데뷔 파티의 테마를 '질식'으로 정하는 기발한 해결책을 내놓았다. 손님들은 턱시도와 방독면, 이브닝드레스와 우주 비행사 헬멧 차림으로 나타났고, 오코너 씨 자신은 심해 잠수복을 입고 나타나 유리 덮개를 열고 버번

---

124) 미시간주의 리버루지시에서 가까운 디어본시에 위치한 포드 자동차 회사의 공장 단지로, 완공되었던 1928년 당시에는 세계 최대의 공장 단지였으며 1930년대에는 10만 명의 노동자가 이곳에서 근무했다.
125) 테니스와 규칙은 비슷하지만 패들과 스펀지 고무공을 사용하고 경기장도 테니스 코트의 절반 크기인 구기 종목. 패들은 축소된 테니스 라켓처럼 생겼는데 라켓의 줄이 있는 부분이 얇은 목판으로 막혀 있다.

을 마셔 댔다. 파티가 절정에 이르렀을 때, 앨리스는 그날 밤을 위해 헨리 포드 병원에서 빌린(오코너 씨가 그 병원의 이사였다.) 인공 폐 속에 들어간 모습으로 사람들 앞에 등장했다. 공기 중에 가득한 썩은 냄새는 이 흥겨운 파티의 마지막을 장식해 주는 특수 효과 같았다.

다른 사람들처럼 우리도 리즈번 자매들을 잊기 위해 앨리스 오코너의 사교계 데뷔 파티에 참석했다. 빨간 조끼를 입은 흑인 바텐더들이 신분증을 보자는 얘기도 없이 우리에게 계속 술을 날라다 주었다. 그래서 새벽 3시경에 그들이 남은 위스키 상자들을 캐딜락이 한참 가라앉을 때까지 싣는 걸 보았을 때, 우리도 그 답례로 아무 말도 하지 않았다. 파티장에서 우리는 목숨을 끊겠다는 생각 따윈 단 한 번도 해 본 적이 없는 여자애들을 알게 되었다. 우리는 그들에게 술을 먹이고, 그들이 몸을 제대로 못 가눌 때까지 함께 춤을 춘 다음, 커튼으로 가려진 베란다로 데려갔다. 그들은 도중에 하이힐을 잃어버렸고, 축축한 어둠 속에서 우리에게 키스를 했으며, 바깥의 덤불 속에 토하기 위해 슬며시 사라졌다. 우리 중 몇몇은 그 애들이 토할 때 머리를 잡아 주고, 맥주로 입을 헹구게 해 준 다음, 또다시 그 입에 키스를 하기도 했다. 철사로 만든 새장 모양의 틀 위에 정장 이브닝드레스를 뒤집어쓴 여자애들의 모습은 하나같이 괴물 같아 보였다. 그들의 머리 위에는 몇 킬로그램쯤 돼 보이는 머리카락 덩어리가 단단히 고정되어 있었다. 술에 취해 우리에게 키스하거나 의자에서 의식을 잃어버리는 그들은 대학교와 남편, 육아, 어렴풋이 느껴지는 불행, 바꿔 말하면 인생을 향해 나아가고 있었다.

파티 조명 아래에서 어른들의 얼굴은 점점 벌겋게 달아올랐다. 오코너 부인은 안락의자에서 떨어지는 바람에 버팀살이 뒤집어져 드레스 치마를 머리에 뒤집어썼다. 오코너 씨는 딸의 친구 한 명을 데리고 욕실로 들어갔다. 그날 밤엔 우리 동네 사람 모두가 오코너 씨 집 안을 한 바퀴 돌았다. 그들은 대머리 밴드가 연주하는 옛날 노래를 따라 부르며 뒤쪽 복도를 헤매다가 먼지 쌓인 놀이방이나 고장 난 엘리베이터에 들어가곤 했다. 사람들은 샴페인 잔을 들어 올리며 우리 시의 산업과 이 나라와 그들의 인생에 전성기가 돌아오고 있다고 말했다. 손님들은 밖으로 나가서 베네치아풍 조명이 비추는, 호수까지 이어진 길을 따라 걸어 내려갔다. 달빛 아래에서 보니, 호수의 녹조는 복슬복슬한 카펫처럼 보였고 호수 전체는 바닥이 내려앉은 거실처럼 보였다. 누군가 물에 빠졌다 구조되어 부두에 눕혀졌다. "난 끝났어." 그가 큰 소리로 웃으며 말했다. "잘 있거라, 잔인한 세상아!" 그는 몸을 굴려 다시 호수에 빠지려고 했지만 친구들이 붙잡았다.

"너희는 날 이해 못 해." 그가 말했다. "난 십 대야. 나한테는 문제가 있다고!"

"조용히 해." 여자가 나무라는 소리가 들렸다. "사람들이 듣겠어."

울창한 나무들 사이로 리즈번 씨 집의 뒷면이 보였지만 불빛은 보이지 않았다. 아마 전기가 끊긴 후여서 그랬을 것이다. 우리는 다시 사람들이 즐거운 시간을 보내고 있는 파티장 안으로 들어갔다. 웨이터들이 초록색 아이스크림이 담긴 작은 은그릇을 내왔다. 무대 위에서는 최루가스 깡통이 터져서 인체에 무해한 안개가 퍼지고 있었다. 오코너 씨는 딸 앨리스와 춤을 추었고, 모두가 그녀의 미래를 위해 축배를 들었다.

우리는 동틀 때까지 거기 머물렀다. 우리가 난생처음 술 취한 채 맞이한 (독창성 없는 영화감독들이 남용하는 눈부신 페이드 인[126] 같은) 새벽 속으로 걸어 나올때, 우리의 입술은 과도한 입맞춤 때문에 부어 있었고 우리의 입속은 여자애들의 맛으로 욱신거렸다. 어떤 의미에서 우리는 이미 한 번 결혼했다 이혼한 것이나 다름없었다. 톰 파힘은 턱시도 바지 주머니에서 마지막으로 그 옷을 빌렸던 사람이 남겨 놓은 연애편지를 발견했다. 밤사이 알에서 깬 하루살이들이 나무와 가로등에 붙어서 바들바들 떨고 있었고, 우리가 걷고 있는 인도를 참마밭처럼 질퍽질퍽하게 만들었다. 오늘 날씨가 푹푹 찔 것 같은 예감이 들었다. 우리는 재킷을 벗어 들고 터벅터벅 걸어서 오코너 씨 집이 있는 거리를 걸어 올라가 모퉁이를 돈 다음 우리의 집이 있는 거리를 따라 내려왔다. 멀리 리즈번 씨 집 앞에 구급차가 점멸등을 깜박이며 서 있는 게 보였다. 사이렌은 굳이 울릴 필요가 없다고 생각한 모양이었다.

그날 아침이 마지막으로 구급 요원들이 온 날이었다. 그들은 우리가 보기엔 답답할 정도로 느리게 움직였고, 뚱보 요원은 이건 텔레비전이 아니라는 농담을 던졌다. 이제는 너무 자

---

126) 영화나 텔레비전에서 어두웠던 화면이 점차 밝아지는 기법이다.

주 드나든 까닭에, 노크도 하지 않고 곧장 걸어 들어갔다. 더 이상 그곳에 없는 울타리를 지나, 혹시 가스 오븐이 켜져 있지 않은지 보려고 부엌에 들렀다가, 지하실로 내려가 대들보에 아무것도 없음을 확인한 후, 마지막으로 위층에 올라가 두 번째 방에서 그들이 찾던 것을 발견했다. 수면제를 잔뜩 삼키고 침낭 속에 누워 있는 리즈번가의 마지막 딸이었다.

그녀가 화장을 하도 진하게 하고 있어서 구급 요원들은 벌써 장의사가 시체 화장을 해 주고 갔나 하는 묘한 느낌을 받았다. 그런 느낌은 그녀의 립스틱과 아이섀도가 번져 있는 걸 발견할 때까지 지속되었다. 마지막 순간에 메리가 자기 얼굴을 살짝 긁었던 것이다. 그녀는 검은 원피스 위에 베일을 쓰고 있어서 몇몇 사람들로 하여금 재클린 케네디가 입었던 상복을 떠올리게 했는데, 정말로 모든 것이 그랬다. 현관문으로 나오는 마지막 절차 때 두 구급 요원은 제복을 입은 상여꾼 같았고 다음 블록에서는 휴일 다음 날에 터뜨리는 폭죽 소리가 들려와서, 정말로 국가적인 인물이 영면했을 때의 엄숙함을 떠오르게 했다. 리즈번 씨나 리즈번 부인은 모습을 나타내지 않았기 때문에 그녀를 떠나보내는 것은 전적으로 우리 몫이었다. 우리는 마지막으로 그녀에게 가까이 다가가 차려 자세로 서 있었다. 빈스 푸질리는 록 콘서트에서 하는 것처럼 라이터 불을 치켜들었다. 그것이 우리가 그녀를 위해 피울 수 있는 최고의 영원한 불꽃[127]이었다.

---

127) 중요한 인물이나 국가적으로 중대한 사건을 기리기 위해 영원히 타오

* * *

　한동안 우리는 리즈번 자매들의 고통을 그저 역사적인 관점으로 다른 십 대들의 자살과 똑같은 원인에서 기인한다고 보고 모든 죽음을 어떤 경향의 일부로 뭉뚱그리는 일반론을 받아들이려고 했다. 그 애들을 편히 잠들게 내버려 두고 예전의 생활로 돌아가려고 애썼다. 하지만 리즈번 씨 집에는 뭔가 망령 같은 것이 끈덕지게 들러붙어 있어서 자꾸만 그곳을 돌아보게 했고, 볼 때마다 불꽃 모양을 한 무언가가 지붕 위에서 아치를 그리거나 2층 창문 앞에서 그네처럼 흔들리는 것이었다. 게다가 많은 녀석들이 살아 있을 때보다 더 진짜 같은 리즈번 자매들이 나오는 꿈을 계속 꾸면서, 다음 날 아침이면 내세에 간 그들의 체취가 자기 베개에 남아 있다고 굳게 믿으며 잠에서 깨곤 했다. 우리는 거의 매일 만나서 서실리아의 일기(럭스가 홍학처럼 한쪽 다리를 들고 바닷물이 얼마나 차가운가 들어가 본 일을 묘사한 부분이 그때 우리 사이에서 인기였다.)를 조금씩 낭독하고 모든 증거물들을 다시 한번 검토했다. 하지만 모임이 끝날 때마다 우리는 아무 데도 이르지 못하는 길을 되짚을 뿐이라는 생각에 울적함과 좌절감이 더 커졌다.

　그래도 다행이었던 건 메리가 자살하던 날 공동묘지 인부들의 파업이 409일에 걸친 중재 끝에 극적으로 타결된 것이

르게 하는 불. 한 사람의 개인을 위해 만들어진 영원한 불꽃은 1963년 미국의 케네디 대통령을 추모하기 위한 불꽃이 최초였다. 그 외에 올림픽 성화라든가 전몰장병을 위한 불꽃 등이 있다.

었다. 장기화된 파업 때문에 영안실들은 이미 여러 달 전부터 만원 상태였다. 매장을 기다리다 다른 주로 간 시체들도 고인의 재력에 따라 냉장 트럭이나 비행기를 타고 속속 돌아오기 시작했다. 월터 P. 크라이슬러 고속도로에서 트럭 한 대가 전복됐는데, 금속 재질의 관들이 금괴처럼 쏟아진 장면을 찍은 사진이 신문 1면에 실렸다. 리즈번 자매들의 마지막 장례 미사에는 리즈번 부부 외에는 아무도 참석하지 않았다. 함께한 사람은 이제 막 복귀한 묘지 인부 캘빈 호니컷 씨와 무디 신부뿐이었다. 묘지 자리가 한정되어 있어서 자매들의 무덤을 나란히 못 쓰고 여기저기 흩어 놓은 탓에, 장례 일행은 느려 터진 묘지 차량의 속도에 맞춰 이 무덤에서 저 무덤으로 이동해야 했다. 무디 신부는 그날 계속 리무진에 오르내리느라 정신이 없어서 어느 무덤에 어느 아이가 있는지를 중간에 잊어버렸다고 했다. "그래서 누구한테나 들어맞는 기도를 할 수밖에 없었단다." 신부가 말했다. "그날 묘지는 혼돈 그 자체였어. 일 년치 매장이 밀린 상태였으니 당연한 일이지. 거의 안 파인 데가 없을 지경이었어." 리즈번 부부로 말하자면, 연이은 비극에 녹초가 되어 아무 생각 없는 무조건 복종 상태가 되어 있었다. 그들은 아무 말 없이 이 무덤에서 저 무덤으로 신부님 뒤를 졸졸 따라다니기만 했다. 진정제에 취한 리즈번 부인은 날아가는 새라도 보는 것처럼 계속 하늘만 쳐다보았다. 호니컷 씨는 이렇게 말했다. "그때까지 나는 노도즈[128] 약발로 열일

---

128) 미국의 약국에서 흔하게 살 수 있는 카페인 알약이다.

곱 시간째 일하고 있었지. 그날에만 쉰 명도 넘는 사람을 묻었으니까. 그래도 그 부인을 봤을 때는 마음이 아프더군."

우리는 묘지에서 돌아오는 리즈번 부부의 모습을 보았다. 그들은 품위 있게 리무진에서 내려 집으로 걸어갔는데, 각자 나무 덤불 한가운데를 가로질러 현관 계단으로 올라갔다. 그들은 부서진 슬레이트 조각들 사이로 가는 길을 택했다. 그때 우리는 처음으로 리즈번 부인의 얼굴과 딸들의 얼굴 사이에 비슷한 점이 있음을 발견했다. 그것은 몇몇 사람들이 기억하듯 그녀가 쓰고 있었던 검은 베일 때문이었는지도 모른다. 정작 우리는 베일을 본 기억이 없기 때문에 그 정도 세부 사항은 낭만적인 회고에 따라붙는 하나의 장식이라고 생각한다. 그래도 리즈번 부인이 길 쪽을 돌아보면서 전에 없던 방식으로 자신의 얼굴을 보여 주었던 영상은 아직도 간직하고 있다. 우리는 식당 창에 무릎을 꿇고서, 얇은 커튼을 통해서, 피천버거네 다락방에서 땀 흘리면서, 자동차 보닛 너머에서, 야구 베이스로 쓰던 홈통들 옆에서, 바비큐 뒤에서, 제일 높이 올라갔을 때 그네에 타고서 보고 있었다. 그녀는 몸을 돌려 파란 눈빛을 사방으로 쏘아 보냈다. 그것은 리즈번 자매들이 가졌던 것과 똑같은 색의, 싸늘하고 공허하고 알 수 없는 눈빛이었다. 그녀는 다시 뒤돌아 남편을 따라 집으로 들어갔다.

가구가 하나도 없었기 때문에 우리는 리즈번 부부가 오래 머물지 않으리라고 생각했다. 하지만 세 시간이 지나도 그들은 모습을 드러내지 않았다. 체이스 뷰얼이 플라스틱 방망이로 플라스틱 공을 쳐서 리즈번 씨네 앞뜰로 날려 보냈다. 공을 주우러 다녀온 녀석이 하는 말이, 집 안에 개미 새끼 한 마리 보이지 않더라고 했다. 조금 뒤에 녀석이 또 플라스틱 공을 날려 보내려고 했는데 이번에는 공이 나무 틈에 박혀 버렸다. 그날 낮이 지나고 저녁이 다 지나도록 우리는 리즈번 부부가 집에서 나오는 것을 보지 못했다. 그들이 떠난 것은 한밤중이 되어서였다. 터커 아저씨 외에는 아무도 그들이 떠나는 것을 보지 못했다. 훗날 우리가 터커 아저씨를 만났을 때, 그는 수십 년간의 알코올중독에서 완전히 벗어나 정신이 말짱한 상태였다. 그리고 우리를 비롯한 다른 모든 사람이 나이가 들면서 망가진 것과 반대로 터커 아저씨는 옛날보다 한결 좋아 보였다. 리즈번 부부가 떠나던 모습을 기억하느냐고 묻자 터커 아저씨는 그렇다고 대답했다. "난 밖에서 담배를 피우고 있었어. 아마 새벽 2시쯤이었을 거다. 길 건너편에서 문 열리는 소리가 나더니 그들이 나오는 거야. 애들 엄마는 약에 취한 것 같았고, 남편은 그녀를 부축해서 차에 태웠지. 그러고는 차를 몰고 가 버렸어. 쏜살같이. 아주 쌩하고 말이야."

다음 날 아침 우리가 일어났을 때, 리즈번 씨 집은 비어 있었다. 그 집은 어느 때보다 황폐해 보였고, 겉은 멀쩡하지만 안은 완전히 허물어진 병든 폐 같았다. 젊은 부부가 그 집을 인수해서 안을 긁어내고 페인트칠을 하고 지붕을 얹고 덤불을 뽑아내고 아시아풍의 잔디를 깔기 시작하자, 우리는 우리의 직관과 가설을 이용하여 스스로 납득할 수 있는 이야기를 조합해 낼 여유를 갖게 되었다. 젊은 부부는 (아직도 우리의 손자국과 코 자국이 남아 있던) 집 앞면의 유리창을 전부 빼내고 완전히 밀폐되는 미닫이 새시를 설치했다. 하얀 작업복과 모자를 쓴 인부들이 그 집 전체에 분사기로 모래를 뿌려서 표면을 갈아 내더니, 다음 이 주 동안은 하얀 회반죽을 스프레이로 두껍게 뿌렸다. '마이크'라고 적힌 명찰을 단 십장은 우리에게 "새로운 케니텍스 공법"을 사용하면 영원히 칠을 다시 할 필요가 없다고 일러 주었다. "이제 곧 모든 사람이 케니텍스를 쓰게 될 거다." 인부들이 스프레이 총을 들고 왔다 갔다 하며 집을 코팅하는 동안 십장은 이렇게 말했다. 그들이 작업을 마치고 나자 리즈번 씨 집은 크림이 뚝뚝 떨어질 것만 같은 거대한 웨딩 케이크로 변해 있었다. 하지만 케니텍스 덩어리가 새똥처럼 떨어져 내리기 시작하는 데는 채 일 년도 걸리지 않았다. 우리는 그것을 우리가 여전히 가슴속에 고이 간직하고 있는 리즈번 자매들의 흔적을 젊은 부부가 제멋대로 지워 버린 데 대한 복수라고 생각했다. 럭스가 정사를 벌였던 지붕의 슬레이트는 사포질을 한 지붕널로 교체됐다. 터리즈가 흙을 가져다 납 성분을 분석했던 뒤뜰 화단에는 새댁이 발에 흙을 묻히지 않고 꽃을 꺾을 수 있도록 빨간 벽돌이 깔렸다. 리즈번 자매들이 쓰던 방은 젊은 부부가 각자의 취미를 즐길 수 있는 개인 공간으로 바뀌었다. 럭스와 터리즈가 쓰던 방에는 책상과 컴퓨터가, 메리와 보니가 쓰던 방에는 베틀이 들어갔다. 우리의 요정들이 물장구치고, 럭스가 숨 쉬기 위한 대롱처럼 수면 위로 담배를 뻬쭉 내밀었던 욕조는 유리 섬유로 만든 거품 욕조를 놓기 위해 뜯어내졌다. 우리는 그 안에 들어가 눕고 싶은 충동과 싸우면서 보도 위에 놓인 그 욕조를 들여다보았다. 정작 욕조 안에 뛰어든 꼬마들은 그것의 진정한 가치를 알지 못했다. 젊은 부부는 그 집을 매끈하고 군더더기 하나 없는 명상과 평온의 공간으로 바꾸어 놓고, 리즈번 자매들에 얽힌 복잡한 추억들을 일본식 발로 가려 버렸다.

리즈번 씨 집뿐만 아니라 우리 거리의 모습도 달라졌다. 공원 관리과에서는 계속해서 나무들을 베어 냈다. 처음에는 스무 그루를 살리겠다고 병든 느릅나무 한 그루를 베어 내더니, 다음에는 열아홉 그루를 살린답시고 또 한 그루를 베어 내고, 그런 식으로 한 그루 한 그루 베어 간 끝에 결국에는 리즈번 씨의 옛집 앞에 있는 나무 반 토막만이 남았다. 그 마지막 나무(팀 와이너는 그 나무를 맹크스어[129])의 마지막 구사자에 비유했다.)를 베러 관리과 인부들이 왔을 때, 누구도 차마 그 모습을 내다보지 못했다. 하지만 그들은 멀리 떨어진 다른 거리의 나무들을 살린답시고 다른 나무들과 똑같이 전기톱으로 베어 버렸다. 리즈번 씨네 나무가 처형당하는 동안 아무도 집 밖에 나오지 않았다. 하지만 서재에 앉아서도 저 바깥의 우리 동네 전체가 노출 과다가 된 한 장의 사진처럼 텅 비게 변해 가고 있음을 느낄 수 있었다. 그동안 나무들이 감춰 준 획일성과 더 이상 특별한 느낌을 주지 못하는 차별화된 건축 양식이라는 낡은 수법으로 만들어진 바둑판 위의 모든 것이 맨얼굴을 드러내자, 우리가 살아온 이 교외 마을이 얼마나 창의성 없는

---

129) 켈트어파에 속하는 언어로, 아일랜드해에 위치한 맨섬의 주민들이 사용했다.

곳인지를 두 눈으로 똑똑히 보게 되었다. 튜더 양식으로 지은 크리거 씨네 집, 프랑스 식민지 양식의 뷰얼 씨네 집, 프랭크 로이드 라이트[130]의 스타일을 모방한 벅 씨네 집. 그 모두가 공장에서 똑같이 찍어 낸 지붕을 얹고 있을 따름이었다.

얼마 후 FBI가 '상어' 새미 발디노를 체포했다. 그는 도주용 땅굴로 가지 못하고, 오랜 재판 끝에 감옥으로 갔다. 그는 옥 중에서도 계속 조직을 운영하는 것으로 알려졌고 발디노 가족은 계속 같은 집에 살았지만, 일요일 오후마다 경의를 표하기 위해 방탄 리무진을 타고 찾아오던 남자들은 더 이상 볼 수 없게 되었다. 월계수들은 손질을 하지 않아 조화롭지 않은 이상한 모양으로 변해 버렸고, 그 가족이 불러일으키던 공포심도 나날이 옅어져서 급기야는 누군가 현관 계단 옆에 있는 돌사자 상을 뭉개 버릴 정도가 되었다. 폴 발디노는 그저 눈 밑이 시커먼 여느 뚱보 소년처럼 보이기 시작하더니, 하루는 학교 샤워장에서 미끄러졌는지 떠밀렸는지 바닥에 드러누워서 자기 발을 주무르고 있었다. 다른 조직원들에 대한 유죄 판결이 줄을 잇자, 마침내 발디노 가족도 르네상스 시대 예술품과 당구대 세 개를 세 대의 트럭에 나눠 싣고 이사를 가 버렸다. 비밀에 싸인 백만장자가 그 집을 샀다. 그는 담장을 30센티미터나 더 높였다.

우리가 얘기를 나눈 사람들은 하나같이 우리 동네의 쇠락

---

130) Frank Lloyd Wright(1867~1959). 미국의 건축가. 그의 특징적인 스타일을 프레리 양식이라고 하며, 가장 유명한 작품으로는 뉴욕의 구겐하임 미술관이 있다.

이 리즈번 자매들이 자살하고 난 뒤부터 시작됐다고 말했다. 그들은 처음에는 그 애들을 욕했지만 조류가 서서히 바뀌면서 그 애들을 희생양이 아닌 선각자로 여기게 되었다. 사람들은 그 애들이 자살한 개인적 이유, 스트레스 장애니 신경전달 물질 결핍이니 하는 것들은 점점 잊어버리고, 대신 그 애들의 죽음을 퇴락을 예견한 선견지명 탓으로 돌리기 시작했다. 그들은 베여 나간 느릅나무와 가혹한 햇빛, 자동차 산업의 지속적인 쇠퇴에서도 리즈번 자매들의 혜안을 보았다. 이러한 사고방식의 변화를 알아챈 사람이 거의 없었던 것은 우리가 더 이상 서로 부딪칠 기회가 없었기 때문이다. 나무가 없으니 쓸어내야 할 낙엽도, 태워야 할 낙엽 더미도 없었다. 겨울에는 눈도 내리지 않았다. 훔쳐볼 리즈번 자매들도 없었다. 물론 이따금 우리의 (지금 생각하니, 리즈번 자매들이 현명하게도 절대 보지 않으려 했던) 우울한 여생 속을 비척비척 걸어갈 때면, 대개 혼자 가던 길을 멈추고 한때는 리즈번 씨 집이었던 하얀 무덤을 올려다보곤 했다.

리즈번 자매들 때문에 자살은 우리에게 친숙한 존재가 되었다. 훗날 아는 사람 중 누군가가 스스로 생을 끝낼 때면, ─ 개중에는 그 전날 책을 빌려 간 사람도 있었다 ─ 우리는 그들이 거추장스러운 부츠를 벗고 바다가 내려다보이는 모래언덕 위의, 곰팡내가 진동하는 가족 소유의 오두막으로 들어가는 모습을 머릿속에 그리곤 했다. 그들은 모두 캐러필리스 할머니가 그리스어로 구름에 써 놓은 불행의 징조를 읽었던 것이다. 서로 다른 인생길에서, 서로 다른 색깔의 눈으로 혹은 고개를 움찔거리면서, 둘 중 어느 쪽인지는 몰라도 비겁 또는 용기에 이르는 비밀을 풀어낸 이들이었다. 그리고 그들 앞에는 항상 리즈번 자매들이 있었다. 그 애들은 죽어 가는 숲 때문에, 정원용 호스에서 뿜어져 나오는 물을 마시려고 수면에 올라왔다가 프로펠러에 사지가 잘려 나간 바다소 때문에 목숨을 끊었다. 그들은 피라미드보다 더 높이 쌓인 폐타이어를 보고 목숨을 끊었으며, 우리가 절대로 될 수 없었던 그들의 연인을 찾지 못해 목숨을 끊었다. 결국 리즈번 자매들을 갈가리 찢어 놓은 수많은 고통은 그들이 오랜 고민 끝에, 오점으로 가득한 이 세상을 어른들이 물려준 그대로 받아들이지 않기로 했다는 단순한 사실을 암시했다.

하지만 사람들이 이런 생각을 하게 된 것은 한참 나중의 일이었다. 마지막 자살이 있은 직후, 우리 동네가 사방에서 악명을 떨치던 때에는 리즈번 자매들 얘기를 입에 올리는 것 자체가 거의 금기였다. "그건 마치 죽은 지 한참 지난 시체를 이리저리 뜯어보는 것과도 같았지." 유진 씨가 말했다. "자유주의 언론의 왜곡도 전혀 도움이 되지 않았어. 리즈번 자매들을 지킵시다. 스네일 다터[131]를 보호합시다. 전부 헛소리야!" 많은 가족이 동네를 떠나가거나 뿔뿔이 흩어졌고, 모두 선벨트[132]의 다른 곳을 찾아 떠났다. 한동안 우리에게 남은 것은

---

131) 민물 가오리 지느러미 물고기의 작은 종으로 이 책이 나온 1993년에는 멸종위기종이었으나 2022년에 해제되었다.

132) 서쪽 캘리포니아주에서 동쪽 버지니아주까지 미국 남부에 일렬로 위치한 따뜻한 지역을 말한다.

황폐함뿐인 것 같았다. 부패의 행렬에 동참하지 않기 위해 도시를 버린 후에, 우리는 프랑스인 탐험가들이 지금으로부터 300년 전 아무도 이해하지 못하는 지저분한 우스갯소리에서 '살진 끄트머리'라고 불렀던, 사방이 물로 가로막힌 모래톱의 녹색 제방도 버렸다. 그러나 방랑 생활은 오래가지 못했다. 사람들은 하나 둘씩 다른 지역사회에서의 짧은 체류를 마치고 돌아와, 우리가 이 조사를 하느라 줄곧 꺼내다 쓴 허술한 기억 저장고를 복구하기 시작했다. 이 년 전에는 우리 동네에 마지막으로 남아 있던 자동차 재벌의 저택이 도시 계획 때문에 철거되었다. 현관에 깔려 있던 이탈리아 대리석 — 전 세계의 채석장 중 오직 한 군데에서만 나온다는 희귀한 장밋빛 — 타일은 큰 덩어리로 잘려서, 금도금된 수도관과 천장의 프레스코화[133]와 함께 조각 단위로 팔려 나갔다. 느릅나무들도 모두 사라지고 대신 심은 꼬마 나무들만 남았다. 그리고 우리가 있었다. 이제는 (도시 대기오염 관련 조례 때문에) 바비큐도 더 이상 해 먹을 수 없지만, 지금도 최소한 우리 중 서너 명은 여건만 된다면 리즈번 씨 집과 소녀들에 대해 추억하기 위해 모일 것이다. 우리가 아직까지도 소중하게 모셔 둔 빗에 엉켜 있는 그들의 머리카락은 점점 더 자연사박물관에 전시된 동물의 인조털을 닮아 가기 시작했다. 모든 것이 변해 가고 있다. 1호부터 97호에 이르는 모든 증거물을 가지런히 넣어 둔 다섯 개의 여행 가방에는 마치 콥트교회[134]의 묘비처럼 각각

---

133) 석회 바른 벽에 수채로 그린 그림이다.

고인의 사진이 붙어 있고, 그 가방들은 마지막 남은 나무들 중 한 그루에 우리가 다시 마련한 오두막집에 보관되어 있다. (1호) 단젤로 양이 리즈번 씨 집을 찍은 폴라로이드 사진에는 이끼로 추정되는 푸르스름한 더께가 덮여 있다. (18호) 메리의 오래된 화장품은 수분이 날아가서 베이지색 가루가 되었다. (32호) 발목까지 올라오는 서실리아의 캔버스 운동화는 칫솔과 주방용 세제로는 어쩔 수 없는 누런색으로 변했다. (57호) 보니의 봉헌 초들은 밤마다 쥐들이 갉아 먹는다. (62호) 터리즈의 슬라이드 표본에는 새로운 박테리아가 침입했다. (81호) 럭스의 브래지어(피터 시슨이 십자가에 걸려 있던 것을 훔쳐 왔음을 이제는 인정하는 편이 좋겠다.)는 할머니들이 착용하는 보조용품처럼 뻣뻣해졌다. 우리가 무덤을 밀폐해서 보관하지 못한 탓에 신성한 물건들이 점점 죽어 가고 있다.

결국 우리는 모든 퍼즐 조각을 다 모았다. 하지만 어떤 방식으로 맞춰도 항상 빈 공간이 남았다. 퍼즐 조각들로 둘러싸인 이 이상한 공백은 이름을 알 수 없는 어느 나라의 모양 같기도 했다. "모든 금언은 역설로 끝나는 법이야." 마지막 인터뷰를 마치기 직전, 뷰얼 씨가 이렇게 말했다. 이제 리즈번 자매들은 하느님의 손에 맡기고 그만 잊어버리라는 뜻인 듯했다. 우리는 서실리아가 부적응아였기 때문에, 저세상의 부름을 받았기 때문에 스스로 목숨을 끊었다는 걸 알고 있었다. 한때

---

134) 이슬람 국가인 이집트에 존재하는 기독교 일파. 전례(典禮)를 할 때 고대 이집트어의 직계 언어인 콥트어를 사용한다.

방탕했던 그녀의 언니들 또한 저세상의 부름을 받았다는 것
도 안다. 하지만 이것은 진실인 동시에 진실이 아니기도 해서,
이런 결론을 내리고 있는 와중에도 목이 메어 온다. 신문에는
리즈번 자매들에 대한 수많은 기사가 실렸고, 뒤뜰 울타리 너
머로도 무수한 얘기들이 오갔으며, 정신과 의사들의 진료실에
서도 수년 동안 그 이야기가 언급되었지만, 우리가 그에 대해
확신하는 것은 오직 설명이 불충분하다는 사실뿐이다. 유진
씨는 이제 곧 과학자들이 암, 우울증, 그 외의 여러 질병들을
유발하는 '나쁜 유전자'를 찾아내는 날이 올 거라고 말하면
서, 그들이 "자살을 유발하는 유전자도 찾아낼 수 있었으면"
하는 바람을 덧붙였다. 그는 헤들리 선생님과 달리 자살을 역
사적 순간에 대한 반응으로 보지 않았다. "제길." 그가 말했다.
"애들이 걱정할 게 뭐가 있어? 골치 아프게 살고 싶으면 그러
라지. 방글라데시에나 가라고 해."

　"그것은 여러 가지 요소가 복합적으로 얽힌 문제였다." 의학
적 이유에서가 아니라 순전히 리즈번 자매들을 머릿속에서 지
워 내기 위해 쓴 마지막 논문에 호니커 박사는 이렇게 적었다.

　"대다수 사람들에게 자살은 러시안룰렛과도 같다. 총알은
오직 한 개의 약실에만 들어 있다. 리즈번 자매들의 경우에는
모든 약실에 총알이 들어 있었다. 부모의 학대라는 총알. 유전
적 성향이라는 총알. 시대적 병리라는 총알. 피할 수 없는 관
성의 법칙이라는 총알. 나머지 두 개의 총알에는 딱히 이름을
붙일 수 없지만, 그렇다고 해서 그 약실이 비어 있었다는 뜻
은 아니다."

그러나 이것은 바람을 뒤쫓는 것처럼 부질없는 일일 뿐. 그 자살의 본질은 슬픔이나 수수께끼가 아닌 단순한 이기심이었다. 그 애들은 신에게 맡겨 두는 편이 더 나았을 결정을 자신들의 손으로 내렸다. 그들은 보통 사람들과 함께 살아가기에는 지나치게 큰 힘을 갖고 있었고, 지나치게 자신에게 몰두해 있었으며, 지나치게 몽상적이었고, 지나치게 맹목적이었다. 그들이 떠난 뒤에 남은 것은 모든 자연적인 죽음을 압도하는 삶이 아니라, 평범한 사실들을 나열한 시시하기 짝이 없는 목록이었다. 째깍대는 벽시계, 대낮에도 컴컴한 방, 오로지 자기만 생각하는 소녀의 괘씸함. 다른 건 안중에 없고 고통, 개인적인 상처, 잃어버린 꿈에 대해서는 불꽃처럼 번뜩였던 그녀의 뇌. 광활한 빙원을 가로지르듯 서서히 멀어져서 목소리조차 들리지 않는, 조그만 팔을 흔드는 검은 점이 되어 버린 모든 사랑했던 이들. 그리고 들보 위로 던져진 밧줄, 긴 생명선을 가진 손바닥 위로 떨어뜨려진 수면제, 열어젖혀진 창문, 밸브가 열린 오븐 등등. 리즈번 자매들은 우리도 그들의 광기에 동참하게 만들었다. 왜냐하면 그들의 발자국을 되짚고, 그들의 생각을 반추하지 않을 수 없었으니까. 그리고 그들 중 누구도 우리에게 이어지지 않았음을 알았다. 우리는 자기 손목을 면도칼로 그어서 동맥을 끊은 존재의 공허감, 그 공허함과 적막함을 상상조차 할 수 없었다. 그저 마룻바닥에 찍힌 흙발자국, 발밑에서 걷어차인 트렁크에 남은 그들의 흔적 속에 주둥이를 처박고 냄새를 맡아야만 했다. 그들이 자살한 방들의 공기를 영원토록 들이마셔야 했다. 결국 그들이 몇 살이었는지, 그들이 여자였는지와 같은 사실은 중요하지 않았다. 중요한 건 오직 우리가 그들을 사랑했다는 것, 그리고 그들은 우리가 부르는 소리를 과거에도 듣지 못했고 지금도 듣지 못하지만, 우리는 여전히 이 나무 위 집에서, 가늘어져 가는 머리카락과 물렁한 뱃살을 하고, 그들이 영원히 혼자 있기 위해 간 방, 홀로 죽음보다 더 깊은 자살을 한 곳, 퍼즐을 완성할 수 있는 조각들을 영원히 찾아낼 수 없을 그곳에서 나오라고 그들을 부르고 있다는 사실뿐이다.

지나가 버린 것들에 대한 유쾌한 애상

『버진 수어사이드』는 1970년대를 배경으로 미국의 중산층 가정인 리즈번가에서 다섯 자매가 자살하는 사건을 둘러싸고 벌어지는 이야기이다. 이 작품의 가장 큰 특징을 들자면 자살이라는 비극적 소재를 다루면서도 무겁고 어둡기보다 가볍고 재치 있는 문장으로 가득 차 있다는 점일 것이다. 열세 살에서 열일곱 살까지 한창 피어나는 나이의 건강한 소녀들이 줄줄이 자살로 생을 마감한다는 줄거리는 언뜻 듣기에 괴이할 정도로 참담하고 비극적이다. 그럼에도 막상 작품을 펼쳐 읽게 되면 독자는 자살이라는 단어가 주는 불편함을 깜박 잊게된다. 그것은 때로는 천진할 정도로 진솔하게, 때로는 성숙한 어른의 목소리로 지나간 것들을 따뜻하게 포용하는 목소리 때문일 것이다.

특이하게 이 소설의 주어는 '나'가 아닌 '우리'인데 이 '우리'는 리즈번 자매들의 이웃 소년들이다. 이들은 어린 날의 기억들을 하나씩 익살스럽고 재미있게 기억해 내는데, 개인의 개성을 드러내기보다 어릴 때 누구는 어땠고 누구는 어땠지 하는 식이다. 이 작품이 발표되던 당시 이 같은 일인칭 복수의 내레이션은 문학에서 이전에 없던 새로운 혁신이었다고 한다. 수십 년이 지나 지금은 중년에 접어들었지만 이들 화자는 여전히 그때 그 시절의 감성에 젖어 과거를 회상한다. 여름에는 하루살이가 떼로 몰려다니고 겨울에는 휴교령이 내릴 정도로 호되게 추웠던 어린 시절을 그리워하면서.

이제 구체적으로 작품을 한번 들여다보자.

리즈번 자매들의 자살은 막내인 서실리아로부터 시작한다. 표면적으로 봐서는 뚜렷한 이유를 찾을 수가 없다. 미수로 끝난 첫 번째 자살 시도 당시 코팅된 성모마리아 그림을 가슴에 품고 있었다든가, 평소 일기장을 성무일도서나 중세 성경마냥 화려하게 꾸며 놓은 걸로 보아 종교와 관련된 자살이 아닐까 추측해 보기도 하지만 그 역시 확실하지 않다. 어쨌든 첫 번째 자살 미수가 있은 후 리즈번 부인은 놀라서 딸들을 위로해 주려고 난생처음으로 동네 남자아이들을 불러 파티를 열어 준다. 그러나 파티가 한창 무르익을 무렵 어이없게도 서실리아는 2층으로 올라가 울타리 창살로 몸을 던지고 만다.

서실리아가 종교와 연관해서 자살하지 않았을까 하는 의문은 어머니인 리즈번 부인이 지나치게 강압적이고 종교적인 것과 무관하지 않을 것이다. 리즈번 부인은 예쁘고 매력적인 딸들과는 전혀 다른 이미지를 가지고 있다. '뒤룩뒤룩 살찐 팔뚝과 인정사정없이 잘라 낸 철심 같은 머리카락, 도서관 사서 같은 안경'으로 묘사되는 리즈번 부인은 딸들이 화장도 못 하게 하고 댄스도 못 하게 한다. 어쩌다 딸들이 노출이 심한 옷을 입고 외출이라도 할라치면 굳이 갈아입고 나오도록 집으로 돌려보낸다. 럭스가 좋아하는 남자애의 이름을 속옷마다 써 놓았을 때에도 표백제로 모두 지워 버렸으며, 온 가족이 티브이를 시청할 때에는 채널을 바꿀 때마다 시청해도 되는 프로그램인지 《TV 가이드》를 확인하고 결정하는 매우 엄격하고 융통성 없는 어머니이다.

한편 이렇게 강한 성격을 가진 아내에 대해 리즈번 씨는 거의 공처가 신세를 면하지 못한다. 고등학교 수학 교사인 그는 비쩍 마르고 목소리 톤이 높은, 성실하지만 소심한 유형이다. 아들을 바랐지만 딸들이 연달아 태어나자 아내까지 포함해서 여섯 여자들을 군소리 없이 열심히 돌보는 가장이다. 하지만 딸들이 댄스를 하지 못하도록 막는 아내에 대해 속으로 동의하지 못하면서도 맞서 부딪히는 결기를 보이지는 못한다. 다만 트립이 럭스를 댄스 파티에 데려가도록 허락받으러 왔을 때에는 아내를 설득해서 네 딸을 댄스 파티에 갈 수 있도록 해 준다.

서실리아가 자살한 후 리즈번 씨 집은 안팎으로 서서히 무너져 가는 느낌을 준다. 우선 가장인 리즈번 씨가 집의 외관을 전혀 돌보지 않아 정원의 낙엽이라든가 담벼락에 붙은 벌레 같은 것들도 이웃 사람들이 청소해 줘야 할 지경이다. 서실리아를 잃은 슬픔을 달래 주려고 이웃 부인들이 케이크를 구워서 방문하거나 신부님이 찾아갔을 때에도 집안 분위기는 그리 명랑하지 못하다. 장례식 때 들어온 많은 꽃들이 먼지로 뒤덮여 있었고 리즈번 부인이 더 이상 빨래를 하지 않을 뿐 아니라, 세제조차 사다 놓지 않아 딸들이 욕조에서 손빨래를 하는 데 익숙해져 있더라는 목격담이 나온다.

리즈번 부인이 아이들을 돌보지 않는다는 사실은 새 학년이 되어 딸들이 학교에 가야 하는데도 딸들에게 새 교복을 맞춰 주지 않았다는 데에서도 드러난다. 자매들은 가뜩이나 동생을 잃고 위축된 마음에 작고 짧아진 교복을 입고 불편해 보이는 모습으로 새 학년을 맞이한다. 이런저런 이유들이 쌓이면서 네 자매는 학교에서 다른 친구들과 어울리지 않고 자기들끼리만 모여 다니게 되고, 결국 주변에서 점점 더 고립되는 모습을 보인다. 그러는 가운데 럭스는 부모 몰래 남자아이들과 의미 없고 가벼운 연애를 일삼는다.

병원에서 럭스와 서실리아를 진료했던 호니커 박사는 리즈번 자매들의 사례를 인용해 논문까지 쓴다. 이 논문에서 박사는 리즈번 자매들이 외상 후 스트레스 장애를 앓고 있으며, 자살로 형제를 잃은 청소년들은 슬픔을 극복하려고 자학적인 행동을 하는 일도 있으며 한 가정 내에서 자살은 반복될 확률이 높다는 결론을 내린다. 결과적으로 이 지적은 무서운 예언처럼 현실로 나타나, 논문에서 지적한 대로 나머지 리즈번 자매들은 첫 자살이 있은 뒤 십삼 개월 만에 모두 자살하고 만다.

그렇다고 해서 서실리아가 자살한 후 나머지 자매들을 주변에서 그냥 방치해 둔 것만은 아니다. 학교 양호실에서 정기적으로 상담 치료를 받을 때만 해도 어느 정도 밝아지는 것처럼 보인다. 맏딸인 터리즈는 댄스 파티에서 즐거운 시간을 보내는 중에 파트너인 케빈 헤드와 이런 대화를 나눈다.

"너도 다른 사람들처럼 우리가 미쳤다고 생각하니?"
"누가 그래?"
터리즈는 대답하지 않은 채, 비가 오나 보려고 한 손을 내밀었다. "서실리아는 좀 이상한 애였지만 우린 달라." 그리고 이렇게 덧붙였다. "우린 그냥 평범하게 살고 싶을 뿐이야. 사람들이 내버려두기만 한다면."(173쪽)

터리즈는 동생의 죽음에 대해 어느 정도 마음속으로 정리된 듯한 말을 하고 있다. 그녀에게 죽은 동생보다 더 중요한 것은 일상으로 돌아가 평범하게 사는 자신의 삶인 것처럼 보인다. 그런데 '사람들이 내버려두기만 한다면'이라고 단서를 붙인다. 이 대목을 우리는 눈여겨볼 필요가 있다. 리즈번가가 서실리아의 죽음 이후 일 년여에 걸쳐 쇠락해 간 원인 중에는 가정 내의 우울감과 혼란도 있었지만 터리즈의 대화에서 힌트를 얻건대 사람들의 시선, 나아가 언론의 압력이 크게 작용하지 않았을까 하는 의구심이 든다. 이러한 의혹은 작품 후반부로 갈수록 더욱 강해진다.

다시 앞으로 돌아가서 서실리아의 자살 이후 주변 사람들의 태도를 살펴보자. 이웃 사람들은 죽음의 원인이 자살이라는 이유로 장례식장에 꽃을 보내기를 주저하다 대부분 뒤늦게야 보낸다. 사람들은 처음에는 동정의 눈길을 보내기도 하지만 시간이 흘러가면서 리즈번 가족과 섞이는 일을 점점 줄인다. 스스로 자초한 일이긴 하지만 학교에서도 리즈번 자매들은 교우 관계를 넓혀가지 못하고 위축되기만 한다. 동서양을 막론하고 자살에 대해 너그러운 사회는 없다. 중세 기독교 전통에 의하면 삶과 죽음은 신의 영역이므로 인간이 스스로 목숨을 끊는 것은 커다란 죄에 속한다. 작품 속에도 서실리아의 자살을 대죄(大罪)로 보아야 할 것인가 말 것인가에 대해 신부님이 난처해서 얼버무리는 장면이 그려진다.

서실리아가 자살한 충격도 그럭저럭 희미해져 갈 무렵, 동네 이웃의 누군가가 무기명으로 신문사 편집장 앞으로 편지를 보낸다. 서실리아의 사연을 들먹이며 "오늘날 십 대들을 압도하고 있는 불안감"에 대해 학교와 사회에서 적극적으로 대처해야 한다는 내용이었는데 이 편지는 곧바로 지역 신문에 실리게 된다. 공교롭게도 편지가 신문에 실린 다음 날, 의욕이 넘치는 기자 펄 양이 리즈번가에 뜨거운 관심을 가지고 접근한다. 펄 양은 보니와 메리를 인터뷰하다 리즈번 부인에게 쫓겨나지만 다음 날부터 신문에 흥미 위주의 선정적인 기사를 싣기 시작한다. 서실리아의 사례를 도화선으로 하여 십 대의 자살은 커다란 사회 문제로 비화되고, 각종 도표와 그래프까지 곁들인 기사가 날마다 신문에 오른다. 자살에 대한 관심이 고조되자 방송에서도 덩달아 취재 경쟁을 벌인다. 이윽고 학교 연감에 실린 서실리아의 사진이 텔레비전 쇼에까지 나돌고, 여러 채널들이 번갈아 가며 서실리아의 이름으로 십 대의 자살에 관한 프로그램을 만들어 방송한다. 표면적으로는 선정주의를 피해 사회적 위험을 알린다는 명목을 내세웠지만 늘 맨앞에는 서실리아 사건이 도마 위에 올려졌다.

방송이 요란을 떨자 동네 사람들은 속으로 반감을 느끼지만 말초신경을 건드리는 매스컴으로부터 자유로울 수 있는 사람은 아무도 없었다. 이를테면 리즈번 자매들의 동공이 확대돼 있지는 않았는지? 코 스프레이를 지나치게 많이 사용하지는 않았는지? 안약은? 교내 활동이나 운동, 취미에 흥미를 잃지는 않았는지? 또래 친구들을 피하지는 않는지? 등등 자매들의 사생활이 낱낱이 파헤쳐진다.

여론몰이식으로 사안이 확대되면서 이번에는 지역 상공회의소에서 자살에 관한 팸플릿을 만들어 돌리기 시작한다. 상공회의소는 그러지 않아도 경제 상황이 악화되고 있어서 백인 인구가 줄고 있는데 자살 사건마저 빈번해진다면 지역 사회이미지가 크게 나빠질 것으로 우려한다. 이에 질세라 학교에서는 서실리아가 죽고 여러 달이 지났음에도 불구하고 전교생이 참여하는 애도의 날을 지정하고 유족에게 상의 한마디 없이 강행하기에 이른다.

한편 학교에서는 최고 킹카라 할 수 있는 트립이 럭스에게 반해 따라다닌다. 그는 럭스를 댄스파티에 데려가고 싶어서 리즈번 씨의 교실에 찾아간다. 리즈번 씨는 처음에 반대 의사를 표하지만 나머지 세 딸까지 모두 댄스 파티에 데리고 가는 걸로 이야기가 흘러가면서 허락하게 된다. 리즈번 자매들은 태어나서 처음으로 어머니가 직접 만들어 준 포대 자루 같은 드레스를 입고 남자애들의 손에 이끌려 댄스 파티에 가게 된다. 파티에서 자매들은 매우 즐거운 시간을 보낸다. 그런데 이번에는 럭스가 트립과 데이트를 즐기느라 어머니가 정해 놓은 귀가 시간을 어기는 불상사가 벌어지고 만다.

어머니는 이 일이 있은 후 딸들을 학교도 못 가게 하고 집에만 있게 한다. 이웃의 소년들은 이제 건너편 집 다락방에서 쌍안경을 통해서밖에 리즈번 자매들을 볼 수 없게 되었다. 마음속 상처를 남자들과의 가벼운 만남으로 풀어내던 럭스는 집에 갇히게 된 후 충격적이게도 외부 남자들을 불러들여 지붕 위에서 정사를 나누는 일탈을 보여 준다. 추운 겨울, 부모님이 집에서 잠들어 있을 시간에 어떻게 저럴 수 있는 걸까? 너무나 비현실적인 장면이 눈앞에 펼쳐지자 멀리서 이 모습을 지켜보던 소년들은 그러지 않아도 다가갈 수 없는 흠모의 대상이던 럭스를 현실이 아닌 상상 속 연인으로 이상화한다.

그러는 와중에 언론의 영향으로 서실리아 사건이 사회 문제로 커지자 연쇄적으로 학부모들이 항의하기 시작한다. '자기 가정도 꾸려 나가지 못하는 사람에게는 아이들을 가르칠 자격이 없다.'는 주장이었다. 고지식하고 착실하기만 했지 특별히 강단지지도 않고 사교적이지도 않았던 리즈번 씨는 교장 선생님에게 어떤 대응도 하지 못한 채 해직되고 만다.

외부와의 유일한 통로이던 리즈번 씨가 학교를 그만둔 뒤로는 리즈번가를 지탱하는 모든 힘이 사라져 버린 것처럼 보인다. 모두가 잠든 새벽에 보니가 베개 깃털이 잔뜩 묻은 옷을 입고 나와 서실리아가 죽은 위치에 가서 묵주 기도를 하는 모습이 누군가의 눈에 띄기도 하지만, 보니가 지나갈 때면 비좁은 닭장에서 나는 것 같은 냄새가 실려 오곤 한다.

이제는 우리의 어머니나 아버지 들, 신부님까지도 굳이 그 집에 가는 위험을 무릅쓰려 하지 않았다. 우체부조차 우편함에 직접 손을 대기보다는 (……) 책등으로 뚜껑을 열어 우편물을 집어넣곤 했다.(208쪽)

먼지투성이 더러운 창으로 대표되는 리즈번 씨의 집은 이제 온 동네에 괴상한 냄새를 풍기는 폐가 같은 모습이 되고 말았다.

이웃 소년들은 리즈번 자매들을 연민과 호기심 어린 눈으로 바라볼 뿐 어떤 행동을 취하지는 못한다. 그러던 중 리즈번 자매들이 합심해서 집 밖으로 나오는 사건이 발생하는데 공원 관리과에서 느릅나무를 베러 왔을 때이다. 느릅나무들이 네덜란드느릅나무종이라는 병균에 감염되었다는 이유로 동네의 정든 느릅나무들을 모조리 벌목한다는 것이었다. 리즈번 씨 마당에 있는 느릅나무를 벌목할 차례가 되어 인부들이 나무를 베려는 순간 별안간 네 자매들이 일제히 집 밖으로 뛰어나온다. 자매들은 나무를 에워싸고 베지 못하도록 시위를 하는데 이 장면은 또 한 차례 신문 지상을 장식한다. 이 사건에 대해 언론은 자매들이 서실리아가 사랑했던 나무여서 베지 못하게 했다는 식으로 제멋대로 추측 기사를 쓰지만 훗날 리즈번 씨는 나무를 좋아했던 건 터리즈였다고 고쳐 말한다.

시간이 흐르고 소년들의 뇌리에서 리즈번 자매들의 기억이 흐릿해질 무렵, 컴컴한 리즈번 씨 집에서 의문의 불빛들이 깜박이기 시작한다. 또 동네 여기저기에서 코팅된 성모마리아 그림들이 발견되는가 싶더니, 이어서 우체국 소인이나 보낸 사람 주소도 없는 편지들이 우편함에 도착한다. 소년들은 물어볼 것도 없이 리즈번 자매들이 보내는 신호라는 걸 알아챘다. 리즈번 자매들을 가엾게 생각하던 소년들은 이것을 구원을 요청하는 신호로 여기고 리즈번 자매들과 연결될 수단을 궁리하다 묘안을 낸다. 전화번호부에서 리즈번 씨 번호를 찾아서 집에 전화를 거는 것이었다.

이 부분에서 MZ 세대는 이해하기가 조금 어려울 수도 있겠다는 우려에 부연 설명을 하겠다. 이 작품의 시대적 배경인 1970년대에는 사람들 간에 연락할 수 있는 수단이 편지나 전보 아니면 유선 전화였다. 핸드폰이라는 것이 나와 이렇게 대중화되리라고는 상상도 못 하던 시절이었다. 대부분의 회사와 가정에 유선 전화가 있었고, 지금 같으면 개인 정보 유출 때문에 상상할 수도 없는 일이지만 통신 회사에서 매년 지역번호를 포함해 가입된 모든 전화번호를 책으로 묶어서 배포했다.

이 소설을 읽어 보면 미국도 사정이 비슷했던 것으로 보인다. 유선전화 보급률이 높아지고 전화기가 흔해지면서 각 가정에서는 전화번호 한 개에 전화기를 두 대 이상 연결해서 더욱 편리하게 사용하기도 했다. 이 작품에서 소년들이 리즈번 가에 전화를 걸었을 때 리즈번 부부가 받았다가 화를 내면서 끊는데 소년들은 전화를 끊지 않고 기다린다. 소년들은 전화번호에 연결된 전화기가 두 대여서 한 대를 끊어도 다른 전화로 통화가 가능하다는 계산에서 전화를 끊지 않고 기다렸던 것이다.

그런데 우리는 여기서 소년들의 전화를 받은 리즈번 씨의 반응에 주목할 필요가 있다.

> "이봐요, 이제 그만 좀 할 수 없소?" 리즈번 씨가 웅얼거렸다.
> 잠시 정적이 흘렀다. (……) 리즈번 씨가 자기 목소리 같지 않은 새된 소리로 말했다. 그것은 수화기를 낚아챈 리즈번 부인이었다.
> "왜 우릴 가만 내버려두지 않는 거야!" 그녀가 소리를 꽥 지르더니 꽝 하고 수화기를 내려놨다.(252쪽)

발신자를 알 수 없는 전화를 받고 리즈번 부부는 한없이 지친 듯이 자신들을 내버려두라고 고함지르고 애원하고 있다. 이것으로 미루어 보아 이들은 이미 숱하게 낯선 전화로 괴롭힘을 받았던 것으로 짐작된다. 아마도 서실리아의 자살과 관련해서 혹은 위로를, 대부분은 거친 언사를 퍼붓는 전화였으리라.

어렵게 전화로 연결된 소년들과 리즈번 자매는 어색한 대화 대신 번갈아 가며 턴테이블에 음악을 올려 서로에게 들려주는 방식으로 교감을 한다. 음악들은 대부분 포크 음악이어서 순수하고 구슬픈 목소리들이 정의와 평등을 부르짖는 내용이었다. 젊다기도 뭣할 정도로 어린 나이의 소년 소녀들이, 마치 투명한 벽에 가로막히기라도 한 것처럼 서로 다가가지 못하고 가느다란 전화선으로 음악을 통해 교감을 나누는 이 장면은 이 작품의 마지막 클라이맥스로서 비극적이면서도 아름답기 그지없다. 소년들은 사회에서 고립되고 가정에서 보살핌을 받지 못하는 리즈번 자매들에 대한 동정심과 연민에 사로잡힌다.

> 그들은 집 안에서는 죄수였고, 밖에서는 문둥병 환자였다. 그리하여 리즈번 자매들은 누군가 — 우리 — 가 그들을 구해 주기만을 기다리며 세상으로부터 숨어 버렸던 것이다.(258~259쪽)

어느 날 리즈번 자매들이 여행 가방을 꾸리는 장면이 포착된다. 때맞춰 리즈번 자매가 보낸 편지에 내일 자정이라고 시각까지 명시돼 있다. 이제야말로 소녀들이 용기를 내서 여행 또는 도망을 가는 거라고 지레짐작한 소년들은 그녀들의 탈출을 도와줄 공상에 빠진다. 저마다 머릿속에 티브이나 책에서 본 것처럼 소녀들과 함께할 멋진 여행 장면들이 그려진다.

드디어 한밤중. 소년들은 유격 훈련이라도 하듯이 숨어서 살금살금 불 꺼진 리즈번 씨 집에 진입한다. 이들을 기다리는 건 관능적인 노란 홀터 탑을 입은 럭스. 럭스는 피우던 담배 연기로 동그라미를 만들어 내기도 하고 한 녀석의 벨트를 풀어 성적인 긴장감을 고조시키기도 하는 등 특유의 매혹적인 분위기로 소년들의 얼을 빼놓는다. 그러는 동안에도 집 어딘가에서는 물건 끄는 소리, 가방 넘어지는 소리 같은 소음이 들린다.

이윽고 럭스는 소년들에게 자기 어머니의 차로 같이 떠나자는 말을 남기고 주차장으로 사라진다. 남은 소년들은 일 년 전 서실리아를 위한 파티가 열렸던 지하실로 발길을 옮기는데 그곳에서 발견한 것은 천장에 목을 맨 보니였다. 알고 보니 이 날 밤 소년들이 들어간 시각을 전후해서 터리즈와 메리, 보니, 럭스는 각기 다른 방법으로 자살을 한 것이었다. 메리는 실패해서 병원 치료까지 받지만 얼마 지나지 않아 다른 자매들의 뒤를 따른다.

소년들은 이 엄청난 사건을 보고 뒤늦게 부끄러움과 죄책감을 느낀다. 하지만 다섯 자매의 자살이라는 이 충격적인 사건은 다시금 언론의 주목을 받고 펄 양은 이 사건을 심지어 심령주의와 연관 짓기도 한다. 리즈번 씨 부부는 이후 집을 팔고 동네를 떠난 뒤 이혼한다.

『버진 수어사이드』는 유머러스한 표면 깊숙이 자살에 대한 각성을 불러일으키고 있다. 가족의 자살이 가정 내의 또 다른 자살을 불러온다는 설정은 때로 현실적일 수 있기 때문에 그만큼 더 섬찟하기도 하다. 이 작품이 서실리아의 자살로부터

출발하고 있기 때문에 서실리아를 막을 수는 없었다 치더라도 나머지 자매들의 자살을 미리 막을 방법은 없었을까? 가상의 소설이지만 두고두고 숙제처럼 마음에 남는 질문이다.

이 작품은 작가 제프 유제니디스가 조카의 베이비시터로 일하던 십 대 소녀가 해 준 이야기에서 영감을 받아 썼다고 한다. 그 베이비시터 소녀는 실제로 자매들과 동반 자살을 계획한 적이 있다는 경험담을 말해 주었다. 이유는 압박이 너무 심해서였다고 한다. 유제니디스는 이 이야기를 짧은 단편으로 써서 1990년 《파리 리뷰》에 작가로서 첫 발표를 한다. 그런데 예상외로 큰 반응을 얻고 상까지 받자 여기에 힘을 받은 유제니디스는 이 작품을 길게 늘려 쓰기로 마음먹는다. 그러나 직장에서 몰래 집필을 이어가다 해고당하는 일까지 벌어진다. 이후 작품에 집중하기 위해 실업 수당에만 의지하며 작품을 썼다고 한다. 이렇게 해서 1993년 발표된 『버진 수어사이드』는 나오자마자 큰 인기를 끌었다. 1999년에 이르러서는 15개 언어로 번역되었고, 같은 해 소피아 코폴라 감독이 영화로 만들어 또 한 차례 큰 관심을 모았다. 자살이라는 소재를 시대적 배경과 함께 유쾌하게 풀어냈다는 점에서 이 작품은 이전에 없던 새로운 시야를 우리에게 선사한다.

『버진 수어사이드』의 배경인 디트로이트는 작가의 고향이기도 하다. 1920년대부터 자동차 산업을 중심으로 번성한 디트로이트는 1950년에 이르러서는 미국에서 네 번째로 인구가 많은 도시였다. 그러나 흑인과 유럽 이민자, 중동인들의 유입도 많아서 1967년에는 대규모 인종 폭동으로 큰 고역을 치렀다. 1970년대에 이르러서 오일 쇼크가 터지자 미국 자동차는 일본과 독일 자동차에 밀리게 되고 디트로이트의 자동차 업계는 큰 타격을 입는다. 불황을 맞아 공장이 문을 닫고 회사들이 도산을 하고 직장을 잃은 사람들이 자살하는 장면들이 소설 속에 자세히 그려지고 있다.

작품에는 서실리아의 자살이 처음에 주목받지 못한 이유로 다음과 같은 설명이 나온다.

> 자동차 공장들의 대대적인 감원 때문에, 불경기의 파도 밑으로 가라앉아 버린 절망한 영혼들의 소식이 거의 하루도 빠지는 날이 없었다. 차고 안에서 시동이 켜진 차와 함께 발견된 사람들도 있었고 (……) 동반 자살 사건만이 신문에 실릴 수 있었고, 그것도 삼 면이나 사 면이 고작이었다.(126쪽)

지역 경제가 침체하자 많은 백인들이 빠져나갔고 이와 함께 세수와 시장도 크게 축소되었다. 과거 번영을 누렸던 디트로이트는 2010년 미국에서 열여덟 번째로 인구가 많은 도시로 조사되었고, 어떤 통계에 의하면 인구의 80퍼센트 이상이 아프리카계 미국인이라고 한다. 한때는 대중 음악의 원천지로 이름을 날리기도 했으나 현재는 안타깝게도 사회 양극화가 심해 범죄율이 높은 도시로 악명이 높다. 리즈번 자매들이 죽은 시기는 공교롭게도 디트로이트의 경기가 급속도로 나빠지던 때와 일치한다. 그래서인지 화자는 소녀들이 죽으면서 동네도 따라 죽어 버린 것처럼 느낀다. 돌아갈 수 없는 좋았던 옛

작품 해설

시절에 대한 향수가 리즈번 자매들과 겹치는 것이다. 그런 의미에서 이 소설은 스스로 죽음을 택한 다섯 자매에 대한 안타까운 애상이며, 동시에 지나가 버린 어린 시절에 대한 페이소스이자 애도라 할 수 있을 것이다.

2024년

이화연

작가 연보

1960년 3월 8일 미국 미시간주 디트로이트에서 출생했다. 아버
지로부터 그리스 혈통을, 어머니로부터 영국과 아일랜
드의 피를 이어받아 삼형제 중 막내로 태어났다.
그로스 포인트 교외의 부유한 동네에서 어린 시절을
보냈다. 중등교육은 사립학교인 유니버시티 리겟 스쿨
에서 받았고, 열다섯 살 때 제임스 조이스의 『젊은 예
술가의 초상』을 읽고 작가가 되기로 결심했다.

1983년 영문학 전공으로 브라운 대학교를 졸업했다. 대학 시절
일 년간 유럽을 두루 여행했으며, 캘커타에 있는 테레
사 수녀의 호스피스에서 자원 봉사도 했다.

1986년 스탠퍼드 대학교에서 영어와 창작 글쓰기로 문학석사
학위를 받았다.

1988년   뉴욕 브루클린으로 옮겨 미국 시인 아카데미의 비서로
          일했다. 박봉이기는 했으나 이곳에서 데이비드 포스터
          월러스와 조너선 프랜즌을 포함해 치열한 작품 활동을
          하는 많은 작가들과 사귀게 되었다.

1990년   《파리 리뷰》에 단편 소설 「버진 수어사이드(The Virgin
          Suicides)」를 게재하면서 드디어 작가로서 첫걸음을 내
          디뎠다.

1991년   단편 소설 「버진 수어사이드」가 아가 칸 상을 받았다.
          이에 용기를 얻은 유제니디스는 이 작품을 장편 소설
          로 늘려 집필하기 시작했다. 그러나 근무 시간에 몰래
          소설을 쓰다가 해고되고 말았다. 이후 작품에 집중하
          기 위해 실업 수당으로 생활하며 집필을 이어나갔다.

1993년   첫 장편 소설 『버진 수어사이드(The Virgin Suicides)』
          출간으로 비평가들의 극찬을 받았다. 이어서 많은 나
          라에 번역되어 출간되기 시작했다.

1995년   사진가이자 조각가인 카렌 야마우치와 결혼했다. 딸
          조지아 유제니디스가 태어났다.

1999년   『버진 수어사이드』가 소피아 코폴라 감독에 의해 영화
          로 만들어졌다.

1999년   베를린으로 옮겨 2004년까지 거주하게 된다.

2002년   두 번째 장편 소설 『미들섹스(Middlesex)』를 발표했다.
          팔십 년이라는 방대한 세월을 담은 야심작으로, 간성
          (間性)으로 태어난 칼리오페 스테파니데스의 인생과 자
          기 발견을 그린 소설이다. 이 책은 출간 즉시 폭넓은 찬

사를 받았고 2003년 퓰리처상을 수상했으며, 2007년
에는 오프라 윈프리 북클럽에 선정되었다. 이 외에도
전미도서 비평가 협회상, 국제 더블린 문학상, 프랑스
프리 메디시스를 수상했다.

2007년   프린스턴 대학교 학부에서 강의하기 시작했다.

2011년   세 번째 장편 소설『결혼이라는 소설(The Marriage
Plot)』을 발표했다. 삼각 관계에 휘말린 세 젊은이가 브
라운 대학교를 졸업하고 사회에 정착해 나가는 모습을
담고 있다. 브라운 대학교와 테레사 수녀의 호스피스에
서 경험한 내용이 일부 담겼다.

2017년   삼십여 년간 써온 단편들을 모아『불평꾼들(Fresh
Complaint)』을 출판했다.

2018년   뉴욕 대학교의 창작 글쓰기 프로그램의 종신 교수가
되었다. 미국 예술문학 아카데미의 회원이 되었다.

세계문학전집 458

버진 수어사이드

1판 1쇄 펴냄 2007년 8월 17일
2판 1쇄 찍음 2024년 12월 21일
2판 1쇄 펴냄 2024년 12월 31일

지은이 제프리 유제니디스
옮긴이 이화연
발행인 박근섭, 박상준
펴낸곳 (주)민음사

출판등록 1966. 5. 19. (제 16-490호)
서울특별시 강남구 도산대로1길 62(신사동) 강남출판문화센터 5층 (우편번호 06027)
대표전화 02-515-2000 팩시밀리 02-515-2007
www.minumsa.com

한국어 판 © (주)민음사, 2007, 2024. Printed in Seoul, Korea

ISBN 978-89-374-6458-4 04800
ISBN 978-89-374-6000-5 (세트)